criança 44

TOM ROB SMITH

criança 44

Tradução de
BEATRIZ HORTA CORREA

EDITORA RECORD
RIO DE JANEIRO • SÃO PAULO
2008

CIP-Brasil. Catalogação-na-fonte
Sindicato Nacional dos Editores de Livros, RJ.

Smith, Tom Rob
S649c Criança 44 / Tom Rob Smith; tradução de Beatriz Horta Correa.
– Rio de Janeiro: Record, 2008.

Tradução de: Child 44
ISBN 978-85-01-08130-8

1. Serviço secreto – União Soviética – Ficção. 2. União Soviética – História – 1925-1953 – Ficção. 3. Romance inglês. I. Horta, Beatriz. II. Título.

08-1464 CDD – 823
CDU – 821.111-3

Título original inglês:
CHILD 44

Foto de capa: Shutterstock

Direitos exclusivos de publicação em língua portuguesa somente para o Brasil adquiridos pela
EDITORA RECORD LTDA.
Rua Argentina 171 – Rio de Janeiro, RJ – 20921-380 – Tel.: 2585-2000
que se reserva a propriedade literária desta tradução

Impresso no Brasil

ISBN 978-85-01-08130-8

PEDIDOS PELO REEMBOLSO POSTAL
Caixa Postal 23.052
Rio de Janeiro, RJ – 20922-970

EDITORA AFILIADA

A meus pais

União Soviética
Ucrânia
Aldeia de Chervoy

25 de janeiro de 1933

Uma vez que Maria tinha decidido morrer, seu gato teria de se haver sozinho. Ela cuidou dele muito além do ponto onde fazia sentido ter um animal de estimação. Há muito tempo ratos e camundongos tinham sido pegos em armadilhas e comidos pelos habitantes da aldeia. Os animais domésticos sumiram pouco depois. Com exceção de um, esse gato, o companheiro que ela mantinha escondido. Por que não o matou? Porque precisava de alguma coisa pela qual viver, de algo para proteger e amar, para sobreviver por ele. Prometeu continuar dando comida para ele até o dia em que não pudesse mais alimentar a si mesma. O dia era esse. Ela já havia cortado suas botas de couro em tiras finas, cozinhando-as com sementes de urtiga e raiz de beterraba. Já tinha cavado em busca de minhocas, chupado casca de árvore. Naquela manhã, num delírio febril, havia roído a perna do banco da cozinha e mastigado até as lascas furarem suas gengivas. Ao vê-la, o gato correu, se escondeu embaixo da cama e não apareceu nem quando ela se ajoelhou no chão e chamou-o pelo nome, tentando convencê-lo. Foi nesse momento que Maria resolveu morrer, porque não tinha nada para comer nem para amar.

Esperou anoitecer para abrir a porta da frente. Achava que, no escuro, o gato teria mais chance de chegar à floresta sem ser visto. Se alguém na aldeia o notasse, iria pegá-lo. Mesmo tão perto de morrer, Maria ficou perturbada com a idéia do gato sendo morto. Consolou-se pensando que o inesperado estava do lado dele. Num lugar onde homens mascavam terra na esperança de encontrar formigas ou ovos de insetos, onde as crianças mexiam em excremento de cavalo na esperança de encontrar pedaços mal digeridos de cevada e as mulheres brigavam por ossos, Maria tinha certeza de que ninguém acreditaria que um gato ainda estivesse vivo.

Pável não acreditou no que viu. Era um bicho desajeitado, magro, de olhos verdes e pêlo salpicado de preto. Sem dúvida, um gato. Pável estava recolhendo lenha quando viu o animal sair correndo da casa de Maria Antonovna, atravessar a estrada coberta de neve e ir para a floresta. Prendeu a respiração e olhou em volta. Ninguém tinha notado. Não havia ninguém por ali, as janelas estavam escuras. O único sinal de vida eram nuvens de fumaça saindo de menos da metade das chaminés. Era como se a aldeia estivesse soterrada na neve pesada, tudo extinto. A neve estava quase intacta: não havia marcas de pés e nenhum caminho tinha sido cavado. Os dias eram tão silenciosos quanto as noites. Ninguém saía para trabalhar. Nenhum dos amigos dele brincava, ficavam em casa com a família, encolhidos na cama, filas de olhos fundos olhando para o teto. Os adultos começavam a ficar parecidos com crianças e as crianças, com adultos. A maioria tinha desistido de procurar comida. Assim, o aparecimento de um gato era quase um milagre, o ressurgimento de um animal há muito considerado extinto.

Pável fechou os olhos e tentou lembrar a última vez em que tinha comido carne. Quando os abriu, estava com água na boca. A saliva escorreu, grossa, pelo rosto. Limpou-a com as costas da mão.

Nervoso, largou a pilha de lenha no chão e foi para casa. Tinha que contar para a mãe, Oksana, aquela incrível novidade.

Oksana estava enrolada num pano de lã, olhando para o chão. Continuou completamente imóvel, conservando a energia enquanto pensava em como manter a família viva, preocupação que ocupava todas as suas horas desperta e todos os aflitos pesadelos. Era uma das poucas pessoas que não desistia. Jamais desistiria. Pelo menos enquanto tivesse os filhos. Mas determinação não bastava, era preciso tomar cuidado: um esforço mal calculado poderia causar exaustão, que levava sempre à morte. Alguns meses antes, Nikolai Ivánovitch, vizinho e amigo, atacou, desesperado, um celeiro do Estado. Não voltou. Na manhã seguinte, a esposa dele e Oksana foram procurá-lo. Encontraram o corpo ao lado da estrada, esquelético, com o estômago liso e saltado, a barriga inchada com o cereal cru que engoliu nos últimos instantes de vida. A esposa chorou enquanto Oksana tirava os grãos que ficaram nos bolsos e dividia entre as duas. Na volta para casa, a esposa de Nikolai contou a notícia para todos. Em vez de lastimarem, eles a invejaram, só pensando nos punhados de grãos que possuía. Oksana achou que ela era uma boba sincera, pois colocou as duas em perigo.

As lembranças foram interrompidas pelo barulho de alguém correndo. Ninguém corria, a não ser que tivesse uma notícia importante. Ela se levantou, temerosa. Pável irrompeu na sala e, ofegante, anunciou:

— Mãe, vi um gato.

Ela deu um passo e agarrou as mãos do filho. Tinha de se certificar de que ele não estava imaginando coisas: a fome enganava. Mas o rosto dele não mostrava sinais de alucinação. Os olhos estavam atentos e a expressão, séria. Tinha apenas 10 anos e já era um homem. As circunstâncias exigiam que ele esquecesse a infância. O pai provavelmente estava morto, pelo menos para eles. Tinha ido para a cidade de Kiev na esperança de trazer comida. Nunca voltou e Pável compreendeu que jamais voltaria, sem precisar que lhe dissessem, nem de ser consolado. Agora Oksana dependia do filho tanto quanto ele dela. Eram companheiros e Pável tinha jurado que conseguiria o que o pai não conseguiu: manter a família viva.

Oksana tocou o rosto do filho.

— Você consegue pegar o gato?

Ele sorriu, orgulhoso.

— Se eu tiver um osso.

O lago estava gelado. Oksana cavou a neve para achar uma pedra. Preocupada que o barulho chamasse atenção, escondeu a pedra no xale, abafando o barulho enquanto cavava um pequeno buraco na neve. Colocou a pedra no chão. Tomou coragem, enfiou a mão na água escura e gelada, soltou uma exclamação por causa do frio. Mexeu depressa, pois em segundos ficaria com o braço dormente. Tocou no fundo do buraco e sentiu apenas lodo. Onde estava o que tinha guardado? Apavorada, inclinou-se e enfiou o braço inteiro, procurando à esquerda e à direita, ficando com a mão insensível. Os dedos bateram num vidro. Aliviada, tirou a garrafa do buraco. A pele de Oksana ficou em tons de azul, como se tivesse levado socos. Não se importou, pois tinha encontrado o que procurava: uma garrafa lacrada. Limpou a camada de lodo que se acumulara no vidro e olhou dentro. Tinha vários ossinhos.

Voltou para casa e viu que Pável tinha acendido a lareira. Esquentou o lacre nas chamas e a resina pingou nas cinzas em gotas grossas. Enquanto esperavam, Pável percebeu que a mãe estava azulada e esfregou o braço dela para a circulação voltar, sempre atento às necessidades dela. Depois que o lacre derreteu, ela virou a garrafa e balançou. Vários ossos ficaram na boca da garrafa. Pegou-os e entregou-os para o filho. Pável olhou-os com atenção, raspou e cheirou todos. Escolheu um, estava pronto para sair de casa. Ela não deixou.

— Leve seu irmão.

Pável achou que seria bobagem. O irmão caçula era desajeitado e lento. E, de toda forma, o gato era dele. Ele viu, ele o pegaria. A vitória seria dele. A mãe colocou mais um osso na mão dele.

— Leve Andrei.

Andrei tinha quase 8 anos e gostava muito do irmão mais velho. Raramente saía de casa, ficava brincando com um baralho no quarto dos fundos, onde os três dormiam. O baralho tinha sido feito pelo pai, com papel cortado em quadrados e colado; foi presente de despedida antes de o pai ir para Kiev. Andrei ainda esperava que ele voltasse para casa. Ninguém disse para não esperar. Sempre que sentia falta do pai, o que acontecia muito, ele espalhava as cartas no chão, organizando-as por naipe e por números. Tinha certeza de que, se conseguisse espalhar o baralho todo, o pai voltaria. Não foi por isso que deu o presente antes de ir embora? Claro que Andrei preferia jogar com o irmão, mas Pável não tinha mais tempo para isso. Estava sempre ocupado em ajudar a mãe e só brincava à noite, antes de irem dormir.

Pável entrou no quarto. Andrei sorriu, esperando que estivesse disposto a jogar uma partida, mas o irmão se agachou e misturou as cartas.

— Deixa isso. Vamos sair. Onde estão suas *galotchas*?

Andrei entendeu a pergunta como uma ordem e procurou embaixo da cama as *galotchas* que consistiam em duas tiras de pneu de trator e vários trapos que, amarrados com barbante, serviam de botas. Pável ajudou a prendê-los com firmeza e explicou que naquela noite teriam a chance de comer carne, caso Andrei fizesse exatamente o que ele mandasse.

— Papai vai voltar?

— Ele não volta.

— Ele se perdeu?

— É, perdeu.

— Quem vai trazer carne para nós comermos?

— Nós vamos pegar.

Andrei sabia que o irmão era um ótimo caçador. Tinha conseguido pegar mais ratos do que qualquer menino da aldeia. Era a primeira vez que o convidava para ir junto numa missão tão importante.

Lá fora, na neve, Andrei tomou muito cuidado para não cair. Costumava tropeçar, pois o mundo lhe parecia embaçado. Só conseguia enxergar direito as coisas que colocava bem perto do rosto. Todos achavam que era desajeitado e ele, por sua vez, achava que os outros viam o mundo como ele. Se alguém conseguia ver uma pessoa lá longe (enquanto Andrei só via um borrão), achava que era por inteligência, experiência ou alguma qualidade que ele ainda não tinha. Naquela noite, ele não ia cair e ficar de bobo. Ia fazer o irmão se orgulhar. Isso era mais importante para ele do que comer carne.

Pável parou à beira do bosque e se inclinou para ver as pegadas do gato na neve. Andrei avaliou o talento do irmão em conseguir percebê-las. Espantado, agachou-se e olhou o irmão tocar uma das pegadas. Andrei não entendia nada sobre seguir marcas no chão ou caçar.

— O gato passou por aqui?

Pável concordou com a cabeça e olhou para o bosque.

— As pegadas são leves.

Imitando o irmão, Andrei passou o dedo pela marca de pata e perguntou:

— O que isso quer dizer?

— Que o gato é magro, o que significa que teremos menos carne. Mas, se ele está com fome, é mais provável que caia na isca.

Andrei tentou assimilar a informação, mas sua cabeça estava à deriva.

— Irmão, se você fosse uma carta de baralho, que carta seria? Seria um ás ou um rei, de espada ou copas?

Pável suspirou e Andrei, ofendido pela desaprovação, sentiu as lágrimas se formando:

— Se eu responder, você promete não falar mais nada?

— Prometo.

— Se você falar e assustar o gato, não vamos pegá-lo.

— Vou ficar calado.

— Eu seria um valete, um cavaleiro, aquele com a espada. Agora, você prometeu: nem uma palavra mais.

Andrei concordou com a cabeça. Pável levantou-se. Entraram na floresta.

Andaram durante muito tempo, pareceram várias horas, embora a noção de tempo para Andrei fosse como sua visão: fraca. Com o luar e a luz refletida na neve, o irmão mais velho parecia não ter muita dificuldade em seguir pegadas. Estavam no fundo da floresta, no lugar mais longe onde Andrei já tinha ido. Ele tinha de correr para acompanhar o passo do irmão. As pernas doíam, o estômago doía. Estava com frio e fome e, embora em casa não tivesse comida, pelo menos os pés não doíam. O barbante que prendia os trapos nas tiras de pneu tinha se soltado e ele sentia a neve nos pés. Não ousava pedir para o irmão parar e amarrar as tiras de novo. Tinha prometido: nem uma palavra. Dali a pouco a neve derreteria, os trapos ficariam encharcados e os pés, dormentes. Para não pensar naquele desconforto, tirou o broto de um arbusto e mastigou a casca, transformando-a numa pasta áspera e desagradável nos dentes e na língua. Tinham dito que pasta de casca de árvore saciava a fome. Ele acreditou, era melhor acreditar.

De repente, Pável fez sinal para ele parar. Andrei parou no meio de um passo, os dentes escuros com pedaços de casca. Pável agachou-se. Andrei fez o mesmo, procurando na floresta o que o irmão tinha visto. Apertou os olhos, tentando colocar as árvores em foco.

Pável observou bem o gato, que parecia olhar para ele com seus pequenos olhos verdes. O que estava pensando? Por que não fugia? Escondido na casa de Maria, talvez ainda não tivesse aprendido a ter medo de humanos. Pável pegou a faca, furou a ponta do dedo e passou o sangue no osso de galinha que a mãe tinha dado. Fez o mesmo com a isca de Andrei, o esqueleto quebrado de um rato, mas usou o sangue dele mesmo, pois não sabia se o irmão ia gritar e assustar o gato. Sem uma palavra, os irmãos se separaram, indo em direções opostas. Em casa, Pável tinha dado instruções detalhadas, por isso não era preciso falar. Quando ficaram a certa distância, de cada lado do gato, colocaram os ossos na neve. Pável olhou para conferir se o irmão não estava cometendo algum erro.

Andrei fez exatamente como tinha sido mandado e pegou o barbante no bolso. Pável já tinha amarrado a ponta numa armadilha. Andrei precisava apenas colocar o barbante em volta dos ossos de rato. Fez isso, depois se afastou o máximo que a corda permitiu e ficou deitado de barriga, amassando a neve. Esperou. Só então percebeu que mal conseguia enxergar a isca. Estava tudo borrado. De repente teve medo e, ao mesmo tempo, teve esperança de que o gato fosse para onde o irmão estava. Pável não ia errar, pegaria o gato e os dois poderiam ir para casa comer. Nervoso e com frio, suas mãos começaram a tremer. Tentou firmá-las. Viu algo: uma sombra negra vindo na direção dele.

A respiração de Andrei começou a derreter a neve na frente do rosto; gélidos fios de água escorreram na direção dele e na roupa. Queria que o gato fosse para o outro lado, para a armadilha preparada pelo irmão mas, à medida que o borrão se aproximava, não havia como negar que o gato tinha preferido ele. Claro, se ele pegasse o gato, Pável iria gostar, jogaria baralho e nunca mais ficaria irritado. Gostou da idéia e passou do medo para a expectativa. Sim, ele ia pegar aquele gato. Ia matá-lo. Ia provar. O que o irmão tinha dito? Avisou para não puxar logo o barbante. Se o gato se assustasse, estaria tudo perdido. Por isso, e por não conseguir enxergar direito onde o gato estava, Andrei resolveu esperar só para ter certeza. Estava quase conseguindo enxergar bem o pêlo negro e as quatro patas. Ia esperar mais um pouco, mais um pouco... Ouviu o irmão sussurrar:

— Agora!

Andrei ficou apavorado. Tinha ouvido aquele tom de voz muitas vezes. Significava que tinha feito algo errado. Apertou bem os olhos e viu que o gato estava no meio da armadilha. Puxou o barbante. Mas era tarde, o gato tinha pulado. A armadilha falhou. Mesmo assim, Andrei puxou o barbante frouxo, esperando pateticamente que tivesse um gato preso no final. Pegou um laço vazio e sentiu o rosto ruborizar de vergonha. Muito irritado, estava disposto a se levantar, correr atrás do gato, estrangulá-lo e quebrá-lo inteiro. Porém não se mexeu: viu que o irmão continuava estirado no chão. Andrei estava acostumado a imitar o que o irmão fazia, por isso fez exatamente a mesma coisa. Apertou os olhos e descobriu que a silhueta negra e borrada estava indo agora na direção da armadilha do irmão.

A raiva pela incompetência do irmão menor foi substituída pelo nervosismo com a imprudência do gato. Os músculos das costas de Pável enrijeceram. Claro que o gato tinha sentido cheiro de sangue e a fome era maior que a prudência. Ele observou o gato parar no meio do passo, com a pata no ar, olhando bem para ele. Prendeu a respiração: os dedos apertaram o barbante e esperaram, incentivando em silêncio o gato a prosseguir.

Por favor. Por favor. Por favor.

O gato pulou, abriu a boca e pegou o osso. Calculando o tempo com perfeição, Pável puxou o barbante. O laço prendeu a pata dianteira do gato. Pável pulou, puxou o barbante e apertou o laço. O gato tentou correr, mas o barbante estava firme. Pável derrubou o gato no chão. Um guinchar encheu a floresta, como se um animal bem maior estivesse lutando para sobreviver, se debatendo na neve, arqueando o corpo, puxando o barbante. Pável teve medo que o barbante arrebentasse. Era fino, esgarçado. Tentou se aproximar e o gato escapou, ficou fora do alcance. Gritou para o irmão:

— Mate-o!

Andrei ainda não tinha se mexido, não queria errar de novo. Mas agora estava sendo mandado. Levantou-se, correu, tropeçou e caiu de cara no chão. Tirou o nariz da neve, viu o gato na frente, sibilando, babando e se contorcendo. Se o barbante arrebentasse, o gato se soltaria e o irmão teria raiva dele para sempre. Pável gritou, com voz rouca e nervosa:

— Mata! Mata! Mata!

Andrei cambaleou e, sem entender bem o que estava fazendo, jogou-se para cima do corpo agitado do gato. Talvez achasse que o mataria só com o golpe. Mas, quando estava em cima, viu que o animal estava vivo e mexia embaixo da barriga dele, arranhando o casaco feito com sacos de cereais costurados. Andrei continuou em cima para impedir que o gato fugisse e olhou para trás, implorando com os olhos para Pável assumir a situação.

— Ainda está vivo!

Pável correu, ajoelhou-se ao lado do irmão menor e colocou a mão embaixo dele, mas só conseguiu pegar na boca voraz do gato. Levou uma mordida. Tirou a mão. Sem se importar com o dedo sangrando, passou para o outro lado, colocou de novo a mão embaixo e pegou o rabo do gato. Passou os dedos pelas costas dele, pois nessa frente de ataque o animal não podia se defender.

Andrei continuou imóvel, sentindo a luta que se travava embaixo dele, com as mãos do irmão se aproximando da cabeça do gato, cada vez mais perto. O gato sabia que aquilo queria dizer a morte e começou a morder tudo: o casaco de Andrei, a neve, louco de medo, um medo que Andrei podia sentir pelas vibrações na barriga. Imitando o irmão, Andrei berrou:

— Mata! Mata! Mata!

Pável segurou o pescoço do animal. Por um instante, nenhum dos dois fez nada, ficaram parados, respirando pesado. Pável encostou a cabeça nas costas de Andrei, mantendo as mãos firmes no pescoço do gato. Finalmente, tirou as mãos de baixo do irmão e levantou-se. Andrei continuou na neve, sem ousar se mexer.

— Pode se levantar.

Podia se levantar. Podia ficar ao lado do irmão. Podia se orgulhar. Andrei não tinha desapontado. Não tinha falhado. Segurou na mão do irmão e levantou-se. Pável não teria conseguido pegar o gato sem a ajuda dele. O barbante teria arrebentado. O gato teria fugido. Andrei sorriu e depois riu, bateu palmas e dançou. Sentiu-se feliz como nunca na vida. Os dois formavam uma dupla. O irmão abraçou-o e os dois olharam para o prêmio: um mirrado gato morto sobre a neve.

Levar o prêmio de volta para a aldeia sem que ninguém visse era um cuidado necessário. As pessoas eram capazes de brigar e até matar por uma presa daquelas e os guinchos do gato podiam ter chamado a atenção de alguém. Pável não queria deixar nada por conta do acaso. Não tinham levado um saco para esconder o gato. Resolveu improvisar e escondê-lo sob uma pilha de gravetos. Se encontrassem alguém no caminho de casa, ia parecer que tinham juntado lenha para acender e ninguém perguntaria nada. Pegou o gato na neve:

— Vou levar embaixo de uma pilha de gravetos para ninguém ver. Mas, se estivéssemos mesmo recolhendo lenha, você também teria de estar com gravetos.

Andrei ficou impressionado com a lógica do irmão, ele jamais teria pensado naquilo. Foi pegar lenha. Com o solo coberto de neve, era difícil encontrar algum graveto sobrando, e foi obrigado a remexer no chão gelado com as mãos sem luvas. Após cada movimento, ele juntava os dedos e soprava-os para aquecer. O nariz tinha começado a escorrer e o ranho se juntou sobre o lábio. Porém ele não se importou, naquela noite não, depois do sucesso deles e começou a entoar baixinho uma canção que o pai costumava cantar, enfiando as mãos na neve outra vez.

Pável também teve dificuldade em achar gravetos e se afastou do irmão menor. Teriam de se separar. À certa distância, ele viu uma árvore caída com os galhos apontando para todos os lados. Correu para lá, depois de colocar o gato na neve para colher toda a lenha da árvore morta. Havia muita, mais do que suficiente para os dois, e olhou em volta, procurando Andrei. Já ia gritar o nome do irmão quando engoliu as palavras. Houve um barulho. Virou-se rápido, olhando em volta. A floresta era densa e escura. Fechou os olhos e concentrou-se naquele barulho, que tinha um ritmo: era alguém pisando, pisando, pisando na neve. Ficou mais rápido e mais alto. A adrenalina percorreu o corpo dele. Abriu os olhos. Lá, no escuro, alguém se mexia: era um homem correndo. Segurava um galho grosso e pesado. Dava grandes passadas. Vinha bem na direção de Pável. Tinha ouvido os meninos matarem o gato e agora ia roubar o prêmio deles. Mas Pável não ia deixar a mãe morrer de fome. Não ia falhar como o pai. Começou a chutar neve em cima do gato para escondê-lo.

— Estamos juntando...

A voz de Pável sumiu quando o homem apareceu em meio às árvores, levantando o galho. Só então, ao ver o rosto magro do homem e o olhar agressivo, Pável percebeu que o homem não queria o gato. Queria ele.

Pável abriu a boca mais ou menos ao mesmo tempo que a ponta do galho veio bater no alto da sua cabeça. Não sentiu nada, mas viu que não estava mais de pé. Estava com o corpo apoiado num joelho. Olhou para cima, a cabeça inclinada para um lado, o sangue escorrendo no olho e viu o homem levantar o galho para bater de novo.

Andrei parou de cantarolar. Pável tinha chamado? Não havia encontrado muitos gravetos, certamente não eram suficientes para o plano deles e não queria levar bronca depois de ter sido tão perfeito. Levantou-se, tirando as mãos da neve. Olhou para a floresta apertando os olhos, enxergando até as árvores mais próximas como apenas um borrão.

— Pável?

Não teve resposta. Chamou de novo. Será que era brincadeira? Não, Pável não fazia mais brincadeiras. Andrei se encaminhou para onde tinha visto o irmão pela última vez, mas não viu nada. Aquilo era uma idiotice. Não era ele que tinha de encontrar Pável, mas o contrário. Algo estava errado. Chamou de novo, mais alto. Por que o irmão não respondia? Andrei limpou o nariz na manga áspera do casaco e pensou se aquilo era uma prova. O que o irmão faria, se estivesse naquela situação? Seguiria as pegadas na neve. Andrei colocou os gravetos no chão e ficou engatinhando no chão. Encontrou as próprias pegadas e seguiu-as de volta ao lugar onde tinha deixado o irmão. Orgulhoso, passou a procurar as pegadas do irmão. Se ficasse de pé, não enxergaria as marcas na neve, então continuou de quatro, com o nariz a apenas um braço da neve como um cachorro farejando algo.

Chegou a uma árvore caída com gravetos espalhados em volta e marcas de pés por todo canto: algumas pegadas eram profundas e grandes. A neve estava vermelha. Andrei pegou um punhado, apertou-a nos dedos e viu-a ficar da cor de sangue.

— Pável!

Só parou de gritar quando a garganta doeu e a voz sumiu. Choramingando, queria dizer ao irmão que podia ficar com sua parte do gato. Andrei só queria que o irmão voltasse. Mas não adiantava. O irmão tinha ido embora. E ele estava sozinho.

Atrás dos tijolos do forno, Oksana tinha guardado uma sacolinha com talos de trigo e beldroega em pó, além de cascas de batata amassadas. Quando faziam inspeção nas casas, ela sempre deixava um fogo crepitando. Os cobradores que vinham conferir se ela não estava escondendo cereais, nunca olhavam atrás das chamas. Não confiavam nela, pois era saudável, enquanto os outros moradores da aldeia estavam doentes, como se estar viva fosse um crime. Mas não conseguiam encontrar comida na casa, portanto não podiam considerá-la uma *kulak*, uma camponesa rica. Em vez de executá-la na hora, deixavam-na morrer. Ela já havia aprendido que não podia vencê-los pela força.

Alguns anos antes, tinha organizado a resistência na aldeia, após saberem que homens viriam retirar o sino da igreja para derretê-lo. Ela e mais quatro mulheres se trancaram no campanário e ficaram tocando o sino sem parar, impedindo que o levassem. Oksana gritou que aquele sino pertencia a Deus. Podia ter sido morta a tiros naquele dia, mas o encarregado da retirada resolveu poupar as mulheres. Depois de derrubar a porta do campanário, disse que recebeu ordens de levar o sino e explicou que precisavam de metal para a revolução industrial do país. Ela reagiu cuspindo no chão. Quando o Estado começou a confiscar a comida dos aldeões, dizendo que pertencia ao país e não a eles, Oksana aprendeu a lição. Em vez de reagir, fingiu obedecer, mantendo sua resistência em segredo.

Naquela noite, a família teria um banquete. Ela derreteu pedaços de neve, ferveu a água e engrossou-a com pó de talos de trigo. Juntou os ossos que ainda tinha na garrafa. Depois de cozidos, iria moê-los até formarem uma farinha. Claro que ela estava se adiantando. Pável ainda não tinha trazido o gato. Mas ela tinha certeza de que conseguiria. Deus havia lhe dado uma vida dura, mas também um filho para ajudar. Assim, se ele não conseguisse pegar o gato, a mãe prometeu não zangar. A floresta era vasta, os gatos são pequenos e, de todo jeito, raiva era um desperdício de energia. Mesmo se esforçando para não se desapontar, ficava meio tonta ao pensar em carne e sopa de batata.

Andrei apareceu à porta, com cortes no rosto, neve na jaqueta, ranho e sangue escorrendo do nariz. A *galotcha* estava aos pedaços, mostrando os dedos dos pés. Oksana correu para ele.

— Onde está seu irmão?

— Ele me deixou.

Andrei começou a chorar. Não sabia onde estava o irmão. Não entendia o que tinha acontecido. Não sabia explicar. Só sabia que a mãe ia ficar com raiva dele. E que ia acabar sendo culpa dele, embora tivesse feito tudo certo, embora o irmão é que o tivesse deixado.

Oksana ficou sem respiração. Tirou Andrei da frente e saiu correndo na direção da floresta. Não viu sinal de Pável. Talvez tivesse caído e se machucado. Talvez precisasse de ajuda. Voltou para dentro de casa correndo, louca para ter respostas, e viu Andrei ao lado do caldeirão, com uma colher na boca. Pego de surpresa, olhou para a mãe sem jeito, com um fio de sopa de batata escorrendo da boca. Oksana ficou possessa de raiva (pela morte do marido, pelo desaparecimento do filho), derrubou Andrei no chão e enfiou a colher de pau na boca dele.

— Quando eu tirar essa colher da sua boca, conte o que aconteceu, senão mato você.

Mas, quando tirou, o menino só conseguiu tossir. Irritada, ela enfiou a colher outra vez na boca do filho.

— Você é um menino inútil, desajeitado e idiota. Onde está meu filho? Onde?

Ela tirou a colher de novo, mas o menino chorava convulsivamente. Não conseguia falar. Ficou chorando e tossindo e ela então bateu no pequeno peito dele. Só quando a sopa estava quase entornando da panela, ela parou. Levantou-se e tirou-a do fogo.

Andrei chorava deitado no chão. Oksana olhou para ele e sua raiva acabou. O filho era tão pequeno. Gostava tanto do irmão mais velho. Ela se inclinou, pegou-o do chão e sentou-o numa cadeira. Colocou o cobertor em volta dele e deu-lhe uma tigela de sopa, com a maior porção que ele já tinha tomado. Tentou dar a sopa, mas ele não abriu a boca. Não confiava nela. Ela deu a colher. Ele parou de chorar e começou a comer. Tomou tudo. Ela pôs mais sopa na tigela. Disse para ele comer devagar. Ele não deu ouvidos e terminou a segunda tigela. Bem calma, ela perguntou o que tinha acontecido e ouviu-o contar do sangue na neve, os gravetos caídos, o sumiço e as pegadas fundas na neve. Ela fechou os olhos.

— Seu irmão está morto. Foi levado como comida. Você entende? Da mesma forma que você caçou o gato, alguém estava caçando vocês. Entende?

Andrei ficou em silêncio, olhando as lágrimas da mãe. Na verdade, não entendia. Viu-a levantar-se e sair da casa. Ouviu a mãe falando e correu para a porta.

Oksana estava de joelhos na neve, olhando para a lua cheia.

— Deus, por favor, devolva meu filho.

Naquele momento, só Deus poderia trazê-lo para casa. Não era pedir muito. Será que Deus tinha memória tão curta? Ela arriscou a própria vida para salvar o sino dele. Só queria como retribuição o filho, sua razão de viver.

Alguns vizinhos apareceram à porta. Olharam para Oksana. Ouviram os gritos dela. Mas não havia nada de estranho naquele tipo de tristeza e as pessoas não ficaram olhando por muito tempo.

VINTE ANOS DEPOIS

Moscou

11 de fevereiro de 1953

A bola de neve bateu atrás da cabeça de Jora. Pegou-o de surpresa, explodiu em volta das orelhas dele. Pelas costas, ouviu o irmãozinho rir bem alto, orgulhoso daquele ataque, embora fosse um acaso, um fato totalmente raro. Jora tirou com a mão o gelo do colarinho do paletó, mas sobrou um pouco nas costas. Foi derretendo, escorrendo no corpo, deixando um rastro de água gelada. Ele puxou a camisa de dentro da calça e esticou a mão ao máximo para pegar o gelo.

Arkadi ficou incrédulo com a complacência do irmão mais velho, que se preocupou com a camisa em vez de prestar atenção em quem o atacou — e foi empilhando neve com as mãos. A bola ficou grande demais e inútil: difícil de atirar, pesada, difícil até de disfarçar. Esse tinha sido o erro dele durante muito tempo, fazia bolas grandes demais. Em vez de causarem um impacto maior, elas podiam se desmanchar no caminho e muitas vezes se despedaçavam sem sequer atingir o irmão. Os dois brincavam muito na neve. Às vezes, com outras crianças mas, em geral, sós. A brincadeira começava por acaso e ficava mais competitiva a cada ataque. Arkadi jamais teve o que se poderia chamar de uma vitória. Ficava impressionado com a velocidade e a força dos ataques do irmão. A brincadeira sempre terminava do mesmo jeito: em frustração, rendição, aborrecimento ou, pior, choro e gritaria. Ele odiava ser derrotado sempre e, mais ainda, se aborrecer com isso. Só continuava brincando porque era otimista, achava que naquela vez seria diferente, ia ganhar. E aquele era o dia. A sua chance. Chegou mais perto do irmão, mas não demais: queria que o golpe fosse perfeito. Golpe direto não era bom.

Jora viu a bola vindo pelo ar: um globo branco, nem grande nem pequeno demais, do tipo que ele próprio atiraria. Não podia fazer nada. Estava com as mãos nas costas. Tinha de admitir que o irmãozinho estava aprendendo depressa.

A bola de neve bateu na ponta do nariz dele e se esparramou pelos olhos, nariz, boca. Ele recuou, com o rosto todo branco. Foi um golpe perfeito: a brincadeira acabou. Foi vencido pelo irmão pequeno, que não tinha nem 5 anos. Mas só naquele momento, quando perdeu pela primeira vez, conseguiu admirar a importância de vencer. O irmão estava rindo de novo: fazia um estardalhaço, como se levar uma bola de neve na cara fosse a coisa mais engraçada. Bom, pelo menos ele nunca tripudiou como Arkadi estava fazendo naquele instante; nunca riu tanto, nem ficou tão satisfeito com suas vitórias. O irmão era um mau perdedor e um vencedor pior ainda. Precisava levar uma lição à altura. Tinha vencido uma vez e mais nada: foi por acaso, um jogo insignificante, um em cem; ou melhor, um em mil. E agora ficava fazendo de conta que eram do mesmo nível ou, pior ainda, que ele era o melhor? Jora se agachou no chão, cavou a neve até chegar à terra e juntou um punhado de lama gelada, cascalho e pedras.

Ao ver o irmão mais velho fazer outra bola de neve, Arkadi virou-se e correu. Aquela ia ser um golpe de vingança preparado com cuidado e toda a força do irmão. Não ia ficar de alvo. Se corresse, se salvaria. O golpe, por mais bem-feito, por mais certeiro, viria pelo ar até se deformar e cair em pedaços. Mesmo se acertasse nele, a partir de certa distância as bolas de neve não faziam nada, quase nem valia a pena atirá-las. Se corresse, ele poderia se sair bem. Não queria que sua vitória fosse aniquilada, maculada por revanches do irmão. Não: era melhor correr e se considerar vencedor. Terminar a brincadeira naquele momento. Poderia desfrutar da sensação de vitória pelo menos até o dia seguinte, quando provavelmente perderia outra vez. Mas isso seria no dia seguinte. Por enquanto, era o vencedor.

Ouviu o irmão chamar. Olhou para trás sem parar de correr, sorrindo, certo de que estava fora do alcance.

O impacto foi de um soco na cara. A cabeça girou, os pés subiram e, por um instante, ele ficou no ar. Quando os pés voltaram a tocar no chão, as pernas falharam, ele caiu de cara, estava assustado demais até para levantar as mãos, e se estabacou na neve. Ficou lá um instante, sem entender o que tinha acontecido. Tinha cascalho, lama, cuspe e sangue na boca. Tentou enfiar os dedos na boca, cobertos pela mitene. Os dentes estavam ásperos como se ele tivesse sido obrigado a comer areia. Faltava um dente. Tinha caído. Arkadi começou a chorar, cuspiu na neve e ficou procurando no meio da confusão. Por algum motivo, naquele momento só conseguia pensar no dente, era só o que interessava. Tinha de encontrá-lo. Onde estava? Mas não conseguiu achar na neve branca. Sumiu. E não chorava pela dor, mas por raiva da injustiça. Ele não podia ganhar uma vez? Tinha vencido. O irmão não podia lhe conceder isso?

Jora correu para o irmão. Arrependeu-se no mesmo instante em que atirou o monte de lama, cascalho, neve e pedras. Chamou o irmão para que ele se abaixasse e escapasse do golpe. Mas Arkadi virou-se exatamente na frente da bola. Em vez de ajudar, deu a impressão de que o irmão fez de propósito. Ao se aproximar, viu sangue na neve e ficou enjoado. A culpa era dele. Tinha transformado a brincadeira deles em algo terrível, uma brincadeira que gostava tanto quanto de qualquer outra. Por que não pôde deixar o irmão vencer? Ele ganharia no dia seguinte e em todos os demais. Ficou envergonhado.

Jora abaixou-se na neve e colocou a mão no ombro do irmãozinho. Arkadi desvencilhou-se e encarou com a vista vermelha e lacrimosa, a boca ensangüentada, parecendo um animal selvagem. Não disse nada. Estava com a cara dura de raiva. Levantou-se, meio sem equilíbrio.

— Arkadi?

Como resposta, o irmão apenas abriu a boca e gritou um som como um latido de cão. Jora viu uma fileira de dentes sujos. Arkadi virou-se e correu.

— Arkadi, espere!

Mas ele não esperou, não parou, não queria ouvir a desculpa do irmão. Correu o máximo que pôde, procurando com a língua a falha do dente da frente. Encontrou, sentiu a gengiva na ponta da língua e teve vontade de nunca mais ver o irmão.

14 de fevereiro

Liev olhou para o prédio de apartamentos nº 18, uma baixa e compacta fatia de concreto cinza. Era final de tarde, já estava escuro. Tinha perdido um dia inteiro numa tarefa tão desagradável quanto insignificante. Segundo o relatório da milícia, um menino de 4 anos e 10 meses foi encontrado morto na ferrovia. Estava brincando nos trilhos na noite anterior, foi atingido por um trem de passageiros e teve o corpo despedaçado pelas rodas. O maquinista do trem das 21 horas com destino a Khabarovsk comunicou na estação seguinte que notou alguém ou alguma coisa nos trilhos pouco depois de sair da estação de Iaroslavski Vokzal. Ainda não se sabia se o menino tinha sido mesmo atingido por aquele trem. Talvez o maquinista não quisesse admitir que pegou a criança. Mas não era preciso insistir no tema: foi um acidente trágico, sem culpa. O assunto já deveria estar encerrado.

Geralmente, não haveria motivo para Liev Stepanovitch Demidov — membro em ascensão da MGB, a Segurança do Estado — se envolver naquele tipo de ocorrência. O que podia fazer? A perda de um filho era dolorosa para a família e os parentes. Mas, *grosso modo*, não tinha qualquer importância de nível nacional. Crianças descuidadas, a menos que descuidassem do que falavam, não eram preocupação da Segurança do Estado. Mas aquela situação tinha se complicado inesperadamente. A tristeza dos pais tinha assumido uma forma esquisita. Dava a impressão de que não conseguiam aceitar que o filho (Liev conferiu o relatório e decorou o nome Arkadi Fiódorovitch Andréiev) tivesse causado a própria morte. Andavam dizendo a todo mundo que o filho foi assassinado. Por quem, não sabiam. Por que, não sabiam. Como aquilo seria possível, também não sabiam. Mas, mesmo sem um argumento lógico e plausível, tinham um motivo emocional. Havia a grande possibilidade de estarem convencendo outras pessoas ingênuas — vizinhos, amigos e desconhecidos, quem quisesse ouvi-los.

Para piorar ainda mais a situação, o pai do menino, Fiodor Andréiev, pertencia ao baixo escalão da MGB e, por acaso, era um dos subordinados de Liev. Fiodor devia saber que estava maculando a MGB ao usar seu prestígio para dar crédito àquela afirmação improvável. Ele tinha passado dos limites. Deixou que a emoção turvasse a razão. Se os fatos não estivessem se acalmando, a tarefa de Liev poderia ser prender Fiodor. A história era uma confusão. E Liev foi obrigado a se ausentar temporariamente de um compromisso delicado e real para esclarecer aquele assunto.

Sem querer imaginar o encontro com Fiodor, Liev subiu a escada pensando em como tinha ido parar naquela função: policiar a reação das pessoas. Jamais teve intenção de entrar para o Departamento de Segurança de Estado, o cargo veio a partir do serviço militar. Durante a Guerra Patriótica, ele fora convocado para a unidade de forças especiais OMSBON, a Brigada Motorizada Independente. O terceiro e quarto batalhões da unidade eram selecionados pelo Centro de Cultura Física, onde ele tinha sido aluno. Os rapazes, escolhidos a dedo pela destreza e físico atlético, eram levados para um campo de treinamento em Mitishchi, ao norte de Moscou, onde aprendiam combate corpo a corpo, manejo de armas, salto de páraquedas em baixa altitude e uso de explosivos. O campo de treinamento pertencia à NKVD, sigla de Segurança do Estado antes de a polícia secreta passar a se chamar MGB. Os batalhões ficavam sob ordem direta da NKVD e não dos militares, devido ao tipo de missão que recebiam. Enviados para as linhas inimigas, esses agentes clandestinos destruíam bases, coletavam informação e matavam.

Liev gostava da independência das operações que realizava, embora cuidasse para manter essa opinião para si. Talvez fosse apenas uma impressão, mas gostava de ser dono do próprio destino. Ele tinha se distinguido. Por isso, recebeu a Ordem de Suvorov, segunda classe. Seu equilíbrio, sucesso militar, boa aparência e, sobretudo, a confiança total e sincera que tinha no país, fizeram com que se tornasse literalmente um modelo da libertação soviética nos territórios ocupados pela Alemanha. Ele e um bando de soldados de divisões tão variadas quanto uma colcha de retalhos foram fotografados em volta dos destroços em chamas de um tanque alemão, com as armas apontadas para cima, a expressão de vitória, tendo aos pés soldados mortos. Ao fundo, fumaça das aldeias em chamas. Destruição, morte e sorrisos triunfantes — Liev, com sua bela fileira de dentes e seus ombros largos, foi colocado na frente da foto. Uma semana depois, ilustrava a primeira página do *Pravda* e Liev recebia cumprimentos de desconhecidos, colegas de tropa, civis, gente que queria apertar sua mão, abraçar aquele símbolo de vitória.

Após a guerra, Liev passou da OMSBON para a NKVD. Parecia uma ascensão lógica. Ele não perguntou nada: era um caminho apresentado pelos superiores e ele o percorreu de cabeça erguida. O que o país mandasse, ele cumpriria prontamente. Se pedissem, administraria os gulags na tundra do Ártico, na região de Kolima. Sua única ambição era de caráter geral: servir ao país, um país que tinha derrotado o fascismo e que dava educação e saúde grátis, que trombeteava os direitos dos operários pelo mundo, que pagava ao pai dele — operário na linha de produção de armamentos — um salário quase igual ao de um médico especialista. Embora o trabalho de Liev na Segurança do Estado costumasse ser desagradável, ele reconhecia que era necessário, pois era preciso proteger a Revolução dos inimigos externos e internos, dos que queriam solapá-la e dos que queriam que fracassasse. Para isso, Liev era capaz de dar a própria vida. E a dos outros.

Naquele dia, esse heroísmo e treinamento militar não tinham qualquer importância. Ali não havia inimigo. Havia um companheiro, um amigo, um pai cheio de dor. Mesmo assim, falar com aquele pai enlutado era uma exigência da MGB. Liev precisava tomar cuidado. Não podia se deixar dominar pelos mesmos sentimentos que estavam cegando Fiodor. Aquela histeria colocava em perigo uma boa família. Se os comentários infundados sobre assassinato não fossem reprimidos, poderiam se alastrar pela comunidade como erva daninha, deixando as pessoas inquietas, fazendo com que questionassem um dos pilares básicos da nova sociedade:

Não existe assassinato.

Poucos acreditavam totalmente nisso. Havia falhas: era uma sociedade ainda em transição, ainda imperfeita. Como agente da MGB, era dever de Liev estudar as obras de Lenin; na verdade, era dever de todo cidadão. Ele sabia que os excessos sociais — os crimes — iriam sumindo até que a pobreza e a necessidade acabassem. Ainda não tinham atingido esse nível. Havia roubo, rixas de bêbados que se tornavam violentas, havia as *urki*, gangues de criminosos. Mas as pessoas tinham de acreditar que estavam caminhando para uma situação melhor. Chamar aquilo de assassinato, infanticídio, era um enorme retrocesso. Liev tinha aprendido com seu superior hierárquico e mentor, o major Janusz Kuzmin, sobre os julgamentos de 1937 em que Stalin disse aos acusados que eles tinham *perdido a fé.*

Perdido a fé

Os inimigos do partido não eram apenas os sabotadores, espiões e destruidores da indústria, mas aqueles que duvidavam da linha do partido, duvidavam da sociedade que os aguardava. A julgar por essa regra, Fiodor, o colega e amigo de Liev, tinha realmente se transformado em inimigo.

A missão de Liev era acabar com qualquer especulação infundada, tirá-los da beira do abismo. O tema assassinato continha uma tragédia natural que atraía certo tipo de gente fantasiosa. Se fosse o caso, Liev seria ríspido: o menino pagou com a vida o erro que cometeu. Ninguém mais precisava sofrer pelo descuido dele. Talvez isso fosse demais, Liev não precisava ir tão longe. Aquilo podia ser resolvido com tato. A família e os amigos do menino estavam nervosos, era só. Tenha paciência com eles. Não estavam refletindo direito. Mostre os fatos. Não estava ali para ameaçá-los, pelo menos não imediatamente: estava para ajudá-los. Estava ali para restaurar a fé.

Liev bateu à porta e Fiodor abriu-a. Liev inclinou a cabeça.

— Lamento muito sua perda.

— Obrigado por vir.

Fiodor deu passagem para Liev entrar.

Todas as cadeiras da sala estavam ocupadas. O lugar estava cheio como se tivessem convocado uma reunião de aldeia. Havia idosos e crianças, a família inteira estava reunida. Nesse clima, era fácil imaginar como os sentimentos tinham se acirrado. Claro que uma pessoa incentivava a outra a pensar que havia alguma força misteriosa que deveria ser culpada pela morte daquele menino. Talvez assim a perda ficasse mais fácil de aceitar. Talvez eles se sentissem culpados por não ensinar o menino a ficar longe das linhas férreas. Liev reconheceu alguns rostos em volta. Eram os amigos de Fiodor do trabalho. E, de repente, ficaram constrangidos de serem surpreendidos ali. Não sabiam o que fazer, evitavam olhar diretamente, queriam ir embora sem saber como. Liev virou-se para Fiodor.

— Seria mais fácil falar sobre isso só nós dois?

— Por favor, essa é a minha família, eles querem saber o que você tem a dizer.

Liev olhou em redor: uns vinte olhos estavam fixos nele. Já sabiam o que ia dizer e não gostavam dele por isso. Estavam irritados por que o menino tinha morrido e aquela era a forma de demonstrar a dor. Liev teria apenas de aceitar que ele era o ponto convergente da ira deles.

— Não imagino nada pior do que a morte de uma criança. Eu era seu companheiro e amigo quando você e sua esposa comemoraram a chegada desse filho. Lembro que os cumprimentei. E é com enorme pesar que quero consolá-los.

Um pouco duro, talvez, mas era o que Liev sentia, sinceramente. A reação foi de silêncio. Liev pensou bem no que dizer a seguir.

— Nunca passei pela dor da perda de um filho. Não sei como reagiria. Talvez sentisse vontade de culpar alguém a quem pudesse detestar. Mas, de cabeça fria, posso garantir que a causa da morte de Arkadi não está em discussão. Trouxe o relatório que posso deixar com vocês, caso queiram. Fui enviado também para responder a todas as perguntas que quiserem fazer.

— Arkadi foi assassinado. Queremos que ajude a investigar, se você não puder fazer isso pessoalmente, então gostaríamos que a MGB pressionasse o procurador para abrir um processo criminal.

Liev concordou com a cabeça, tentando manter um ar de reconciliação. Era a pior forma possível de começar a discussão. O pai estava inflexível: a posição dele e de Liev tinha endurecido. O pai estava exigindo a abertura formal de um *ugolovnoye delo*, um processo criminal, sem o qual a polícia não iria investigar. Estava pedindo o impossível. Liev olhou bem os companheiros de trabalho. Eles perceberam, embora os outros presentes não, que aquela palavra — *assassinato* — manchava a todos naquela sala.

— Arkadi foi atingido por um trem que passava. A morte foi um acidente, um terrível acidente.

— Então por que ele estava nu? Por que estava com a boca cheia de sujeira?

Liev tentou pensar no que tinha acabado de ouvir. O menino estava nu? Era a primeira vez que ouvia isso. Abriu o relatório.

O menino foi encontrado vestido.

Leu de novo e concluiu que era um detalhe estranho. Mas estava escrito lá: o menino estava vestido. Continuou a ler o documento:

Como foi arrastado pelo chão, estava com a boca muito suja.

Fechou o relatório. A sala aguardava.

— Seu filho foi encontrado vestido. Sim, estava com a boca suja. Mas, como o corpo foi arrastado pelo trem, era de se esperar que estivesse com a boca um pouco suja.

Uma idosa se levantou. Embora alquebrada pela idade, tinha olhos firmes.

— Não foi o que nos disseram.

— Lamento, mas a senhora foi mal informada.

A mulher insistiu. Evidente que ela era uma força importante por trás daquela especulação.

— Taras Kuprin, o homem que encontrou o corpo, estava catando lixo. Mora duas ruas depois do local. Ele nos disse que Arkadi estava nu, sabe? Sem roupa alguma. Um trem pode atropelar um menino, mas não consegue tirar a roupa dele.

— Realmente, esse homem, Kuprin, achou o corpo. A declaração dele está no relatório. Diz que o corpo foi encontrado nos trilhos, vestido. É bem claro sobre isso. Suas palavras estão aqui, preto no branco.

— Por que ele disse outra coisa para nós?

— Talvez estivesse confuso. Não sei. Mas esse homem assinou a declaração que está no relatório. Duvido que ele dissesse outra coisa se eu o interrogasse agora.

— Você viu o corpo do menino?

A pergunta pegou Liev de surpresa.

— Não estou investigando o caso, essa tarefa não me compete. Mas mesmo se estivesse, não há o que investigar. Foi um acidente horrível. Estou aqui para conversar com vocês, para deixar as coisas claras onde estiverem desnecessariamente confusas. Se quiserem, posso ler todo o relatório para vocês.

A idosa voltou a falar.

— Esse relatório é uma mentira.

Todos ficaram tensos. Liev calou-se, se esforçando para manter a calma. Eles tinham de perceber que não havia acordo. Eles tinham de aceitar que o menino teve uma morte infeliz. Liev estava lá pelo bem deles. Virou-se para Fiodor, esperando que ele corrigisse o que a mulher disse.

Fiodor deu um passo à frente.

— Liev, temos outra prova que surgiu hoje. Uma mulher que mora num apartamento com vista para a linha férrea viu Arkadi com um homem. Só sabemos isso. A mulher não é amiga nossa. Nunca a vimos antes. Ela soube do assassinato...

— Fiodor...

— Ela soube da morte de meu filho. E se o que soubemos for verdade, ela pode descrever o homem. Seria capaz de reconhecê-lo.

— Onde ela está?

— Nós a estamos aguardando aqui.

— Ela vem? Gostaria de ouvir o que tem a dizer.

Ofereceram uma cadeira para Liev sentar. Ele dispensou-a, fazendo sinal com a mão. Ia ficar de pé.

Ninguém falou, esperavam a batida à porta. Liev lastimou recusar a cadeira. Passou-se quase uma hora em silêncio até uma batida fraca à porta. Fiodor abriu-a, apresentou-se e pediu para a mulher entrar. Devia ter uns 30 anos: era bonita, de olhos grandes e agitados. Assustada com tanta gente, Fiodor tentou confortá-la.

— São meus amigos e minha família. Não precisa se assustar.

Mas ela não ouvia. Estava olhando para Liev.

— Sou Liev Stepanovitch, agente da MGB. Estou cuidando do caso. Como é seu nome?

Liev pegou seu bloco de anotações e achou uma folha em branco. A mulher não respondeu. Ele olhou-a. Ela continuou sem dizer nada, Liev ia repetir a pergunta quando ela finalmente respondeu.

— Galina Chaporina.

A voz era um sussurro.

— E o que você viu?

— Vi...

Olhou pela sala, depois para o chão e voltou o rosto para Liev, em silêncio. Fiodor insistiu, com a voz tensa.

— Viu um homem?

— Sim, um homem.

Fiodor estava bem ao lado dela, olhando-a com intensidade, e deu um suspiro de alívio. Ela prosseguiu:

— Um homem na linha do trem, talvez um operário. Vi pela janela. Estava bem escuro.

Liev bateu com o lápis no bloco.

— Viu o homem com um menino?

— Não, não tinha menino.

Fiodor abriu a boca e as palavras saíram rápidas.

— Mas soubemos que viu um homem com o meu filhinho pela mão.

— Não, não, não tinha menino. Ele estava segurando uma sacola, acho, cheia de ferramentas. É isso mesmo. Estava trabalhando nos trilhos, consertando talvez. Não vi direito, foi de relance só. Eu não devia estar aqui. Sinto muito que seu filho tenha morrido.

Liev fechou o bloco de anotações.

— Obrigado.

— Vai perguntar mais alguma coisa?

Antes de Liev responder, Fiodor pegou a mulher pelo braço.

— Você viu um homem.

A mulher puxou o braço. Examinou a sala onde todos olhavam para ela. Virou-se para Liev.

— Você vai precisar ir à minha casa depois?

— Não. Pode ir embora.

Galina abaixou a cabeça e foi rápido para a porta. Mas antes de chegar lá, a idosa perguntou alto:

— Fica nervosa por tão pouco?

Fiodor correu para a idosa.

— Por favor, sente-se.

Ela concordou com a cabeça, indiferente ao que ele pediu.

— Ele era seu filho.

— Era.

Liev não conseguia ver os olhos de Fiodor. Pensou qual seria a comunicação silenciosa entre aquelas duas pessoas. Mesmo assim, ela sentou-se. Nesse meio tempo, Galina foi embora.

Liev gostou que Fiodor tivesse se intrometido na conversa. Esperava que isso significasse que a situação tinha mudado. Ficar comentando mexericos e boatos não era útil a ninguém. Fiodor voltou para o lado de Liev:

— Desculpe o que minha mãe disse, está muito nervosa.

— Foi por isso que vim aqui. Para falarmos dentro dessa casa. Só não pode a conversa continuar depois que eu sair daqui. Se alguém perguntar de seu filho, você não pode dizer que foi morto. Não porque eu mandei, mas porque não é verdade.

— Nós entendemos.

— Fiodor, amanhã você pode tirar folga. Foi autorizado. Se tiver mais alguma coisa que eu possa fazer por você...

— Obrigado.

Na porta do apartamento, Fiodor cumprimentou Liev.

— Estamos todos transtornados. Perdoe algum rompante nosso.

— Não serão registrados. Mas, como eu disse, não podem conversar mais sobre isso.

O rosto de Fiodor endureceu. Concordou com a cabeça. Como se as palavras fossem amargas, ele as pôs para fora:

— A morte de meu filho foi um acidente terrível.

Liev desceu a escada respirando pesado. O clima naquela sala estava sufocante. Ficou satisfeito por resolver o assunto. Fiodor era um bom homem. Depois que aceitasse a morte do filho, seria mais fácil aceitar também a verdade.

Ele parou. Ouviu alguém atrás. Virou-se. Era um menino que não devia ter mais de 7 ou 8 anos.

— Senhor, meu nome é Jora. Sou o irmão mais velho de Arkadi. Posso falar com o senhor?

— Claro.

— O culpado sou eu.

— Culpado de quê?

— Da morte do meu irmão: joguei uma bola de neve nele. Estava cheia de pedras, sujeira e cascalho. Arkadi se machucou, a bola bateu na cabeça. Ele correu. Talvez tenha ficado tonto e por isso não viu o trem. Foi por minha causa que ele ficou com a boca suja. Joguei a bola nele.

— A morte do seu irmão foi um acidente. Você não precisa se sentir culpado. Mas fez bem em me contar a verdade. Agora, volte para casa.

— Não contei para meus pais da bola de neve com sujeira, lama e cascalho.

— Talvez eles não precisem saber.

— Iam ficar muito zangados. Foi a última vez que vi meu irmão. Senhor, nós em geral gostávamos de brincar. E tenho certeza que teríamos gostado outra vez, teríamos feito as pazes, ficado amigos de novo. Mas agora não posso acertar com ele, não posso pedir desculpas.

Liev ouviu a confissão do menino. Ele queria ser perdoado. Começou a chorar. Constrangido, Liev deu um tapinha na cabeça dele e disse, baixo, como se fosse um acalanto:

— Não foi culpa de ninguém.

Aldeia de Kimov
Cento e Sessenta Quilômetros ao Norte de Moscou

No mesmo dia

Anatoli Bródski não dormia há três dias. Estava tão cansado que precisava se concentrar até para fazer as tarefas mais simples. Na frente dele, a porta do celeiro estava trancada. Sabia que teria de arrombá-la. Mesmo assim, a idéia parecia fora de propósito. Ele simplesmente não tinha forças. Começou a nevar. Olhou para o céu noturno: devaneou e, quando lembrou quem era e o que deveria fazer, a neve tinha se acumulado em seu rosto. Lambeu os flocos nos lábios e concluiu que, se não entrasse no celeiro, ia morrer. Concentrou-se e deu um chute na porta. As dobradiças mexeram, mas a porta não abriu. Deu outro chute. Saltaram lascas de madeira. Animado pelo barulho, juntou as últimas chispas de energia e deu um terceiro chute na fechadura. A madeira quebrou, a porta se abriu. Ele ficou na entrada, se adaptando à escuridão de dentro. De um lado do celeiro, duas vacas estavam num cercado. Do outro, ferramentas e palha. Ele espalhou alguns sacos rústicos no chão gelado, abotoou o casaco, deitou-se e, depois de cruzar os braços no peito, fechou os olhos.

*

Da janela do quarto, Mikhail Zinóviev viu que a porta do celeiro estava aberta. Batia ao vento e a neve entrava no celeiro, rodopiando. Virou-se. A esposa estava na cama, dormindo. Para não incomodá-la, vestiu o casaco em silêncio, calçou as botas forradas de feltro e saiu.

O vento tinha aumentado, levantando a neve do chão e jogando-a com força no rosto de Mikhail. Protegeu os olhos com a mão. Aproximou-se do celeiro e viu por entre os dedos que tinham arrebentado a tranca e chutado a porta. Olhou lá dentro e, depois de adaptar a vista à falta de luz da lua, viu a silhueta de um homem deitado na palha. Sem pensar direito no que ia fazer, Mikhail entrou no celeiro, pegou um ancinho, aproximou-se do homem adormecido e preparou-se para atingi-lo na barriga.

Anatoli abriu os olhos e viu, a poucos centímetros de seu rosto, botas cobertas de neve. Rolou de lado e olhou o homem que estava sobre ele. Os dentes de um ancinho tremiam bem em cima da barriga dele. Nenhum dos dois se mexeu. A respiração deles formava uma névoa na frente dos rostos, que sumiam e apareciam. Anatoli não tentou segurar o ancinho. Não tentou sair da frente.

Ficaram assim, com os gestos paralisados, até Mikhail se envergonhar. Fez uma exclamação como se tivesse sido atingido no estômago por alguma força invisível que o obrigou a largar o ancinho no chão e se ajoelhar.

— Por favor, me perdoe.

Anatoli sentou-se. A adrenalina o acordou, mas estava com o corpo doído. Quantas horas tinha dormido? Poucas, não foi suficiente. Estava com a voz rouca, a garganta seca.

— Compreendo, eu não devia ter vindo aqui. Não devia ter pedido a sua ajuda. Você tem que se preocupar com a família. Arrisquei a sua vida. Eu é que devia pedir perdão.

Mikhail balançou a cabeça.

— Fiquei com medo, entrei em pânico. Perdoe.

Anatoli olhou a neve e a escuridão. Não podia ir embora naquele momento. Não sobreviveria. Claro que não podia se dar ao luxo de dormir. Mas continuava precisando de abrigo. Mikhail esperava uma resposta, um perdão.

— Não tem o que perdoar, pois você não tem culpa. Eu teria feito o mesmo.

— Mas você é meu amigo.

— Ainda sou e serei sempre seu amigo. Ouça: quero que esqueça o que aconteceu aqui esta noite. Esqueça que vim aqui. Esqueça que pedi ajuda. Lembre de nós como éramos. Lembre-se de nós como ótimos amigos. Faça isso por mim e farei o mesmo por você. Assim que amanhecer, vou embora. Prometo. Você vai acordar e continuar sua vida normal. Garanto que ninguém saberá que estive aqui.

Mikhail abaixou a cabeça: chorou. Até aquela noite, ele achava que faria qualquer coisa pelo amigo. Era mentira. Sua lealdade, sua coragem, sua amizade mostraram ser frágeis como papel, rasgaram à primeira prova dura.

Naquela noite, quando Anatoli chegou, Mikhail pareceu surpreso, o que era compreensível. Anatoli chegou na aldeia sem avisar. Mesmo assim, foi bem recebido, ganhou comida, bebida e hospedagem. Só quando os donos da casa ouviram que o hóspede ia para o norte, na fronteira com a Finlândia, entenderam aquela visita súbita. Ele não disse que estava sendo procurado pela Segurança do Estado, a MGB. Não precisava dizer. Eles entenderam. Era um fugitivo. Quando isso ficou evidente, a hospitalidade acabou. O castigo por ajudar e abrigar um fugitivo era a morte por execução. Anatoli sabia, mas esperava que o amigo aceitasse o risco. Até esperava que fosse para o norte junto com ele. A MGB não estava procurando duas pessoas e, além disso, Mikhail conhecia gente nas cidades a caminho de Leningrado, inclusive em Tver e Gorki. É verdade que era pedir muito, porém Anatoli salvara a vida de Mikhail uma vez; achou que a dívida jamais precisaria ser paga, mas nunca imaginou que fosse precisar cobrar.

Durante a conversa, ficou claro que Mikhail não estava preparado para assumir aquele tipo de risco. Na verdade, nenhum tipo. A esposa dele tinha interrompido a conversa várias vezes, pedindo para falar com o marido a sós. A cada interrupção, ela olhava para Anatoli com um ódio evidente. A situação exigia prudência e cuidado como parte da vida cotidiana. E era inegável que Anatoli tinha trazido o perigo para a família do amigo, uma família que ele amava. Reduzindo profundamente suas expectativas, Anatoli disse a Mikhail que queria apenas passar a noite no celeiro. Iria embora na manhã seguinte. Andaria até a estação de trem mais próxima, do mesmo jeito que havia chegado. E que tinha sido idéia dele arrombar a porta do celeiro. Caso fosse pego, o que era pouco provável, o casal poderia dizer que não sabia e fingir que tratava-se de um invasor. Achou que esses cuidados tranqüilizaram os donos da casa.

Anatoli não agüentou ver o amigo chorar e aproximou-se dele.

— Não há por que sentir culpa. Todos nós estamos apenas tentando sobreviver.

Mikhail parou de chorar. Enxugou as lágrimas e olhou para o amigo. Os dois perceberam que aquela era a última vez que se viam e se abraçaram.

Mikhail se afastou.

— Você sempre foi ótimo para mim. Boa sorte.

Levantou-se, saiu do celeiro e cuidou para fechar a porta, prendendo-a com um pouco de neve. Virou-se contra o vento e foi para casa. Se matasse Anatoli e avisasse que era um invasor, teria garantido a segurança da família. Ele agora teria de enfrentar o que viria. Teria de rezar. Nunca se considerou covarde e, durante a guerra, quando estava com a vida em jogo, nunca foi covarde. Alguns homens até o chamaram de corajoso. Mas ter uma família o deixou com medo. Conseguia imaginar coisas bem piores do que a própria morte.

Chegando à casa, descalçou as botas, tirou o casaco e foi para o quarto. Ao abrir a porta, assustou-se ao ver alguém na janela. A esposa estava acordada, olhando para o celeiro. Ouvi-o entrar e virou-se. Seu corpo miúdo não mostrava quão capaz era de carregar coisas, cortar e trabalhar 12 horas por dia, capaz de manter a família unida. Não interessava que Anatoli um dia tivesse salvado a vida do marido dela. Não se incomodava com a história e a amizade deles. Lealdade e dívida eram conceitos abstratos. Anatoli era uma ameaça à segurança deles. Isso era concreto. Queria que ele ficasse o mais longe possível da família dela e, naquele exato momento, ela o detestava — aquele amigo gentil e decente de quem um dia ela gostou e a quem apreciava receber em casa.

Mikhail deu um beijo na esposa. Ela estava com o rosto frio. Segurou na mão dela. Ela olhou-o e notou que esteve chorando.

— O que foi fazer lá fora?

Mikhail entendeu a preocupação dela. Esperava que ele tivesse feito o que era preciso. Esperava que ele colocasse a família em primeiro lugar e tivesse matado aquele homem. Era a coisa certa a fazer.

— Ele deixou a porta do celeiro aberta. Podia ser visto. Fechei-a.

Sentiu a esposa soltar a mão, desapontada. Achou-o fraco. Tinha razão. O marido não tinha coragem de matar, nem coragem de ajudá-lo. Ele tentou encontrar palavras de consolo.

— Não precisa se preocupar. Ninguém sabe que ele está aqui.

Moscou

No mesmo dia

A mesa tinha sido destruída, a cama foi virada, o colchão e os travesseiros foram rasgados e as tábuas do assoalho, levantadas. Mesmo assim, a busca no apartamento de Anatoli Bródski não deu qualquer pista de onde ele estava. Liev se abaixou para examinar a lareira. Queimaram pilhas de papéis lá. A cinza fina era de cartas queimadas. Com a ponta da arma, Liev remexeu nos restos, esperando encontrar um pedaço que o fogo não tivesse atingido. As cinzas caíram — estava tudo queimado e escuro. O traidor tinha escapado. O culpado era Liev. Tinha dado àquele homem, um estranho, o benefício da dúvida. Achou que ele era inocente, tipo de erro que só um amador podia cometer.

É melhor castigar dez inocentes do que deixar um culpado escapar.

Ele desconsiderara um princípio fundamental do trabalho deles: a presunção de culpa.

Liev aceitava sua responsabilidade, mas teve de admitir que, se não fosse obrigado a passar o dia todo tratando da morte acidental daquele menino, será que Bródski teria escapado? Encontrar os parentes, abafar boatos temerários — aquilo não era tarefa para um agente do alto escalão da MGB. Em vez de cuidar pessoalmente de uma operação de vigilância, ele aceitou se afastar do caso para resolver o que era pouco mais que um problema pessoal. Jamais devia ter aceitado. Tinha sido complacente com a ameaça que era aquele Bródski. Foi seu primeiro erro de avaliação grave desde que entrou para a Segurança do Estado. Sabia que poucos agentes tinham chance de cometer um segundo erro.

Não pensou muito no caso: Bródski era um homem culto, com algum conhecimento da língua inglesa, e costumava lidar com estrangeiros. Isso era suficiente para ser vigiado mas, como Liev observou, ele era um respeitado veterinário numa cidade com poucos profissionais da área. Os diplomatas estrangeiros tinham de levar seus gatos e cachorros para alguém. Além disso, Bródski serviu no Exército Vermelho como médico de campo. Tinha um passado impecável. Segundo os registros militares, ele se apresentou como voluntário e, apesar de não ser médico diplomado, apesar de sua especialidade ser animais feridos, trabalhou em diversos hospitais de campo e ganhou duas medalhas. Deve ter salvado centenas de vidas.

O major Kuzmin adivinhou logo o motivo para a discrição de seu protegido. Durante a carreira militar de Liev, seus inúmeros ferimentos foram tratados por médicos de campo e sem dúvida manteve alguma camaradagem de guerra. Kuzmin lembrou a Liev que o sentimentalismo pode impedir de enxergar a verdade. Aqueles que parecem mais confiáveis são os que merecem mais desconfiança. Liev viu que era um gracejo sobre o conhecido aforismo criado por Stalin:

Confie, mas confira.

As palavras de Stalin tinham sido interpretadas como:

Devemos desconfiar de quem confiamos.

Pelo menos, havia uma certa igualdade, pois vigiava-se com o mesmo rigor as pessoas nas quais se confiava e nas quais não se confiava.

O dever de um investigador era chegar ao fundo da inocência até descobrir a culpa. Se não fosse descoberta, era porque não foi suficientemente a fundo. No caso de Bródski, o problema não era se diplomatas estiveram com ele por ser veterinário, mas se ele tinha se tornado veterinário para encontrar os diplomatas abertamente. Por que instalou o consultório perto da embaixada dos Estados Unidos? E por que — pouco depois de instalar — diversos funcionários da embaixada adquiriram animais de estimação? E, finalmente: por que os bichos de estimação dos diplomatas pareciam exigir mais cuidados do que os dos cidadãos comuns? Kuzmin foi o primeiro a concordar que havia um lado engraçado naquilo tudo e era exatamente isso que o inquietava. A aparente inocência dos fatos parecia um grande disfarce. Como se estivessem zombando da MGB. Poucos crimes eram mais graves do que esse.

Depois de examinar o caso e anotar as observações de seu chefe, Liev decidiu que, em vez de prender o suspeito, ia segui-lo pois, se aquele cidadão estava espionando, era a chance de descobrir com quem agia e prender todos de uma vez só. Embora não dissesse, não se sentia bem em prender uma pessoa sem ter provas. Claro que esse era um escrúpulo que havia enfrentado durante toda a sua vida profissional. Prendeu muitas pessoas das quais sabia apenas o nome, o endereço e que alguém desconfiava delas. A culpa de um suspeito se concretizava assim que ele passava a suspeito. Quanto às provas, apareceriam durante o interrogatório. Mas Liev não era mais apenas um subalterno que obedecia ordens, por isso resolveu usar do seu poder e agir de forma um pouco diferente. Ele era um investigador. Queria investigar. Não duvidava muito de que acabaria prendendo Anatoli Bródski, só queria provas, algum sinal de culpa além da mera suspeita. Em resumo, ele queria se sentir de consciência tranqüila ao prendê-lo.

Como parte da operação de vigilância, Liev pegou o turno diurno e passou a seguir o suspeito das oito da manhã às oito da noite. Durante três dias, não notou nada de estranho. O homem trabalhava, almoçava fora e ia para casa. Ou seja, parecia um homem comum, um bom cidadão. Talvez tenha sido essa aparência inócua o que embotou os sentidos de Liev. Quando, naquela manhã, ele foi afastado da investigação por um irritado Kuzmin, comunicado do caso Fiodor Andréiev — o menino morto, a reação histérica dos parentes — e recebeu ordem de resolver a situação imediatamente, ele não reclamou. Em vez de discutir e lembrar que tinha coisas mais importantes a fazer, aceitou. Agora, em retrospecto, Liev viu como aquilo tudo parecia ridículo. Que frustração ficar conversando com parentes e consolando crianças enquanto um suspeito, um traidor, fugia, zombando de Liev. O agente idiota encarregado de vigiar Bródski não estranhou que o veterinário passasse o dia todo sem dar uma só consulta. Só ao anoitecer desconfiou e entrou no consultório, fazendo-se passar por cliente. Encontrou tudo vazio. Uma janela dos fundos estava aberta. O suspeito pode ter fugido a qualquer hora, provavelmente de manhã, logo após chegar lá.

Bródski fugiu.

Quando Liev soube disso, ficou furioso e marcou uma reunião de emergência na casa do major Kuzmin. Agora tinha a prova de culpa que procurava, embora não tivesse mais o suspeito. Ficou surpreso ao ver que o chefe gostou. O comportamento do traidor confirmava a tese dele: era preciso desconfiar sempre. Se uma alegação tinha apenas um por cento de verdade, era melhor considerá-la totalmente verdadeira do que rejeitá-la. Liev recebeu ordem de prender o traidor de qualquer maneira. Não podia dormir, comer, descansar, nem fazer nada até prender aquele homem, o que deveria ter feito há três dias — como frisou Kuzmin, satisfeito.

Liev coçou os olhos. Sentia um nó no estômago. Na melhor das hipóteses, ele parecia ingênuo; na pior, incompetente. Subestimou um adversário e por isso sentiu um súbito e incomum acesso de raiva, teve vontade de chutar aquela mesa virada na casa de Bródski. Conteve-se. Tinha treinado para esconder as emoções. Um funcionário novato entrou na sala de repente, talvez ansioso por ajudar, para mostrar sua dedicação. Liev dispensou-o, queria ficar sozinho. Levou um instante para se acalmar, olhando pela janela a neve que começava a cair sobre a cidade. Acendeu um cigarro e soprou a fumaça na vidraça. Qual foi o erro? O suspeito deve ter percebido que estava sendo seguido pelos agentes e planejou a fuga. Se queimou documentos, queria dizer que queria esconder coisas relativas à espionagem ou ao lugar para onde ia. Liev tinha certeza de que Bródski tinha um plano de fuga, um jeito de sair do país. Era preciso encontrar parte desse plano.

Os vizinhos do consultório eram um casal de aposentados de 70 e tantos anos que moravam com o filho casado, a nora e os dois netos. Viviam seis pessoas em dois quartos, o que era comum. Os seis estavam na cozinha, sentados lado a lado com um agente novato atrás para intimidá-los. Liev percebeu que eles sabiam que estavam todos implicados na culpa de outro homem. Dava para ver o medo que sentiam. Deixou de lado essa impressão por considerá-la irrelevante — já tinha sido acusado de sentimentalismo uma vez — e foi até a mesa da cozinha.

— Anatoli Bródski é um traidor. Se vocês o ajudarem de alguma forma, mesmo não dizendo nada, serão considerados cúmplices. Vocês precisam demonstrar sua lealdade ao Estado. Não precisamos provar que são culpados. Neste momento, isso não conta.

O homem mais velho, o avô, evidentemente um esperto sobrevivente, logo se ofereceu para dar todas as informações que tivesse. Usando as mesmas palavras de Liev, ele disse que, naquela manhã, o traidor veio trabalhar um pouco mais cedo que o habitual, com a mesma pasta, o mesmo casaco e o mesmo chapéu de sempre. Não querendo parecer que não colaborava, o velho opinou e sugeriu lugares onde aquele traidor poderia estar, que Liev percebeu que nada mais eram que suposições desesperadas. O avô terminou dizendo que ninguém na família gostava nem confiava em Bródski como vizinho, a única pessoa que gostava dele era Zina Morosovna, que morava no andar de baixo.

Zina Morosovna era uma mulher de 50 e tantos anos que tremia como uma criança, fato que tentava inutilmente disfarçar fumando. Liev a encontrou ao lado de uma reprodução barata de uma famosa foto de Stalin — de pele lisa e olhar sábio — dependurada com destaque sobre a lareira. Decerto achava que a foto poderia protegê-la. Liev não se preocupou em apresentar-se ou mostrar a identidade, foi direto ao assunto com o intuito de desorientá-la.

— Por que você é tão amiga de Anatoli Bródski, se ninguém no prédio gostava nem confiava nele?

Zina foi pega de surpresa e, ao ouvir aquela mentira, sua discrição passou a indignação.

— Todos no prédio gostavam de Anatoli. Era um bom homem.

— Bródski é um espião. Mas você o chama de bom? Traição é qualidade?

Ao perceber seu erro tarde demais, Zina começou a explicar o comentário.

— Eu só quis dizer que ele tomava cuidado para não incomodar os vizinhos com barulho. Era uma pessoa educada.

Essas qualidades eram irrelevantes. Liev ignorou-as. Pegou um bloco e anotou em grandes letras visíveis as palavras que ela escolheu mal.

ELE ERA UM BOM HOMEM

Escreveu com clareza para que ela entendesse bem que estava determinando os próximos 15 anos de sua vida. Aquelas palavras eram mais do que suficientes para condená-la como colaboradora. Receberia uma longa pena como prisioneira política, provavelmente 25 anos de detenção. Com a idade que já tinha, era pouco provável que sobrevivesse a um gulag. Ele não precisava mencionar essas ameaças. Eram do conhecimento de todos.

Zina recuou para o canto da sala, apagou o cigarro, imediatamente se arrependeu e pegou outro.

— Não sei para onde Anatoli foi, mas sei que não tinha família. A mulher dele foi morta na guerra. O filho morreu de tuberculose. Ele raramente recebia visitas. Pelo que sei, tinha poucos amigos...

Ela parou. Anatoli tinha sido amigo dela. Passaram muitas noites juntos, comendo e bebendo. Houve época em que até esperou que se apaixonasse por ela, mas ele não demonstrou interesse. Nunca superou a morte da esposa. Perdida em lembranças, olhou para Liev. Ele não estava impressionado.

— Quero saber onde ele está. Não me interessa que a mulher e o filho tenham morrido. A história dele não me interessa, a menos que indique onde está hoje.

A vida dela estava em jogo e só havia uma forma de sobreviver. Mas será que ela podia trair o homem que amava? Surpresa, viu que a decisão foi mais rápida do que ela imaginava.

— Anatoli era muito discreto. Mas recebia e mandava cartas. De vez em quando pedia que eu as colocasse no correio. A única correspondência que mantinha era com alguém da aldeia de Kimov. Acho que fica ao norte daqui. Ele comentou que tinha um amigo lá. Não lembro o nome dele. É verdade e é tudo o que sei.

A voz dela estava sufocada de culpa. Embora não se pudesse levar em consideração qualquer demonstração de emoção, Liev desconfiou que ela estava traindo um segredo. Arrancou a página do bloco e entregou para ela. Ela recebeu a folha como pagamento pela traição. Liev notou o desprezo no olhar dela. Não se incomodou.

O nome de uma aldeia ao norte de Moscou era uma pista muito vaga. Se Bródski era espião, seria bem mais provável que fosse escondido pelas pessoas para as quais trabalhava. Há muito tempo a MGB sabia que havia uma rede de esconderijos sob controle estrangeiro. Mas usar uma ligação pessoal (um camponês de fazenda coletiva) não combinava com um espião profissional mantido por país estrangeiro. Mesmo assim, Liev tinha certeza de que era o caminho que deveria seguir. Deixou de lado os detalhes estranhos, pois sua função era pegar o homem. Só tinha essa pista. Já tinha pagado o preço por ter se enganado.

Liev foi imediatamente para o caminhão estacionado lá fora e leu de novo o caso, procurando alguma conexão com a aldeia de Kimov. Foi interrompido pela chegada de seu subordinado direto, Vassíli Ilitch Nikítin. Com 35 anos, cinco a mais que Liev, Vassíli tinha sido um dos agentes mais promissores da MGB. Cruel, competitivo, era fiel apenas à MGB e nada mais. No fundo, Liev considerava essas fidelidades mais egoísmo do que patriotismo. Quando começou a trabalhar como investigador, Vassíli tinha provado sua dedicação denunciando o único irmão por fazer comentários anti-stalinistas. Constava que o irmão fez uma piada a respeito de Stalin. Estava bêbado, comemorando o aniversário. Vassíli escreveu um relatório e o irmão foi condenado a 20 anos de trabalhos forçados. A prisão funcionou a favor do delator até que, três anos depois, o irmão fugiu, matando vários guardas e o médico do campo. Nunca foi capturado e esse constrangimento ficou pesando nas costas de Vassíli. Se ele não tivesse colaborado incansavelmente na busca do fugitivo, sua carreira poderia ter afundado. Mas sobreviveu enfraquecida. Sem outros irmãos para denunciar, Liev sabia que seu agente estava procurando outro jeito de ficar em boas graças.

Vassíli tinha terminado a busca no consultório do veterinário e parecia satisfeito consigo mesmo. Entregou a Liev uma carta amassada que, segundo explicou, achou atrás da escrivaninha do traidor. Todas as outras cartas tinham sido queimadas (como foram no apartamento) mas, na pressa, o suspeito esqueceu aquela. Liev pegou-a para ler. A carta era de um amigo dizendo que Anatoli seria bem-vindo quando quisesse. O endereço do remetente estava um pouco manchado, mas o nome da cidade estava nítido: Kiev. Liev dobrou a carta e devolveu-a ao seu agente.

— Foi escrita por Bródski. Não por um amigo dele. Queria que nós a encontrássemos. Ele não vai para Kiev.

A carta tinha sido escrita às pressas. A caligrafia tinha discrepâncias mal disfarçadas. O conteúdo era risível e parecia ter a única intenção de convencer quem a lesse que o remetente era um amigo que Bródski podia procurar quando precisasse. O endereço estava propositalmente manchado para evitar qualquer identificação do verdadeiro morador e com isso provar a falsificação. O local onde a carta foi deixada (caída atrás da escrivaninha) parecia intencional.

Vassíli insistiu na autenticidade da carta.

— Seria uma negligência não investigar a pista de Kiev.

Liev não tinha dúvida de que a carta era forjada, mas pensou se não seria bom enviar Vassíli a Kiev por precaução, para se proteger de qualquer acusação posterior de ignorar uma prova. Afastou a idéia: não importava como conduzisse a investigação, se não achasse o suspeito, sua carreira estava acabada.

Voltou a atenção para o arquivo. Segundo os documentos, Bródski era amigo de um homem chamado Mikhail Sviatoslavitch Zinóviev, que tinha sido afastado do Exército Vermelho por sofrer de ulceração crônica causada por frio. Quase morto, com diversos dedos amputados, ele se recuperou e foi dispensado do serviço militar. Bródski tinha feito a cirurgia. Liev percorreu o documento com o dedo, procurando o endereço atual.

Kimov.

Liev voltou para seus comandados e notou a expressão carrancuda de Vassíli.

— Vamos atrás dele.

Trinta Quilômetros ao Norte de Moscou

15 de fevereiro

As estradas que saíam de Moscou estavam cobertas por uma camada de gelo e, apesar do caminhão ter correntes nos pneus para não deslizar na neve, não conseguia fazer mais de 25 quilômetros por hora. As rajadas de vento e neve eram tão intensas que pareciam ter algum motivo pessoal para impedir que Liev chegasse ao seu destino. Os limpadores de pára-brisa presos ao teto da cabine lutavam para manter limpa pelo menos uma pequena parte do vidro. Com visibilidade de menos de dez metros, o caminhão seguia. Só por desespero Liev tentava uma viagem naquelas condições.

Inclinados sobre mapas abertos no colo, Liev estava entre Vassíli e o motorista. Os três usavam casacos e luvas como se estivessem do lado de fora. A cabine de aço, com teto e piso também de aço, era aquecida apenas pelo calor que vinha do motor barulhento. Mas, pelo menos, protegia um pouco do frio. Atrás, os nove agentes fortemente armados viajavam sem esse luxo. Os caminhões ZiS-151 tinham capota de lona que deixava entrar o frio e até a neve. Como a temperatura podia cair a 30 graus abaixo de zero, a traseira desses caminhões tinha uma estufa à lenha pregada no piso. O aparelho abaulado só conseguia aquecer os que estavam perto, obrigando os homens a se juntarem e a trocarem de lugar por turnos. Liev tinha ficado lá muitas vezes: a cada dez minutos, os dois homens mais perto da estufa saíam, relutantes, do calor e ficavam no lugar mais frio, na ponta dos bancos, enquanto o resto ia para perto da estufa.

Pela primeira vez na carreira, Liev sentia que sua equipe estava insatisfeita. Não pelo desconforto da viagem, ou por não poder dormir. Seus subordinados estavam acostumados com as duras condições de trabalho. Não, o motivo da insatisfação era outro. Talvez porque a missão poderia ter sido evitada. Ou porque não confiavam na pista da aldeia de Kimov. Mas, em outras ocasiões, ele tinha pedido que os homens confiassem nele e conseguiu. Naquela noite, porém, sentia agressividade, resistência. Não estava habituado com aquele tipo de comportamento, a não ser da parte de Vassíli. Afastou esses pensamentos. Naquele momento sua popularidade era o que menos o interessava.

Se sua tese estivesse certa, se o suspeito estivesse em Kimov, Liev achava provável que ele sairia de lá à primeira luz do dia, sozinho ou com ajuda do amigo. Liev apostava que chegariam à aldeia a tempo. Preferiu não destacar a milícia local estacionada em Zagorsk, que era a cidade grande mais próxima, pois considerava os agentes amadores, indisciplinados e mal treinados. Nem as divisões locais da MGB eram confiáveis para uma missão como aquela. Com Bródski sabendo que estava sendo procurado, era pouco provável que se rendesse. Poderia resistir até à morte. Mas precisava ser capturado vivo. Sua confissão era da máxima importância. Além disso, sua fuga deixou Liev constrangido e, decidido a compensá-la, resolveu que ele mesmo prenderia o fugitivo. Não era só uma questão de orgulho. Nem que sua carreira dependesse daquele resultado. As conseqüências eram maiores do que isso. Fracassar num caso tão grave de espionagem daria a entender que Liev sabotou a investigação de propósito. Fracassar na captura do suspeito poderia implicá-lo depois. Sua lealdade seria questionada.

Confie, mas confira.

Ninguém estava excluído dessa regra, nem mesmo os que a cobravam.

Se o fugitivo não estivesse em Kimov, se Liev estivesse enganado, Vassíli seria o primeiro a dar detalhes de como seu superior desprezou a pista promissora de Kiev. Percebendo a fraqueza dele, os outros agentes ficariam como animais acuando uma presa, certamente o denunciariam como um líder fraco e Vassíli se colocaria como sucessor lógico. Na hierarquia da Segurança do Estado, o destino das pessoas podia mudar do dia para a noite. Muita coisa na vida daqueles dois homens dependia da localização do traidor.

Liev olhou para Vassíli, um homem ao mesmo tempo bonito e repulsivo, como se a boa aparência estivesse sobre um interior podre, uma cara de herói com coração de carrasco. Sua fachada atraente tinha mínimas rachaduras, visíveis no leve escárnio dos cantos da boca: quem soubesse interpretar, veria os pensamentos sombrios por trás da boa aparência. Talvez notando que estava sendo observado, Vassíli virou-se e deu um sorriso leve e ambíguo. Estava gostando de alguma coisa e Liev concluiu imediatamente que algo devia estar errado.

Conferiu o mapa. Com menos de mil habitantes, Kimov era um grão de areia no território soviético. Liev tinha avisado o motorista para não esperar ver placas na estrada. Mesmo com o caminhão a 15 km por hora, aquela aldeia podia surgir e desaparecer no espaço de uma troca de marcha. Liev percorreu com o dedo os marcos no mapa e começou a achar que perderam a entrada da aldeia. Continuavam rumo ao norte, quando deveriam ir para oeste. Como era quase impossível se orientar pela paisagem ao redor, ele calculou sua localização em termos de quilômetros. Estavam bem ao norte. O motorista tinha passado do ponto.

— Vamos voltar!

Liev notou que nem o motorista, nem Vassíli se surpreenderam com a ordem. O motorista resmungou.

— Mas não vimos a entrada.

— Perdemos a entrada. Pare o caminhão.

O motorista diminuiu a marcha apertando o freio aos poucos para não deslizar na neve. O caminhão foi parando, Liev saltou e, sob a nevasca, passou a orientar o motorista para fazer um retorno esquisito, visto que o ZiS-151 ocupava quase toda a largura da estrada. O retorno estava quase feito e o veículo praticamente atravessado na estrada, mas o motorista pareceu ignorar as instruções de Liev, dando ré com muita rapidez. Liev correu para a frente e bateu na porta da cabine, mas era tarde. Um dos pneus traseiros saiu da estrada. Ficou girando num monte de neve. A raiva de Liev se somou à desconfiança cada vez maior em relação ao motorista, que parecia de uma incompetência inacreditável. Vassíli tinha arrumado o caminhão e o motorista. Liev abriu a porta da cabine e gritou contra o vento:

— Saia daí!

O motorista parou o caminhão. A essa altura, os agentes na traseira também tinham saltado para ver o que acontecia. Olhavam para Liev com desaprovação. Estavam irritados com o atraso, com a missão ou com o chefe? Ele não entendia. Mandou um dos homens assumir a direção enquanto todos, inclusive Vassíli, empurravam o caminhão. O pneu girou, espalhou neve derretida e sujou o uniforme deles. Finalmente, as correntes entraram na estrada e o caminhão deu uma guinada para a frente. Liev mandou o maldito motorista ficar na traseira. Aquele tipo de erro era mais que suficiente para merecer um relatório escrito e a condenação num campo de prisioneiros. Vassíli certamente garantiu que o motorista não sofreria qualquer punição, o que só valeria se Liev fracassasse na missão. Pensou em quantos outros da equipe estariam mais interessados no fracasso do que no sucesso dele. Sentindo-se isolado em sua própria unidade, assumiu o volante do caminhão. Ele iria dirigir. Ele os levaria até lá. Não podia confiar em ninguém. Vassíli ficou ao lado dele e, sensatamente, preferiu calar-se. Liev ligou o motor.

Quando entraram na estrada certa, a oeste, a tempestade amainou próximo à chegada em Kimov. Surgiu um fraco sol de inverno. Liev estava exausto. Ficou esgotado de dirigir na neve. Seus braços e ombros estavam duros e as pálpebras, pesadas. Percorriam a região rural, com seus campos e florestas. Ao entrar num vale suave, viu a aldeia: um amontoado de casas de madeira, algumas à margem da estrada, outras mais atrás, todas quadradas e com altos telhados triangulares, uma paisagem que não mudava há um século. Aquela era a antiga Rússia, de comunidades que se formaram em torno de poços d'água e de antigas lendas, onde a saúde do rebanho era decidida pelo humor do *Dvorovoi*, o espírito do campo, e onde os pais diziam aos filhos que, se não se comportassem direito, os espíritos iam roubá-los e transformá-los em troncos. Os pais tinham ouvido a mesma história quando crianças e não as esqueceram, passavam meses fazendo roupas para deixar na floresta como oferenda para as ninfas, as *Rusalki*, que se balançavam nos galhos das árvores e, se quisessem, podiam matar um homem de cócegas. Liev tinha crescido na cidade e não acreditava naquelas superstições bucólicas; ficava impressionado como a revolução ideológica do país quase nada fez para acabar com aquele folclore primitivo.

Liev parou o caminhão na primeira casa. Tirou do bolso do paletó um vidro com pequenos e sujos cristais brancos de formas desiguais: era metanfetamina pura, um entorpecente muito apreciado pelos nazistas. Conheceu-o ao lutar na frente oriental, quando o exército russo empurrava os invasores, mantendo prisioneiros de guerra e assimilando alguns hábitos deles. Em determinadas operações, Liev não tinha tempo de descansar. Aquela era uma delas. Agora, os médicos da MGB receitavam a droga para ele, que usou-a muitas vezes depois da guerra, sempre que uma missão precisava se estender pela noite toda. Tinha eficácia garantida. Mas o preço que cobrava 24 horas depois era o total esgotamento físico, que só podia ser compensado com mais comprimidos ou dormindo 12 horas. Os efeitos colaterais já estavam aparecendo. Ele havia emagrecido e suas feições tinham endurecido. Estava meio desmemoriado, confundia detalhes e nomes, casos e prisões se misturavam na lembrança e ele precisava anotar tudo. Não dava para saber se tinha ficado mais paranóico por causa dos remédios, pois a paranóia era um recurso fundamental, uma qualidade que devia ser praticada e mantida. Se ela aumentou por causa das metanfetaminas, melhor.

Colocou alguns comprimidos na mão e juntou mais outros, sem conseguir lembrar a dose certa. Melhor a mais do que a menos. Satisfeito, engoliu tudo com ajuda da bebida do cantil. A vodca ardeu na garganta, mas não diminuiu o gosto amargo dos comprimidos que dava vontade de vomitar. Esperou que passasse olhando a paisagem ao redor. Estava tudo coberto de neve fresca. Liev ficou contente. Havia poucos lugares fora de Kimov onde alguém pudesse se esconder, pois seria visto a quilômetros de distância e suas pegadas seguidas na neve.

Ele não tinha idéia de qual daquelas fazendas pertencia a Mikhail Zinóviev. Como um caminhão militar parado na estrada acabava com qualquer elemento surpresa, Liev saltou, pegou o revólver e foi à casa mais próxima. Embora as anfetaminas ainda não tivessem causado efeito, ele já se sentia mais alerta, atento à medida que se preparava para a inevitável onda entorpecente. Aproximou-se da varanda da casa, ao mesmo tempo que checava a arma.

Antes que ele batesse à porta, ela se abriu e apareceu uma senhora idosa de pele dura como couro. Usava um vestido estampado azul com mangas brancas e um xale bordado na cabeça. Não deu importância a Liev, sua arma, seu uniforme ou seu caminhão militar. Era destemida e também não se preocupou em esconder as rugas de desprezo entalhadas na testa.

— Procuro Mikhail Sviatoslavitch Zinóviev. Ele mora aqui? Onde está?

Como se Liev estivesse falando uma língua estrangeira, ela inclinou a cabeça para o lado e não respondeu. Era a segunda vez em dois dias que uma idosa o enfrentava, o desprezava abertamente. Aquelas mulheres tinham alguma coisa que as tornava intocáveis; a autoridade dele não era nada para elas. Felizmente, a confusão terminou quando o filho, um homem forte e de fala nervosa, saiu da casa.

— Perdoe, senhor, ela é idosa. No que posso lhe ajudar?

Mais uma vez um filho desculpava a mãe.

— Mikhail Sviatoslavitch. Onde ele mora?

Ao ver que Liev não queria prendê-los e que, por mais um dia, estava a salvo com a família, o homem sentiu um grande alívio. Apontou, animado, a casa do amigo.

Liev voltou para o caminhão. Seus subordinados tinham se juntado. Ele dividiu-os em três grupos. Cercariam a casa por vários lados: pela frente, por trás e um terceiro grupo cercaria o celeiro. Cada homem tinha uma pistola automática Stechkin APS de 9 mm, projetada especialmente para uso da MGB. E um homem em cada grupo portava uma AK-47. Se preciso, estavam preparados para uma luta renhida.

— Precisamos do traidor vivo. Precisamos da confissão dele. Na dúvida, qualquer dúvida, não atirem.

Liev repetiu a ordem com mais ênfase para o grupo liderado por Vassíli. Matar Anatoli Bródski seria um erro passível de punição. A vida deles ficava em segundo plano em relação à do suspeito. Em conseqüência disso, Vassíli ficou com a metralhadora AK-47 de seu grupo.

— Só por garantia.

Tentando limitar a possibilidade de Vassíli sabotar a operação, Liev encarregou o grupo dele da área menos importante.

— Seu grupo vai vasculhar o celeiro.

Quando Vassíli ia se retirando, Liev segurou no braço dele.

— Temos de pegá-lo vivo.

A meio caminho da casa, os três grupos se dividiram em várias direções. Os vizinhos olhavam de soslaio das janelas e sumiam dentro das casas. A trinta passos da porta, Liev parou até os outros dois grupos tomarem posição. Os homens de Vassíli cercaram o celeiro, enquanto o terceiro grupo ficava nos fundos da casa, todos à espera do sinal de Liev para avançar. Não havia ninguém do lado de fora. Um fio de fumaça saía da chaminé. Panos esfarrapados estavam dependurados nas janelinhas. Era impossível ver dentro da casa. Tudo era silêncio, a não ser pelo clique do dispositivo de segurança das AK-47. De repente, uma menina saiu de uma pequena construção retangular, a privada que ficava nos fundos da casa principal. Cantarolava e a música flutuava por cima da neve. Os três agentes mais próximos de Liev viraram, apontando as armas para ela. A menina ficou imóvel, apavorada. Liev levantou as mãos.

— Não atirem!

Prendeu a respiração, esperando não ouvir o som de metralhadora. Ninguém se mexeu. A menina então correu em direção à casa o mais rápido possível, gritando pela mãe.

Liev sentiu o primeiro efeito da anfetamina: o cansaço sumiu. Saltou para a frente, seguido pelos homens na direção da casa como um laço apertando um pescoço. A menina abriu a porta da frente e entrou depressa. Liev estava a segundos de distância e bateu na porta com o ombro, levantou a arma e entrou fazendo barulho. Era uma cozinha pequena e cálida, inundada pelo cheiro do café-da-manhã. Havia duas meninas, a mais velha devia ter 10 anos e a outra, 4, ao lado de uma lareira pequena. A mãe tinha um olhar duro e decidido, parecia capaz de engolir balas e cuspi-las de volta; ficou na frente das meninas, protegendo-as com uma mão no peito de cada. Um homem de 40 e poucos anos saiu de um cômodo nos fundos. Liev virou-se para ele.

— Você é Mikhail Sviatoslavitch?

— Sim, por quê?

— Sou Liev Stepanovitch Demidov, agente da MGB. Anatoli Tarassovich Bródski é espião. Está sendo procurando para ser interrogado. Diga onde ele está.

— Anatoli?

— Seu amigo. Onde está? Não minta.

— Ele mora em Moscou. É veterinário, não o vejo há anos.

— Se me disser onde está, esqueço que ele esteve aqui. Você e sua família estarão a salvo.

A esposa de Mikhail olhou para o marido: ficou atraída pela oferta. Liev sentiu um enorme alívio. Tinha razão, o traidor esteve lá. Sem esperar resposta, Liev fez sinal para seus homens iniciarem a busca na casa.

Vassíli entrou no celeiro, com a arma para o alto, o dedo no gatilho. Parou na frente do monte de palha, o único lugar onde alguém poderia se esconder, alto o suficiente para ocultar um homem. Deu alguns tiros, voaram tufos de palha. Saiu fumaça do cano da pistola. As vacas que estavam atrás dele resfolegaram, bateram as patas, chutaram o chão. Mas não houve sangue. Não tinha ninguém lá, estavam perdendo tempo. Saiu do celeiro, pendurou a arma no ombro e acendeu um cigarro.

Assustado com o som de tiros, Liev saiu da casa. Vassíli avisou:

— Não tem ninguém aqui.

Agitado com uma energia entorpecida, Liev correu para o celeiro, os maxilares tensos.

Vassíli ficou irritado por seu aviso ser ignorado, jogou o cigarro na neve e ficou olhando se desmanchar no chão.

— Não tem ninguém lá, a menos que possa se disfarçar de vaca. Talvez você deva atirar nelas, por precaução.

Vassíli olhou em volta, esperando risos e os homens obedeceram. Mas ele não se iludia: tinha certeza de que nenhum deles o achava engraçado. No entanto, melhor do que isso, o riso deles indicava que o equilíbrio de poder tinha começado a mudar. A fidelidade deles a Liev estava diminuindo. Talvez por causa daquela viagem exaustiva. Talvez porque Liev tivesse deixado Bródski livre quando deveria prendê-lo. Mas Vassíli ficou imaginando se aquilo tinha alguma ligação com Fiodor e a morte do filho dele. Liev tinha sido enviado para esclarecer o assunto. Muitos homens ali eram amigos de Fiodor. Se estavam ressentidos, então esse sentimento poderia ser solapado, manipulado.

Liev se agachou para examinar as pegadas na neve. Havia marcas frescas de bota, algumas eram de seus agentes mas, por baixo delas, várias saíam do celeiro e iam para o campo. Levantou-se e entrou no celeiro. Vassíli chamou, atrás dele:

— Já procurei aí!

Sem dar ouvidos, Liev tocou na fechadura arrombada da porta: viu os sacos de grãos espalhados no chão e saiu, olhando para o campo.

— Quero três homens comigo, os mais rápidos. Vassíli, você fica aqui. Continue vasculhando a casa.

Tirou o pesado casaco de inverno. Sem dar a impressão de ser um gesto de desdém, entregou o casaco para Vassíli. Livre para correr, foi seguindo as pegadas na direção do campo.

Os três agentes escalados para segui-lo não tiraram os casacos. O superior deles pediu que corressem na neve sem abrigos, mas não se incomodou nem de examinar o corpo do filho morto do colega deles. A morte de um menino tinha sido considerada bobagem. Os homens certamente não iam pegar pneumonia por obediência cega a um chefe cuja autoridade devia estar acabando, um chefe que não tinha qualquer interesse em cuidar deles. Mesmo assim, Liev continuava sendo o superior deles, pelo menos por enquanto, e depois de trocar olhares com Vassíli, os três seguiram de má vontade, num arremedo de obediência, atrás de Liev, que já estava a centenas de metros de distância.

Liev estava tomando velocidade. As anfetaminas o deixavam concentrado: não existia mais nada a não ser as pegadas na neve e o ritmo dos passos dele. Não conseguia parar nem diminuir o passo, estava incapaz de falhar, incapaz de sentir frio. Achava que o suspeito tinha pelo menos uma hora de vantagem, mas isso não importava. Como o homem não sabia que estava sendo seguido, certamente devia estar andando.

Na frente, via-se o cume de uma pequena colina e Liev esperava que, do alto dela, pudesse ver o homem que procurava. Ao chegar lá, parou, olhando a paisagem em redor. Por toda parte, os campos estavam cobertos de neve. Um pouco à frente, começava uma floresta fechada, mas na descida da colina, quilômetros antes dela, um homem seguia com dificuldade pela neve. Não era um fazendeiro ou camponês. Era o traidor. Liev tinha certeza. Ia para o norte, atravessando a floresta. Se conseguisse chegar nela, poderia se esconder. Liev não tinha cachorros para persegui-lo. Conferiu, olhando por cima do ombro: os três homens estavam remanchando. Alguma coisa entre ele e seus comandados tinha se esgarçado. Não podia contar com eles. Teria de capturar o traidor sozinho.

Como se avisado por algum sexto sentido, Anatoli parou e olhou em volta. Descendo a pequena colina na direção dele, um homem vinha correndo. Não havia dúvida de que era um agente do Estado. Anatoli tinha certeza de que todas as provas que o ligavam àquela remota aldeia tinham sido destruídas. Por isso, parou um instante, pasmo de ver seu perseguidor. Ele havia sido descoberto. Sentiu uma reviravolta no estômago, o sangue subiu ao rosto e então, concluindo que aquele homem significava a morte, virou-se e correu para a floresta. Os primeiros passos foram desajeitados e apavorados, caiu de lado sobre blocos de neve. Viu logo que seu casaco era um estorvo. Tirou-o, jogou-o no chão e correu para não morrer.

Anatoli não cometeu o erro de olhar para trás de novo. Concentrou-se na floresta em frente. Naquele ritmo, chegaria lá antes que seu perseguidor o alcançasse. A floresta dava a oportunidade de sumir, de se esconder. E se houvesse luta, ele teria mais chance lá, onde tinha galhos e pedras, do que desarmado a céu aberto.

Liev aumentou o passo, se esforçando ainda mais, como se estivesse numa pista de corrida. Alguma coisa o fez lembrar que o terreno era traiçoeiro e que correr era perigoso. Mas as anfetaminas fizeram-no acreditar que tudo era possível e que podia anular a distância entre ele e o fugitivo.

De repente, Liev perdeu o pé, escorregou de lado e caiu de cara num bloco de neve. Confuso, enfiado na neve, girou o corpo pensando que estava ferido, enquanto olhava o claro céu azul. Não sentia dor. Levantou-se, tirou a neve do rosto e das mãos e olhou com calma os cortes nas mãos. Procurou por Bródski, esperando vê-lo sumindo no começo da floresta. Mas, para surpresa dele, o suspeito também não estava mais correndo. Tinha parado. Atordoado, Liev foi em frente. Não entendia pois, exatamente quando podia fugir, aquele homem não estava fazendo nada. Olhava para o chão. Naquele momento, os dois estavam separados por uns cem metros. Liev pegou a pistola e diminuiu o passo. Fez pontaria, sabendo que não podia se arriscar a dar um tiro àquela distância. O coração batia forte, duas batidas para cada passo. Sentiu outra onda de energia causada pela metanfetamina: estava com o céu da boca seco. Os dedos tremiam com excesso de energia, o suor escorria pelas costas. Estavam a pouco mais de cinqüenta passos de distância. Bródski virou-se. Estava desarmado. De mãos vazias, era como tivesse desistido, súbita e inexplicavelmente. Liev continuou em frente, cada vez mais perto. Finalmente, viu por que Bródski tinha parado. Antes da floresta, havia um rio de uns vinte metros de largura, coberto de gelo. Não dava para ver da colina, escondido sob um manto de neve pesada que tinha se acumulado sobre o leito. Liev gritou:

— Acabou!

Anatoli pensou na palavra, voltou-se para a floresta e pisou no rio congelado. Os passos eram inseguros, escorregando na superfície lisa. O gelo chiou sob o peso, mal conseguindo agüentá-lo. Ele não desistiu. A cada passo que dava, o gelo ia quebrando: rachaduras negras se formavam na superfície, se abrindo sob os pés dele. Quanto mais depressa andava, mais rápido elas apareciam, multiplicando-se em todas as direções. Pelas frestas, subia água gelada. Ele foi em frente, estava no meio do rio, mais dez metros e chegaria à outra margem. Olhou a água escura e gélida que fluía sob os pés dele.

Liev chegou à margem do rio, enfiou a arma no coldre e esticou o braço.

— O gelo não vai agüentar seu peso. Você não vai conseguir chegar na floresta.

Bródski parou e virou-se.

— Não estou querendo chegar na floresta.

Levantou a perna direita num gesto rápido e quebrou o gelo com a bota, fazendo o rio aparecer. A água subiu, o gelo partiu-se e ele caiu dentro.

Completamente tonto, em choque, deixou-se afundar olhando para a luz do sol. Então, sentindo o impulso para cima, seguiu a corrente rio abaixo, longe do buraco no gelo. Não tinha a intenção de ficar à tona. Ia sumir na água escura. Os pulmões começaram a doer e sentia o corpo lutando contra a decisão de morrer. Afundou mais, nadando o mais rápido possível para longe da luz, longe de qualquer possibilidade de sobreviver. Finalmente, foi flutuando naturalmente até a superfície e, em vez de ar, seu rosto bateu numa sólida barra de gelo. A corrente lenta da água levou-o.

O traidor não ia subir à tona, sem dúvida estava nadando para longe do buraco de ar, na tentativa de se matar e assim proteger seus cúmplices. Liev correu pela margem do rio, calculando onde ele poderia estar sob o gelo. Soltou o pesado cinto de couro com a arma no coldre, jogou-os no chão e pisou no rio gelado com as botas escorregando. Quase no mesmo instante, o gelo começou a quebrar. Ele continuou andando, tentando pisar de leve, mas o gelo ia se estilhaçando e afundando com o peso. Ao chegar ao meio do rio, agachou-se e cavou nervosamente a neve. Mas não dava para ver onde estava o suspeito, só havia água escura em redor do buraco. Liev desceu mais um pouco pela margem com as rachaduras se formando a cada passo, por todos os lados. A água começou a subir e as rachaduras se juntaram. Ele olhou para o céu, encheu os pulmões de ar e tomou coragem quando ouviu um estalo.

O gelo quebrou.

Ele não sentiu a água gelada, pois estava dopado pelas anfetaminas, mas sabia que tinha de se mexer rápido. Naquela temperatura, era questão de segundos. Girou o corpo. Entravam feixes de luz por dois lugares onde o gelo tinha quebrado, mas além desses feixes a água era escura, protegida do sol por uma espessa camada de neve. Ele deu impulso para o fundo e nadou rio abaixo. Sem conseguir ver nada, olhou às cegas, procurando à direita e à esquerda. Os pulmões estavam loucos por ar. Então, ele foi mais rápido, nadou mais depressa, se aprofundando na água. Dali a pouco, a única escolha seria subir à tona ou morrer. Percebendo que não teria uma segunda chance e que voltar sem nada poderia significar a morte, ele deu mais uma braçada rio abaixo.

A mão bateu em algo: duro, um pano, uma perna de calça. Era Bródski, encolhido no gelo. Como se o toque tivesse-o trazido de volta à vida, ele começou a lutar. Liev nadou por baixo dele e segurou-o pelo pescoço. Sentiu uma dor aguda no peito. Tinha de voltar à tona. Com um braço em volta do pescoço de Bródski, tentou quebrar o gelo sobre sua cabeça, sem conseguir romper a superfície lisa e dura.

Bródski parou de se mexer. Concentrou-se, juntou toda a energia do corpo, abriu a boca e encheu os pulmões de água gelada para receber a morte de bom grado.

Liev olhou os feixes de luz rio acima. Deu um impulso forte, levando os dois para a luz. O prisioneiro estava imóvel, inconsciente. Tonto, Liev não conseguia mais prender a respiração. Deu mais um impulso e sentiu a luz do sol no rosto. Os dois subiram à tona.

Liev tomou fôlego duas vezes. Mas Bródski não estava respirando. Liev puxou-o para a margem do rio, abrindo caminho entre blocos de gelo partido. Seus pés tocaram no fundo do rio. Subiu para a margem, puxando o prisioneiro. Estavam com a pele azulada. Liev não parava de tremer, enquanto o suspeito continuava completamente rígido. Liev abriu a boca do homem, deixou a água escorrer e soprou ar nos pulmões. Apertou o peito dele, soprou ar novamente, apertou o peito, soprou ar nos pulmões.

— Anda!

Bródski voltou à consciência, dobrou o corpo e vomitou a água gelada que enchia seu estômago. Liev não teve tempo de sentir alívio. Por poucos minutos não tinham morrido de hipotermia. Levantou-se. Viu os três agentes a pouca distância.

Os homens avistaram Liev sumindo no rio e perceberam que o superior deles tinha razão desde o começo. Num segundo, o poder escapou de Vassíli e voltou para Liev. A insatisfação em relação ao que fez com Fiodor virou nada. Tinham demonstrado antes o que sentiam porque achavam que a busca ia fracassar e Liev ia perder o cargo. Não foi o que aconteceu: ele estaria mais forte do que nunca. Correram a toda, suas vidas dependiam disso.

Liev caiu ao lado do prisioneiro. Bródski estava fechando os olhos, voltando à inconsciência. Liev bateu no rosto dele. Era fundamental que continuasse desperto. Bateu de novo. O suspeito abriu os olhos e quase em seguida começou a fechá-los. Liev bateu mais uma vez e mais outra. O tempo deles estava se esgotando. Levantou-se e chamou os agentes.

— Corram!

Sua voz foi ficando mais branda, sua energia ia diminuindo à medida que o frio o invadia e sua invencibilidade química começava a se desfazer. As drogas já não estavam no auge do efeito. Um enorme cansaço tomou conta dele. Os agentes chegaram.

— Tirem os casacos. Façam uma fogueira.

Os três obedeceram e colocaram um sobre os ombros de Liev e os outros dois sobre Bródski. Não bastava. Eles precisavam de uma fogueira. Os três foram procurar lenha. Havia uma cerca a pouca distância e dois agentes correram até lá, enquanto o terceiro começava a rasgar em tiras a manga de sua camisa de algodão áspero. Liev continuou atento ao prisioneiro, estapeando-o para mantê-lo acordado. Mas Liev também estava sonolento. Queria descansar. Queria fechar os olhos.

— Andem logo!

Pretendia berrar, mas a voz saiu quase inaudível.

Os dois agentes voltaram com lenha arrancada da cerca. Limparam um pouco o chão, afastando a neve e pondo a lenha sobre o solo gelado. Em cima dela, colocaram as tiras de pano. Empilharam finas lascas de madeira em volta, formando uma pirâmide. Um dos agentes pegou o isqueiro e jogou o fluido no pano. Fez-se uma faísca e o pano começou a queimar. O fogo passou para a madeira. Mas ela estava úmida e não pegava. A fumaça subiu em espiral. Liev não conseguia sentir o calor. A madeira estava demorando muito a secar. Ele arrancou o forro do casaco e jogou no fogo. Se ele apagasse, os dois morreriam.

Os homens tinham só mais um isqueiro. O agente abriu com cuidado o isqueiro e jogou o resto do fluido no fogo que mal se mantinha. As chamas cresceram, com ajuda de um maço amassado e de papéis de cigarro. Os oficiais estavam de joelhos, atiçando o fogo. A madeira começou a queimar.

Anatoli abriu os olhos e viu as chamas na frente dele. A lenha estalava no fogo. Apesar da vontade de morrer, foi maravilhoso sentir o calor na pele. À medida que as chamas aumentaram e a madeira avermelhou, ele concluiu, num misto de emoções, que ia sobreviver.

Liev sentou-se, com o olhar concentrado na fogueira. Subia um vapor de suas roupas. Dois agentes, ansiosos por recuperar a aprovação dele, continuaram recolhendo lenha. O terceiro ficou de guarda. Como não havia perigo de o fogo apagar, Liev mandou um deles voltar para a casa e preparar a volta deles para Moscou. Dirigindo-se ao prisioneiro, Liev perguntou:

— Você consegue andar?

— Eu costumava pescar com meu filho. À noite, fazíamos fogueiras como essa e sentávamos em volta. Ele não gostava muito de pescar, mas acho que apreciava as fogueiras. Se não tivesse morrido, ele hoje teria mais ou menos a sua idade.

Liev não disse nada. O prisioneiro continuou:

— Se você não se importa, eu gostaria de ficar aqui mais um pouco.

Liev juntou mais lenha na fogueira. Podiam ficar mais um pouco.

Na caminhada, nenhum dos homens falou. A distância que Liev tinha percorrido em menos de meia hora na ida, eles levaram quase duas horas na volta. Cada passo parecia mais pesado enquanto o efeito da metanfetamina ia sumindo. A única coisa que mantinha Liev de pé era o sucesso da operação. Voltaria a Moscou tendo provado a si mesmo que conseguiu e tendo recuperado seu status. Estivera à beira do fracasso e escapou.

Ao chegarem perto da casa da fazenda, Anatoli ficou imaginando como foi que o descobriram. Devia ter comentado com Zina que era amigo de Mikhail. Ela o traiu. Mas não teve raiva dela. Estava apenas tentando sobreviver. Ninguém poderia culpá-la. De todo jeito, isso não tinha importância. O que importava naquele momento era convencer os agentes que Mikhail não tinha colaborado em nada. Virou-se para seu captor.

— Cheguei na noite passada e o casal disse para eu ir embora. Não queriam ter nenhum envolvimento comigo. Ameaçaram chamar a polícia. Por isso tive de arrombar o celeiro. Eles pensaram que eu tinha ido embora. O casal não cometeu errou algum. São gente boa, trabalham muito.

Liev tentou imaginar o que realmente tinha ocorrido na noite anterior. O traidor tinha procurado ajuda do amigo, não conseguiu. Não foi exatamente um plano de fuga. Sem dúvida, não era o plano de fuga de um espião com prática.

— Não estou interessado nos seus amigos.

Chegaram nos arredores da fazenda. Na frente deles, ajoelhados um ao lado do outro à entrada do celeiro, estavam Mikhail Zinóviev, a esposa e as duas filhas. Tinham as mãos amarradas nas costas. Tremiam de frio na neve. Era evidente que estavam assim há algum tempo. Mikhail estava machucado no rosto. Escorria sangue de seu nariz quebrado e estava com a mandíbula torta. Quebrada, também. Os agentes em volta formavam uma espécie de círculo. Vassíli estava logo atrás do casal e das filhas. Liev parou, ia falar quando Vassíli descruzou os braços, mostrando a arma. Fez pontaria e atirou na nuca de Zinóviev. O som reverberou. O corpo caiu para a frente na neve. A esposa e as filhas continuaram imóveis, olhando o corpo na frente delas.

Só Bródski reagiu, emitindo um som que não era humano, mudo, só dor e ódio misturados. Vassíli deu um passo para o lado e colocou a arma atrás da cabeça da mulher. Liev levantou a mão.

— Abaixe a arma! É uma ordem.

— Essas pessoas são traidoras. Têm de servir de exemplo.

Vassíli puxou o gatilho, a arma deu o coice no segundo tiro e o corpo da mulher caiu na neve ao lado do marido. Bródski tentou se soltar, mas os dois agentes que o escoltavam chutaram os joelhos dele. Vassíli deu outro passo para o lado e colocou a arma atrás da cabeça da menina mais velha. Ela estava com o nariz vermelho de frio. O corpo tremia de leve. Olhava o corpo da mãe. Ia morrer na neve ao lado dos pais. Liev pegou a arma e apontou-a para seu agente.

— Abaixe sua arma.

De repente, todo o cansaço que ele sentia desapareceu, sem ser por algum entorpecente. Foi tomado de ódio e adrenalina. A mão estava firme. Fechou um olho e fez pontaria. Naquela distância, não ia falhar. Se atirasse naquele momento, a menina estaria salva. As duas estariam — ninguém seria assassinado. Sem pensar, a palavra surgiu na cabeça dele:

Assassinado

Levantou a arma.

Vassíli tinha errado a respeito de Kiev. Foi enganado pela carta que Bródski forjou. Convenceu os outros agentes que estavam perdendo tempo indo para a aldeia de Kimov. Deu a entender que o fracasso daquela noite faria com que ele se tornasse o novo chefe.

Esses erros constrangedores estariam no relatório de Liev. Naquele momento, Vassíli notou que os outros agentes o observavam. Ele tinha sofrido um golpe humilhante. Em parte, queria ver se Liev tinha coragem de matá-lo. A repercussão seria enorme. Mas Vassíli não era bobo. Sabia que, no fundo, era um covarde, com a mesma certeza que sabia que Liev não era. Vassíli abaixou a arma. Fingindo estar satisfeito, mostrou as duas meninas.

— Elas aprenderam uma grande lição. Talvez cresçam para ser cidadãs melhores que seus pais.

Liev se aproximou do agente passando pelos dois corpos e sua bota deixou uma marca de sangue na neve. Girou rápido a arma e deu uma coronhada na cabeça de Vassíli. Ele caiu, apertando a têmpora. Havia um fio de sangue no lugar atingido pela coronha. Mas antes que Vassíli conseguisse se levantar, sentiu o cano da arma de Liev na testa. Todos olhavam, menos as duas meninas, que estavam de cabeça baixa, esperando morrer.

Lentamente, Vassíli inclinou a cabeça e olhou, com o queixo tremendo. Tinha medo da morte, logo ele, para quem matar era tão fácil. Liev tocou no gatilho. Mas não podia fazer aquilo. A sangue-frio, não. Não ia ser o carrasco daquele homem. Melhor que o Estado o castigasse. Confiar no Estado. Guardou a arma no coldre.

— Você fica aqui e espera a milícia. Explique o que aconteceu e cuide das meninas. Podem voltar para Moscou.

Liev ajudou a levantar as duas meninas e levou-as para a casa.

Foi preciso três agentes para levar Anatoli Bródski para a traseira do caminhão. Estava com o corpo mole como se tivessem lhe sugado a vida. Murmurava coisas incompreensíveis, louco de dor, e não obedeceu quando os agentes mandaram que se calasse. Não queriam ouvi-lo chorar.

Dentro da casa, as duas meninas não diziam nada, ainda não conseguiam entender que os corpos caídos na neve eram de seus pais.

Esperavam que dali a pouco o pai fizesse o café-da-manhã ou a mãe chegasse do campo. Nada parecia real. Os pais eram tudo o que tinham. Como iam viver sem eles?

Liev perguntou se tinham parentes. Nenhuma das duas respondeu. Mandou a mais velha fazer as malas — iam para Moscou. As duas não se mexeram. Ele foi para o quarto e começou a procurar roupas e juntá-las. Suas mãos tremiam. Parou, sentou na cama e olhou para as botas. Juntou os pés e olhou a fina e compacta marca de neve cheia de sangue que se desmanchou no chão.

Vassíli ficou à beira da estrada, fumando seu último cigarro enquanto o caminhão ia embora. Olhou as duas meninas sentadas na cabine ao lado de Liev, onde ele deveria estar. O caminhão fez a curva e sumiu na estrada. Ele olhou em volta. Nas janelas das fazendas próximas, havia rostos nas janelas. Dessa vez, eles não se escondiam. Ele ficou satisfeito por ainda estar armado. Voltou para a casa, olhando os corpos na neve. Entrou na cozinha, esquentou um pouco de água e tomou chá. Estava forte, colocou um pouco de açúcar. A família tinha um pequeno açucareiro, com a quantidade que deveria ser para durar um mês. Ele despejou quase todo o conteúdo no copo, sentindo um prazer doentio. Bebeu quase tudo e de repente sentiu cansaço. Tirou as botas e o casaco, foi para o quarto, puxou as cobertas da cama e deitou-se. Gostaria de poder escolher os sonhos. Escolheria um sonho de vingança.

Moscou

16 de fevereiro

Embora trabalhasse lá há cinco anos, Liev nunca se sentiu à vontade no edifício Lubianka, sede nacional da MGB. Era raro manter uma conversa trivial com alguém. As pessoas evitavam demonstrar qualquer tipo de reação. Nada disso era de surpreender, considerando-se a atividade que se exercia ali dentro mas, para ele, havia algo no próprio prédio que deixava as pessoas inquietas, como se o medo fizesse parte do projeto. Sua tese devia ser bobagem, pensava, pois não sabia qual foi a intenção do arquiteto. O prédio tinha sido construído antes da Revolução, quando funcionou apenas como escritório de uma seguradora até ser confiscado pela segurança secreta bolchevique. Mas Liev achava difícil que tivessem escolhido ao acaso um prédio de proporções tão irregulares: não era alto nem baixo, largo nem estreito, mas de forma estranhamente intermediária. A fachada dava a impressão de estar de vigília: tinha uma infinidade de janelas apertadas e empilhadas umas sobre as outras até chegar ao relógio no alto, que olhava para a cidade como se fora um único olho redondo. Uma linha invisível circundava o prédio. Os pedestres mantinham distância dela como se temessem serem puxados para dentro. Atravessar a linha significava que a pessoa era funcionária do prédio, ou acusada de algum crime. Não havia possibilidade de alguém ser considerado inocente dentro daquelas paredes. Era uma linha de montagem da culpa. Talvez o edifício Lubianka não tivesse sido construído pensando em amedrontar, mesmo assim o medo tomou conta de tudo e se instalou no ex-prédio da seguradora.

Liev mostrou seu crachá de identificação que permitia não só entrar como sair do prédio. Homens e mulheres sem crachá que passavam por aquelas portas costumavam não ser vistos mais. O sistema poderia mandá-los para os campos de prisioneiros, os gulags, ou para um prédio que ficava exatamente atrás, na travessa Varsonofievski, que também pertencia à Segurança de Estado e tinha pisos inclinados, paredes revestidas de madeira para absorver tiros e mangueiras para lavar os filetes de sangue. Liev não sabia o número exato de execuções diárias, mas era grande, chegava a centenas de condenados. Com isso, passavam a ter importância considerações práticas tais como facilidade e rapidez na limpeza dos restos.

Ao entrar no corredor principal, pensou como seria ser levado para os porões sem direito a apelar e ninguém para pedir ajuda. O sistema judiciário podia ser completamente desrespeitado. Liev tinha ouvido falar em presos que ficaram semanas abandonados e médicos cuja única função era estudar a dor. Ele passou a acreditar que essas coisas não existiam por acaso. Existiam por alguma razão, por um bem maior. Existiam para aterrorizar. O terror era necessário. Protegia a Revolução. Sem ele, Lenin teria caído. Sem ele, Stalin teria caído. Senão, por que os boatos sobre aquele prédio seriam espalhados de propósito pelos membros da MGB, cochichados no metrô ou nos bondes de forma tão estratégica como se estivessem espalhando um vírus para contaminar o povo? O medo era cultivado. O medo fazia parte do trabalho. E para aquele nível ser mantido, era preciso um número constante de pessoas para alimentá-lo.

Claro que o Lubianka não era o único prédio a temer. Havia o presídio Butirka, com suas torres altas, alas sujas e celas atulhadas de presos que jogavam palitinho enquanto esperavam a deportação para os campos de trabalho forçado. Tinha também o edifício Lefortovo, onde os detidos sob investigação eram levados para interrogatório e seus gritos podiam ser ouvidos das ruas próximas. Mas Liev achava que o Lubianka ocupava um lugar especial no inconsciente das pessoas por ser onde eram julgados os acusados de agitação anti-soviética, atividades contra-revolucionárias e espionagem. Por que esse tipo de prisioneiro causava um medo diferente em todo mundo? Porque é fácil você ter certeza de que jamais vai roubar, estuprar ou matar, mas ninguém podia ter certeza de não ser acusado de agitação anti-soviética, atividades contra-revolucionárias e espionagem, porque ninguém, inclusive Liev, jamais saberia direito em que consistiam tais crimes. Nos 140 artigos do código criminal, Liev tinha apenas um para se orientar, um subparágrafo definindo o preso político como aquele que se dedicava a:

Combater, subverter ou enfraquecer o Poder Soviético.

E o código era mais ou menos isso mesmo: um conjunto elástico de palavras destinadas a abranger todos, dos funcionários do alto escalão do partido até dançarinos de balé, músicos, sapateiros aposentados. Nem mesmo os que trabalhavam dentro do Lubianka, os que mantinham a máquina do medo funcionando, podiam ter certeza de que o sistema que sustentavam não ia, um dia, incluí-los também.

Apesar de Liev estar dentro do prédio, continuava com seus trajes de rua, inclusive as luvas de couro e o comprido casaco de lã. Tremia de frio. Quando parou, o chão pareceu trepidar de um lado a outro. Ouviu palavras confusas por vários segundos. Teve a impressão de que ia desmaiar. Estava há dois dias sem comer nada, mas enjoava só de pensar em comida. Mesmo assim, teimava em negar que estivesse doente: na certa estava meio resfriado ou talvez cansado, mas ia passar. Na fase pós-anfetamina, ele precisava apenas dormir. Não havia jeito de tirar um dia de folga. Pelo menos não naquele dia, quando havia o problema do interrogatório de Anatoli Bródski.

Oficialmente, interrogatórios não eram função dele. A MGB tinha especialistas apenas em interrogar suspeitos, passando-os de uma cela a outra, arrancando confissões com indiferença profissional e orgulho pessoal. Eram, como a maioria dos funcionários, motivados por coisas simples como a possibilidade de um acréscimo no salário conforme seu desempenho, caso o suspeito assinasse a confissão imediata e incondicionalmente, sem alterações. Liev tinha algum conhecimento sobre os métodos dos interrogadores. Mas não conhecia nenhum pessoalmente. Formavam uma espécie de panelinha, agiam em equipe, muitas vezes dividiam os mesmos suspeitos, somando seus talentos em atacar a resistência por diversos ângulos. Brutalidade, articulação, capacidade de desarmar as defesas: todas essas qualidades eram úteis. Fora do trabalho, aqueles homens e mulheres comiam juntos, andavam juntos, comentavam casos e comparavam seus métodos de interrogar. Embora fossem mais ou menos parecidos com todo mundo, Liev tinha certa facilidade em identificá-los. Muitos interrogatórios mais graves eram realizados no porão, onde podia-se controlar o ambiente, como a intensidade de calor e de luz. Por outro lado, o papel de Liev como investigador significava ter de passar a maior parte do tempo no andar de cima, ou fora do prédio. O porão era um mundo onde ele raramente ia, para o qual tinha fechado os olhos, um mundo que preferia manter sob os pés.

Após uma pequena espera, Liev foi chamado para entrar na sala do major Kuzmin. Inseguro, entrou. Nenhum detalhe ali era por acaso: tudo fora cuidadosamente planejado e arrumado. As paredes eram decoradas com fotos em preto-e-branco emolduradas, inclusive uma de Stalin cumprimentando Kuzmin, no septuagésimo aniversário do Líder. Em volta delas, havia uma seleção de cartazes de propaganda de décadas diversas, também emoldurados. Liev achava que o desenrolar do tempo era para mostrar que Kuzmin sempre esteve naquele escritório, mesmo durante os expurgos dos anos 1930, o que não era verdade, pois ele estava no serviço secreto do exército. Havia um cartaz de um peludo coelho branco numa gaiola, com o título

COMA MAIS CARNE DE COELHO! Havia outro cartaz com três poderosas figuras vermelhas batendo seus martelos, também vermelhos, na cabeça de homens barbados parecendo de mau humor: COMBATA O OPERÁRIO PREGUIÇOSO! Havia três mulheres sorridentes entrando numa fábrica: CONFIE SUAS ECONOMIAS A NÓS! O "nós" não se referia às três mulheres sorridentes, mas à poupança nacional. Havia também um cartaz de um homem gordo, de terno e cartola, carregando duas malas estufadas de dinheiro: PALHAÇOS CAPITALISTAS! E mais uma série de imagens de cais, estaleiros, ferrovias, operários sorrindo, operários sérios e uma frota de locomotivas todas em homenagem a Lenin: CONSTRUA! Esses cartazes eram trocados periodicamente e Kuzmin adorava mostrar sua enorme coleção. Tinha o mesmo cuidado em relação à vasta coleção de livros. As estantes eram atulhadas com todos os títulos adequados, enquanto seu exemplar de *História do Partido Comunista da U.R.S.S.: Compêndio*, de autoria do próprio Stalin, raramente saía de cima da escrivaninha. Até a cesta de papel tinha só itens rigorosamente selecionados. Todos os funcionários, do mais reles ao agente do mais alto escalão, sabiam que, se você realmente queria jogar fora alguma coisa, disfarçava e se livrava dela discretamente, a caminho de casa.

Kuzmin estava à janela olhando a praça Lubianka. Era um homem atarracado e usava, como de costume, um uniforme um número menor do que seu manequim. Seus óculos eram grossos e estavam sempre escorregando do nariz. Em resumo, era um sujeito ridículo e nem mesmo o poder supremo de decidir sobre a vida e a morte lhe conferira alguma dignidade. Mas, pelo que Liev sabia, embora Kuzmin não participasse mais de interrogatórios, era sabido que, no tempo dele, tinha sido um especialista que preferia usar as mãos, pequenas e gordas. Era difícil acreditar, para quem olhasse para ele agora.

Liev sentou-se. Kuzmin continuou de pé ao lado da janela. Preferia fazer perguntas enquanto olhava para fora. Isso porque acreditava, e sempre lembrava a Liev, que demonstrações de emoção deviam ser vistas com muita desconfiança, a menos que a pessoa não soubesse que estava sendo observada. Kuzmin passou a ter o hábito de fingir que olhava a paisagem pela janela, quando na verdade observava a pessoa refletida na vidraça. A utilidade desse artifício ficava muito reduzida pelo fato de quase todo mundo, inclusive Liev, saber que estava sendo observado. De qualquer forma, pouca gente baixava a guarda dentro do Lubianka.

— Parabéns, Liev. Eu sabia que você ia pegá-lo. Esta foi uma lição valiosa para você.

Liev concordou com a cabeça.

— Está doente?

Liev ficou indeciso. Evidente que estava parecendo pior do que pensava.

— Não é nada. Deve ser um resfriado, vai passar.

— Acho que está aborrecido porque tirei você do caso Bródski e mandei-o cuidar do caso Fiodor Andréiev. Estou certo? Você considera Fiodor irrelevante e que eu deveria manter você na operação Bródski?

Ele estava sorrindo, achava graça em alguma coisa. Liev se concentrou, percebendo o perigo.

— Não, major, não estou aborrecido. Eu devia ter prendido Bródski imediatamente. Foi erro meu.

— É, mas não prendeu. Assim, acha que errei em afastá-lo do caso do espião para fazer você falar com um pai enlutado? Responda.

— Pensei só no meu erro em não prender Bródski imediatamente.

— Você está fugindo da pergunta. Sou da seguinte opinião: a família de Fiodor não era um problema qualquer. Era um caso de corrupção dentro da própria MGB. Um dos seus comandados ficou corroído de dor e, sem querer, ele e a família viraram inimigos do Estado. Estou satisfeito por você ter capturado Bródski, mas eu considerava a missão com Fiodor mais importante.

— Compreendo.

— Falemos então do problema de Vassíli Nikítin.

Era inevitável que tudo o que Liev fazia fosse levado ao conhecimento de Kuzmin. Vassíli não iria hesitar em usar os fatos contra Liev. E Liev não podia esperar o apoio de Kuzmin, nem saber qual das partes do episódio ele considerava mais grave.

— Você apontou uma arma para Vassíli? Depois, bateu nele? Ele diz que você se descontrolou. Disse que você estava tomando entorpecentes e por isso ficou irracional. Insiste para você ser suspenso. Está irritado, entende?

Liev entendia perfeitamente: o problema não eram as duas pessoas que Vassíli matou.

— Eu era o agente mais graduado da operação e dei uma ordem. Vassíli desobedeceu. Como posso manter o comando, ou como qualquer um de nós pode manter o comando, se não é obedecido? O sistema desmorona. Talvez seja a minha formação militar. Nas operações militares, a desobediência e a insubordinação são punidas com a morte.

Kuzmin concordou com a cabeça. Liev foi sensato ao fazer a própria defesa: usou os princípios do decoro militar.

— Você tem razão, claro. Vassíli tem pavio curto. Ele admite. Desobedeceu uma ordem. É verdade. Mas ficou irritado porque o casal colaborou. Não estou perdoando o que ele fez, entenda bem. Temos um sistema para tratar de tais violações. Elas tinham que ser trazidas aqui. E Vassíli recebeu a reprimenda que merecia. Quanto aos remédios...

— Eu não dormia há 24 horas. E os remédios são fornecidos pelos médicos daqui.

— Não tenho qualquer interesse nisso. Mandei você fazer o que fosse preciso, o que suponho que inclua tomar o remédio necessário. Mas quero lhe avisar uma coisa. Bater num companheiro chama a atenção para você. As pessoas esquecem logo que seus motivos eram graves. Quando Vassíli abaixou a arma, o problema deveria ter terminado aí. Se queria castigá-lo, você deveria trazer a insubordinação dele ao meu conhecimento. Você fez justiça com as próprias mãos. Isso não pode ser aceito. Nunca.

— Peço desculpas.

Kuzmin afastou-se da janela. Ficou ao lado de Liev e colocou a mão no ombro dele.

— Agora chega desse assunto. Considere-o encerrado. Tenho um desafio diferente para você: o interrogatório de Bródski. Quero que se encarregue dele pessoalmente. Pode chamar quem quiser para ajudá-lo, como um especialista em interrogatório, mas quero que esteja presente quando ele abrir o bico. É importante que você veja este homem como realmente é, sobretudo porque foi enganado pela aparente inocência dele.

Era um pedido incomum. Kuzmin notou a surpresa de Liev.

— Vai ser bom para você. Você deveria avaliar os homens pelo que são capazes de fazer e não pelo que outros podem fazer por eles. Alguma objeção?

— Nenhuma.

Liev levantou-se e aprumou-se.

— Começarei já.

— Só mais uma coisa: quero que você e Vassíli trabalhem juntos nisso.

Havia três tipos de cela. As de detenção eram quadradas, com piso coberto de palha e espaço para três homens deitarem lado a lado. Havia sempre cinco em cada uma, tão apertados que um não podia se coçar sem os demais se mexerem, formando uma serra humana de membros. Como não havia privada, era preciso abrir espaço também para o balde que os homens eram obrigados a usar na presença dos outros. Quando o balde ficava quase transbordando, os presos tinham de carregá-lo até o bueiro mais próximo, sabendo que, se derramassem uma mínima gota que fosse, seriam mortos a tiros. Liev tinha ouvido os guardas comentarem a cômica cara de concentração dos presos equilibrando a balouçante carga de fezes e urina que poderia determinar se continuariam vivos ou não. Era uma barbaridade, sem dúvida, mas tinha um motivo, era por um bem maior.

Bem Maior o Bem Maior

Era preciso repetir, gravar em cada pensamento, de forma que girasse como uma bobina no fundo da cabeça.

Depois das celas de detenção, havia diversos tipos de celas de castigo. Algumas tinham o piso com água gelada até a altura dos tornozelos e paredes cobertas de limo e lodo. Cinco dias lá dentro eram suficientes para o corpo nunca mais se recuperar, os pulmões do prisioneiro ficavam doentes para sempre. Havia também armários estreitos como caixões de madeira onde largavam percevejos para se multiplicarem e onde o prisioneiro era deixado nu, sendo picado até aceitar assinar uma confissão. E salas revestidas de cortiça onde os detentos eram aquecidos pelo sistema de ventilação do prédio até o sangue sair pelos poros. Havia ainda salas com ganchos, correntes e fios elétricos. Tinha todo tipo de castigo para todo tipo de gente. A imaginação era o único limite e, na verdade, nem chegava a ser. Todos esses horrores pareciam pequenos quando colocados ao lado do tamanho e magnitude do bem maior.

Bem Maior o Bem Maior o Bem Maior

A justificativa para tais métodos era simples, convincente e precisava ser sempre repetida: aquelas pessoas eram inimigas. Liev não tinha visto medidas igualmente extremas serem usadas durante a guerra? Tinha, até piores. A guerra não tinha garantido a liberdade para eles? Aquilo não era a mesma coisa, uma guerra contra um tipo diferente de inimigo, um inimigo interno, mas inimigo do mesmo jeito? Era preciso? Sim, era. A sobrevivência do sistema político justificava qualquer coisa. A promessa de uma idade do ouro onde não existiria nenhuma brutalidade assim, onde haveria fartura de tudo e a pobreza seria uma lembrança, justificava tudo. Aqueles métodos não eram desejáveis, não eram para ser elogiados e não dava para entender os agentes que sentiam prazer com seu trabalho. Mas Liev não era bobo. Naquela gasta e conhecida seqüência de autojustificativas, havia uma certa negação que ficava no fundo do estômago dele como uma vagem indigesta.

Por fim, o último tipo de cela eram as de interrogatório. Liev estava na frente de uma delas, onde tinham colocado o traidor: a porta era uma chapa de aço com olho-mágico. Bateu, imaginando o que iria encontrar lá dentro. A porta foi destrancada por um rapaz que não devia ter mais de 17 anos. A cela era pequena e retangular, com piso e paredes de duro concreto, mas tão iluminada que Liev piscou ao entrar. Cinco lâmpadas fortes estavam dependuradas do teto. Na parede em frente, havia um sofá, que era um móvel descabido naquele lugar desolado. Anatoli Bródski estava sentado nele, com os pulsos e os tornozelos amarrados com corda. O jovem oficial informou, orgulhoso:

— Ele fica fechando os olhos, tentando dormir. Mas eu bato nele. Garanto ao senhor que ele não tem um minuto de descanso. O sofá é a única coisa boa daqui. Ele só quer encostar e dar uma dormida. É um sofá confortável, bem macio. Sentei nele. Mas não vou deixá-lo dormir. É como colocar comida fora do alcance de um sujeito morrendo de fome.

Liev concordou com a cabeça e viu que o jovem se desapontou um pouco por não receber cumprimentos mais efusivos pela dedicação. Ele se posicionou no canto da sala, armado com seu cassetete de madeira preto. Rígido, determinado, de bochechas vermelhas, parecia um soldadinho de chumbo.

Bródski estava sentado na beira do sofá, inclinado para a frente, de olhos semicerrados. Não havia outro lugar e Liev sentou-se ao lado no sofá. Foi um arranjo absurdo. O sofá era mesmo bem macio e Liev afundou nele, apreciando a tortura singular daquela sala. Mas não podia perder tempo, tinha de trabalhar rápido. Vassíli chegaria a qualquer instante e Liev esperava que, antes disso, pudesse convencer o preso a colaborar.

Anatoli levantou a cabeça, arregalando um pouco os olhos. Levou um instante até seu cérebro privado de sono reconhecer o homem sentado ao lado. Era quem o havia capturado. O homem que tinha salvado a vida dele. Tonto, com a voz pastosa, perguntou, como se estivesse drogado:

— As crianças? Filhas de Mikhail? Onde estão?

— Foram internadas num orfanato. Estão em segurança.

Orfanato, será que era piada, fazia parte da tortura? Não, aquele homem não iria brincar. Ele acreditava no que dizia.

— Você já esteve num orfanato?

— Não.

— As meninas teriam mais chance de sobreviver se você as tivesse largado sozinhas.

— O Estado está tomando conta delas.

Para surpresa de Liev, o preso, com os punhos amarrados, colocou a mão na testa dele. O guarda adiantou-se imediatamente e levantou o cassetete, pronto para bater nos joelhos do preso. Liev fez sinal com a mão e, relutante, o oficial recuou.

— Você está com febre. Devia ir para casa. Vocês têm casa? Onde dormem, comem e fazem tudo que os homens normais fazem?

Liev ficou pensando naquele homem. Mesmo ali, ele continuava sendo um médico. Mesmo naquele momento, continuava sendo irreverente. Era corajoso, agressivo e Liev não teve outro jeito senão gostar dele.

Liev afastou o rosto e enxugou a testa úmida com a manga do casaco.

— Se falar comigo, você pode evitar um sofrimento desnecessário. Todos os que interrogamos teriam preferido ter confessado tudo na hora. O que você vai ganhar com o silêncio?

— Nada.

— Então vai dizer a verdade?

— Vou.

— Você trabalha para quem?

— Anna Vladislavovna. O gato dela está ficando cego. Dora Andréieva. O cachorro dela não quer comer. Arkadi Maslov. O cachorro dele quebrou a pata dianteira. Matthias Rakosi. Ele coleciona pássaros raros.

— Se você é inocente, por que correu?

— Porque você estava me perseguindo. Só por isso.

— Não faz sentido.

— Concordo, mas é a verdade. Se você é perseguido, é sempre preso. Depois que é preso, é sempre culpado. Nenhum inocente jamais foi trazido para cá.

— Com que funcionários da embaixada americana você está trabalhando e que informações passou para eles?

Finalmente, Anatoli entendeu. Semanas antes, um funcionário novo da embaixada americana levou o cachorro para uma consulta. O animal estava com um corte infeccionado. Precisava de uma série de antibióticos mas, como era impossível consegui-los, Anatoli limpou cuidadosamente o corte, esterilizou-o e deixou o animal em observação. Pouco depois, notou um homem vigiando a casa. Naquela noite, não conseguiu dormir, pensando no que teria feito de errado. Na manhã seguinte, foi seguido até na ida e na volta do consultório. O mesmo ocorreu por três dias. Após a quarta noite sem dormir, ele resolveu ir embora. E naquele momento, finalmente, descobriu qual era o seu crime. Ele havia tratado o cachorro de um estrangeiro.

— Tenho certeza de que acabarei dizendo o que você quer, mas por enquanto digo o seguinte: eu, Anatoli Tarassovich Bródski, sou veterinário. Daqui a pouco seus arquivos vão dizer que sou espião. Você vai ter a minha assinatura e a minha confissão. Vai me obrigar a dar nomes de pessoas. Haverá mais prisões, mais assinaturas e mais confissões. Mas o que quer que eu acabe dizendo a você, será mentira porque sou um veterinário.

— Não é o primeiro culpado a afirmar que é inocente.

— Você acredita mesmo que sou espião?

— Só por essa conversa, posso acusar você de subversão. Já deixou bem claro que detesta este país.

— Não detesto. Você é que detesta. Detesta o povo deste país. Senão, por que prenderia tantas pessoas?

Liev ficou impaciente.

— Sabe o que vai acontecer se você não falar?

— Até as crianças sabem o que acontece aqui dentro.

— Mas continua se recusando a confessar?

— Não vou facilitar isso para você. Se quer que eu diga que sou espião, terá de me torturar.

— Esperava não precisar disso.

— Acha que pode continuar um homem de bem? Vá pegar suas facas. Pegue o seu jogo de ferramentas. Quando estiver com as mãos cheias do meu sangue, vamos ver se você é justo.

— Só preciso de uma lista de nomes.

— Nada resiste a um fato. Por isso você tem tanto ódio aos fatos. Eles irritam. Por isso posso lhe irritar ao dizer simplesmente que eu, Anatoli Tarassovich Bródski, sou veterinário. Minha inocência lhe irrita porque você quer que eu seja culpado. Quer isso porque me prendeu.

Bateram à porta. Vassíli tinha chegado. Liev levantou-se e disse, baixo:

— Você devia ter aceitado a minha sugestão.

— Talvez um dia você entenda por que não pude.

O jovem guarda destrancou a porta. Vassíli entrou. Usava um curativo esterilizado no lugar onde levou a coronhada, o que Liev desconfiou que só servia para puxar conversa e fazê-lo contar o fato para o maior número de pessoas possível. Vassíli estava com um homem de meia-idade de cabelos ralos e terno amassado. Ao ver Liev e Anatoli juntos, Vassíli pareceu preocupado.

— Ele confessou?

— Não.

Claramente aliviado, Vassíli fez sinal para o guarda colocar o preso de pé enquanto o homem de meia-idade e terno marrom se adiantou, sorrindo, e cumprimentou Liev.

— Dr. Roman Hvostov. Sou psiquiatra.

— Liev Demidov.

— Prazer em conhecê-lo.

Apertaram-se as mãos e Hvostov apontou para o prisioneiro.

— Não se preocupe com ele.

O psiquiatra levou-os para a sua sala, destrancando a porta e convidando-os para entrar como se fossem crianças e aquele, o quarto de brincar. A sala era pequena e limpa. Tinha uma cadeira de couro vermelha pregada no chão de azulejo branco. A cadeira podia ter o encosto reclinado, transformando-se em cama. As paredes tinham armários de vidro cheios de vidros, pós e comprimidos identificados com etiquetas brancas, em letras pequenas, cuidadosamente manuscritas com tinta preta. Dependurados sob o armário havia uma série de instrumentos cirúrgicos de aço. O lugar cheirava a desinfetante. Bródski não reagiu ao ser amarrado à cadeira. Seus pulsos, tornozelos e pescoço foram presos com tiras de couro preto. Liev amarrou os pés, enquanto Vassíli amarrava os braços. Quando terminaram, o prisioneiro não podia mexer o corpo. Liev recuou. O psiquiatra lavou as mãos na pia.

— Trabalhei um tempo num gulag perto da cidade de Molotov. O hospital estava cheio de gente que fingia ser doente mental. Faziam qualquer coisa para não trabalhar. Ficavam correndo em círculo feito bichos, gritavam obscenidades, rasgavam as roupas, se masturbavam na frente de todos, defecavam no chão, tudo para me convencer de que estavam loucos. Não dava para acreditar em nada. Meu trabalho consistia em identificar quem mentia e quem era louco mesmo. Havia diversos testes acadêmicos, mas os presos logo perceberam e espalharam a notícia; em pouco tempo, todos sabiam como fazer para enganar o sistema. Por exemplo: um preso que achava que era Hitler, ou um cavalo, ou algo nesse gênero bizarro estava, com certeza quase absoluta, fingindo loucura. Então, os presos pararam de fingir que eram Hitler e inventaram disfarces bem mais sutis e sofisticados. No final, só tinha um jeito de saber a verdade.

Ele encheu uma seringa com um óleo amarelo e denso, colocou-a numa bandeja de aço e, com cuidado, cortou um pedaço da camisa do preso, amarrando um torniquete de borracha no alto do braço para fazer saltar uma veia azul e grossa. Hvostov dirigiu-se ao preso:

— Soube que você tem noções de medicina. Vou injetar óleo canforado no seu sangue. Sabe o que isso vai fazer?

— Minha experiência médica se limita a ajudar as pessoas.

— Isto também pode ajudar as pessoas. Pode ajudar os iludidos. Vai causar uma reação. Enquanto estiver sob o efeito dessa reação, você não conseguirá mentir. Na verdade, não conseguirá fazer muita coisa. Se conseguir falar, só vai dizer a verdade.

— Então vá em frente. Aplique o seu óleo. Ouça o que eu tenho a dizer.

Hvostov dirigiu-se a Liev.

— Vamos usar uma mordaça de borracha. Assim ele não morde a língua quando estiver no auge do ataque. Mas, quando se acalmar, podemos tirar a mordaça e você pergunta o que quiser.

Vassíli pegou um bisturi, limpou as unhas com a ponta do instrumento e passou a sujeira no casaco. Depois, colocou o bisturi no lugar e pegou um cigarro no bolso. O médico balançou a cabeça.

— Por favor, não fume aqui dentro.

Vassíli guardou o cigarro. O médico examinou a seringa: havia uma gota amarela de óleo na ponta da agulha. Satisfeito, enfiou a agulha na veia de Bródski.

— Tem de ser devagar. Se injetarmos muito rápido, ele pode ter uma embolia.

Apertou o êmbolo e o melaço amarelo e denso passou da seringa para o braço do preso.

O efeito veio logo. De repente, os olhos de Anatoli Bródski ficaram sem percepção e reviraram, enquanto o corpo estremecia como se a cadeira onde estava amarrado desse uma descarga de mil volts. A agulha ainda estava no braço dele e só uma quantidade mínima do óleo tinha sido injetada.

— Agora, aplicamos mais um pouco.

Mais cinco mililitros e os cantos da boca de Bródski começaram a borbulhar saliva em pequenas bolhas brancas.

— Agora esperamos, esperamos e esperamos para injetar o resto.

Hvostov injetou o resto, tirou a agulha e colocou um algodão no furo do braço. Recuou.

Bródski parecia mais uma máquina defeituosa, um motor descalibrado, do que um ser humano. O corpo pressionava as tiras como se uma energia externa o forçasse. Algo arrebentou. Um osso no pulso quebrou ao forçar a tira. O psiquiatra olhou o ferimento que já estava inchando:

— É comum acontecer isso.

Olhando para o relógio, acrescentou:

— Vamos esperar mais um pouquinho.

Dois fios de saliva escorriam de cada lado da boca do prisioneiro, caindo no queixo e pingando nas pernas. As vibrações do corpo estavam diminuindo.

— Certo, pergunte o que quer. Veja o que ele diz.

Vassíli se adiantou e soltou a mordaça. Bródski vomitou no colo espuma e saliva. Vassíli virou-se, incrédulo.

— Que porra ele vai dizer desse jeito?

— Tente.

— Para quem você está trabalhando?

A cabeça de Bródski encostou na tira de couro. Ele balbuciou. Escorreu sangue do nariz. Hvostov limpou o sangue com um pano.

— Tente de novo.

— Para quem está trabalhando?

A cabeça de Bródski caiu para o lado como uma marionete, um boneco: inanimado, capaz de se mexer mesmo sem vida. Ele abriu e fechou a boca, esticou a língua numa imitação mecânica de fala, mas sem som.

— Tente de novo.

— Para quem está trabalhando?

— Tente de novo.

Vassíli balançou a cabeça e virou-se para Liev.

— Isso é uma idiotice. Tente você.

Liev estava encostado na parede, como se quisesse ficar o mais longe possível dali. Deu um passo à frente.

— Para quem você está trabalhando?

Veio um som da boca. Era ridículo, cômico, como um bebê tentando falar. Hvostov cruzou os braços e olhou bem para Bródski.

— Tente de novo. Faça perguntas simples para começar. Pergunte o nome dele.

— Como é seu nome?

— Tente de novo. Confie no que eu digo. Ele está saindo do ataque. Tente de novo, por favor.

Liev se aproximou. Estava perto o bastante para tocar a testa dele.

— Como é seu nome?

Ele mexeu os lábios.

— Anatoli.

— Para quem você está trabalhando?

Ele não tremia mais. Os olhos voltaram à posição normal.

— Para quem está trabalhando?

Fez-se um instante de silêncio. E então ele falou, fraco, apressado, como se estivesse dormindo.

— Anna Vladislovovna: Dora Andréieva. Arkadi Maslov. Matthias Rakosi.

Vassíli pegou seu bloco, anotou os nomes e perguntou.

— Sabe quem são?

Sim, Liev sabia: Anna Vladislovovna: o gato estava ficando cego. Dora Andréieva: o cachorro não queria comer. Arkadi Maslov: o cachorro quebrou a perna dianteira. A semente da dúvida, quieta e indigesta no fundo do estômago de Liev, se abriu.

Anatoli Tarassovich Bródski era apenas um veterinário.

17 de fevereiro

O Dr. Zarubin colocou o chapéu debruado de *mink*, pegou a maleta de couro e abriu caminho no bonde lotado, desculpando-se, desajeitado. A calçada estava coberta de gelo e, ao descer, ele se apoiou na lateral do bonde. Sentiu-se, de repente, velho, inseguro, com medo de escorregar. O bonde foi embora. Ele olhou em volta, esperando que fosse aquela parada, pois não conhecia direito a zona leste da cidade. Mas foi fácil se localizar: o prédio aonde ia dominava o cinzento céu hibernal. Do outro lado da rua, a centenas de metros acima dele e de tudo o mais, havia um conjunto de quatro prédios de apartamentos em forma de U, como se um refletisse o outro. O médico ficou encantado com aquele desenho moderno onde moravam milhares de famílias. Não era apenas um projeto residencial. Era um monumento a uma nova era. Não existiam mais as propriedades particulares de um ou dois andares. Tinham acabado, sido derrubadas, viraram poeira de tijolo; no lugar delas brotaram apartamentos perfeitamente iguais projetados e de propriedade do governo, pintados de cinza e empilhados lado a lado. Ele nunca havia visto as mesmas formas repetidas tantas vezes em tantas direções, cada apartamento uma cópia perfeita do outro. A espessa camada de neve que cobria o telhado de cada prédio era como se Deus tivesse traçado uma linha branca para mostrar que só podiam construir até ali, o resto do céu pertencia a Ele. Aquele, pensou Zarubin, era o próximo desafio deles: o resto do céu. Certamente, não pertencia a Deus. Em algum daqueles quatro prédios, ficava o apartamento 124, residência de Liev Stepanovitch Demidov, agente da MGB.

Bem cedo naquela manhã, o médico foi avisado pelo major Kuzmin dos detalhes da saída repentina de Liev. Foi no início de um interrogatório muito importante, o agente explicou que estava com febre e não conseguiria cumprir suas obrigações. O major ficou preocupado por causa do momento da saída. Será que Liev estava doente mesmo? Ou havia outro motivo para ele ir embora? Por que garantiu que estava bem para trabalhar e mudou de opinião após ser incumbido de interrogar o suspeito? E por que tentou entrevistar o traidor a sós? O médico foi enviado para confirmar a veracidade da doença de Liev.

Mesmo antes de um exame, Zarubin achava, do ponto de vista médico, que a má saúde de Liev se devia à exposição prolongada ao gelo, provavelmente uma pneumonia agravada pelo uso de entorpecentes. Se fosse realmente isso, se ele estivesse mesmo doente, então Zarubin devia agir como médico e providenciar a recuperação do paciente. Mas se Liev estivesse fingindo doença por algum motivo, então o médico deveria agir como funcionário da MGB e aplicar-lhe um forte sedativo, fingindo ser um remédio ou tônico. Liev ficaria de cama durante 24 horas, incapaz de fugir e permitindo ao major decidir qual a melhor coisa a fazer com ele.

Conforme o mapa de aço afixado numa coluna de concreto no térreo do primeiro prédio, o apartamento 124 ficava no sétimo andar do terceiro bloco. O elevador, uma caixa de metal com espaço para duas pessoas, ou quatro se não se incomodassem com aperto, subiu barulhento até o décimo terceiro andar, onde deu uma leve parada como para tomar fôlego antes de percorrer o resto da distância. Zarubin precisou das duas mãos para abrir a grade dura do elevador. Num andar tão alto, o vento no corredor de concreto sem janelas fez seus olhos lacrimejarem. Olhou de cima as arruinadas periferias de uma Moscou coberta de neve, antes de virar à esquerda e chegar ao apartamento 124.

A porta foi aberta por uma jovem. O médico tinha lido a ficha de Liev e sabia que era casado com Raíssa Gavrílovna Demidova, professora de 27 anos. A ficha não informava que ela era tão linda. Muito linda, devia constar da ficha. Essas coisas eram importantes. Ele não havia se preparado. Tinha um fraco pela beleza; não a ostensiva e vaidosa. Gostava da subliminar. Aquela mulher era desse tipo de formosura: não se incomodava com a aparência, pelo contrário, fazia todo o esforço para não ser notada, para esconder sua beleza. Os cabelos, as roupas eram do estilo mais simples, se é que podiam ser considerados como estilo. Era evidente que ela não queria chamar a atenção dos homens, o que a tornava ainda mais atraente para o médico. Ela seria um desafio. Quando mais jovem, ele foi um mulherengo, chegou a ser famoso em certos círculos sociais. Inspirado pela lembrança de seus antigos sucessos, sorriu para ela.

Raíssa vislumbrou uma fileira de dentes amarelados, sem dúvida devido a anos de muito cigarro. Retribuiu o sorriso. Esperava que a MGB mandasse alguém lá, embora não tivessem avisado, e esperou o homem se apresentar.

— Sou o Dr. Zarubin. Fui enviado para examinar Liev.

— Sou Raíssa, mulher de Liev. O senhor tem uma identificação?

O médico tirou o chapéu, achou o cartão e mostrou-o.

— Por favor, pode me chamar de Bóris.

O apartamento estava cheio de velas acesas. Raíssa explicou que estava faltando luz elétrica, havia um problema reincidente de eletricidade nos apartamentos acima do décimo andar. Os apagões eram periódicos, às vezes duravam um minuto, às vezes o dia inteiro. Ela se desculpou, não sabia quando a energia poderia voltar. Zarubin fez o que parecia ser uma piada.

— Ele vai sobreviver. Não é flor. Basta mantê-lo aquecido.

Ela perguntou se o médico queria beber alguma coisa quente, uma vez que lá fora estava tão frio. Ele aceitou e tocou a mão dela quando tirou o casaco.

Na cozinha, o médico encostou-se na parede, de mãos no bolso, vendo-a preparar o chá.

— Espero que a água ainda esteja quente.

A voz dela era agradável, suave e calma. Ferveu água com folhas numa caçarola e despejou num copo alto. O chá era forte, quase preto, e quando o copo estava pela metade, ela virou-se para ele.

— Prefere muito forte?

— O mais forte possível.

— Assim, então?

— Um pouco mais de água, talvez.

Ela completou o copo com água do samovar e Zarubin percorreu o corpo dela com os olhos, fazendo uma pausa na linha dos seios e na cintura. Usava roupas baratas: vestido de algodão cinza, meias grossas, casaco de tricô sobre uma blusa branca. Ficou pensando por que Liev não usava o cargo para vesti-la com luxuosas roupas estrangeiras sob medida. Mas mesmo aquelas roupas produzidas em série e o tecido grosseiro não a deixavam menos desejável.

— Fale de seu marido.

— Está com febre. Reclama de sentir frio quando o corpo está quente. Treme. Não quer se alimentar.

— Se tem febre, melhor que não coma por enquanto. Mas a falta de apetite também pode ser causada pelo uso das anfetaminas. Sabe alguma coisa sobre isso?

— Se tem ligação com o trabalho dele, não sei de nada.

— Notou alguma mudança nele?

— Ele pula refeições, passa a noite toda fora. Mas o trabalho exige isso. Notei que depois de trabalhar por períodos muito longos, fica meio esquecido.

— Esquece das coisas?

Ela entregou o copo ao médico.

— Aceita açúcar?

— Se tiver geléia, seria ótimo.

Ela pegou na prateleira do alto. Com o gesto, a parte de trás da blusa subiu e mostrou um naco de pele clara e perfeita. Zarubin sentiu a boca secar. Ela pegou um vidro de geléia roxa, tirou a tampa e entregou a ele uma colher. Ele pegou uma colherada de geléia e colocou no copo, mexendo. De propósito, olhou bem para ela. Percebendo o desejo dele, ela enrubesceu. Ele notou o rubor se espalhar até o pescoço.

— Obrigado.

— Talvez queira examiná-lo agora?

Ela recolocou a tampa no vidro de geléia, deixou-o de lado e foi para o quarto. Zarubin não se mexeu, ficou olhando a geléia dissolver.

— Gostaria de terminar meu chá primeiro. Não há pressa.

Ela foi obrigada a voltar. Zarubin soprou o chá. Era quente e doce. Ela estava nervosa. Ele estava apreciando fazê-la esperar.

O quarto sem janelas era quente e abafado. Só pelo cheiro, Zarubin sabia que o homem na cama estava doente. Ficou surpreso ao sentir uma espécie de desapontamento. Pensando no que havia por trás daquele sentimento, sentou-se na cama, ao lado de Liev. Tomou a temperatura. Estava com muita febre, mas não corria perigo. Auscultou o peito do doente. Não ouviu nada de extraordinário. Liev não estava com tuberculose. Tudo indicava que era apenas uma gripe. Raíssa ficou ao lado, observando. O médico sentiu o cheiro de sabão nas mãos dela. Gostava de estar tão perto. Pegou um vidro marrom na maleta e encheu uma colher com um líquido verde e grosso.

— Por favor, levante a cabeça dele.

Ela ajudou o marido a sentar-se. Zarubin despejou o líquido pela garganta dele. Depois que Liev engoliu, ela colocou a cabeça dele no travesseiro.

— Para que é isso?

— É um tônico para ajudá-lo a dormir.

— Ele não precisa.

O médico não disse nada. Não queria se dar ao trabalho de pensar numa mentira. A droga que deu como remédio era, na verdade, criação dele: uma mistura de barbitúrico, alucinógeno e, para disfarçar o sabor, xarope. Servia para incapacitar o corpo e a mente. Ingerida, atingia primeiro os músculos, que em menos de uma hora ficariam lentos, relaxados a ponto do menor movimento parecer um esforço enorme. O alucinógeno fazia efeito a seguir.

Quando Raíssa enrubesceu na cozinha, Zarubin teve uma idéia e planejou colocá-la em prática ao sentir o cheiro de sabão das mãos dela. Se ele relatasse que Liev estava fingindo doença, era quase certo que seria preso e interrogado. Com todas as outras dúvidas a respeito de seu comportamento, uma enorme suspeita recairia sobre ele. Era bem provável que fosse preso. A esposa, a linda esposa, ficaria sozinha e vulnerável. Precisaria de um aliado. A posição de Zarubin na Segurança do Estado era similar ou até superior à de Liev e ele tinha certeza de que poderia ser uma alternativa confortável e aceitável. Zarubin era casado, mas poderia ter Raíssa como amante. Tinha certeza de que o instinto de sobrevivência dela era grande. Mas, levando tudo em conta, devia haver uma forma menos complicada de conseguir o que queria. Ele se levantou.

— Podemos nos falar a sós?

Na cozinha, Raíssa cruzou os braços. Estava com o cenho franzido, um pequeno vinco na pele que antes era perfeita e pálida. Zarubin tinha vontade de apagar aquele vinco com a língua.

— Meu marido vai ficar bom?

— Ele está com febre. E estou pronto para dizer isso.

— Para dizer o quê?

— Que ele está mesmo doente.

— Ele está mesmo doente. Você acaba de dizer.

— Você sabe por que vim aqui?

— Porque é médico e meu marido está doente.

— Não, para saber se seu marido está mesmo doente ou se apenas não quer trabalhar.

— Mas é óbvio que ele está doente. Qualquer pessoa, médico ou não, pode ver.

— Sim, mas quem está aqui sou eu. Sou eu quem resolvo. E eles vão acreditar no que eu disser.

— Doutor, acaba de dizer que ele está doente. Que está com febre.

— E poderia afirmar isso em relatório, se você puder dormir comigo.

Incrível, ela nem piscou. Não demonstrou qualquer reação. Sua frieza fez com que Zarubin a desejasse ainda mais. Ele prosseguiu:

— Seria só uma vez, claro, a menos que você se interessasse por mim e, nesse caso, poderíamos continuar a relação. E combinar algumas coisas: você ganharia tudo o que quisesse, dentro do possível. Só que ninguém pode saber do caso.

— E se eu recusar?

— Eu diria que seu marido está mentindo. Que está louco para não trabalhar, por motivos que desconheço. E recomendaria que fosse investigado.

— Eles não acreditariam em você.

— Tem certeza? A suspeita já existe. Só precisam de um pequeno empurrão meu.

Interpretando o silêncio dela como aceitação, Zarubin deu um passo adiante e apertou a perna dela com a mão. Ela não se mexeu. Poderiam fazer sexo na cozinha. Ninguém ia saber. O marido não ia acordar. Ela poderia gemer de prazer, fazer todos os ruídos que quisesse.

Raíssa olhou para o lado, enojada, sem saber como agir. Zarubin escorregou a mão pela perna dela.

— Não se preocupe. Seu marido está dormindo profundamente. Não vai nos atrapalhar. Nem nós a ele.

Enfiou a mão embaixo da saia dela.

— Você pode até gostar. Muitas mulheres gostaram.

Estava tão perto que ela podia sentir o hálito dele. Inclinou-se sobre ela, a boca entreaberta, os dentes amarelos se aproximando como se ela fosse uma maçã que estivesse prestes a morder. Ela o empurrou. Ele pegou-a pelo pulso.

— Dez minutos não é um preço muito alto pela vida do seu marido. Faça isso por ele.

Ele puxou-a e apertou o pulso.

De repente, soltou-a e levantou as mãos para o alto. Raíssa estava com uma faca no pescoço dele.

— Se não tem certeza de como está meu marido, por favor peça ao major Kuzmin, que é muito amigo nosso, para mandar outro médico. Ouvir uma segunda opinião seria muito bem-vindo.

Os dois ficaram se rodeando, ele com a faca no pescoço até Raíssa sair da cozinha de costas e continuar na porta, mantendo a faca na altura da cintura. O médico pegou o casaco e vestiu-o displicentemente. Pegou a maleta de couro, abriu a porta do apartamento e apertou os olhos para adaptar a vista ao sol brilhante de inverno.

— Só criança ainda acredita em amigos. E só criança burra.

Raíssa deu um passo à frente, pegou o chapéu dele no gancho e jogou aos pés dele. Quando ele se abaixou para pegar, ela bateu com a porta.

Ouvindo-o se afastar, ela ficou com as mãos tremendo. Ainda estava segurando a faca. Talvez tivesse dado algum motivo para ele pensar que dormiria com ele. Recapitulou os fatos: abriu a porta, sorriu da piada idiota que ele fez, pegou o casaco dele, preparou chá. Zarubin tinha se enganado. E quanto a isso, ela não podia fazer nada. Mas talvez pudesse ter se interessado pela proposta, fingir que estava seduzida. Talvez o velho idiota precisasse apenas achar que estava lisonjeada com os avanços dele. Passou a mão na testa. Tinha lidado mal com a situação. Liev e ela estavam correndo perigo.

Entrou no quarto e sentou-se ao lado de Liev. Ele mexia os lábios como se rezasse baixinho. Ela chegou mais perto, tentando entender o que dizia. Mal dava para ouvir, eram trechos desconexos de frases. Estava delirando. Segurou na mão dela. A pele era fria e úmida. Ela tirou a mão e soprou a vela.

Liev estava na neve, à margem do rio. Anatoli Bródski estava na outra margem. Tinha atravessado o rio e estava quase chegando na segurança da floresta. Liev foi atrás dele e viu sob seus pés, paralisados dentro do gelo espesso, os homens e mulheres que ele havia prendido. Olhou à direita e à esquerda: o rio inteiro estava cheio de corpos congelados. Se ele quisesse ir até à floresta, se quisesse pegar aquele homem, teria de pisar em cima deles. Sem escolha, pois estava cumprindo um dever, Liev andou mais rápido. E seus passos pareciam ressuscitar os corpos. O gelo começou a derreter. O rio descongelou, voltou a correnteza. Liev afundou na neve quase derretida e sentiu rostos sob as botas. Por mais que corresse, os rostos estavam em toda parte, embaixo, na frente. Uma mão segurou o pé dele, ele se desvencilhou. Outra mão pegou-o pelo tornozelo, uma outra, uma terceira, uma quarta. Fechou os olhos sem ousar ver, esperando ser puxado para dentro do rio.

Quando abriu os olhos, estava num escritório sem graça com Raíssa ao lado. Ela usava um vestido vermelho-claro, aquele que tinha pedido emprestado a uma amiga no dia em que os dois se casaram, ajustado às pressas para não parecer muito grande. Nos cabelos, tinha uma flor branca colhida no parque. Ele estava num terno cinza mal ajambrado. Também tinha sido emprestado de um colega. Estavam lado a lado, no escritório decadente de um prédio público também decadente, à frente de um careca debruçado sobre uma papelada numa mesa. Raíssa mostrou seus documentos e esperaram enquanto as identidades eram conferidas. Não fizeram juras, não houve festa, nem buquê de flores. Não teve convidados, lágrimas, nem votos de felicidade, só os dois usando as melhores roupas que conseguiram arrumar. Sem agitação: era burguês fazer agitação. A única testemunha, aquele funcionário público careca, anotou os dados do casal num livro grosso e muito manuseado. Quando a papelada acabou de ser conferida, eles receberam uma certidão de casamento. Eram marido e mulher.

No velho apartamento dos pais dele, onde comemorariam o casamento, estavam os amigos e vizinhos, todos querendo aproveitar a festa. Os mais velhos cantavam músicas pouco conhecidas. Mas havia algo de errado naquela lembrança. Os rostos das pessoas eram frios e duros. A família de Fiodor estava presente. Liev ainda estava dançando, mas o casamento tinha se transformado num velório. Todos olhavam para ele. Alguém bateu na janela. Liev virou-se e viu a silhueta de um homem encostado na vidraça. Foi até lá e limpou o vidro embaçado. O homem era Mikhail Sviatoslavitch Zinóviev, com um tiro na cabeça, o maxilar despedaçado, a cabeça arrebentada. Liev recuou e virou de costas. A sala estava completamente vazia, só com duas meninas, as filhas de Zinóviev, vestidas de farrapos. Órfãs, tinham a barriga inchada e a pele cheia de pústulas. Os piolhos andavam pelas roupas, as sobrancelhas e os cabelos negros e emaranhados. Liev fechou os olhos e balançou a cabeça.

Tremendo de frio, abriu os olhos. Estava dentro d'água e afundava rápido. Por cima, gelo. Tentou subir, mas a correnteza puxava-o para baixo. Havia pessoas sobre o gelo, olhando para ele, vendo-o afogar-se. Sentiu uma dor forte nos pulmões. Não conseguiu mais prender a respiração e abriu a boca.

Ofegante, Liev acordou. Raíssa estava sentada ao lado dele, tentando acalmá-lo. Olhou em volta, confuso: uma parte de sua mente estava no mundo onírico e a outra, naquele mundo real, no apartamento dele, no presente. Aliviado, segurou na mão de Raíssa e disse baixo e depressa:

— Lembra quando nos conhecemos? Você achou que eu era grosseiro de ficar lhe encarando. Saltei na estação de metrô errada só para perguntar o seu nome. E você não quis me dizer. Mas não fui embora sem saber. Então, você mentiu que se chamava Lena. Passei uma semana inteira só falando naquela mulher linda chamada Lena. Falei para todo mundo, Lena é muito bonita. Quando finalmente encontrei você de novo e convenci-a a andar comigo, chamei-a de Lena o tempo todo. No final do passeio, estava pronto para beijá-la e você para me dizer seu verdadeiro nome. No dia seguinte, eu disse para todo mundo como Raíssa era linda e todos riram de mim dizendo que na semana anterior era Lena, naquela era Raíssa e na próxima seria outra. Mas nunca foi. Foi sempre você.

Raíssa ouviu o marido e ficou pensando naquela súbita explosão de sentimentalismo. De onde surgiu? Talvez todo doente ficasse sentimental. Fez com que ele se deitasse de novo e dali a pouco estava dormindo. Faziam quase doze horas que o Dr. Zarubin tinha ido embora. Um velho desprezível e arrogante era um inimigo perigoso. Para afastar o nervoso, ela fez uma sopa, um grosso caldo de galinha com tiras de carne e não só de legumes cozidos e ossos de frango. O caldo ficou borbulhando no fogo baixo, pronto para Liev tomar quando voltasse a comer. Ela mexeu a sopa e serviu uma tigela. No mesmo momento, bateram à porta. Era tarde. Ela não estava esperando visitas. Pegou a faca, a mesma faca, e colocou nas costas antes de se aproximar da porta.

— Quem é?

— O major Kuzmin.

Com mãos trêmulas, ela abriu a porta.

O major Kuzmin estava ali com sua escolta, dois jovens soldados de olhar sério.

— O Dr. Zarubin falou comigo.

Raíssa não conseguiu se conter:

— Por favor, vá ver como Liev está.

Kuzmin pareceu surpreso.

— Não é necessário. Não preciso incomodá-lo. Em matéria de saúde, confio no médico. Além disso, não vá pensar que sou medroso, mas não quero pegar o resfriado dele.

Ela não conseguia entender o que tinha acontecido. O médico tinha dito a verdade. Ela mordeu o lábio, tentando não demonstrar o alívio. O major prosseguiu:

— Entrei em contato com a escola onde você trabalha. Expliquei que vai tirar uma licença para ajudar Liev a se recuperar. Precisamos dele bem-disposto. É um dos nossos melhores agentes.

— Sorte dele, por ter colegas tão solidários.

Kuzmin dispensou o comentário com um gesto. Fez sinal para o oficial ao lado dele. O homem estava segurando uma sacola de papel. Adiantou-se e entregou a sacola para Raíssa.

— É um presente do Dr. Zarubin. Portanto, não precisa me agradecer.

Raíssa ainda estava segurando a faca nas costas. Para pegar a sacola, precisava das duas mãos. Enfiou a faca atrás, no cós da saia. Depois, recebeu a sacola, que era mais pesada do que ela pensava.

— Quer entrar?

— Obrigado, mas é tarde e estou cansado.

Kuzmin desejou boa-noite.

Ela fechou a porta e foi à cozinha, onde colocou a sacola na mesa e tirou a faca da cintura. Abriu a sacola. Estava cheia de laranjas e limões, o que era um luxo numa cidade com racionamento de comida. Fechou os olhos, imaginando como Zarubin devia estar satisfeito com a gratidão dela, não pelas frutas, mas por ter simplesmente cumprido seu dever e relatado que Liev estava mesmo doente. As laranjas e limões eram o jeito de ele dizer que ela estava em dívida. Se ele tivesse agido de outra forma, poderia fazer com que o casal fosse preso. Raíssa esvaziou a sacola na caixa de frutas. Olhou as cores fortes antes de pegar cada fruta. Ia comer o presente dele. Mas não ia chorar.

19 de fevereiro

Era a primeira vez em quatro anos que Liev tinha permissão para faltar ao trabalho. Havia um tipo de prisioneiros de gulags condenados apenas por violação da ética profissional, por terem se afastado de seus postos por tempo indeterminado ou chegado ao plantão com meia hora de atraso. Quando alguém adoecia, era melhor ir trabalhar e cair no chão da fábrica do que ficar em casa para se recuperar. Não competia ao operário resolver se ia trabalhar ou não. Mas Liev não estava correndo perigo. Segundo Raíssa, ele tinha sido examinado por um médico e o major Kuzmin veio visitá-lo, autorizando que faltasse. Isso queria dizer que o nervosismo que ele sentia devia ter outro motivo. Quanto mais pensava nisso, mais evidente ficava. Ele não queria voltar ao trabalho.

Estava há três dias sem sair do apartamento. Isolado do mundo, ficou na cama, tomando limonada morna e água com açúcar, comendo *borscht*, uma sopa de beterraba e repolho, e jogando baralho com Raíssa, que não fez concessão pelo fato de ele estar doente e ganhou quase todas as partidas. Liev passou a maior parte do tempo dormindo e, depois daquele primeiro dia, não teve mais pesadelos. Mas passou a sentir uma melancolia. Esperava que passasse, achando que seria um efeito colateral da abstinência de metanfetamina. A sensação tinha piorado. Ele pegou os frascos e jogou os cristais brancos e sujos na pia. Não ia mais fazer prisões sob o efeito de narcóticos. Será que foram as drogas? Ou foram as prisões? À medida que ele melhorava, foi achando mais simples racionalizar os fatos dos últimos dias. Eles tinham cometido um erro, pois Anatoli Tarassovich Bródski tinha sido um erro. Era um inocente pego e destroçado nas engrenagens de uma máquina de Estado que era importante e vital, mas não infalível. Era simples e infeliz assim. Um único homem não ia arranhar o sentido das operações. Como poderia? Os princípios que regiam o trabalho deles continuavam sólidos. Proteger um país era mais importante do que uma pessoa, do que mil pessoas. Que peso tinham todas as fábricas, máquinas e exércitos da União Soviética? Comparado assim, uma pessoa não pesava nada. Era fundamental que Liev mantivesse a proporção das coisas. A única forma de prosseguir era mantendo essa proporção. O argumento era perfeito, mas não acreditava nele.

Ele estava de frente para a estátua de Feliks Dzerjinski, no meio da praça Lubianka, rodeada por um canteiro gramado, com o trânsito em volta. Liev conhecia de cor a história de Feliks. Todos os agentes conheciam. Ele foi o primeiro líder da Cheka, a polícia política criada por Lenin após a queda do regime czarista. Feliks foi o precursor da NKVD. Era um modelo. Os manuais de treinamento estavam cheios de citações atribuídas a ele. Talvez seu discurso mais famoso e citado mostrasse por quê.

O agente deve treinar-se para ser cruel.

A crueldade era sagrada no código de trabalho deles. Era uma qualidade. Era necessária. Procure ser cruel! A crueldade era a chave que abriria os portões do Estado perfeito. Integrar a Cheka era como seguir uma doutrina religiosa na qual esse mandamento era um dos mais importantes.

A formação de Liev tinha sido centrada no corpo atlético, na destreza física, fato que até então ajudou mais do que atrapalhou sua carreira; dava a impressão de que se podia confiar nele, da mesma forma que se devia suspeitar de um intelectual. Mas isso significava que ele tinha de dedicar ao menos uma noite por semana a escrever penosamente todas as frases que um agente deveria saber de cor. Ele não era um letrado e não tinha boa memória, que piorou com o uso dos remédios. Mas era fundamental lembrar dos discursos políticos mais importantes. Qualquer lapso era sinal de falta de crença e de dedicação. Naquele momento, após três dias sem trabalhar, quando ele se aproximou da entrada do Lubianka e virou para trás para ver a estátua de Dzerjinski, percebeu que estava com a memória falha. Só lembrava trechos de frases e, ainda por cima, com as palavras fora de ordem. Só lembrava direito, entre as milhares e milhares de palavras da bíblia Cheka de normas e princípios, da importância da crueldade.

Liev se apresentou no escritório de Kuzmin. O major estava sentado. Fez sinal para Liev ocupar a cadeira em frente.

— Está melhor?

— Estou, obrigado. Minha mulher disse que o senhor fez uma visita.

— Ficamos preocupados com você. É a primeira vez que adoece. Conferi nas suas fichas.

— Desculpe.

— Não foi culpa sua. Foi corajoso, nadando naquele rio. E estamos satisfeitos por ter salvado o traidor. Ele informou coisas muito importantes.

Kuzmin deu uma batidinha num grosso processo no meio da mesa.

— Na sua ausência, Bródski confessou. Levou dois dias, precisou de dois tratamentos de choque com cânfora. Resistiu muito, mas acabou cedendo. Deu o nome de sete simpatizantes anglo-americanos.

— Onde ele está agora?

— Bródski? Foi executado na noite passada.

Que resposta Liev esperava? Fez um esforço para manter o rosto imóvel, como se tivesse acabado de ouvir que lá fora estava fazendo frio. Kuzmin pegou o processo de capa preta e entregou a Liev.

— Aí dentro está a transcrição completa da confissão dele.

Liev abriu o documento. Leu a primeira linha.

Eu, Anatoli Tarassovich Bródski, sou espião.

Liev folheou as páginas datilografadas. Conhecia o estilo, começava por um perdão, lastimando o que fez antes de falar no crime que cometeu. Tinha visto aquilo milhares de vezes. Só os detalhes mudavam: nomes e locais.

— Quer que eu leia agora?

Kuzmin negou com a cabeça e entregou a Liev um envelope fechado.

— Ele deu o nome de seis cidadãos soviéticos e um húngaro. São colaboradores que trabalham para governos estrangeiros. Dei os seis nomes para outros agentes. O sétimo fica para você investigar. Levando em conta que é um dos meus melhores agentes, dei para você o mais difícil. Dentro desse envelope você tem nosso trabalho inicial, algumas fotos e todas as informações que temos no momento sobre a pessoa suspeita, o que, como você pode ver, não é muita coisa. As ordens são para você conseguir mais informação e, se Anatoli estava certo, se essa pessoa for uma traidora, você tem de prendê-la e trazê-la para cá, como de hábito.

Liev abriu o envelope e tirou várias fotos grandes, em preto-e-branco. Eram fotos de vigilância tiradas a certa distância, do outro lado da rua.

Eram fotos da mulher de Liev.

No mesmo dia

Raíssa sentiu um alívio por estar terminando o trabalho. Tinha passado as últimas oito horas dando exatamente a mesma aula para todas as suas classes. Geralmente, ensinava estudos políticos obrigatórios mas, naquela manhã, a escola recebeu ordem do Ministério da Educação para seguir o plano de aula enviado em anexo. Dava a impressão de que a aula obrigatória era para todas as escolas de Moscou e para ser cumprida imediatamente, o currículo normal poderia ser retomado no dia seguinte. A professora devia passar o dia discutindo com as turmas o quanto Stalin amava as crianças de seu país. O amor em si era uma lição política. Não havia amor mais importante do que o Amor do Líder e, portanto, o Amor de todos pelo Líder. Como parte desse Amor, Stalin queria que suas crianças de todas as idades tomassem certos cuidados básicos que deveriam fazer parte do cotidiano delas. Assim, não podiam atravessar a rua sem antes olhar para os dois lados; deviam tomar cuidado ao andar de metrô e, por fim, o que precisava ser bem enfatizado, não deviam brincar nos trilhos dos trens. Nos últimos anos, tinham ocorrido vários acidentes trágicos nas ferrovias. A segurança das crianças do Estado estava acima de tudo. Elas eram o futuro. Várias demonstrações meio ridículas foram feitas. Cada aula terminou com uma pequena prova para garantir que a lição tinha sido aprendida.

Qual é a pessoa que mais gosta de você? Resposta certa: Stalin
De quem você mais gosta? Resposta certa: acima
(anotar as respostas erradas)
O que você não deve fazer nunca? Resposta certa:
brincar nos trilhos do trem.

Raíssa só conseguiu supor que o motivo por trás da última pergunta era que o partido estava preocupado com o índice demográfico do país.

Em geral, as aulas que ela dava eram cansativas, talvez mais do que as outras do currículo. Embora não se esperasse que os alunos aplaudissem ao terminar cada equação de matemática, esperava-se que tudo o que ela dissesse sobre o Generalíssimo Stalin, a União Soviética ou as perspectivas da revolução mundial, fosse aplaudido. Os alunos competiam entre si, um não queria parecer menos dedicado que o vizinho. A cada cinco minutos a aula era interrompida, as crianças se levantavam, batiam os pés no chão ou os punhos nas carteiras e Raíssa também tinha de se levantar junto com eles. Para não ficar com as mãos vermelhas de tanto aplaudir, dava um jeito de mal tocar as palmas, escorregando-as para imitar entusiasmo. No começo, ela achou que as crianças gostavam daquilo e aproveitavam para interromper a aula. Depois, viu que não era bem assim. Elas tinham medo. Portanto, disciplina nunca foi problema. Ela raramente precisava falar mais alto e nunca fez nenhum tipo de ameaça. Mesmo aos 6 anos, as crianças sabiam que desrespeitar uma autoridade, falar fora de hora, era se expor à própria sorte. Ser jovem não significava estar protegido. Uma criança de 12 anos podia ser morta por ter cometido erros, ou pelos erros do pai. Era uma lição que Raíssa não podia ensinar.

As turmas tinham muitos alunos e teriam mais ainda não fosse a baixa que a guerra causara nos índices demográficos. Senão, ela conseguiria lembrar o nome de cada aluno para mostrar que se interessava por cada um, individualmente. Mas sua memória para nomes esbarrou numa inquietação peculiar: a impressão de que isso trazia uma ameaça implícita.

Se decoro o seu nome, posso denunciar você.

Aquelas crianças já haviam percebido o valor do anonimato e Raíssa notou que preferiam receber o mínimo de atenção pessoal. Em menos de dois meses, parou de chamá-las pelo nome e passou a apenas apontá-las.

Por outro lado, ela não tinha muito do que reclamar. O lugar onde lecionava, a Escola Secundária nº 7 (um prédio retangular apoiado em grossas pernas de concreto) era uma das jóias da política educacional do Estado. Muito fotografada e motivo de muita propaganda, a escola foi inaugurada por ninguém menos que Nikita Khruschov, que fez um discurso no ginásio novo, cujo piso foi tão encerado que os seguranças dele cuidaram para não escorregar. Ele disse que a educação deve ser adequada às necessidades do país. E que o país precisava de jovens cientistas e engenheiros saudáveis e muito produtivos, além de atletas ganhadores de medalhas de ouro nas Olimpíadas. Situado ao lado do prédio principal, o ginásio era do tamanho de uma catedral e maior do que a escola propriamente, com pista interna de corrida, além de esteiras, argolas, escadas de corda e trampolins a serem usados como atividade extracurricular pelos alunos de qualquer idade ou aptidão. Raíssa entendeu bem o significado do discurso e das atividades escolares: o país não precisava de poetas, filósofos e religiosos. Precisava de produção que pudesse ser medida e pesada e de sucesso que pudesse ser cronometrado.

Raíssa tinha apenas um amigo entre os colegas: Ivan Kuzmitch Jukov, professor de língua e literatura. Não sabia a idade certa dele e, se perguntasse, ele não diria, mas era em torno de 40 anos. A amizade foi por acaso. Ele reclamou do tamanho da biblioteca da escola, uma sala no porão que parecia um armário, ficava ao lado da caldeira de água quente e era atulhada de panfletos, edições antigas do *Pravda*, textos aprovados e sem um livro de autor estrangeiro. Ao ouvir isso, Raíssa segredou para ele ser mais cuidadoso. O cochicho foi o começo de uma amizade inesperada que ela achava estrategicamente insensata, considerando que Ivan tinha tendência a dizer o que pensava. Para muita gente, ele já era um homem marcado. Outros professores tinham certeza de que ele escondia textos proibidos sob as tábuas do piso de casa ou, pior ainda, que estava escrevendo um livro e contrabandeando as páginas, evidentemente subversivas, para o Ocidente. É verdade que ele havia emprestado uma tradução ilegal de *Por quem os sinos dobram*, que ela foi obrigada a ler em parques no verão e que jamais ousou levar para o apartamento onde morava. Raíssa podia encarar essa amizade apenas porque sua fidelidade política jamais foi investigada de perto. Afinal, era casada com um agente da Segurança do Estado, o que quase todos na escola sabiam, inclusive alguns alunos. Claro que Ivan devia ter mantido distância dela. E claro também que se sentiu seguro ao concluir que, se Raíssa quisesse denunciá-lo, já o teria feito, pois falou tantas imprudências e seria fácil sussurrar o nome dele no ouvido do marido, no travesseiro ao lado. Assim, o único colega em quem ela confiava era o homem em quem menos confiavam, e a única pessoa em quem ele confiava era a mulher em quem menos devia confiar. Ele era casado, tinha três filhos e ela desconfiava que estava apaixonado por ela. Não era algo que ela quisesse comentar e esperava, em nome da segurança de ambos, que ele também não.

Liev estava no saguão de um prédio de apartamentos baixo, que ficava do outro lado da rua, em frente à entrada da escola. Tinha trocado o uniforme por trajes civis, que pegou no trabalho. O edifício Lubianka tinha armários cheios de roupas (casacos, paletós, calças de vários tamanhos e qualidades) exatamente para aquele fim. Liev nunca se interessou em saber de onde vieram aquelas roupas até encontrar uma gota de sangue no punho de uma camisa de algodão e concluir que pertenceram aos executados no prédio da travessa Varsonofievski. As roupas foram lavadas, claro, mas algumas manchas eram difíceis de sair. Liev estava com um casaco de lã cinza até os tornozelos e um grosso chapéu de pele, com a aba caída sobre o rosto. Tinha certeza de que a esposa não ia reconhecê-lo se, por acaso, olhasse naquela direção. Bateu os pés no chão para aquecê-los e olhou a hora no relógio de aço cromado Poljot Aviator, presente de aniversário que ganhou dela. Dali a pouco, ela terminaria as aulas do dia. Olhou a lâmpada no teto. Pegou um pano, segurou a lâmpada e quebrou-a, deixando o saguão no escuro.

Não era a primeira vez que a esposa dele era seguida. Três anos antes, Liev mandou que a vigiassem por motivos sem qualquer ligação política. Estavam casados há menos de um ano e ela foi ficando cada vez mais distante. Moravam juntos, mas viviam à parte, trabalhando muito, se vendo rapidamente pela manhã e à noite, com tão pouco contato quanto dois barcos pesqueiros que saem todos os dias do mesmo porto. Ele não achava que tivesse mudado como marido, por isso não conseguia entender por que ela havia mudado como mulher. Sempre que tocava no assunto, ela dizia que não se sentia bem, mas não aceitava consultar um médico e quem fica se sentindo mal meses seguidos? A única explicação que ele encontrou foi de que estava apaixonada por outro.

Cheio de desconfiança, mandou um jovem agente recém-contratado seguir Raíssa durante uma semana. Embora fosse uma atitude desagradável, justificou-a como sendo por amor. Mas foi arriscado, não só porque Raíssa poderia descobrir. Se os colegas soubessem, interpretariam de outra maneira: se Liev não confiava na esposa como pessoa, como podia confiar politicamente? Infiel ou não, subversiva ou não, seria melhor para todos se ela fosse enviada para um gulag. Só por precaução. Mas Raíssa não tinha um caso e ninguém soube da vigilância. Aliviado, ele aceitou que precisava apenas ter paciência, atenção e ajudá-la em qualquer dificuldade que estivesse enfrentando. Com o passar dos meses, a relação melhorou aos poucos. Liev transferiu o jovem agente para um posto em Leningrado, mudança que ele justificou como uma promoção.

Mas a missão que executava naquele momento era muito diferente. A ordem para investigá-la tinha vindo de cima. Aquilo era, oficialmente, um problema de Estado, questão de segurança nacional. Não estava em jogo o casamento deles, mas a vida. Para Liev, não havia dúvida de que foi Vassíli que incluiu o nome de Raíssa na confissão de Anatoli Bródski. O fato de outro agente ter confirmado os detalhes da confissão não queria dizer nada: era uma conspiração, uma mentira deslavada. Ou então, Vassíli tinha colocado o nome na cabeça de Bródski durante o interrogatório, o que era simples de fazer. Liev se sentiu culpado. Afastou-se do interrogatório e com isso permitiu que Vassíli se aproveitasse com toda a crueldade. Liev caíra numa arapuca. Não podia afirmar que a confissão era falsa, pois tratava-se de um documento oficial, tão válido e verdadeiro quanto qualquer outra confissão. A única saída foi demonstrar total incredulidade, dando a entender que o traidor Bródski tentou incriminar Raíssa por vingança. Ao ouvir a explicação, Kuzmin perguntou como o traidor sabia que ele era casado. Desesperado, Liev foi obrigado a mentir que citou o nome da esposa durante as conversas que tiveram. Liev não sabia mentir bem. Ao defender a esposa, ele se incriminou. Defender uma pessoa era ligar seu destino ao dela. Kuzmin concluiu que uma provável brecha na segurança teria de ser amplamente investigada. Ou Liev investigava, ou permitia que outro agente fosse encarregado. Ao ouvir o ultimato, ele aceitou a missão considerando que estava apenas tentando limpar o nome da esposa. Da mesma forma que três anos antes tirou as dúvidas sobre a fidelidade dela, agora ia desconfiar de sua fidelidade ao Estado.

Do outro lado da rua, as crianças saíam aos bandos da escola e partiam em todas as direções. Uma menina atravessou a rua e veio direto para o prédio de apartamentos onde ele estava escondido. Quando passou pelo saguão escuro, pisando nos estilhaços de lâmpada, parou, avaliando se devia ou não falar. Liev virou-se para ela. A menina tinha cabelos compridos e negros, amarrados com uma fita vermelha. Devia ter uns 7 anos. As bochechas estavam rosadas de frio. De repente, correu, os sapatinhos batendo nos degraus da escada, indo para longe daquele estranho, para casa, onde ainda era jovem o bastante para achar que estaria segura.

Liev foi até a porta de vidro, observando os últimos alunos deixarem a escola. Sabia que Raíssa não tinha nenhuma atividade extracurricular e sairia logo. E lá estava ela na entrada, com um colega. Ele tinha barba grisalha e bem aparada, óculos redondos. Liev reparou que era um homem atraente. Parecia educado, fino, gentil, de olhos vivos e carregava uma sacola cheia de livros. Devia ser Ivan; Raíssa tinha falado nele, o professor de literatura. Liev calculou que o homem devia ser no mínimo dez anos mais velho do que ele.

Liev esperava que os dois se separassem no portão, mas seguiram juntos, conversando. Esperou, deixando que ficassem à frente. Os dois pareciam se conhecer bem, Raíssa riu de alguma coisa e Ivan ficou satisfeito. Será que ela ria das coisas que Liev contava? Não muito, nem sempre. Claro que ele não se incomodava que risse quando fazia uma bobagem ou era desajeitado. Tinha senso de humor mas não, não sabia dizer coisas engraçadas. Raíssa, sim. Ela era brincalhona com palavras e idéias. Desde que se conheceram, desde que o enganou dizendo que se chamava Lena, jamais duvidou que a esposa era mais inteligente do que ele. Levando em conta os riscos da destreza intelectual, ele nunca teve ciúme — até aquele momento, vendo-a ao lado do homem.

Liev estava com os pés dormentes. Gostou de andar, seguindo a esposa a uns 50 metros de distância. Na fraca luz alaranjada dos postes, era fácil segui-la, a rua estava quase vazia. Até que entraram na Avtozavodskaia, a rua principal, mesmo nome da estação de metrô para onde os dois deviam estar se encaminhando. Havia filas de pessoas do lado de fora das mercearias, enchendo as calçadas. Foi difícil Liev seguir a esposa, principalmente porque ela usava roupas pouco marcantes. Teve de se aproximar, apertando o passo. Ficou a menos de 20 metros. Dessa distância, havia o risco de ela vê-lo. Raíssa e Ivan entraram na estação do metrô e sumiram. Liev correu, se desviando dos pedestres. No meio da multidão indo e vindo, ela podia sumir facilmente. Aquele metrô era, como o *Pravda* sempre se gabava, o melhor e mais movimentado do mundo, usado por milhões de pessoas diariamente.

Ao chegar na entrada da estação, ele desceu a escada de pedra para o andar inferior, um lugar tão opulento que parecia o saguão de uma embaixada, com colunas de mármore creme, corrimãos de mogno polido e iluminado por domos de vidro fosco. Era a hora do rush e não se via um centímetro de piso. Milhares de pessoas se cruzavam, usando casacos compridos e cachecóis, apinhando as grades de aço onde entregavam os bilhetes. Andando na contramão, Liev voltou alguns degraus da escada e aproveitou a pequena elevação para ver as cabeças na multidão. Raíssa e Ivan tinham entregue seus bilhetes e aguardavam na fila para pegar a escada rolante. Liev entrou no meio da multidão outra vez, se esgueirando entre as pessoas, seguindo em frente. Mas, espremido numa massa de corpos, não tinha outra escolha senão recorrer ao método menos educado e afastar as pessoas com as mãos. Ninguém ousou dar mais do que um olhar aborrecido, pois não sabiam quem ele podia ser.

Ao chegar à barreira onde os bilhetes eram recolhidos, perdeu a mulher de vista. Passou pela barreira, entrou na fila e pegou o primeiro lugar disponível na escada rolante. Percorreu com os olhos os degraus de madeira da escada, em diagonal até embaixo, e viu a copa de centenas de chapéus de inverno. Não conseguiu distinguir um e inclinou-se para a direita. Raíssa estava na escada, a uns quinze passos abaixo dele. Para falar com Ivan, no degrau de trás, ela virou o rosto e olhou para cima, fazendo com que Liev entrasse em seu campo de visão. Ele escondeu-se atrás do passageiro da frente e, sem querer se arriscar, esperou chegar quase ao piso inferior para olhar de novo. Os passageiros se dividiam em dois corredores que levavam às direções norte e sul, ambas cheias, e tentavam ganhar espaço nas plataformas e um lugar no próximo trem. Liev não via a esposa em lugar algum.

Se Raíssa estava indo para casa, devia saltar três estações na direção norte, a linha de Zamoskvoretskaia até Teatral'naia, onde trocaria de trem. Certo de que ela ia fazer isso, Liev seguiu pela plataforma, olhando para a direita e a esquerda, observando os rostos enfileirados, apertados, virados na mesma direção à espera do trem. Chegou ao meio da plataforma. Raíssa não estava ali. Será que embarcou na direção contrária? Por que iria para o sul? De repente, um homem se mexeu e Liev viu de relance uma sacola de livros. Era Ivan. Raíssa estava ao lado dele, os dois na beira da plataforma. Liev estava tão perto que quase podia tocar no rosto dela. Se ela virasse para o lado um mínimo, ficariam olhos nos olhos. Ele tinha quase certeza de que estava dentro da visão periférica dela: se não o viu, foi porque não esperava encontrá-lo ali. Ele não podia fazer nada, não tinha onde se esconder. Continuou na plataforma, esperando que ela o chamasse. Ele não conseguiria explicar que era coincidência. Ela perceberia a mentira, saberia que a estava seguindo. Ele contou vinte passos e parou na beira da plataforma, olhando o mosaico em frente. Três fios de suor escorriam pelo seu rosto. Não ousou enxugá-los ou virar para ver se ela estava olhando na direção dele. Tentou se concentrar no mosaico, que enaltecia o poderio militar soviético: um tanque de guerra com o cano para cima, cercado de artilharia pesada, transportando soldados russos de casacos compridos e armas na mão. Liev virou lentamente a cabeça. Raíssa estava falando com Ivan. Não o viu. Um bafo de ar quente percorreu a plataforma lotada. O trem estava chegando.

Quando todos se viraram para aguardar, Liev notou um homem olhando direto para ele, na direção contrária à do trem que vinha. Os dois se viram de relance, numa fração de segundo. O homem devia ter uns 30 anos. Liev nunca o havia visto. Mas no mesmo instante teve certeza de que era um colega da Cheka, um funcionário da Segurança do Estado. Havia mais um agente além dele naquela plataforma.

A multidão se movimentou como uma onda na direção das portas dos vagões. O agente sumiu. As portas se abriram. Liev não saiu do lugar, ficou de costas para o trem, procurando onde havia detectado aquele olhar frio e profissional. Empurrado pelos passageiros que desembarcavam, ele se recobrou da surpresa e entrou no vagão seguinte ao de Raíssa. Quem seria aquele agente? Por que precisavam de dois agentes para seguir a esposa dele? Será que não confiavam nele? Claro que não. Mas não esperava que tomassem medidas extras tão radicais. Deu um jeito de ficar perto da janela para poder ver o outro vagão. Viu Raíssa segurando na barra lateral. Mas não havia sinal do outro agente. As portas estavam quase se fechando.

O agente entrou no mesmo vagão que Liev, passou por ele fingindo indiferença e ficou a vários metros. Era bem treinado, calmo e, não fosse aquele olhar de relance, Liev podia não tê-lo notado. Não estava seguindo Raíssa. Estava seguindo Liev.

Deveria ter desconfiado de que a missão não ia ficar só nas mãos dele. Havia a possibilidade de ele estar envolvido. Podiam até suspeitar que trabalhava com Raíssa, se ela fosse espiã. Os superiores tinham obrigação de garantir que Liev executava seu trabalho como devia. Tudo o que relatasse seria checado com o outro agente. Por isso, era fundamental que Raíssa fosse direto para casa; se fosse a outro lugar, um restaurante, uma livraria ou à casa errada, onde morassem as pessoas erradas, estaria se arriscando. A única chance de ela escapar, embora pequena, era não dizer nada, não fazer nada, não encontrar ninguém. Ela podia trabalhar, fazer compras e dormir. Qualquer outra atividade podia ser mal interpretada.

Se Raíssa estava indo para casa, ia continuar naquele trem até a terceira parada, na estação Teatral'naia, onde faria conexão para a linha Arbatsko-Pokrovskaia, na direção leste. Liev conferiu se o agente o estava seguindo. Alguém se levantou para saltar e o agente sentou-se. Ficou então olhando distraído pela janela, claro que observando Liev com o canto dos olhos. O agente sabia que tinha sido notado. Talvez até quisesse. Nada disso interessava, desde que Raíssa fosse direto para casa.

O trem chegou à segunda estação, Novokuznetskaia. Mais uma e eles trocariam de trem. As portas se abriram. Ivan desembarcou. Liev pensou:

Por favor, Raíssa, continue no trem.

Raíssa saltou na plataforma e se encaminhou para a saída. Não ia para casa. Liev não sabia aonde ela ia. Se a seguisse, faria com que o segundo agente notasse. Se não seguisse, colocaria a vida dele em perigo. Tinha de escolher. Liev virou a cabeça. O agente não tinha se mexido. Daquele lugar, não podia ter visto Raíssa saltar. Estava seguindo Liev e não a ela, supunha que a ação dos dois estivesse sincronizada. As portas estavam prestes a fechar. Liev ficou no mesmo lugar.

Olhou para o lado pela janela, como se Raíssa ainda estivesse no próximo vagão, como se ainda a estivesse vigiando. O que ele estava fazendo? Tinha sido uma decisão impulsiva, precipitada. O plano dele dependia do agente acreditar que Raíssa continuava no trem; no mínimo, um plano perigoso. Liev não tinha pensado que haveria tanta gente. Raíssa e Ivan ainda estavam na plataforma, caminhando para a saída numa lentidão enervante. Como o agente olhava pela janela, iria vê-los assim que o trem se movimentasse. A fila onde Raíssa estava chegou mais perto da saída, pacientemente. Ela não estava com pressa, não havia motivo para isso, sem saber que a vida dela e a de Liev corriam perigo, a menos que ficasse fora de vista. O trem deu partida. O vagão deles ficou quase na altura da saída, o agente certamente veria Raíssa e saberia que Liev não a seguiu de propósito.

O trem tomou velocidade, ficou paralelo à saída. Raíssa estava totalmente à vista. Liev sentiu um vazio no estômago. Virou a cabeça lentamente para ver a reação do agente. Um atarracado casal de meia-idade estava na plataforma e impediu que o agente enxergasse qualquer coisa. O trem entrou com estrépito no túnel. O homem não tinha visto Raíssa sair da estação. Não sabia que ela não estava mais no trem. Mal conseguindo disfarçar o alívio, Liev parou a farsa de olhar para o outro vagão.

Na estação Teatral'naia, esperou o máximo que pôde para desembarcar, como se ainda estivesse seguindo a esposa, como se ela estivesse indo para casa. Encaminhou-se para a saída. Olhou para trás e viu que o agente também desceu e tentava diminuir a distância entre eles. Liev apressou-se.

A passagem se afunilava no acesso a várias conexões e em direção à rua. Ele tinha de fugir daquele sujeito sem dar a perceber. O corredor à direita levava aos trens para leste, da linha Arbatsko-Pokrovskaia, caminho de casa. Liev virou à direita. Tudo dependia da chegada do próximo trem. Se ele pudesse ficar bem à frente, embarcaria antes de o agente notar que Raíssa não estava na plataforma.

No corredor para a plataforma, havia uma multidão à frente dele. De repente, ouviu o som de um trem chegando. Não dava para pegá-lo com toda aquela gente na frente. Ele enfiou a mão no bolso do paletó, pegou sua carteira de agente da Segurança do Estado e tocou com ela no ombro do homem à frente. Como se a carteira queimasse, o homem se afastou para o lado, a mulher se afastou para o lado, a multidão se dividiu ao meio. Com o caminho livre, ele pôde correr. O trem estava na estação, de portas abertas, pronto para sair. Ele guardou a carteira e embarcou. Virou para procurar o agente. Se o homem conseguisse alcançar aquele trem, estava tudo perdido.

As pessoas que tinham dado passagem se juntaram de novo. O agente estava apertado atrás delas, usando métodos menos sutis, empurrando e acotovelando todos no caminho. Estava conseguindo.

Por que as portas não fechavam? O agente já estava na plataforma, a poucos metros. As portas começaram a fechar. Ele estendeu a mão e segurou na lateral da porta. Mas o mecanismo não recuava e o homem (que Liev viu de perto pela primeira vez) não teve outra escolha senão desistir. Manteve um ar de indiferença distraída e Liev tentou não reagir, olhando com o canto dos olhos enquanto o agente ficava para trás. No escuro do túnel, Liev tirou o chapéu encharcado de suor.

No mesmo dia

O elevador parou no quinto andar, o último, as portas se abriram e Liev saiu num corredor estreito. Tinha cheiro de comida no fogo. Eram sete da noite, hora em que muitas famílias faziam o *uzhin*, a última refeição do dia. Liev foi passando pelos apartamentos e ouvindo o barulho dos preparativos para o jantar através das portas de compensado. Quanto mais se aproximava da casa dos pais, mais cansado se sentia. Tinha levado horas atravessando a cidade. Depois de perder o agente que o seguia na estação Teatral'naia, ele foi para casa, no apartamento 124, acendeu as luzes, ligou o rádio e fechou as cortinas — uma precaução necessária, apesar de morarem no décimo quarto andar. Saiu de novo, entrou numa linha circular do metrô e voltou para o centro. Lastimou não ter trocado de roupa. Estavam incomodando; a camisa, encharcada de suor, tinha secado e grudado nas costas. Tinha certeza de que estava fedido, embora não sentisse. Deixou essas preocupações de lado. Os pais dele não iam ligar. Ficariam distraídos pelo fato de o filho pedir conselho deles, coisa que não fazia há muito.

O equilíbrio da relação tinha mudado, ele agora ajudava-os bem mais do que era ajudado. Liev gostava assim. Gostava de proporcionar aos pais um trabalho com encargos mais simples. O pai, depois de apenas responder a algumas perguntas educadas, tinha se tornado chefe da fábrica de armamento, saindo da linha de produção. Já a mãe, que passava o dia costurando pára-quedas, teve uma promoção parecida. Liev melhorou o acesso deles à alimentação, não precisavam mais enfrentar longas horas de filas para comprar produtos básicos como pão e trigo. Agora podiam ir às *spetztorgi*, lojas especiais onde o consumidor comum não entrava e que vendiam delícias exóticas como peixe fresco, açafrão e até barras de chocolate de verdade, em vez do sintético, que não passava de uma mistura de centeio, cevada, trigo e ervilha. Se os pais tinham problema com um vizinho brigão, o vizinho deixava de ser brigão. Sem o uso de violência nem ameaças, apenas com uma insinuação de que estava incomodando um casal de idosos com melhores conexões que as dele.

O apartamento que conseguiu para os pais ficava num prédio baixo, numa agradável área residencial ao norte da cidade — e todos os apartamentos tinham o privilégio de banheiro e um pequeno balcão abrindo para um gramado e uma rua tranqüila. Não dividiam o apartamento com ninguém, o que era um fato extraordinário naquela cidade. Depois de 50 anos de vida dura, eles finalmente tinham privilégios, o que apreciavam muito. Tinham se viciado em conforto. Tudo graças à carreira de Liev.

Liev bateu à porta. Quando a mãe, Anna, abriu, pareceu surpresa e por isso ficou momentamente muda. Mas a surpresa sumiu, ela se adiantou, abraçou o filho e disse, animada:

— Por que não avisou que vinha? Soubemos que estava doente. Fomos visitá-lo, mas estava dormindo. Raíssa nos deixou entrar no quarto. Olhamos você, até segurei sua mão, mas o que podíamos fazer? Você precisava descansar. Dormia como uma criança.

— Raíssa contou que vocês foram lá. Obrigado pela frutas, as laranjas e limões.

— Não levamos frutas. Quer dizer, acho que não. Estou ficando velha. Vai ver que levamos!

Ouvindo a conversa, o pai dele, Stepan, saiu da cozinha, dando um cutucão carinhoso na esposa. Nos últimos tempos, ela havia ganho uns quilos. Aliás, os dois ganharam. Pareciam bem.

Stepan abraçou o filho.

— Você melhorou?

— Melhorei bastante.

— Que bom, estávamos preocupados.

— Como vai a dor nas costas?

— Faz tempo que não aparece. Uma das vantagens do trabalho administrativo é que só supervisiono o trabalho duro dos outros. Fico andando com uma caneta e uma prancheta.

— Chega de culpa, você já trabalhou muito.

— Pode ser, mas as pessoas olham diferente quando você deixa de ser uma delas. Meus amigos não são mais tão simpáticos. Se alguém chega atrasado, sou eu que tenho de relatar. Ainda bem que ninguém chegou atrasado até agora.

Liev pensou no que o pai disse.

— O que você faria se chegassem? Iria dar queixa deles?

— Eu só aviso todas as tardes: não se atrasem.

Portanto, em outras palavras, o pai não iria dar queixa. Já devia ter passado por cima de alguns casos. Não era o momento para avisá-lo, mas aquele tipo de generosidade podia ser descoberto.

Na cozinha, um repolho borbulhava na água dentro da panela de cobre. Os pais estavam preparando um *golubsty* e Liev pediu que continuassem a conversa na cozinha. Liev deu passagem e viu o pai misturar picadinho de carne (de carne fresca e não seca, que deviam ter conseguido só por causa do trabalho do filho) com cenouras frescas grelhadas (também só adquiridas por causa dele) e arroz. A mãe começou a tirar as folhas sem cor do repolho cozido. Ela e o marido sabiam que havia alguma coisa errada e esperaram, sem pedir para Liev contar. Ele gostou que estivessem ocupados com os preparativos do jantar.

— Nunca conversamos muito sobre o meu trabalho. Ainda bem. Às vezes, acho minha função difícil. Não me orgulho de algumas coisas que fiz, mas eram necessárias.

Liev parou, tentando pensar no melhor jeito de perguntar.

— Conhecem alguém que foi preso?

A pergunta era esquisita, Liev percebeu. Stepan e Anna se entreolharam e continuaram a cuidar da comida, satisfeitos de terem alguma coisa para fazer. Anna deu de ombros.

— Todo mundo conhece alguém. Mas não questionamos. Eu fico pensando: a polícia deve ter provas. Só sei o que vejo nas pessoas e é fácil parecer simpático, normal e leal. O seu trabalho é ver mais do que isso. Você sabe o que é melhor para o país. Não nos compete julgar.

Liev concordou com a cabeça e acrescentou.

— Este país tem muitos inimigos. O mundo inteiro odeia a nossa Revolução. Precisamos protegê-la. Infelizmente, até de nós mesmos.

Ele parou. Não tinha ido lá para repetir o discurso do Estado. Com os dedos grudentos da gordura do picadinho, os pais olharam o filho.

— Ontem me pediram que denunciasse Raíssa. Meus superiores acham que ela é traidora. Acham que é espiã de uma agência internacional. Recebi ordem de investigá-la.

Uma gota de azeite escorreu do dedo de Stepan e caiu no chão. Ele olhou a gota e depois perguntou:

— Ela é traidora?

— Pai, ela é professora. Trabalha. Volta para casa. Trabalha. Volta para casa.

— Então diga isso a eles. Há alguma prova? Como podem sequer pensar numa coisa dessas?

— Existe a confissão de um espião que foi executado. Ele citou-a. Disse que tinha trabalhado com ela. Mas tenho certeza de que a confissão é falsa. Sei que esse espião era apenas um veterinário. Foi um erro prendê-lo. Acho que a confissão foi forjada por outro agente para me comprometer. Sei que minha esposa é inocente. Tudo não passa de vingança.

Stepan limpou as mãos no avental de Anna.

— Diga a verdade para eles. Faça com que ouçam. Desmascare esse agente. Você tem um cargo de prestígio.

— Essa confissão, inventada ou não, foi considerada verdadeira. É um documento oficial e tem o nome dela. Se eu defender Raíssa, estarei contestando um documento do Estado. Se eles admitirem que um documento está errado, terão de admitir que todos estão. Não podem voltar atrás. A repercussão seria enorme. Significaria que todas as confissões devem ser questionadas.

— Você não pode dizer que esse espião, esse veterinário, se enganou?

— Posso, é o que pretendo fazer. Mas se eu protestar e eles não acreditarem no que eu disser, prendem não só a ela como a mim. Se ela é culpada e eu disser que não é, então sou culpado também. Tem mais. Sei como essas coisas funcionam. Há muita chance de prenderem vocês dois. Parte do código judicial atinge todos os membros da família de um criminoso acusado. Somos culpados por associação.

— E se você denunciá-la, o que acontece?

— Não sei.

— Sabe, sim.

— Nós continuaremos vivos. Mas ela, não.

A água continuava borbulhando no fogão. Finalmente, Stepan falou.

— Você veio aqui porque não sabe o que fazer. E porque é um bom homem e quer que digamos para fazer a coisa certa, a coisa decente. Quer um bom conselho. Esse conselho seria dizer para eles que estão errados, que Raíssa é inocente? E enfrentar as conseqüências disso?

— Sim.

Stepan concordou com a cabeça e olhou para Anna. Um instante após, acrescentou:

— Mas não posso dizer isso. E não sei se você achava que eu diria. Como? A verdade é que quero minha esposa viva. Quero meu filho vivo. E quero viver. Faria qualquer coisa para garantir isso. Pelo que entendi, trata-se de uma vida em troca de três. Desculpe. Sei que você esperava mais de mim. Mas estamos velhos, Liev. Nós não sobreviveríamos a um gulag. Seríamos separados e morreríamos sós.

— E se você fosse jovem, qual seria o seu conselho?

Stepan concordou com a cabeça.

— Tem razão. Meu conselho seria igual. Mas não se zangue comigo. O que esperava, quando veio aqui? Esperava que disséssemos, ótimo, não nos incomodamos de morrer? E para que serviria a nossa morte? Sua esposa seria salva? Os dois viveriam juntos e felizes para sempre? Se fosse assim, eu ofereceria de bom grado a minha vida pela de vocês. Mas isso não iria acontecer. Nós quatro morreríamos, só que você sabendo que fez a coisa certa.

Liev olhou para a mãe. Seu rosto estava tão sem cor quanto as folhas de repolho que tinha na mão. Estava calma. Não discordou de Stepan, mas perguntou ao filho:

— Quando você tem que decidir?

— Tenho dois dias para juntar as provas. Depois devo informar ao meus superiores.

Os pais continuaram preparando o jantar, enrolando o picadinho nas folhas de repolho e colocando-as lado a lado num tabuleiro como se fossem dedos grossos. Ninguém disse nada até a bandeja ficar cheia. Stepan perguntou:

— Vai jantar conosco?

Liev foi atrás da mãe até a sala e viu que havia três lugares à mesa.

— Estão esperando um convidado?

— Estamos, Raíssa.

— Minha esposa?

— É, vem jantar. Quando você chegou, pensamos que fosse ela.

Anna colocou mais um lugar à mesa e explicou.

— Vem quase toda semana. Ela não queria que você soubesse que se sente muito só, tendo apenas o rádio por companhia no jantar. Gostamos muito dela.

Era verdade que Liev nunca chegava às sete da noite. Stalin, que tinha insônia e não dormia mais de quatro horas por noite, criou a cultura dos longos turnos de trabalho. Liev tinha ouvido dizer que nenhum membro do Politburo podia ir embora antes das luzes do escritório de Stalin se apagarem, em geral depois da meia-noite. Essa lei não se aplicava muito ao edifício Lubianka, mas esperava-se um nível similar de dedicação ao ofício. Poucos agentes trabalhavam menos de dez horas por dia, mesmo que grande parte desse tempo fosse sem fazer nada.

Bateram à porta. Stepan abriu e Raíssa entrou na sala. Ao ver Liev, ficou tão surpresa quanto os pais. Stepan explicou:

— Liev estava trabalhando aqui perto. Por uma vez, podemos jantar juntos como uma família.

Ela desabotoou o casaco, que Stepan pegou. Aproximou-se de Liev e olhou-o de alto a baixo.

— Que roupas são essas?

Liev olhou as calças, a camisa, aquelas roupas que deviam ter sido de algum morto.

— Peguei... no trabalho.

— Então é melhor eu não perguntar mais nada.

Raíssa inclinou-se sobre Liev e cochichou no ouvido dele:

— A camisa está fedida.

Liev foi para o banheiro. Na porta, olhou para trás e viu Raíssa ajudando os pais a arrumar a mesa.

Liev tinha crescido sem saber o que era água quente na torneira ou no chuveiro. Ele e os pais dividiam o velho apartamento com o tio do pai e a família. Eram só dois quartos, um para cada família. O apartamento não tinha privada ou banheiro, os moradores do prédio tinham de usar os banheiros do lado de fora, com água fria. De manhã, as filas na porta dos banheiros eram grandes e, no inverno, os moradores ficavam cobertos de neve enquanto esperavam para entrar. Uma pia particular, com água quente, seria considerada um luxo inacessível, um sonho. Liev tirou a camisa e lavou-se. Ao terminar, abriu a porta e perguntou ao pai se podia emprestar uma camisa. Embora o corpo do pai fosse maltratado pelo trabalho — curvado e moldado pela linha de montagem, da mesma forma que ele moldava as balas dos tanques — era de compleição parecida: forte, ombros largos e musculosos. A camisa coube bem.

De camisa trocada, Liev sentou-se à mesa. Enquanto o *golubsty* terminava de assar no forno, eles se serviram de *zakuski*, picles, salada de cogumelos, uma fina fatia de língua de vitela temperada com manjerona, esfriada em gelatina e servida com raiz-forte. Era uma refeição excepcionalmente farta. Liev não se conteve e ficou calculando quanto teria custado cada prato. Quem teria pago com a morte aquela manjerona? Será que aquela fatia de língua foi comprada com a vida de Anatoli Bródski? Enjoado, ele observou:

— Estou vendo por que você janta aqui toda semana.

Raíssa sorriu.

— É, eles me deixam mal acostumada. Eu disse que só *kasha* estava bom, mas...

Stepan interrompeu:

— É desculpa para ficarmos mal acostumados também.

Tentando parecer normal, Liev perguntou à esposa:

— Você vem para cá direto do trabalho?

— Venho.

Era mentira. Ela havia ido a algum lugar depois da escola com Ivan. Antes que Liev pudesse pensar mais no assunto, Raíssa se corrigiu.

— Quer dizer, mais ou menos. Normalmente, venho direto, mas hoje tive um compromisso, por isso cheguei um pouco mais tarde.

— Compromisso?

— Com o médico.

Raíssa começou a sorrir.

— Ia contar quando estivéssemos a sós, mas se o assunto surgiu antes...

— Contar o quê?

Anna levantou-se.

— Quer que seu pai e eu saiamos da sala?

Liev fez sinal para a mãe continuar sentada.

— Por favor, somos uma família. Não há segredos entre nós.

— Estou grávida.

20 de fevereiro

Liev não conseguia dormir. Ficou acordado olhando para o teto, ouvindo o respirar lento da esposa, com as costas encostadas nele, não para demonstrar alguma intimidade, mas porque se mexeu na cama. Tinha o sono agitado. Será que isso era motivo suficiente para delatá-la? Ele sabia como podia ser descrito:

Não consegue descansar, sofre de pesadelos: é evidente que minha mulher está atormentada por algum segredo.

Ele poderia transferir a investigação para outra pessoa. Poderia enganar a si mesmo que a sua avaliação era suspeita. Era muito próximo dela, envolvido demais. Mas qualquer investigação chegaria à mesma conclusão. O caso fora aberto. Ninguém se colocaria contra a presunção de culpa.

Liev levantou-se e ficou na janela da sala, que não tinha vista para a cidade, mas para o prédio em frente. Viu uma parede de janelas com apenas três acesas, entre milhares de outras apagadas, e pensou no que estaria preocupando aqueles moradores, por que não conseguiam dormir. Sentiu um estranho companheirismo por aqueles três quadrados de fraca luz amarela. Eram quatro da manhã, hora de prender suspeitos — a melhor para pegar alguém, arrancá-lo do sono. Era quando as pessoas estavam vulneráveis, desorientadas. Comentários descuidados, feitos quando os agentes entravam nas casas, costumavam ser usados contra os suspeitos nos interrogatórios. Era difícil ser prudente enquanto a esposa era arrastada pelos cabelos. Quantas vezes Liev tinha derrubado uma porta com um chute de bota? Quantas vezes viu um casal ser tirado da cama, com lanternas nos olhos e roupa de dormir? Quantas vezes ouviu um agente rir ao ver os genitais de alguém? Quantas pessoas ele tinha arrancado da cama? Quantos apartamentos tinha destruído? E o que dizer das crianças que ficou segurando enquanto os pais eram levados embora? Não lembrava. Tinha apagado da cabeça os nomes, os rostos. Uma memória vaga era bem útil. Será que ele a havia cultivado? Tinha tomado anfetaminas não para trabalhar mais horas, mas para apagar as lembranças daquele trabalho?

Havia uma piada muito comum entre os agentes, podiam contá-la sem serem repreendidos. Um casal dormia na cama quando foi acordado por uma batida forte à porta. Com medo de que o pior pudesse acontecer, eles deram um beijo de despedida.

Querida, eu te amo.
Querido, eu te amo.

Depois abriram a porta. Apareceu um vizinho, nervoso, com o corredor enfumaçado e as chamas atingindo o teto. O casal sorriu aliviado e agradeceu aos céus: era só o prédio que estava pegando fogo. Liev tinha ouvido diversas versões dessa piada. Em vez do incêndio, eram bandidos armados, em vez de bandidos armados, era um médico com péssimas notícias. No passado, ele ria, certo de que aquilo jamais aconteceria com ele.

A esposa estava grávida. Será que isso alterava alguma coisa? Isso poderia mudar a atitude dos chefes dele em relação a Raíssa. Eles jamais gostaram dela. Nunca deu filhos a Liev. Naqueles tempos, esperava-se, exigia-se que os casais tivessem filhos. Depois dos milhões que morreram lutando, filhos eram uma obrigação social. Por que Raíssa não engravidava? A pergunta tinha prejudicado o casamento deles. A única conclusão era de que havia algo de errado com ela. A pressão por filhos era recente e a pergunta, repetida com freqüência cada vez maior. Raíssa vinha consultando um médico para tratar do problema. O casal mantinha relações sexuais pragmáticas devido às pressões externas. Liev percebeu a ironia da situação: exatamente quando os superiores dele conseguiram o que queriam (Raíssa grávida), desejavam que ela morresse. Será que ele poderia contar que estava grávida? Afastou a idéia. Traidor era traidor, não havia nada capaz de aplacar o fato.

Liev estava no banho. A água era fria. Mudou de roupa e preparou o mingau do café-da-manhã. Não tinha vontade de comer e olhou o mingau endurecer na tigela. Raíssa entrou na cozinha e sentou-se, coçando os olhos sonolentos. Ele se levantou. Os dois ficaram calados enquanto esperavam o mingau esquentar. Ele serviu uma tigela para ela. Ela não disse nada. Ele fez um copo de chá fraco, colocou na mesa ao lado do vidro de geléia.

— Vou tentar chegar em casa um pouco mais cedo.

— Não precisa mudar sua rotina por minha causa.

— Vou tentar, de todo jeito.

— Liev, não precisa mudar sua rotina por minha causa.

Liev saiu e fechou a porta da frente. Amanhecia. Do corredor do prédio, ele via as pessoas esperando o bonde a centenas de metros abaixo. Foi até o elevador. Apertou o botão do último andar. No trigésimo andar, o último, saiu e foi para a porta de serviço nos fundos, onde estava escrito ENTRADA PROIBIDA. O cadeado tinha sido destruído há muito tempo. A porta dava numa escada que levava ao telhado. Ele já havia estado lá, logo que foram morar no prédio. À oeste, via-se a cidade. À leste, o começo do campo, onde Moscou terminava e surgiam campos cobertos de neve. Quatro anos antes, ao admirar aquela vista, ele se considerou um dos homens mais sortudos do mundo. Era um herói — tinha os recortes de jornais para provar. Tinha um emprego influente, uma linda esposa. Sua fé no Estado era inquestionável. Será que ele havia perdido aquele sentimento — aquela confiança total e inabalável? Sim, tinha.

Tomou o elevador de volta ao décimo quarto andar e voltou ao apartamento. Raíssa tinha ido trabalhar. A tigela do café-da-manhã estava na pia, sem lavar. Ele tirou o paletó e as botas, esfregou as mãos, pronto para iniciar a busca.

Já havia organizado e supervisionado inúmeras buscas a casas, apartamentos e escritórios. Nessas ocasiões, os agentes da MGB competiam entre si e circulavam histórias sobre a violência com que provavam sua dedicação. Destruíam objetos valiosos, cortavam retratos e obras de arte das molduras, rasgavam livros, derrubavam paredes inteiras. Embora aquele fosse o apartamento e as coisas dele, Liev não tinha intenção de fazer uma busca diferente. Rasgou as fronhas e lençóis da cama, virou o colchão e apalpou cada centímetro como um cego lendo Braille. Isso porque documentos podiam ser enfiados num colchão e ficar invisíveis aos olhos. A única forma de descobrir esses guardados secretos era através do tato. Como não encontrou nada, ele passou às estantes. Examinou cada livro para ver se escondia algo entre as páginas. Achou cem rublos, menos que o salário de uma semana. Olhou o dinheiro pensando no que aquilo poderia significar e então lembrou que o livro era dele e o dinheiro também, uma reserva secreta. Se fosse outro agente, poderia concluir que aquela era prova de que o morador era um especulador. Mas Liev guardou no mesmo lugar. Abriu as gavetas e olhou as roupas bem dobradas de Raíssa. Pegou cada uma, apalpou, sacudiu e jogou no chão, formando uma pilha. Depois de esvaziar as gavetas, olhou atrás e nas laterais. Não encontrou nada e passou para a sala. Encostou nas paredes e apalpou-as para sentir se alguma saliência indicava um cofre ou um buraco. Pegou o recorte de jornal emoldurado, com a foto dele ao lado do tanque de guerra em chamas. Era estranho pensar naquele momento da foto, em que estava cercado pela morte, como sendo um tempo melhor. Arrancou a moldura. O jornal flutuou até o chão. Colocou o recorte na moldura de novo e virou a cama de lado, encostando-a na parede. Ajoelhou-se. As tábuas do piso eram bem pregadas no chão. Pegou uma chave de fenda na cozinha e levantou cada tábua. Embaixo só havia pó e encanamentos.

Foi para a cozinha e lavou as mãos sujas. Finalmente, tinha água quente. Ficou passando a pequena barra de sabão nas mãos, esfregando a pele mesmo depois de limpa. O que estava querendo limpar? A traição daquela busca? Não, ele não se interessava por metáforas. Lavava as mãos porque estavam sujas. Revistava o apartamento porque tinha de revistar. Não precisava pensar demais.

Bateram à porta do apartamento. Ele passou água nas mãos, estava cheio de espuma do pulso até os cotovelos. Bateram de novo. Com água escorrendo dos braços, ele foi para o corredor e perguntou alto:

— Quem é?

— Vassíli.

Liev fechou os olhos, sentiu o coração bater rápido e tentou controlar a raiva. Vassíli bateu de novo. Liev se adiantou, abriu a porta. Vassíli estava com dois homens. Um deles era um jovem agente que Liev não conhecia. Tinha feições delicadas e pele branca como papel. Olhou para Liev de um jeito inexpressivo, seus olhos pareciam duas bolas de gude presas numa massa. O outro agente era Fiodor Andréiev. Vassíli escolheu os dois com cuidado. O de pele clara era a proteção dele, forte, devia ser bom atirador ou rápido com um punhal. E Fiodor ele trouxe por maldade.

— O que é?

— Viemos ajudar. O major Kuzmin nos enviou.

— Obrigado, mas a investigação está sob controle.

— Tenho certeza disso. Estamos aqui para acompanhar.

— Obrigado, não é preciso.

— Ora, Liev. Viemos de longe e lá fora está frio.

Liev deu passagem para eles entrarem.

Nenhum dos três tirou as botas cheias de neve, o gelo se soltou e derreteu no tapete. Liev fechou a porta, certo de que Vassíli estava ali para incomodar. Queria irritar Liev. Queria um argumento, um comentário malfeito, qualquer coisa para piorar a situação dele.

Liev perguntou se aceitavam chá ou vodca. A bebida preferida de Vassíli era conhecida e considerada o menor de seus vícios, se vício fosse. Ele agradeceu a oferta balançando a cabeça e olhou o quarto.

— O que você encontrou?

Sem esperar resposta, Vassíli entrou no quarto e olhou o colchão virado.

— Você nem rasgou o colchão.

Ele se inclinou e pegou a faca, pronto para cortar o colchão. Liev segurou na mão dele.

— Dá para sentir se existe algo dentro do colchão, não precisa cortar.

— Então vai deixar o quarto arrumado?

— Vou.

— Ainda acha que sua mulher é inocente?

— Não encontrei nada que indicasse o contrário.

— Quer um conselho? Ache outra mulher. Raíssa é linda. Mas há muitas mulheres bonitas. Talvez você vivesse melhor com uma que não fosse tão linda.

Vassíli pegou no bolso várias fotos dobradas. Entregou-as para Liev. Mostravam Raíssa na porta da escola com Ivan, o professor de literatura.

— Ela está transando com ele, Liev. Ela trai você e o Estado.

— São fotos na escola. Os dois são professores lá. Claro que é possível fotografá-los juntos. Não prova nada.

— Sabe o nome dele?

— Acho que é Ivan.

— Estamos de olho nele há algum tempo.

— Estamos de olho em muita gente.

— Você é amigo dele também?

— Não o conheço, jamais falei com ele.

Ao ver a pilha de roupas no chão, Vassíli abaixou-se e pegou uma calcinha de Raíssa. Esfregou-a nos dedos, enrolou-a e cheirou-a, sem tirar os olhos de Liev. Em vez de se irritar com a provocação, Liev olhou-o de um jeito que nunca tinha feito antes. Quem era exatamente aquele homem com tanto ódio dele? Será que era por inveja profissional ou por simples ambição? Ao observá-lo cheirando a roupa de Raíssa, Liev notou algo pessoal naquele ódio.

— Posso dar uma olhada no resto do apartamento?

Sentindo alguma cilada, Liev disse:

— Vou com você.

— Não, prefiro ir só.

Liev concordou com a cabeça. Vassíli seguiu.

Mal conseguindo respirar, com a garganta contraída de raiva, Liev olhou a cama virada. Surpreendeu-se com uma voz calma que vinha de trás dele. Era Fiodor.

— Você teve de fazer tudo isso. Mexer nas roupas da sua esposa, virar sua cama, levantar as tábuas do piso, revirar a sua própria vida.

— Temos de nos preparar para essas buscas. O Generalíssimo Stalin...

— Eu também ouvi dizer isso. Nosso Líder disse que, se preciso, até o apartamento dele poderia ser revistado.

— Todos nós não só podemos mas *devemos* ser investigados.

— Mesmo assim, você não investigou a morte do meu filho? Foi capaz de investigar a vida de sua esposa, a sua vida, a de seus amigos, seus vizinhos, mas não olhou o corpo dele? Não gastou uma hora para ver como estava com a barriga aberta e que morreu com sujeira enfiada na boca?

Fiodor estava calmo, a voz suave — o ódio tinha diminuído. Tinha se transformado em gelo. Podia falar daquele jeito aberto e franco porque sabia que Liev não era mais uma ameaça.

— Fiodor, você também não viu o corpo.

— Falei com o velho que achou o corpo. Ele me contou o que viu. Vi o choque nos olhos dele. Falei com a testemunha, a mulher que se assustou com você. Um homem levava meu filho pela mão, andando nos trilhos. Ela viu a cara dele. Poderia descrevê-lo. Mas ninguém quer que ela fale. E agora ela também está com muito medo. Meu filho foi assassinado, Liev. A milícia fez todas as testemunhas mudarem os depoimentos. Eu esperava isso. Mas você era meu amigo. E foi na minha casa mandar minha família calar a boca. Ameaçou uma família enlutada. Leu um documento de ficção e disse para guardarmos aquelas mentiras nos nossos corações. Em vez de procurar quem matou meu filho, colocou o velório sob investigação.

— Fiodor, eu estava tentando ajudá-lo.

— Acredito. Estava nos mostrando como sobreviver.

— Sim.

— De certa forma, sou grato a você. Senão, o homem que matou meu filho mataria também a mim e a minha família. Você nos salvou. Por isso estou aqui, não para me regozijar, mas para retribuir o favor. Vassíli tem razão. Você tem que sacrificar a sua esposa. Não se preocupe em encontrar provas. Denuncie-a e você vai sobreviver. Raíssa é espiã, está decidido. Eu li a confissão de Anatoli Bródski. Foi escrita com a mesma tinta preta do relatório da morte do meu filho.

Não, Fiodor estava enganado. Estava com raiva. Liev lembrou a si mesmo que seu objetivo era simples: investigar a esposa e relatar o que encontrou. A esposa era inocente.

— Tenho certeza de que as observações do traidor a respeito de minha esposa foram por vingança e nada mais. Minha investigação confirma isso.

Vassíli voltou para o quarto. Impossível dizer o quanto tinha ouvido da conversa. Ele disse:

— Só que as outras seis pessoas que ele citou foram presas. E todas confessaram. A informação de Anatoli Bródski foi de imenso valor.

— Então fico satisfeito de ter sido eu quem o prendeu.

— Sua esposa foi citada por um espião confesso.

— Li a confissão e o nome dela é o último da lista.

— Os nomes não foram dados por ordem de importância.

— Acredito que ele acrescentou por maldade. Acho que queria me atingir. Não engana ninguém, a confissão é uma trapaça óbvia e desesperada. Você pode ajudar na minha busca, se foi por isso que veio. Como pode ver...

Liev mostrou as tábuas do piso levantadas.

— Fui bem radical.

— Desista, Liev. Você precisa ser realista. De um lado, tem sua carreira, seus pais; de outro, um traidor e uma vagabunda.

Liev olhou para Fiodor. O rosto não demonstrava prazer, nem alegria maldosa. Vassíli prosseguiu:

— Você sabe que ela é uma vagabunda. Por isso a seguiu antes.

A raiva de Liev foi substituída pelo pasmo. Eles sabiam. Sempre souberam.

— Pensa que era segredo? Todos nós sabíamos. Denuncie-a, Liev. Acabe com isso. Acabe com a dúvida, com as perguntas mesquinhas martelando na cabeça. Desista dela. Depois vamos beber juntos. No final da noite, você estará com outra mulher.

— Amanhã entrego meu relatório. Se Raíssa for uma traidora, vou dizer. Se não for, vou dizer também.

— Então desejo-lhe sorte, camarada. Se sobreviver a este escândalo, um dia vai estar na chefia da MGB. Tenho certeza. E seria uma honra trabalhar sob o seu comando.

Na porta, Vassíli virou-se:

— Lembre do que eu disse. É a sua vida e a de seus pais contra a dela. Não é difícil decidir.

Liev fechou a porta.

Ouviu os passos se afastando e notou que suas mãos tremiam. Voltou para o quarto, olhando a confusão. Colocou todas as tábuas no lugar, pregando-as no chão. Arrumou a cama, esticou bem os lençóis e amarfanhou um pouco, imitando como estavam. Colocou no lugar as roupas de Raíssa, dobrou-as e empilhou-as, sem saber a ordem certa de antes. Mais ou menos já dava.

Ao pegar uma saia de algodão, caiu um pequeno objeto que rolou pelo chão. Liev abaixou-se e pegou-o. Era um rublo de cobre. Colocou a moeda na sua mesa de cabeceira. Na queda, ela se abriu e cada metade rolou para um lado do armário. Pasmo, ele se aproximou. Ajoelhou-se e pegou as duas metades. A parte interna era oca e, quando fechada, dava a impressão de uma moeda comum. Liev já tinha visto uma assim. Era usada para contrabandear microfilmes.

21 de fevereiro

No depoimento de Liev, estavam presentes o major Kuzmin, Vassíli Nikítin e Timur Raphaelovitch, o agente que tinha assumido o lugar de Liev no interrogatório de Anatoli Bródski. Liev só o conhecia de vista: era um homem ambicioso, de poucas palavras e muita credibilidade. Foi arrasador descobrir que Raphaelovitch estava pronto para confirmar toda a confissão, inclusive a referência a Raíssa. Aquele homem não era subalterno de Vassíli, a quem não respeitava nem temia. Liev ficou pensando se Vassíli poderia ter colocado o nome de Raíssa na confissão. Não tinha qualquer influência sobre Raphaelovitch, nenhuma ascendência e, pelo cargo, Vassíli era subordinado dele no interrogatório. Liev tinha passado os dois últimos dias achando que aquilo tinha sido uma vingança de Vassíli. Enganou-se. Vassíli não estava por trás. A única pessoa que poderia ter inventado a confissão com apoio de uma testemunha assim, de alto escalão, era o major Kuzmin.

Foi arranjado, orientado por ninguém mais que o mentor, o homem que tinha posto Liev sob sua proteção. Liev ignorou o aviso em relação a Anatoli Bródski e agora estava levando uma lição. O que Kuzmin havia dito?

O sentimentalismo pode cegar o homem.

Aquilo era um teste, um exercício. Sua adequação ao cargo de agente estava sendo avaliada, não tinha nada a ver com Raíssa. Por que mandar o marido investigar a esposa, se não para ver como se comportaria durante a investigação? Liev não foi seguido? Vassíli não foi conferir se ele estava revistando direito o apartamento? Não queria saber o que tinha no apartamento, mas como Liev agiria. Tudo se encaixava. Vassíli tinha-o incitado no dia anterior, dito para denunciar a esposa, exatamente porque esperava que Liev fizesse o contrário e a defendesse. Não queria que Liev denunciasse Raíssa. Não queria que ele fosse aprovado no teste — queria que pusesse a vida pessoal acima do partido. Era uma arapuca. Ele só tinha de mostrar ao major Kuzmin que aceitava denunciar a esposa, mostrar que era totalmente leal à MGB, mostrar que sua fé era inabalável, que ele poderia ser cruel — se fizesse isso, então estaria tudo salvo: Raíssa, o filho por nascer, os pais. Seu futuro na MGB estaria garantido e Vassíli seria irrelevante.

Mas aquilo não seria uma hipótese? E se o traidor fosse, como confessou, traidor mesmo? E se tivesse feito alguma missão com Raíssa? Talvez tivesse dito a verdade. Por que Liev tinha tanta certeza de que aquele homem era inocente? Por que tinha tanta certeza de que a esposa era inocente? Afinal, por que era amiga de um professor de literatura dissidente? Por que aquela moeda estava no apartamento deles? Os outros seis nomes citados na confissão não foram presos e interrogados? A lista foi confirmada e Raíssa estava nela. Sim, era uma espiã e ali no bolso dele estava a moeda de cobre, a prova. Ele poderia colocar a moeda na mesa e sugerir que tanto ela quanto Ivan Jukov fossem interrogados. Foi enganado. Vassíli tinha razão: ela era uma traidora. Estava grávida de outro homem. Não desconfiou sempre que ela era infiel? Não o amava, ele tinha certeza. Por que arriscar tudo por ela — uma mulher fria que, no máximo, o suportava? Ela ameaçava tudo o que ele tinha conseguido, tudo o que tinha conquistado para os pais e para si mesmo. Era uma ameaça ao país, um país que ele tinha lutado para defender.

Estava bem claro: se Liev dissesse que era culpada, tudo acabaria bem para ele e os pais. Garantido. Era a única coisa segura a fazer. Era um teste do caráter de Liev, então Raíssa também seria poupada. E jamais precisaria saber. Se era espiã, então aqueles homens já tinham prova disso e esperavam para ver se Liev estava em parceria com ela. Se era espiã, ele a denunciaria, ela merecia morrer. A única coisa a fazer era denunciá-la.

O major Kuzmin começou os trabalhos.

— Liev Stepanovitch, temos motivos para crer que sua esposa trabalha com agências internacionais. Você não é suspeito de nada. Por isso, pedimos que investigasse as denúncias. Por favor, informe o que descobriu.

Liev teve a confirmação do que pensava. A oferta do major era clara. Se ele denunciasse a esposa, continuaria merecedor de confiança. O que Vassíli tinha dito?

Se você sobreviver a esse escândalo, um dia vai chefiar a MGB. Tenho certeza.

A promoção estava à distância de uma frase.

A sala estava em completo silêncio. O major inclinou-se para a frente.

— Liev?

Liev levantou-se e esticou o paletó do uniforme.

— Minha esposa é inocente.

TRÊS SEMANAS DEPOIS

O Oeste dos Montes Urais
Cidade de Voualsk

13 de março

A linha de produção do carro Volga entrou no turno da noite. Ilínaia parou de trabalhar e esfregou as mãos com uma barra de sabão preto de cheiro rançoso, o único disponível, quando havia. A água estava fria, o sabão não fazia espuma — apenas se desmanchava em lascas gordurosas — mas ela só pensava nas horas entre aquele turno e o começo do próximo, no qual voltaria ao trabalho. Tinha planos para a noite. Primeiro, acabaria de limpar o óleo e os restos de metal que ficaram sob as unhas. Depois, iria para casa, mudaria de roupa, colocaria um pouco de cor no rosto antes de ir para o Basárov's, um restaurante perto da estação ferroviária.

O lugar era freqüentado por homens que estavam na cidade a negócios, agentes que davam uma passada antes de continuar viagem na ferrovia Transiberiana rumo a leste ou oeste. O restaurante servia comidas como sopa de painço, *kasha* de cevada e arenque salgado: Ilínaia detestava todos os pratos. O mais importante era que servia também bebidas alcoólicas. Como era proibido vender bebida sem uma comida, as refeições eram o meio para atingir um fim, um prato de comida dava permissão para beber. Na verdade, o restaurante era pouco mais que um bar de encontros. Lá, ignorava-se a lei que proibia a compra de mais de uma dose de vodca. Basárov, o gerente e homônimo do local, estava sempre bêbado e, muitas vezes, era violento. Se Ilínaia tinha a intenção de "trabalhar" lá, ele queria uma parte do dinheiro. Não havia como ela fingir que estava bebendo por gosto e depois sair às escondidas com um freguês pagante. Ninguém ali bebia por gosto, era uma multidão em trânsito, não havia homens da cidade. O que era uma vantagem. Pois ela não podia mais ter relações sexuais com os moradores locais. Nos últimos tempos, andou doente — com feridas pelo corpo, vermelhidão e coceiras. Dois freqüentadores habituais apareceram com sintomas parecidos e a difamaram na cidade. Ela agora só podia se relacionar com homens que não a conheciam, que iam passar pouco tempo na cidade e que só descobririam que estavam urinando pus quando voltassem a Vladivostok ou Moscou. Ela não gostava de estar contaminando os fregueses com algum micróbio, mesmo que eles também não fossem gente da melhor espécie. Mas naquela cidade, consultar um médico sobre uma doença sexualmente transmissível era mais perigoso do que a doença. Para uma mulher solteira, era como entregar uma confissão assinada com uma mancha. Ela teria de procurar o mercado negro para se tratar. Para isso, era preciso dinheiro, provavelmente muito dinheiro e naquele momento ela estava economizando para algo mais importante — fugir daquela cidade.

Quando ela chegou, o restaurante estava lotado e as janelas embaçadas de fumaça. O ar tinha cheiro de *makhorka*, fumo barato. Ela ouviu o riso de bêbados a cinqüenta passos antes de entrar. Achou que eram soldados. Acertou. Havia sempre algum treinamento militar nas montanhas e os que estavam de folga normalmente iam para lá. Basárov só tinha aquele tipo de freguesia. Servia vodca aguada e, se alguém reclamasse, o que era muito comum, ele argumentava que era uma generosa tentativa de reduzir a embriaguez. Havia sempre brigas. Mesmo assim, ela sabia que, apesar de dizer que levava uma vida dura e os fregueses eram difíceis, Basárov lucrava com a venda clandestina de vodca pura. Era um especulador. Era a escória. Dois meses antes, ela subiu para pagar a taxa semanal e, por uma abertura da porta do quarto dele, viu-o contando dezenas de rublos, que guardou numa caixinha de metal amarrada com barbante. Ela viu, quase sem ousar respirar, quando embrulhou a caixa num pano e escondeu-a na chaminé da lareira. Desde então, sonhava roubar aquele dinheiro e fugir. Claro que, se Basárov descobrisse, quebraria o pescoço dela, mas ela achava que, se visse sua caixa de metal vazia, morreria do coração ali mesmo, ao lado da chaminé. Tinha certeza de que o coração dele e aquela caixa eram a mesma coisa.

Pelos cálculos dela, os soldados iam beber por mais umas duas horas. No momento, estavam apenas apalpando-a, um privilégio gratuito, a menos que se considerasse a vodca como pagamento, o que ela não permitia. Deu uma olhada nos demais fregueses, certa de que poderia ganhar um pouco mais antes de os soldados começarem a consultar o relógio. O contingente militar ocupou as mesas da frente, os outros fregueses ficaram no fundo. Estes estavam sós, com suas bebidas e os pratos de comida intocada. Não havia dúvida: estavam à procura de sexo. Não havia outro motivo para ficar ali.

Ilínaia esticou o vestido, livrou-se do copo e passou entre os soldados, sem se incomodar com os beliscões que recebeu e as frases que ouviu até chegar numa das mesas do fundo. O homem sentado lá devia ter uns 40 anos, talvez um pouco menos. Difícil dizer. Não era bonito e ela achou que certamente pagaria um pouco mais por causa disso. Os mais bem-apessoados às vezes metiam na cabeça que não era preciso pagar, já que o encontro tinha sido um prazer recíproco. Ela sentou-se à mesa, passou a perna pela coxa dele e sorriu.

— Eu me chamo Tânia.

Nessas ocasiões, ajudava pensar que ela era outra pessoa.

O homem acendeu um cigarro e colocou a mão no joelho de Ilínaia. Não se preocupou em comprar uma bebida para ela, despejou o resto de sua vodca num dos copos em volta e passou para ela. Ela brincou com o copo, esperando que ele dissesse alguma coisa. Tentou não parecer entediada e insistiu numa conversa.

— Qual o seu nome?

Ele não respondeu e mexeu no bolso do paletó, procurando alguma coisa. Tirou a mão fechada. Ela entendeu que era uma brincadeira de adivinhar e que esperava que participasse. Bateu de leve na mão dele. Ele virou o punho para cima e foi abrindo os dedos um por um...

No meio da palma tinha uma pequena pepita de ouro. Ela se inclinou para a frente. Antes que pudesse ver direito, ele fechou a mão e enfiou-a de novo no bolso. Continuava sem dizer uma palavra. Ela observou bem a cara dele. Tinha olhos injetados de bêbado e não gostou nem um pouco dele. Mas não gostava de muita gente e, certamente, de nenhum dos homens com os quais se deitava. Se quisesse ficar exigente, poderia largar tudo aquilo, casar com um dos homens da cidade e se conformar em ficar ali para sempre. A única forma de voltar para Leningrado era juntar dinheiro para subornar os agentes e ir se juntar à família, na cidade onde morou a vida inteira até ser obrigada a mudar para Voualsk, da qual jamais tinha ouvido falar. Sem amigos importantes ou influentes para autorizarem a transferência, ela precisava daquela pepita de ouro.

O homem bateu no copo dela e disse a primeira palavra.

— Beba.

— Primeiro, você me paga. Depois pode dizer o que eu faço. Essa é a única regra.

O rosto do homem ondeou como se ela tivesse jogado uma pedra na superfície de sua expressão. Por um instante ela viu algo por baixo da aparência afável, algo que era desagradável e deu vontade de desviar o olhar para longe. Mas o ouro fez com que continuasse sentada olhando para ele. Tirou a pepita do bolso e ofereceu-a. Quando ela foi pegar na palma suada, o homem fechou a mão, segurando os dedos dela. Não doeu, mas os dedos ficaram presos. Ela podia render-se ou puxar a mão sem o ouro. Adivinhou o que ele esperava: sorriu como uma menina indefesa e amoleceu o braço. Ele abriu a mão. Ela pegou a pepita e olhou. Tinha a forma de um dente. Olhou para o homem.

— Onde você arrumou isso?

— Quando as coisas estão difíceis, as pessoas vendem tudo o que têm.

Ele sorriu. Ela ficou nauseada. Que tipo de moeda corrente era aquela? Ele deu uma batidinha no copo de vodca. Aquele dente era a passagem dela para fora dali. Ela terminou a bebida.

Ilínaia parou de andar.

— Trabalha nas serrarias?

Ela sabia que não, mas as únicas casas por ali eram dos operários das serrarias. Ele não se preocupou em responder.

— Ei, aonde estamos indo?

— Estamos quase chegando.

Ele a tinha levado para a estação ferroviária, no começo da cidade. Embora a estação fosse nova, foi construída num dos bairros mais antigos, cheio de periclitantes barracos de um só cômodo, telhado de zinco e finas paredes de compensado, grudados uns nos outros, em ruas que fediam a esgoto. Os barracos eram dos operários da serraria e tinham cinco, seis ou sete pessoas morando num cômodo, não serviam para o que os dois estavam querendo.

Fazia muito frio. Ilínaia estava ficando sóbria. E cansada de andar.

— A sua hora está correndo. O ouro vale uma hora. Foi o que combinamos. Se você usar o seu tempo, terei de voltar para o restaurante, faltam só vinte minutos.

— Fica atrás da estação.

— Atrás só tem uma floresta.

— Você vai ver.

Ele foi mais depressa, chegou ao lado da estação e mostrou a escuridão. Ela enfiou as mãos nos bolsos do casaco, emparelhou o passo com ele e apertou a vista para enxergar onde mostrava. Viu os trilhos do trem sumindo na floresta e mais nada.

— Onde é?

— Lá.

Ele mostrava uma pequena cabine de madeira ao lado da estrada de ferro, não muito longe da floresta.

— Sou engenheiro. Trabalho nas ferrovias. Aquela é uma cabine de manutenção. É bem discreta.

— Um quarto é bem discreto.

— Não posso levar você aonde estou hospedado.

— Conheço lugares onde poderíamos ir.

— Aqui é melhor.

— Para mim, não é.

— Só há uma regra. Eu pago, você obedece. Me devolve o ouro, ou faça o que eu digo.

Nada daquilo estava bom, a não ser o ouro. Ele estendeu a mão, esperando a devolução do ouro. Não parecia irritado, desapontado ou impaciente. Ilínaia achou aquela indiferença consoladora. Foi andando para a cabine.

— Lá dentro você tem dez minutos, certo?

Não houve resposta, ela então considerou que era positiva.

A cabine estava trancada, mas ele tinha um molho de chaves e, depois de tentar algumas, tentou enfiar uma na fechadura.

— A fechadura está gelada.

Ela não respondeu, virou a cabeça para o lado e suspirou para mostrar a desaprovação. A discrição fazia parte do negócio e ela já sabia que ele era casado. Mas se não morava na cidade, ela não entendia qual o problema. Talvez estivesse hospedado na casa da família ou de amigos, talvez fosse um membro do alto escalão do partido. Ela não queria saber. Só queria que os próximos dez minutos terminassem.

Ele se agachou, colocou as mãos em volta da fechadura e soprou. A chave entrou, a fechadura abriu com um clique. Ela continuou do lado de fora. Se não ia ter luz, a combinação estava terminada e ela ia ficar com o ouro escondido na bota. Já tinha dado àquele sujeito mais que o tempo necessário. Se ele queria desperdiçar numa expedição para lugar nenhum, era problema dele.

Ele entrou na cabine e sumiu na escuridão. Ela ouviu um fósforo sendo aceso. A luz tremulou num lampião. O homem dependurou o lampião num gancho no teto. Ela olhou lá dentro. A cabine estava cheia de pedaços de trilho, parafusos, pregos, ferramentas e madeira. Havia um cheiro de piche. Ele começou a limpar uma das bancadas de trabalho. Ela riu.

— Vou ficar com lascas de madeira no traseiro.

Ela se surpreendeu ao vê-lo enrubescer. Improvisando, ele esticou o casaco na bancada. Ela entrou na cabine.

— Um perfeito cavalheiro...

Normalmente, ela tiraria o casaco, talvez sentasse na cama e tirasse a meia aos poucos, fazendo uma cena. Mas sem cama e sem aquecimento, só permitiu que ele levantasse o vestido dela. Não ia tirar a roupa.

— Você se importa se eu ficar de casaco?

Ela fechou a porta, embora não achasse que mudaria muito a temperatura, uma vez que estava tão frio dentro da cabine quanto lá fora. Ela virou-se.

O homem estava muito mais perto do que antes. Ela viu de relance algo metálico vindo contra ela — não deu tempo de saber o que era. O objeto bateu no lado do rosto. A dor se espalhou pelo corpo, do ponto do impacto até a coluna e chegou às pernas. Os músculos amoleceram e as pernas dobraram como se os tendões tivessem sido cortados. Ela bateu com o corpo na porta da cabine. Os olhos ficaram turvos, o rosto esquentou, estava com sangue na boca. Ia desmaiar, perder a consciência, mas se esforçou para ficar consciente, pensando na voz dele.

— Faça exatamente o que eu disser.

Será que a submissão satisfaria aquele homem? Cacos de dentes quebrados se enfiaram na gengiva e ela se convenceu que não. Ela não acreditava que ele fosse misericordioso. Se ia morrer numa cidade que odiava, para onde foi transferida por ordem do Estado, a 1.700 km de sua família, então morreria arrancando os olhos daquele filho-da-puta.

Ele segurou os braços dela, pensando não encontrar qualquer resistência. Ela deu uma cusparada cheia de sangue e catarro nos olhos dele. Deve ter se assustado, porque soltou-a. Ela sentiu a porta atrás e empurrou-a — a porta se abriu e ela caiu na neve de costas, olhando para o céu. Ele segurou-a pelos pés. Ela chutou com toda força, tentando escapar. Ele segurou um pé e puxou-a para dentro da cabine. Ela se concentrou, tomou coragem e chutou o tornozelo na cara dele. Foi um bom golpe, a cabeça dele rodopiou. Ouviu-o berrar. Ele soltou o pé. Ela rolou na neve, levantou-se e correu.

Tropeçando às cegas, levou dois segundos para notar que tinha saído da cabine, da cidade, da estação e estava nos trilhos do trem. Seu instinto foi de se livrar dele. Sua intuição tinha falhado. Estava correndo do lugar que era seguro. Olhou para trás. Ele vinha atrás. Ou ela continuava naquela direção ou voltava para ele. Não havia jeito de dar a volta passando por ele. Tentou gritar, mas a boca estava cheia de sangue. Ela engasgou, fez barulho, perdeu o passo e a distância entre eles diminuiu. Ele estava chegando.

De repente, o chão começou a vibrar. Ela olhou. Um trem de carga se aproximava com estrondo na direção deles, nuvens de fumaça saíam da alta locomotiva de ferro. Ela levantou os braços, acenando. Mas, mesmo se o maquinista a visse, não conseguiria parar a menos de quinhentos metros. Estava a segundos de atingi-la. Mas ela não saiu dos trilhos, continuou na direção do trem, mais rápido — pensando em se jogar debaixo dele. O trem não reduziu a velocidade. Os freios de metal não rangeram, o apito não tocou. Estava tão perto que a vibração fazia com que ela tremesse quase até os pés.

O trem ia atingi-la. Ela se jogou para o lado, fora dos trilhos, na neve espessa. A locomotiva e os vagões passaram arrancando neve da ponta das árvores próximas. Ofegante, ela olhou para trás, esperando que o perseguidor tivesse sido despedaçado, destruído pelo trem, ou ficado no outro lado dos trilhos. Mas ele tinha mantido a calma. Saltou para o lado dela e estava caído na neve. Levantou-se e veio cambaleando.

Ela cuspiu o sangue e berrou pedindo socorro, desesperada. Era um trem de carga, não havia ninguém que pudesse ouvi-la nem vê-la. Ela se levantou e correu, chegando à beira da floresta, sem parar, batendo nos galhos esticados. Pretendia fazer um semicírculo e voltar à cidade andando pelos trilhos. Naquele lugar, não dava para se esconder, ele estava muito perto, era uma noite de lua. Embora soubesse que era melhor se concentrar em correr, cedeu à tentação. Tinha de olhar. Tinha de saber onde ele estava. Virou-se.

Ele tinha sumido. Não conseguia vê-lo. O trem continuava passando com estrondo. Devia ter se perdido dele ao entrar na floresta. Ela mudou de direção e voltou para a cidade, para a segurança.

O homem surgiu de trás de uma árvore e segurou-a pela cintura. Os dois caíram na neve. Ele ficou por cima, rasgando o casaco dela e gritando. Não dava para ouvir o que dizia, com o barulho do trem. Só via os dentes e a língua dele. Depois ela lembrou: tinha se preparado para uma situação dessas. Pegou no bolso do casaco uma chave de fenda que roubou da fábrica. Já a havia usado só para ameaçar, para mostrar que poderia lutar, se preciso. Segurou no cabo de madeira. Ia dar um jeito. Quando ele pôs a mão no vestido dela, ela enfiou a ponta de metal no lado da cabeça dele. Ele levantou o torso, apertando a orelha. Ela deu outro golpe, cortando a mão que segurava a orelha. Devia ter atacado mais vezes, devia ter matado, mas o desejo de ir embora era maior. Ela andou de quatro como um inseto, ainda segurando a chave de fenda ensangüentada.

O homem também ficou de quatro e foi atrás dela. Parte da orelha estava solta, presa por uma pele. O rosto se contorcia de ódio. Ele tentou pegá-la pelos tornozelos. Ela conseguiu escapar por pouco até encostar no tronco de uma árvore. Com aquela súbita parada, ele se recuperou e segurou no tornozelo dela. Ela enfiou a chave de fenda na mão dele, furando e cortando. Ele segurou-a pelo pulso e puxou-a.

Cara a cara, ela se inclinou e tentou morder o nariz dele. Com a mão livre, ele segurou-a pelo pescoço, apertando, fora do alcance dela. Ela respirou com dificuldade, tentando se livrar, mas ele apertava muito. Ela estava sufocando. Ela jogou o corpo para o lado. Os dois tropeçaram, rolando na neve, um por cima do outro.

De repente, ele a soltou. Ela tossiu e voltou a respirar normalmente. O homem continuava por cima, segurando-a, mas não olhava mais para ela. Olhava para outra coisa, que estava ao lado deles. Ela virou a cabeça.

Enfiado na neve ao lado dela, estava o corpo de uma jovem nua. A pele era clara, quase translúcida. Cabelos louros, quase brancos. A boca estava aberta e cheia de sujeira. Formava um monte por cima dos finos lábios azuis. Os braços, pernas e rosto da moça pareciam ilesos, cobertos por uma leve camada de neve que ficou remexida quando eles rolaram por cima dela. O peito tinha sido dilacerado. Os órgãos internos estavam expostos, cortados, retorcidos. Ela quase não tinha pele, foi cortada ou arrancada, como se o corpo tivesse sido atacado por uma alcatéia de lobos.

Ilínaia olhou para o perseguidor. Parecia tê-la esquecido. Olhava fixo para o corpo da moça. Sentiu ânsia, curvou-se e vomitou. Sem pensar, ela colocou uma mão confortadora nas costas dele. Lembrou quem era aquele homem e o que tinha feito com ela, tirou a mão, levantou-se e correu. Desta vez seu instinto não falhou. Ela chegou no fim da floresta e correu para a estação. Não sabia se o homem estava atrás ou não. Desta vez não gritou, não parou de correr, nem olhou para trás.

Moscou

14 de março

Liev abriu os olhos. A luz de uma lanterna o ofuscou. Não precisava consultar o relógio para saber as horas. Era hora de prender — quatro da manhã. Saiu da cama com o coração pesado. No escuro, tateou, desorientado e bateu num homem, afastou-se para o lado. Tropeçou e retomou o equilíbrio. Acenderam as luzes. Adaptando a vista à claridade, viu três agentes: eram jovens, não deviam ter mais de 18 anos. Estavam armados. Liev não os reconheceu, mas sabia que tipo de agentes eram: do baixo escalão, totalmente obedientes, cumpririam qualquer ordem que recebessem. Não hesitariam em usar de violência: qualquer resistência, por menor que fosse, seria rechaçada com força extrema. Exalavam a cigarro e álcool. Liev desconfiou que eles ainda não tinham dormido: beberam a noite toda, ficaram acordados para executar aquela tarefa. O álcool os tornaria imprevisíveis, voláteis. Para sobreviver aos próximos minutos, Liev teria de tomar cuidado, ser submisso. Esperava que Raíssa também soubesse disso.

Raíssa estava de camisola, tremendo, mas não de frio. Não sabia se era de choque, medo ou raiva. Não conseguia parar de tremer. Mas não ia desviar o olhar. Não estava constrangida, eles é que ficassem com aquela violência, que a vissem de camisola amassada e cabelos despenteados. Não, eles pouco se incomodavam: não fazia diferença, era parte do trabalho. Não viu sensibilidade nos olhos daqueles rapazes. Eram olhos embotados: iam de um lado para outro como olhos de lagarto, de um réptil. Onde a MGB tinha arrumado aqueles rapazes com almas de ferro? A organização os transformou naquilo, tinha certeza. Olhou para Liev. Estava de pé com as mãos na frente, a cabeça baixa para evitar passar sinais com os olhos. Humildade, submissão: talvez aquele fosse o jeito esperto de agir. Mas ela não estava se sentindo esperta naquele momento. Havia três assassinos no quarto deles. Ela queria que Liev ficasse desafiador, irritado. Não seria a reação natural? Qualquer homem ficaria irritado. Liev era uma pessoa política até naquele momento.

Um dos homens saiu do quarto e voltou em seguida com duas pequenas malas.

— Só podem levar isso. Só podem levar no corpo as roupas e documentos. Daqui a uma hora saímos, quer estejam prontos ou não.

Liev olhou para as malas, de madeira revestidas de lona. Eram pequenas, suficientes para a roupa de um dia. Virou-se para a esposa.

— Vista o máximo de roupas que puder.

Olhou além dela. Um dos agentes observava, fumando.

— Pode aguardar lá fora?

— Não perca tempo pedindo coisas. A resposta será sempre não.

Raíssa trocou de roupa, sentindo os olhos de réptil passando pelo corpo dela. Vestiu o máximo de roupas que conseguiu, uma peça sobre outra. Liev fez o mesmo. Se a situação fosse outra, poderia ser engraçado, os dois com os braços e pernas gordos de panos e lãs. Então, ela ficou sem saber o que deviam levar e o que eram obrigados a deixar. Olhou a mala. Não tinha mais de 90 cm de comprimento, uns 60 de largura e 30 de altura. A vida deles teria de ser reduzida para caber naquele espaço.

Liev sabia que os agentes podiam mandar fazer as malas apenas para não haver nenhuma agitação emocional por saberem que estavam sendo levados para a morte. Era sempre mais fácil transportar as pessoas se elas achassem, por menor que fosse a possibilidade, que iam sobreviver. Mas o que ele podia fazer? Desistir? Lutar? Pensou rápido em várias coisas. Era preciso desperdiçar um espaço precioso na mala para levar *O livro dos propagandistas* e o *Compêndio do Partido Bolchevique*: não podiam ser deixados sem parecer um gesto político subversivo. Nas circunstâncias do momento, tal descuido seria nada menos que um suicídio. Ele pegou os livros, colocou-os na mala, primeiras coisas a serem guardadas. O jovem agente observava tudo o que levavam, o que escolhiam. Liev tocou no braço de Raíssa.

— Leve nossos sapatos. Escolha os melhores, um par de cada.

Sapatos de qualidade eram produtos raros, moedas de troca com valor incalculável.

Liev juntou roupas, objetos valiosos e sua coleção de fotos: do casamento, dos pais Stepan e Anna, mas nenhuma da família de Raíssa. Os pais dela foram mortos na Grande Guerra Patriótica e a aldeia onde moravam foi arrasada. Ela só ficou com as roupas do corpo. Depois de encher a mala, Liev viu o recorte de jornal emoldurado na parede: a foto dele, o herói de guerra, o destruidor de tanques, o libertador da terra invadida. O passado não fazia diferença para aqueles guardas: com um mandado de prisão, cada ato de heroísmo e sacrifício pessoal ficava irrelevante. Liev tirou o recorte da parede. Após anos conservado cuidadosamente, reverenciado na parede como um ícone sagrado, foi dobrado ao meio e enfiado na mala.

O tempo estava terminado. Liev fechou a mala. Raíssa fechou a dela. Ele pensou se um dia veriam aquele apartamento de novo. Era pouco provável.

Escoltado, o casal entrou no elevador com os três agentes e desceram todos, apertados. Um carro aguardava na entrada do prédio. Dois agentes ficaram no banco da frente. Outro, com o hálito fedendo, entrou no banco de trás, entre Liev e Raíssa.

— Gostaria de ver meus pais. Gostaria de me despedir deles.

— Não pode pedir porra nenhuma.

Eram cinco da manhã e o saguão de embarque já estava cheio de passageiros. Havia soldados, civis, funcionários da estação em volta do expresso Transiberiano. A locomotiva ainda era revestida com aço da guerra e tinha inscrito na lateral VIVA O COMUNISMO. Enquanto os passageiros embarcavam, Liev e Raíssa esperavam no final da plataforma, segurando as malas, escoltados pelo agente armado. Como se estivessem com um vírus contagioso, ninguém se aproximava deles, eram uma bolha isolada numa estação lotada. Não receberam qualquer explicação, nem Liev se incomodou de perguntar. Não tinham idéia de para onde iam ou por quem aguardavam. Ainda havia a possibilidade de serem enviados para gulags diferentes e nunca mais se verem. Mas sem dúvida aquele era um trem de passageiros, não eram os *zak*, caminhões vermelhos de transportar gado usados para carregar prisioneiros. Será que iam escapar com vida? Sem dúvida, até o momento estavam com sorte. Continuavam vivos, continuavam juntos, era mais do que Liev ousava esperar.

Após dar seu depoimento, Liev foi mandado para casa, em prisão domiciliar, até tomarem uma decisão. Ele esperava que isso não demorasse mais de um dia. A caminho do apartamento, no décimo quarto andar, sabendo que ainda estava com a comprometedora moeda oca no bolso, Liev jogou-a para o lado. Talvez Vassíli a tivesse colocado lá, mas naquele momento não interessava. Quando Raíssa chegou da escola, encontrou dois agentes armados na porta, foi revistada e recebeu ordem de não sair do apartamento. Liev explicou a situação: as acusações contra ela, a investigação que fez e a recusa dele às acusações. Não precisou explicar que tinham poucas chances de sobreviver. Enquanto falava, ela ouvia sem comentar nem perguntar nada, o rosto impassível. Quando terminou, a reação dela o surpreendeu.

— Foi ingênuo achar que isso não podia acontecer conosco.

Ficaram sentados no apartamento, esperando a MGB chegar a qualquer instante. Não se preocuparam de cozinhar, não tinham fome, embora o mais sensato fosse comer o máximo possível, preparando-se para o que poderia vir. Não trocaram de roupa para dormir, continuaram à mesa da cozinha. Em silêncio — esperando. Levando em conta que poderiam nunca mais se ver, Liev sentiu necessidade de falar com a esposa, dizer coisas que precisavam ser ditas. Mas não conseguiu. À medida que as horas passavam, ele notou que há muito tempo os dois não ficavam juntos tantas horas, cara a cara, sem interrupções. Não souberam o que fazer com aquele tempo.

A batida à porta não foi naquela noite. Às quatro da manhã ainda não tinham sido presos. Perto do meio-dia seguinte, Liev fez o café e imaginou por que os agentes estariam demorando tanto. Quando finalmente bateram à porta, ele e Raíssa se levantaram, respirando rápido, esperando que fosse o fim, a chegada dos agentes para levá-los, separando-os para interrogatórios isolados. Mas era um problema simples: a troca da guarda, ou um agente querendo usar o banheiro, ou perguntando onde podiam comprar comida. Talvez os homens não conseguissem encontrar nenhuma prova, talvez os dois fossem libertados e o caso, esquecido. Liev pensou rapidamente nisso, pois as acusações nunca eram retiradas por falta de provas. Mesmo assim, um dia se passou, dois dias, quatro.

Após uma semana sem sair de casa, um agente entrou no apartamento, pálido. Ao vê-lo, Liev teve certeza de que a hora tinha finalmente chegado, mas ouviu o guarda avisar, com voz trêmula de emoção, que o Líder Stalin tinha morrido. Só então Liev conseguiu pensar se podiam ou não ter chance de sobreviver.

Depois de obter pequenos detalhes sobre a morte do Líder — os jornais ficaram histéricos, os agentes também — Liev só conseguiu entender que Stalin morreu em paz, na cama. Claro que suas últimas palavras foram, supostamente, sobre o grande país e seu grande futuro. Liev não acreditou nem por um instante, estava muito escolado na paranóia e no golpe para não perceber lacunas naquela história. Sabia, pelo trabalho, que Stalin há pouco tempo tinha prendido os mais destacados médicos do país, que passaram a vida toda cuidando dele. A prisão fazia parte de um expurgo de judeus importantes. Por isso, Liev não achava coincidência que Stalin morresse, aparentemente, de morte natural, pois não havia médicos para descobrirem a causa de sua súbita doença. Sem levar em conta o lado moral, o expurgo de médicos judeus feito pelo grande Líder tinha sido um erro tático. Deixou-o exposto. Liev não sabia se Stalin tinha sido assassinado ou não. Com os médicos presos, isso certamente dava chance para prováveis assassinos fazerem o que quisessem, ou seja, assistirem à morte dele, sabendo que os homens e mulheres que poderiam impedi-los estavam atrás das grades. Também era possível que Stalin tivesse adoecido e ninguém ousou desobedecer as ordens dele e libertar os médicos. Se Stalin se recuperasse, eles poderiam ser mortos por insubordinação.

Para Liev, aquela fraude era de somenos importância. O importante era que o homem estava morto. A noção de ordem e certeza que todos tinham estava acabada. Quem iria assumir o poder? Como iriam governar o país? O que decidiriam? Quais os agentes que ficariam em boas graças e quais não? O que era aceitável sob Stalin poderia ser inaceitável sob uma nova lei. A ausência de um líder significava uma paralisação temporária. Ninguém ia querer tomar uma decisão sem saber se seria aprovada. Durante décadas, ninguém agiu por achar que estivesse certo ou errado, mas pelo que achava que agradaria ao líder. As pessoas continuavam vivas, ou eram assassinadas conforme as anotações de Stalin numa lista: um risco ao lado do nome era a salvação mas, se não tivesse marca, a pessoa deveria morrer. Era esse o sistema judiciário — com risco ou sem risco. Liev fechou os olhos: podia imaginar o pânico mudo que invadiu os corredores do edifício Lubianka. Há tanto tempo a bússola moral deles fora negligenciada, que perderam o rumo: o norte era sul, o leste era oeste. Quanto ao certo ou errado — eles não tinham a menor idéia.

Tinham esquecido como avaliar. Em tempos assim, o mais seguro era se manifestar o mínimo possível.

Portanto, melhor deixar de lado o caso de Liev Demidov e sua esposa, Raíssa Demidova, que sem dúvida era controverso, inflamável e complicado. Daí a demora dos agentes. Ninguém queria mexer no caso, estavam ocupados em se posicionar com os novos grupos de poder no Kremlin. Para complicar ainda mais, o ajudante mais próximo de Stalin, Lavrenti Béria, já havia assumido o manto de Líder e afastado o boato de um golpe, ordenando a libertação dos médicos. (E se alguém envenenou Stalin, Liev desconfiava que tinha sido Béria.) Os suspeitos foram soltos por serem inocentes: quem poderia imaginar uma coisa dessas? Liev não lembrava de qualquer precedente. Portanto, processar sem uma única prova um herói de guerra condecorado que saiu na primeira página do *Pravda* poderia ser bem arriscado. Assim, no dia 6 de março, em vez da batida à porta com notícias sobre seu destino, Liev e Raíssa tiveram permissão para assistir aos funerais de Estado de seu grande Líder.

Embora oficialmente o casal ainda estivesse em prisão domiciliar, enfiaram-se, obedientes, no meio da multidão junto com os agentes rumo à Praça Vermelha. Muitas pessoas choravam; algumas, inconsoláveis (homens, mulheres e crianças) e Liev pensou se, naqueles milhares de cidadãos em sua dor coletiva, nenhum havia perdido alguém da família ou um amigo por causa daquele homem por quem estavam aparentemente enlutados. O clima pesado, de imensa tristeza, talvez tivesse a ver com a idolatração do morto. Liev ouviu muitas pessoas, mesmo durante os interrogatórios mais brutais, gritarem que, se Stalin soubesse dos *excessos* da MGB, impediria. Qualquer que fosse o verdadeiro motivo por trás da tristeza, o velório do Líder foi uma válvula de escape para anos de sofrimento reprimido, uma oportunidade para chorar, abraçar o vizinho, mostrar uma dor que jamais puderam expor antes porque implicava em certa crítica ao Estado.

As principais ruas em redor da Duma estavam tão cheias que mal dava para respirar, a multidão seguia em frente descontrolada como uma pedra rolando uma encosta. Liev não soltou a mão de Raíssa e, embora apertado por todos os lados, cuidou para não se separarem. Eles logo ficariam afastados dos agentes. Quando se aproximavam da praça, a multidão era ainda maior. No meio do aperto e da histeria crescente, Liev resolveu que bastava. Por acaso, foram empurrados para um canto da multidão, ele subiu na escada de uma casa e ajudou Raíssa a sair. Ficaram abrigados ali, observando as ondas contínuas de gente passando. Foi a decisão certa. Mais adiante, muitas pessoas foram imprensadas e morreram.

No meio do caos, eles podiam ter tentado fugir. Pensaram nisso, discutiram a idéia, cochichando naquela porta. Os guardas que os acompanhavam tinham se perdido. Raíssa quis correr. Mas correr daria à MGB todos os motivos de que precisava para executá-los. E, do ponto de vista prático, eles não tinham dinheiro, amigos, nem onde se esconder. Se corressem, os pais de Liev seriam mortos. Até ali, estavam com sorte. Liev tinha arriscado a vida deles com seu ato de coragem.

O último passageiro embarcou. O chefe da estação viu que o grupo de homens uniformizados na plataforma, ao lado da locomotiva, estava atrasando a saída. O maquinista pôs a cabeça para fora da cabine, tentando saber qual era o problema. Passageiros curiosos olhavam pelas janelas aquele jovem casal que parecia estar em dificuldade.

Liev viu um agente uniformizado vir na direção deles. Era Vassíli. Estava esperando por ele. Vassíli não ia perder a oportunidade de tripudiar. Liev sentiu uma pontada de raiva, mas era fundamental se controlar. Talvez ainda houvesse outra armadilha a sua espera.

Raíssa nunca tinha visto Vassíli, mas conheceu-o pela descrição que Liev fez.

Mesmo de relance, ela sabia que tinha alguma coisa errada com aquele homem. Era bonito, sem dúvida, mas sorria como se o sorriso tivesse sido inventado para expressar apenas más intenções. Quando finalmente se aproximou deles, ela notou o prazer que sentia com a humilhação de Liev e o desapontamento por essa humilhação não ser maior ainda.

Vassíli abriu o sorriso.

— Insisti para que esperassem eu vir me despedir. E explicar o que foi resolvido a seu respeito. Queria informar pessoalmente, entende?

Ele estava se divertindo. Por mais que aquele homem intimidasse Liev, seria estupidez se irritar com ele, se tinham conseguido sobreviver por tanto tempo. Com voz quase inaudível, Liev disse:

— Agradeço.

— Você foi demitido. Era impossível mantê-lo na MGB com tantas perguntas não respondidas. Você vai para a milícia. Não como *syshchik*, investigador, mas no cargo mais baixo, de *uchastkovyy*. Vai limpar as celas, tomar notas, vai ser o homem que cumpre ordens. Se quiser sobreviver, vai ter que se acostumar a obedecer.

Liev entendia o desapontamento de Vassíli. Aquela punição — afastamento da polícia local — era leve. Considerando a gravidade das acusações, o casal podia ser condenado a 25 anos de trabalhos forçados nas minas de ouro em Kolima, onde a temperatura chegava a 50 graus abaixo de zero, os prisioneiros ficavam com as mãos deformadas pelas frieiras e a expectativa de vida era de três meses. Os dois escaparam não só com vida, mas com liberdade. Liev não achava que o major Kuzmin tivesse feito aquilo por sentimentalismo. O fato é que ele teria se complicado, se acusasse o protegido. Num tempo de instabilidade política, era bem melhor, bem mais inteligente, mandar Liev para longe sob o pretexto de transferência. Kuzmin não queria que a avaliação dele fosse levada em conta: afinal, se Liev era espião, por que o favoreceu com promoções? Não, tais perguntas eram esquisitas. Era mais fácil e mais seguro varrer Liev para baixo de algum tapete. Sabendo que qualquer sinal de alívio aumentaria a raiva de Vassíli, Liev fez o possível para parecer arrasado.

— Cumprirei meu dever onde for preciso.

Vassíli se aproximou e enfiou as passagens e os documentos na mão de Liev. Liev se encaminhou para o trem.

Raíssa entrou no vagão. Vassíli chamou-a.

— Deve ter sido difícil saber que seu marido a vigiou. E não foi só uma vez, tenho certeza de que ele contou para você. Vigiou duas vezes. Na primeira, não por motivos de Estado. Não achava que você fosse espiã. Achava que era puta. Perdoe-o por isso. Todo mundo tem suas dúvidas. E você é bonita. Na minha opinião, não merece que se largue tudo por você. Quando seu marido descobrir o buraco para onde o mandamos, vai odiar você. Se fosse comigo, ficava com o apartamento e mandava matá-la como traidora. Só posso imaginar que você trepa muito bem.

Raíssa ficou pensando por que aquele homem era obcecado pelo marido dela. Mas calou-se: uma observação poderia custar a vida deles. Pegou a mala e abriu a porta do vagão.

Liev fez o mesmo, com cuidado para não olhar para trás. Se visse o sorriso afetado de Vassíli, podia perder o controle.

Raíssa olhou pela janela. O trem saiu da estação. Não havia lugares vagos e os dois tiveram de ficar de pé, apertados. Passaram um tempo em silêncio, olhando a cidade. Finalmente, Liev disse:

— Desculpe.

— Tenho certeza que ele estava mentindo. Diria qualquer coisa para irritar você.

— Ele disse a verdade. Eu segui você. E não tinha nada a ver com meu trabalho. Pensei...

— Que eu estava dormindo com outro homem?

— Você ficou um tempo sem falar comigo. Sem me tocar. Sem dormir comigo. Éramos dois estranhos. Eu não entendia por quê.

— Não se pode casar com um agente da MGB e não esperar ser vigiada. Mas diga, Liev, como eu podia ser infiel? Estaria arriscando a vida. Não discutiríamos isso. Você apenas me prenderia.

— É o que você acha?

— Lembra da minha amiga Zóia? Você a conheceu, não?

— Talvez, não sei.

— É isso mesmo, você nunca lembra o nome de ninguém, não é? Sabe por que eu acho que faz isso? Para dormir à noite, precisa apagar os fatos da cabeça.

Raíssa falava rápido, calma e com uma raiva que Liev desconhecia. Ela prosseguiu:

— Você conheceu Zóia. Talvez não tenha gravado, ela não era muito importante em relação ao partido. Foi condenada a vinte anos. Presa ao sair de uma igreja, acusada de fazer preces anti-stalinistas. Preces, Liev, que eles sequer ouviram. Presa pelo que pensava.

— Por que você não me disse? Eu poderia ter ajudado.

Raíssa balançou a cabeça. Liev perguntou:

— Você acha que eu a denunciei?

— Você saberia, se denunciou? Nem lembra quem é ela.

Liev ficou pasmo: ele e a esposa nunca tinham conversado assim, só falavam de assuntos domésticos, um diálogo educado — nunca falaram alto, nunca discutiram.

— Mesmo se não a denunciou, Liev, no que você poderia ajudar? Se os homens que a prenderam eram como você, dedicados e leais servos do Estado? Naquela noite, você não veio para casa. E imaginei que devia estar prendendo o melhor amigo de alguém, os pais de alguém, os filhos de alguém. Diga: quantas pessoas exatamente você prendeu? Tem alguma idéia? Diga um número, cinqüenta, duzentas, mil?

— Eu me recusei a entregar você para eles.

— Eles não estavam atrás de mim. Estavam atrás de você. Quando você prendia estranhos, podia se iludir de que eram culpados. Podia achar que faziam alguma coisa. Mas isso para eles era pouco.

Queriam que você provasse que faria tudo o que eles mandassem, mesmo achando errado, mesmo sabendo que não tinha sentido. Queriam que provasse a sua obediência cega. Acho que esposas são um bom teste para isso.

— Pode ser que você esteja certa, mas agora nos livramos disso. Percebe a nossa sorte por essa segunda oportunidade? Quero que comecemos vida nova, como uma família.

— Liev, as coisas não são assim tão simples.

Raíssa calou-se, observando o marido como se estivessem se vendo pela primeira vez.

— Na noite em que jantamos na casa dos seus pais, ouvi do outro lado da porta o que você disse. Eu estava no corredor. Ouvi a discussão se você devia ou não me denunciar como espiã. Fiquei chocada, não sabia o que fazer. Não queria morrer. Então, voltei para a rua e fiquei andando, tentando pensar. E pensei: o que ele vai fazer? Vai me entregar? Seu pai tinha um argumento convincente.

— Meu pai estava assustado.

— Três vidas em troca de uma? É difícil argumentar com esses números. Mas e três vidas contra duas?

— Você não está grávida?

— Você teria me defendido, se eu não estivesse?

— Esperou até agora para me dizer?

— Eu tinha medo de você mudar de idéia.

Era aquela a relação deles: totalmente nua. Liev ficou inseguro. O trem onde ele estava naquele momento, as pessoas próximas, os processos, as janelas, as roupas dele, a cidade passando lá fora — nada parecia real naquele momento. Não podia confiar em nada, nem mesmo no que via, tocava e sentia. Tudo em que ele acreditava era mentira.

Raíssa, você algum dia gostou de mim?

Houve um instante de silêncio, a pergunta ficou no ar como um cheiro ruim, os dois balançando no movimento do trem. Até que, em vez de responder, Raíssa se abaixou e amarrou o laço do sapato.

Voualsk

15 de março

Num canto do dormitório lotado, Varlam Babinitch estava sentado de pernas cruzadas no chão sujo de concreto, encostado na porta, usando o corpo para esconder os objetos arrumados na frente dele. Não queria que, como sempre, os outros meninos se metessem, caso se interessassem por alguma coisa. Olhou em volta. Os trinta e poucos meninos no dormitório não prestavam atenção nele, a maioria estava deitada de lado nas oito camas encharcadas de urina que eram obrigados a dividir. Viu dois coçando as picadas de percevejo nas costas dos outros. Satisfeito porque não iam importuná-lo, Varlam voltou aos objetos que colecionava há anos, todos preciosos, inclusive a aquisição mais recente, roubada naquela manhã — um bebê de quatro meses.

Varlam sabia muito bem que pegar o bebê era errado e, se fosse descoberto, teria mais problemas do que nunca. Sabia também que o bebê não estava contente. Chorava. Varlam não se preocupou muito com o choro porque ninguém ia reparar em mais uma criança berrando. Aliás, estava mais interessado no cobertor amarelo onde o bebê estava enrolado do que no bebê propriamente. Orgulhoso de sua nova aquisição, colocou o bebê no meio das coisas, entre uma lata amarela, uma velha camisa amarela, um tijolo pintado de amarelo, um cartaz rasgado com fundo amarelo, um lápis amarelo e um livro de capa amarela. No verão, acrescentava à sua coleção flores selvagens amarelas que colhia na floresta. Elas duravam pouco e nada o deixava mais triste do que ver o amarelo sumindo, as pétalas murchando e escurecendo. Costumava pensar:

Para onde vai o amarelo?

Não tinha a menor idéia. Mas esperava também ir para lá um dia, talvez quando morresse. A cor amarela era mais importante para ele do que qualquer coisa ou pessoa. Por causa do amarelo ele foi parar no *internat* de Voualsk, uma instituição mantida pelo Estado para crianças deficientes mentais.

Quando pequeno, ele gostava de correr atrás do sol, certo de que, se corresse bastante, conseguiria segurá-lo, arrancá-lo do céu e levá-lo para casa. Correu quase cinco horas até ser pego e trazido de volta, gritando de raiva por impedirem sua busca. Os pais batiam nele, na esperança de assim o endireitarem, mas acabaram aceitando que aquele método não adiantava e entregaram-no ao Estado, que tinha métodos parecidos. Nos primeiros dois anos no *internat*, ele ficou acorrentado no estrado da cama, como um cachorro do campo amarrado numa árvore. Mas era uma criança forte, de ombros largos e muita determinação. Durante vários meses, ele conseguiu arrebentar o estrado da cama, soltar a corrente e fugir. Acabou quase na cidade, correndo atrás do vagão amarelo de um trem em movimento. Foi devolvido ao *internat*, exausto e desidratado. Passou então a ser preso a um armário. Mas isso foi há muito tempo — agora os funcionários confiavam nele, estava com 17 anos e já entendia que não podia correr para pegar o sol, nem subir até alcançá-lo. Então, passou a se concentrar em descobrir amarelos mais próximos, como aquele bebê, que roubou entrando por uma janela aberta. Se não estivesse com tanta pressa, teria tentado tirar o cobertor e deixar o bebê lá. Mas ficou assustado, com medo de ser pego, então levou os dois. Naquele momento, ao olhar o bebê chorando, percebeu que o cobertor fazia a pele do bebê parecer levemente amarela. E ficou contente de ter roubado os dois, afinal.

Lá fora, pararam dois carros e saltaram seis homens armados da milícia de Voualsk, comandados pelo general Nesterov, um homem de meia-idade, de compleição forte e larga como um operário de *kolkhoz*. Fez sinal para seus comandados cercarem o local enquanto ele e o ajudante, um tenente, entravam. Embora a milícia não costumasse estar armada, naquele dia Nesterov tinha ordenado que os homens levassem revólveres. Precisavam atirar para matar.

O escritório da administração estava aberto: um rádio tocava baixo, havia um baralho largado sobre a mesa e um cheiro de álcool no ar. Nenhum funcionário à vista. Nesterov e seu tenente prosseguiram, entraram num corredor. O cheiro de álcool foi substituído pelo de fezes e enxofre. O enxofre era usado para afastar os percevejos das camas. O fedor de fezes não precisava de explicação. Havia fezes no chão e nas paredes. Os dormitórios por onde passavam estavam cheios de crianças, umas quarenta em cada, usando só uma camisa suja ou um short sujo, mas nunca, pelo jeito, as duas roupas num mesmo corpo. As crianças estavam esparramadas nas camas, três ou quatro num colchão fino e fedido. Muitas não se mexiam — olhavam para o teto. Nesterov ficou pensando se algumas estavam mortas. Difícil dizer. As crianças que estavam de pé se aproximaram, tentando segurar as armas, tocando nos uniformes, carentes de contato com adultos. Os homens foram logo cercados por mãos que tentavam escalá-los. Apesar de Nesterov ter se preparado para enfrentar condições terríveis, achou difícil entender como as coisas tinham chegado àquele ponto. Ele pretendia falar sobre isso com o diretor do estabelecimento. Mas numa outra ocasião.

Após procurar no térreo, Nesterov subiu enquanto o tenente tentava impedir que as crianças fossem atrás, fazendo cara séria e gestos que só provocavam risos, acharam que era brincadeira. Empurrou com cuidado as crianças para trás, mas elas imediatamente voltaram. Impaciente, Nesterov disse:

— Deixe, deixe que venham.

Não tinham outra escolha.

As crianças que estavam nos dormitórios de cima eram mais velhas. Nesterov supôs que eram separadas mais ou menos por idade. O suspeito que procuravam tinha 17 anos, idade-limite para ser mantido na instituição; depois disso, os internos eram enviados para os trabalhos mais duros e sem graça, que nenhum homem ou mulher sadio ia querer, onde a expectativa máxima de vida era trinta anos. O general e o tenente estavam chegando no final do corredor. Só havia mais um dormitório para olhar.

Encostado na porta, distraído, Varlam passava a mão no cobertor do bebê, pensando por que ele tinha parado de chorar. Tocou nele com o dedo sujo. De repente, uma voz invadiu o dormitório, fazendo com que ele endurecesse as costas.

— Varlam, levante-se e vire-se bem devagar.

Varlam prendeu o fôlego e fechou os olhos como se assim pudesse fazer a voz sumir. Não adiantou.

— Pela última vez, levante-se e vire-se.

Nesterov se aproximou de Varlam. Não podia ver o que o menino estava escondendo. Nem ouvir o bebê chorando. Todos os outros meninos no dormitório olhavam atentos, fascinados. De repente, Varlam se agitou, escondeu alguma coisa nos braços, levantou-se e virou. Estava segurando o bebê, que começou a chorar. Nesterov ficou aliviado: pelo menos a criança estava viva. Mas não fora de perigo. Varlam a segurava com força, os braços em volta do frágil pescoço do bebê.

Nesterov olhou atrás do rapaz. Seu ajudante tinha ficado ao lado da porta, com as crianças curiosas amontoadas em volta. Pôs a arma na direção da cabeça de Varlam e engatilhou, aguardando ordem para atirar. Não tinha nada na frente. Mas, na melhor das hipóteses, ele era um atirador médio. Ao ver a arma, algumas crianças gritaram, outras riram e bateram os pés no colchão. A situação estava ficando fora de controle. Varlam começou a entrar em pânico. Nesterov guardou a arma no coldre e levantou as mãos, tentando acalmar o rapaz, falando por cima da barulheira.

— Me dê a criança.

— Estou estrepado.

— Não está, não. Vejo que o bebê está bem. Gostei do que você fez. Bom trabalho. Cuidou dele. Estou aqui para lhe dar os parabéns.

— Fiz um bom trabalho?

— Sim, fez.

— Posso ficar com ele?

— Só quero ter certeza de que o bebê está bem. Depois conversamos. Posso ver o bebê?

Varlam sabia que os homens estavam zangados, iam tirar o bebê dele e trancá-lo numa sala sem nada amarelo. Apertou mais a criança, tanto que o cobertor amarelo espremeu a boca do bebê. Recuou para a janela e viu os carros da milícia parados na rua, os homens armados cercando o prédio.

— Estou estrepado.

Nesterov se adiantou. Não havia jeito de tirar o bebê à força, poderia ser sufocado. Olhou para o tenente, que concordou com a cabeça, indicando que estava pronto para atirar. Nesterov balançou a cabeça, negando. O bebê estava perto demais da cabeça de Varlam. O risco de um acidente era muito grande. Tinha de haver outro jeito.

— Varlam, ninguém vai bater nem machucar você. Entregue o bebê para mim e nós conversamos. Ninguém vai se zangar. Dou a minha palavra. Prometo.

Nesterov deu mais um passo, bloqueando a mira do tenente. Olhou para a coleção de objetos amarelos no chão. Havia conhecido Varlam num incidente anterior, quando um vestido amarelo de um varal foi roubado. Reparou que o bebê estava enrolado num cobertor amarelo.

— Se me entregar o bebê, peço à mãe dele para você ficar com o cobertor. Tenho certeza de que ela vai deixar. Eu só quero o bebê.

Varlam relaxou ao ouvir o que parecia um grande negócio. Esticou os braços, entregando o bebê. Nesterov pulou para a frente e pegou a criança. Verificou se não estava ferida, antes de passá-la para o ajudante.

— Leve-o para o hospital.

O tenente saiu rápido.

Como se nada tivesse acontecido, Varlam sentou-se de costas para a porta e arrumou de novo as coisas para preencher o lugar onde o bebê estava. As outras crianças do dormitório se aquietaram de novo. Nesterov ajoelhou-se ao lado de Varlam, que perguntou:

— Posso ficar com o cobertor?

— Primeiro, você vem comigo.

Varlam continuou arrumando a coleção. Nesterov viu o livro amarelo. Era um manual militar, um documento confidencial.

— Onde arrumou isso?

— Eu achei.

— Vou dar uma olhada. Você não vai ficar nervoso, se eu olhar?

— Sua mão está limpa?

Nesterov percebeu que os dedos de Varlam estavam muito sujos.

— Minha mão está limpa.

Nesterov pegou o livro e deu uma folheada. Havia alguma coisa no meio das páginas. Virou o livro e balançou. Um farto cacho de cabelos louros caiu no chão. Ele pegou e esfregou-o nos dedos. Varlam enrubesceu.

— Estou estrepado.

Oitocentos Quilômetros a Leste de Moscou

16 de março

Raíssa se recusou a responder se o amava ou não. Apenas admitiu ter mentido que estava grávida; então, mesmo se ela dissesse *Sim, eu te amo, sempre te amei*, Liev não acreditaria. Claro que ela não ia ficar olhando para ele e dizer algo fantasioso. Aliás, por que aquela pergunta? Ela não tinha entendido. Era como se ele tivesse descoberto alguma coisa, tido uma revelação de que o casamento deles não se baseava em amor e afeto. Se ela respondesse com sinceridade — *Não, nunca te amei* — ele repentinamente se transformaria em vítima e o casamento passaria a ser uma peça pregada por ela. Era a artista que tinha enganado o ingênuo coração dele. De repente, ele era um romântico. Talvez fosse pelo choque de ter perdido o emprego. Mas desde quando amor fazia parte daquele trato? Ele nunca tinha perguntado antes. Nunca tinha dito.

Eu te amo.

Ela não esperava que ele dissesse isso. Pediu-a em casamento, é verdade. Ela aceitou. Ele queria se casar, queria uma esposa, queria-a e conseguiu. Agora, aquilo não bastava. Depois de perder a importância e o poder de prender quem quisesse, ele estava sufocado de sentimentalismo. E por que a prática mentira dela — e não a imensa desconfiança dele — causou uma impressão de fim de ilusão conjugal? Por que não exigia que ele a convencesse de que a amava? Afinal, ele não tinha motivo para achar que ela era infiel, mas destacou uma equipe de vigilância, o que poderia facilmente ter acabado em prisão. Ele tinha rompido a confiança que existia entre eles muito antes de ela ser obrigada a isso. O motivo dela tinha sido sobreviver. O dele, uma patética insegurança masculina.

Depois que passaram a ser marido e mulher oficialmente, ou até antes, quando começaram a se encontrar, ela sabia que, se o desagradasse, poderia ser morta. Isso passou a ser uma verdade concreta para ela. Precisava mantê-lo contente. Quando Zóia foi presa, só de vê-lo uniformizado e ouvir suas conversas sobre o Estado, Raíssa ficava tão irritada que mal conseguia trocar duas palavras com ele. No final, a pergunta era bem simples. Ela queria viver? Era uma sobrevivente, e o fato de ser a única que sobrou na família a definia. Ficar indignada com a prisão de Zóia seria um luxo. E não daria em nada. Assim, ela deitou na cama e dormiu ao lado dele, com ele. Preparou o jantar para ele — e depois detestou ouvi-lo mastigando. Lavou as roupas dele — e detestou o cheiro dele.

Nas últimas semanas, ela ficou à toa no apartamento, sabendo muito bem que ele estava avaliando se tinha tomado a decisão certa. Será que devia ter poupado a vida dela? Será que valia aquele risco? Será que era tão bonita, tão boa, tão interessante? A menos que todos os gestos e olhares o agradassem, ela estaria correndo um perigo mortal. Bom, isso tinha acabado. Ela não agüentava mais ficar em situação indefesa, depender da boa vontade dele. Mesmo assim, parecia que ele agora achava que ela estava em dívida. Ele tinha afirmado o óbvio: ela não era uma espiã internacional, era uma professora de escola secundária. Em retribuição, queria uma declaração de que o amava. Era uma ofensa. Ele não estava mais em condição de exigir nada. Não tinha qualquer ascendência sobre ela e vice-versa.

Os dois estavam no mesmo árduo caminho: com os bens reduzidos a uma mala cada um, exilados numa cidade remota. Iguais como nunca foram. Se ele queria falar de amor, quem tinha de declamar o primeiro verso era ele.

Liev ficou cismando sobre o que Raíssa disse. Parecia que ela se deu o direito de julgá-lo e desprezá-lo, enquanto fingia estar de mãos limpas. Mas casou-se sabendo do trabalho dele, gostava das vantagens do cargo, saboreou todas as iguarias que ele trouxe para casa, comprou roupas nas bem sortidas *spetztorgi*, as lojas restritas ao consumo de agentes do Estado. Se ficou horrorizada com o que ele fazia, por que não o rejeitou? Todo mundo sabia que, para sobreviver, era preciso se comprometer. Ele havia feito coisas desagradáveis e moralmente censuráveis. Para a maioria das pessoas, consciência limpa era um luxo inacessível e que Raíssa dificilmente poderia almejar. Por acaso ela ensinava aos alunos os princípios no quais realmente acreditava? Claro que não, considerando sua indignação com o mecanismo da Segurança do Estado. Mas, na escola, era obrigada a demonstrar apoio, explicar aos alunos o funcionamento do Estado, aplaudir, doutriná-los para aceitar e até incentivá-los a se denunciarem uns aos outros. Se não fizesse isso, teria certamente sido delatada pelos próprios alunos. O trabalho dela não era apenas sujeitar-se às normas, mas tolher a capacidade de questionar dos alunos. E faria a mesma coisa na nova cidade. Pelo que Liev entendeu, ele e a esposa eram degraus da mesma escada.

O trem ficou parado durante uma hora em Mutava. Raíssa quebrou o silêncio de um dia.

— Precisamos comer alguma coisa.

Com isso, queria dizer que tinham de tomar providências práticas: até o momento, essa tinha sido a base da relação deles. A cola que os grudava não era o amor, mas sobreviver a todos os desafios que surgissem. Saltaram do trem. Uma vendedora vinha pela plataforma com um cesto de vime. Compraram dela ovos cozidos, um saquinho de sal, fatias de pão de centeio duro. Sentados lado a lado num banco, eles descascaram os ovos, juntaram a casca no colo, dividiram o sal e não disseram uma palavra.

O trem diminuiu a velocidade quando subiu as montanhas, passando por florestas de pinheiros negros. De longe, por cima da copa das árvores, as montanhas pareciam se projetar para cima como dentes desiguais numa arcada.

Os trilhos entraram numa clareira — à frente deles, estava uma imensa fábrica de montagem, com chaminés altas e armazéns interligados surgindo de repente no meio do vazio. Parecia que Deus foi aos Urais e deu um soco na paisagem, mandando as árvores pelos ares e exigindo que o espaço recém-criado fosse preenchido por chaminés e máquinas de aço. Foi o primeiro relance que tiveram da nova casa.

Tudo o que Liev sabia sobre a cidade foi através da propaganda e dos registros de trabalho. O local era modesto, com 20 mil habitantes e pouco mais que serrarias e um monte de cabanas de madeira para os operários que trabalhavam nelas, mas um dia despertou o interesse de Stalin. Depois de examinar melhor os recursos naturais e humanos, ele concluiu que a cidade era pouco produtiva. O rio Ufa passava perto, havia as fábricas de processamento de aço e ferro em Sverdlovsk, a apenas 160 quilômetros a leste, e minas de minério nas montanhas. Havia também a vantagem da ferrovia Transiberiana: enormes locomotivas passavam pela cidade todos os dias e recebiam apenas tábuas para transportar. Stalin decidiu então que aquele lugar seria perfeito para construir o Volga GAZ-21, carro que competiria com os produzidos no Ocidente e projetado conforme as mais exigentes especificações. O Volga, considerado o máximo da engenharia automobilística soviética, foi criado para enfrentar o clima severo, com suspensão invejável, motor à prova de bala e proteção antiferrugem, em escala nunca vista nos Estados Unidos da América. Se isso era verdade ou não, Liev não tinha como saber. Só sabia que era um carro que poucos cidadãos soviéticos poderiam comprar, estava fora do alcance dos homens e mulheres que o produziram.

A construção da fábrica começou logo após a guerra e em 18 meses estava instalada no meio da floresta de pinheiros. Liev não lembrava o número de prisioneiros que, conforme os relatórios, morreram durante a construção. De todo jeito, não se podia confiar nos números. Liev só se envolveu com a fábrica depois que ficou pronta. Milhares de operários *livres* foram selecionados e transferidos compulsoriamente de todo o país para suprir a mão-de-obra: em cinco anos, a população da cidade tinha quintuplicado. Liev checou as referências de alguns operários de Moscou transferidos para lá. Se aprovados, eram agrupados e transferidos em uma semana. Se não dessem certo, eram presos. Ele tinha sido um dos chefes do processo de seleção. Tinha certeza de que foi essa uma das razões para Vassíli escolher essa cidade. Deve ter apreciado a ironia.

Raíssa não teve essa primeira visão da nova cidade deles. Estava dormindo enrolada no casaco, com a cabeça encostada na janela, balançando de leve com o movimento do trem. Liev passou para o assento ao lado dela, ficou de frente para onde iam e viu como a parte principal da cidade estava grudada na grande fábrica de montagem como uma pulga no pescoço de um cachorro. Primeiro, e acima de tudo, aquele era um centro industrial e, num distante segundo lugar, um lugar para se viver. As luzes dos prédios eram de um laranja fraco contra um céu cinzento. Liev cutucou Raíssa. Ela acordou, olhou-o e virou para a janela.

— Chegamos.

O trem parou na estação. Eles pegaram as malas, desceram na plataforma. Estava mais frio que em Moscou, a temperatura tinha caído pelo menos dois graus. O casal ficou como crianças retirantes chegando a um país desconhecido, olhando os lugares pouco familiares. Não tinham qualquer informação. Não conheciam ninguém. Não dispunham sequer de um telefone para ligar. Ninguém os aguardava.

A estação estava vazia, exceto por um homem no guichê de passagens. Era jovem, não devia ter mais de 20 anos. Observou-os atentamente quando chegaram. Raíssa se aproximou dele.

— Boa tarde. Precisamos ir à central da milícia.

— São de Moscou?

— Somos.

O homem abriu a porta da cabine e saiu na plataforma. Mostrou a rua lá fora, do outro lado das portas envidraçadas.

— Eles estão aguardando vocês.

A cem passos da entrada da estação, estava um carro da milícia.

Raíssa e Liev passaram por um monumento mostrando o perfil de Stalin coberto de neve, gravado num pedaço de pedra como um fóssil e foram em direção ao carro, um Volga evidentemente fabricado na cidade. Ao se aproximarem, viram dois homens no banco da frente. A porta se abriu e saltou um senhor de meia-idade, de ombros largos.

— Liev Demidov?

— Sim.

— Sou o general Nesterov, chefe da milícia de Voualsk.

Liev ficou pensando por que ele se deu ao trabalho de recebê-los. Certamente, Vassíli recomendou que a chegada fosse a mais desagradável possível. Mas não interessava o que Vassíli tinha dito — a vinda de Moscou de um ex-agente da MGB ia deixar a milícia ali de prontidão. Não iam acreditar que veio apenas integrar os quadros. Claro que desconfiavam de outro motivo e imaginavam que ele se reportaria a Moscou. Quanto mais Vassíli tentou convencê-los do contrário, mais desconfiados ficaram. Por que um agente iria viajar centenas de quilômetros para integrar uma pequena milícia? Não fazia sentido — numa sociedade sem classes, a milícia estava na parte mais baixa da pilha.

Toda criança aprendia na escola que assassinato, roubo e estupro eram sintomas de uma sociedade capitalista e a atuação da milícia foi criada a partir desses princípios. Não havia motivo para roubar, nem violência entre os cidadãos, pois todos eram iguais. Não era preciso polícia num Estado comunista. Por isso, a milícia era apenas uma subseção do Ministério do Interior: mal remunerada, pouco respeitada, formada por alunos que largaram o secundário, camponeses chutados da *kolkhoz*, soldados expulsos do Exército e homens cuja opinião podia ser comprada com meia garrafa de vodca. Oficialmente, as estatísticas de crime na URSS eram quase nulas. Os jornais sempre noticiavam as grandes somas que os Estados Unidos precisavam desperdiçar na prevenção ao crime, a necessidade de ter reluzentes carros de polícia e guardas em cada esquina, de uniformes limpos e impecáveis, pois sem isso a sociedade norte-americana desmoronava. Na luta contra o crime, o Ocidente usava muitos dos homens e mulheres mais corajosos, cidadãos que poderiam aproveitar melhor seu tempo construindo alguma coisa. Na União Soviética, essa mão-de-obra não era desperdiçada: para apartar brigas de bêbados, bastava uma ralé de homens fortes, inúteis em outras funções. A tese era essa. Liev não tinha idéia do verdadeiro índice de criminalidade no país. Nem tinha a menor vontade de saber, pois os que sabiam deviam ser mortos regularmente. Os índices de produção das fábricas enchiam a primeira página do *Pravda*, as páginas centrais e as últimas também. Só as boas notícias mereciam ser impressas — altos índices de natalidade, ferrovias que chegavam ao cume das montanhas e novos canais.

Considerando tudo isso, a chegada de Liev era uma incrível anomalia. Trabalhar na MGB conferia mais *blat*, isto é, mais respeito, influência e vantagens materiais do que qualquer outro emprego. Um agente não largava a MGB por livre e espontânea vontade. E se Liev tinha caído em desgraça, por que não foi simplesmente preso? Mesmo afastado da MGB, ele ainda carregava a sombra dela — que poderia ser uma potencial vantagem.

Nesterov levou as malas deles para o carro com tanta facilidade quanto se estivessem vazias. Colocou-as no porta-malas, antes de abrir a porta traseira para eles entrarem. Dentro do carro, Liev observou seu novo superior ao entrar no banco da frente. Era um homem grandalhão, mesmo dentro daquele veículo enorme. Sentado, os joelhos dele quase batiam no queixo. Um jovem agente estava ao volante. Nesterov não se deu ao trabalho de apresentá-lo. Como na MGB, os motoristas eram responsáveis por cada veículo. Os agentes não tinham carro e não dirigiam. O motorista deu a partida e entrou numa rua vazia. Não havia nenhum carro à vista.

Nesterov aguardou um instante, certamente para não parecer que estava fazendo um interrogatório com o novo subordinado. Depois olhou Liev pelo espelho retrovisor e disse:

— Fomos avisados há três dias que você vinha para cá. É uma transferência incomum.

— Temos de ir aonde precisam de nós.

— Há tempos ninguém é transferido para cá. E não requisitei nenhum homem a mais.

— A produção da fábrica é considerada prioridade máxima. A quantidade de homens para garantir a segurança dessa cidade nunca é suficiente.

Raíssa virou-se para o marido sabendo que aquelas respostas enigmáticas eram propositais. Mesmo rebaixado, mesmo afastado da MGB, ele ainda usava o medo que provocava. Na precária situação em que estavam, parecia uma atitude sensata. Nesterov perguntou:

— Diga uma coisa: você vai ser um *syshchik*, um investigador? Nós não entendemos direito as ordens. Eles disseram que não, que você seria um *uchastkovyy*, o que é um enorme redução de responsabilidade.

— As ordens que recebi foram de me reportar a você. Deixo meu cargo nas suas mãos.

Fez-se silêncio. Raíssa supôs que o general não gostou da pergunta ser devolvida para ele. Desconfortável, acrescentou, áspero:

— Por enquanto, você vai ficar num quarto de hóspedes. Depois que encontrarmos um apartamento, será entregue a você. Aviso que há uma longa fila de espera. E não posso fazer nada. Não há vantagens em ser um *militsioner*.

O carro parou na frente do que parecia ser um restaurante. Nesterov abriu o porta-malas, pegou a bagagem e colocou-a na calçada. Liev e Raíssa aguardaram instruções. Dirigindo-se a Liev, Nesterov disse:

— Depois de levar as malas para seu quarto, por favor, volte para o carro. Sua esposa não precisa vir.

Raíssa conteve a irritação por ser mencionada como se estivesse ausente. E viu Liev, repetindo o gesto de Nesterov, carregar as duas malas. Ficou encantada com aquela bravata, mas não quis constrangê-lo. Ele que carregasse com esforço a mala dela, se quisesse. Ela foi à frente, abriu a porta do restaurante e entrou.

Lá dentro era escuro, as venezianas estavam fechadas e o lugar tinha ranço de fumaça. A mesa estava cheia de copos sujos da noite anterior. Liev colocou as malas no chão e bateu com o punho numa das mesas gordurosas. Apareceu uma silhueta masculina na porta.

— Está fechado.

— Meu nome é Liev Demidov. Esta é minha esposa, Raíssa. Acabamos de chegar de Moscou.

— Sou Daniel Basárov.

— O general Nesterov me disse que você tem acomodação para nós.

— Está falando no quarto de cima?

— Não sei, deve ser.

Basárov coçou as dobras da barriga.

— Vou mostrar o seu quarto.

O quarto era pequeno. Duas camas de solteiro haviam sido colocadas juntas. Tinha um espaço no meio. Os dois colchões estavam úmidos. O papel de parede tinha calombos como pele de adolescente e riscas gordurosas que grudavam ao tato. Liev achou que devia ser óleo de fritura, dado que o quarto ficava em cima da cozinha, que podia ser vista pelas fendas nas tábuas do piso, por onde passava o cheiro do que tinha sido ou estava sendo frito lá embaixo — restos de carne, sebo ou gordura animal.

Basárov ficou sem jeito com o pedido de Nesterov. Aquelas camas e aquele quarto eram usados pelo seu "pessoal", isto é, as mulheres que dormiam com os fregueses da casa. Mas ele não pôde recusar. Não era proprietário do lugar. E precisava da boa vontade da milícia para funcionar. Sabiam que ele estava lucrando e não se incomodavam, desde que levassem uma parte. Era tudo não-declarado, não-oficial — um sistema fechado. Na verdade, Basárov ficou um pouco nervoso com o casal de hóspedes, ouviu dizer que pertenciam à MGB. Isso impediu-o de ser tão grosseiro quanto normalmente seria. Mostrou o corredor com uma porta entreaberta.

— Aquele é o banheiro. Fica dentro da casa.

Raíssa tentou abrir a janela. Estava fechada com pregos. Olhou a vista. Casas decrépitas, neve suja: era aquele o lugar onde iam morar.

Liev estava cansado. Conseguiu disfarçar a humilhação enquanto era uma idéia abstrata, mas no momento em que assumiu forma concreta — aquele quarto — ele só queria dormir, fechar os olhos e esquecer do mundo. Tinha de voltar para o carro. Colocou a mala sobre a cama, sem conseguir olhar para Raíssa, não por raiva, mas por vergonha. Saiu sem dizer nada.

Levaram Liev para a central telefônica da cidade e deixaram-no lá. Centenas de pessoas faziam fila para falar pelo tempo permitido, que era de alguns minutos. Como a maioria foi obrigada a largar a família e mudar-se, Liev imaginava que aqueles minutos fossem muito preciosos. Nesterov não precisou entrar na fila, foi direto para uma cabine.

Fez a ligação, disse algumas coisas que Liev não pôde ouvir e entregou o fone para ele. Liev pegou o fone e esperou alguém falar.

— Que tal suas acomodações?

Era Vassíli. Ele prosseguiu:

— Está com vontade de desligar, não é? Não pode. Nem isso pode.

— O que você quer?

— Manter contato para você me dizer como estão as coisas aí e eu informo como estão aqui. Antes que me esqueça, o confortável apartamento que você conseguiu para seus pais foi retomado. Achamos outro lugar mais de acordo com o cargo deles. Talvez seja um pouco frio e apertado. Sem dúvida, é sujo. Estão dividindo o espaço com uma família de sete pessoas, sendo cinco crianças pequenas. Aliás, eu não sabia que seu pai sofria de terríveis dores nas costas. Pena que tenha de voltar para a linha de montagem a apenas um ano da aposentadoria: um ano parece dez, quando não se gosta do trabalho. Mas você logo vai saber de tudo.

— Meus pais são gente direita. Trabalharam duro. Não fizeram nada contra você.

— Mesmo assim, vou fazer contra eles.

— O que quer de mim?

— Um pedido de desculpas.

— Vassíli, desculpe.

— Você nem sabe por que está se desculpando.

— Porque tratei mal você. E lamento.

— Lamenta o quê? Seja claro. Seus pais dependem de você.

— Eu não devia ter dado a coronhada em você.

— Você não está se esforçando. Convença-me do que está dizendo.

Desesperado, Liev disse, com voz trêmula:

— Não entendo o que quer. Você tem tudo, eu não tenho nada.

— É simples, quero que você implore.

— Imploro a você, Vassíli, que me ouça. Imploro. Deixe meus pais sossegados. Por favor...

Vassíli tinha desligado.

Voualsk

17 de março

Depois de andar a noite toda — com os pés cheios de bolhas, as meias ensangüentadas — Liev sentou-se num banco do parque, enfiou a cabeça nas mãos e chorou.

Não tinha dormido nem comido. Na noite anterior, Raíssa tentou conversar com ele, não quis ouvi-la. Ela trouxe comida do restaurante, Liev recusou. Sem conseguir ficar mais no quarto mínimo e fedido, ele desceu, abriu caminho no restaurante lotado e saiu. Andou sem direção, frustrado demais, irritado demais para ficar parado sem fazer nada, embora soubesse que aquele era exatamente o problema: não podia fazer nada. Mais uma vez, estava frente a uma injustiça, porém não podia mais intervir. Os pais não iam levar um tiro na nuca — seria rápido demais, muito próximo demais da misericórdia. Em vez disso, seriam perseguidos aos poucos. Ele podia imaginar as inúmeras opções para uma mente sádica, mesquinha e metódica. Cada um em sua fábrica, eles receberiam as tarefas mais sujas, mais pesadas, mais enfadonhas — que um jovem ou uma jovem teria dificuldade de fazer. Seriam assustados com histórias do lamentável exílio, desgraça e humilhação do filho. Talvez tivessem sido informados de que Liev estava num gulag condenado a vinte anos de *katorga*, trabalho pesado. Quanto à família com a qual eram obrigados a dividir um apartamento, sem dúvida eram as pessoas mais desagradáveis e irritantes. As crianças teriam a promessa de ganhar chocolates se fizessem bastante barulho; os adultos, um apartamento só para eles, se roubassem comida, discutissem e, de todas as maneiras, tornassem a vida no apartamento insuportável. Ele não precisava adivinhar os detalhes. Vassíli adoraria contá-los, sabendo que Liev não ousaria desligar o telefone, pois temia agravar o sofrimento dos pais. Vassíli iria derrubá-lo à distância, batendo sempre no lugar onde ele era mais vulnerável: os pais. Não havia defesa. Com um pouco de esforço, Liev poderia descobrir onde os pais estavam morando mas, se as cartas não fossem interceptadas e queimadas, só poderia escrever que estava em segurança. Tinha dado uma vida confortável para eles que foi retirada quando a mudança seria mais difícil de suportar.

Levantou-se, tremendo de frio. Com certa dificuldade e sem saber o que faria, voltou pelo mesmo caminho para seu novo lar.

Raíssa estava no restaurante, sentada à uma mesa. Passou a noite esperando por ele. Sabia, como Vassíli tinha dito, que Liev estava arrependido de não tê-la denunciado. O preço era muito alto. Mas o que ela podia fazer? Fingir que ele tinha arriscado tudo por um amor perfeito? Não podia amar por encomenda. Mesmo se ela quisesse fingir, não saberia o que dizer, o que fazer. Poderia ser menos dura com ele. Na verdade, devia ter ficado meio satisfeita com a degradação dele. Não por maldade ou vingança, mas porque queria que ele soubesse:

é assim que me sinto todos os dias.

Indefesa, assustada — queria que ele também sentisse isso. Queria que compreendesse, passasse pela experiência.

Exausta, com os olhos pesando de sono, viu Liev entrar no restaurante. Levantou-se e, ao se aproximar dele, notou os olhos vermelhos. Nunca o havia visto chorar. Ele virou-se e serviu-se de uma dose da garrafa mais próxima. Ela colocou a mão no ombro dele. Foi numa fração de segundo: Liev girou, pegou no pescoço dela e apertou.

— Você fez isso.

As veias se contraíram, ela ficou com o rosto vermelho — não conseguia respirar, estava sufocando. Liev levantou-a pelo pescoço: ela ficou na ponta dos pés. Tentou livrar-se, não conseguiu.

Ela alcançou uma mesa e procurou um copo com os dedos, os olhos turvos. Tocou num copo com a ponta dos dedos. Conseguiu pegá-lo, virou-o e bateu com ele no lado do rosto de Liev. O copo quebrou e cortou a mão dela. Como se uma maldição se rompesse, ele soltou-a. Ela recuou, tossindo, segurando no pescoço. Os dois se olharam, estranhos, como se toda a história deles se apagasse naquela fração de segundo. Liev estava com um caco de vidro no rosto: puxou-o e ficou com o vidro na palma da mão. Sem virar para trás, ela correu para a escada.

Em vez de ir atrás dela, Liev bebeu a dose que já havia servido, depois serviu outra e mais outra. Quando ouviu o carro de Nesterov lá fora, tinha tomado quase a garrafa toda. Sem conseguir ficar de pé direito, sem tomar banho, barbado, bêbado, agressivo e violento — levou menos de um dia para se rebaixar ao nível exigido da milícia.

No trajeto de carro, Nesterov não comentou sobre o corte que Liev tinha no rosto. Falou aos supetões sobre a cidade. Liev não estava ouvindo, mal notava o que havia em volta, preocupado com o que tinha acabado de fazer. Será que tentou estrangular Raíssa ou foi um descontrole por causa da falta de sono? Tocou no corte no rosto, viu sangue no dedo — era verdade, ele tinha feito aquilo e seria capaz de mais. Mais alguns segundos, bastava apertar mais um pouco e ela morreria. O motivo foi ele ter desistido de tudo — dos pais, da carreira — por um falso pretexto, a promessa de ter uma família, a idéia de que havia alguma ligação entre ele e Raíssa. Ela o enganou, num jogo de cartas marcadas, e forçou a decisão dele. Só quando estava segura e os pais dele sofrendo, ela admitiu que a gravidez era mentira. Foi além, disse que o desprezava. Manipulou o sentimentalismo dele, depois cuspiu-lhe na cara. Não teve qualquer retribuição pelo sacrifício de não aceitar uma prova da culpa dela.

Mas Liev não acreditava nisso nem por um instante. O tempo de se justificar tinha acabado. O que ele tinha feito era imperdoável. E ela estava certa em desprezá-lo. Quantos irmãos e irmãs, quantos pais e mães ele havia preso? Qual a diferença entre ele e o homem que considerava o seu avesso moral, Vassíli Nikítin? Era só por Vassíli ser insensivelmente cruel enquanto ele era idealisticamente cruel? Uma crueldade era vazia, indiferente, enquanto a outra tinha princípios, era pretensiosa e se achava sensata e necessária. Mas na verdade, em termos de destruição, pouca coisa separava os dois homens. Será que Liev não sabia no que estava envolvido? Ou será que era pior ainda — ele preferia não saber? Tinha afastado aqueles pensamentos, deixou-os de lado.

À parte a confusão de suas certezas morais, ele não esquecia de um detalhe. Tinha dado a vida por Raíssa só para depois atormentá-la e tentar matá-la. Loucura. Daquele jeito, ia acabar sem nada, nem mesmo a mulher com quem tinha se casado. Gostaria de dizer "a mulher que amava". Amava? Tinha se casado com ela, não era a mesma coisa? Não, nem tanto, casou-se porque ela era linda, inteligente e dava orgulho tê-la ao lado, orgulho que pertencesse a ele. O casamento era mais um passo rumo à perfeita vida soviética, que consistia em trabalho, mulher e filhos. Sob vários aspectos, ela era um acréscimo, um parafuso na engrenagem da ambição dele, o cenário doméstico exigido para a carreira de sucesso, o *status* de Cidadão Modelo. Será que Vassíli tinha razão quando disse que ela podia ser substituída? No trem, Liev tinha perguntado se ela o amava, queria que o tranqüilizasse, o premiasse com uma fantasia romântica onde era o herói. Patético. Liev suspirou alto e passou a mão na testa. Estava sendo derrotado e era exatamente essa a situação para Vassíli: um jogo cujas fichas eram compradas com sofrimento. Em vez de Vassíli bater e machucar Raíssa, Liev fez isso por ele, cumprindo todas as partes do jogo dele.

Chegaram ao escritório central da milícia. O carro parou. Nesterov já tinha saltado e aguardava Liev sair. Sem idéia de quanto tempo ficou ali, Liev abriu a porta do carro, saltou e foi atrás do chefe rumo ao seu primeiro dia de trabalho. Foi apresentado à equipe, apertou mãos, concordou com a cabeça, sem conseguir gravar nada: nomes nem detalhes. Só quando ficou a sós no vestiário, na frente do uniforme dependurado num cabide, ele voltou a se concentrar no presente. Tirou os sapatos e, devagar, as meias com os dedos ensangüentados, pôs o pé sob a torneira aberta e ficou olhando a água avermelhar. Como não tinha outras meias nem podia pedir, teve de calçar as mesmas, sentindo dor nas bolhas abertas. Tirou as roupas civis, empilhou-as no fundo de um armário e abotoou o novo uniforme, de calças ásperas debruadas de vermelho e um casacão militar. Olhou-se no espelho. Estava com olheiras escuras e um risco de lágrima no lado esquerdo do rosto. Olhou a insígnia no paletó. Ele era um *uchastkovvy*, um nada.

As paredes do escritório de Nesterov eram enfeitadas com diplomas emoldurados. Liev olhou todos, de um lado a outro, e descobriu que seu chefe venceu campeonatos de luta livre e tiro ao alvo e recebeu vários títulos de Agente do Mês, em Voualsk e em Rostov, onde morou antes. Ele queria mostrar bem isso, o que era compreensível, uma vez que tinha um cargo tão desprestigiado.

Nesterov observou seu novo subordinado, sem conseguir entendê-lo. Por que aquele sujeito, um ex-agente do alto escalão da MGB, distinguido na guerra, estava em estado tão deplorável: unhas sujas, rosto sangrando, cabelos sem lavar, cheiro de bebida e parecendo indiferente ao rebaixamento? Talvez fosse uma pessoa exatamente como o descreveram: muito incompetente e irresponsável. Sem dúvida, a aparência combinava com a descrição. Mas Nesterov não estava convencido: talvez fosse um truque; ficou inseguro desde o momento em que soube da transferência do agente. Aquele sujeito era capaz de prejudicar muito, tanto a ele quanto a seus homens. Bastava um relatório desabonador. Nesterov resolveu que a melhor atitude seria observá-lo, testá-lo e mantê-lo por perto. Liev acabaria se revelando.

Nesterov entregou um documento a Liev, que olhou-o tentando imaginar o que se esperava dele. Por que estava recebendo aquilo? O que fosse, não o interessava. Suspirou e obrigou-se a estudar o documento. Dentro havia fotos em preto-e-branco de uma moça. Estava deitada na neve escura. Neve escura... escura porque encharcada de sangue. Parecia que a jovem estava gritando. Olhando mais de perto, viu que tinha alguma coisa na boca. Nesterov explicou:

— Encheram a boca de terra. Assim, ela não pôde gritar por socorro.

Liev apertou a foto; tudo o que pensou sobre Raíssa, os pais, ele mesmo, se evaporou enquanto olhava a boca da moça. Escancarada, cheia de sujeira. Olhou a foto seguinte. A jovem estava nua e, onde a pele estava ilesa, era branca como a neve. A parte inferior da barriga tinha sido cortada com fúria, estava aberta. Liev passou para a próxima foto, outra e mais outra e não via mais a moça, mas o filhinho de Fiodor, um menino que não deixaram nu, nem com a barriga aberta, nem com a boca cheia de sujeira — e que não tinha sido assassinado. Liev colocou as fotos na mesa. Ficou calado, olhando os diplomas na parede.

No mesmo dia

Os dois fatos não tinham ligação, a morte do filho de Fiodor e o assassinato daquela jovem — era impossível. Ocorreram a centenas de quilômetros de distância. Aquilo era uma ironia perversa e nada mais. Mas Liev tinha errado em desprezar o que Fiodor disse. Ali estavam as fotos de uma moça assassinada como Fiodor tinha dito. Aquilo era possível. No momento, não havia como saber o que tinha realmente ocorrido com Arkadi, o filho de Fiodor, pois Liev não se incomodou em ver o corpo do menino. Talvez a morte tivesse sido um acidente. Ou o caso tivesse sido abafado. Se isso fosse verdade, então Liev tinha participado no acobertamento. Tinha investigado sem perguntar nada — ridicularizando, irritando e por fim ameaçando uma família enlutada.

O general Nesterov foi sincero sobre os detalhes daquele assassinato, chamando-o pelo nome — *assassinato* — indicando que queria mostrar exatamente como um crime horrendo e brutal. A franqueza dele deixou Liev preocupado. Como podia ser tão frio? Supostamente, as estatísticas anuais do departamento dele seguiam normas preestabelecidas: havia uma redução no número de crimes, mais harmonia social. Embora a população da cidade tivesse crescido muito, com 80 mil operários transferidos para lá, o crime deveria ter diminuído, considerando que, em tese, havia mais trabalho, mais igualdade, menos exploração.

A vítima se chamava Larissa Petrova e seu corpo foi encontrado quatro dias antes na floresta, perto da estação ferroviária. Os detalhes da descoberta do corpo eram imprecisos e quando Liev pressionou, Nesterov pareceu ansioso por deixar a história de lado. Liev só conseguiu saber que o corpo foi descoberto por um casal que tinha bebido demais e foi à floresta para fazer sexo. Tropeçaram no corpo da jovem, que estava na neve há meses, preservado no gelo. Era estudante e tinha 14 anos. A milícia a conhecia. Tinha fama de uma vida sexual agitada, não só com meninos da mesma idade, mas com homens mais velhos; era capaz de se vender por uma garrafinha de vodca. No dia em que desapareceu, Larissa tinha discutido com a mãe. Os pais não estranharam a ausência dela, pois ameaçou ir embora e parecia ter cumprido a promessa. Ninguém a procurou. Segundo Nesterov, os pais eram respeitados na comunidade. O pai era contador na fábrica Volga. Eles se envergonhavam da filha e não queriam participar da investigação, que devia ser mantida em segredo, não acobertada, mas também não noticiada. Os pais concordaram em não fazer o velório e fingir que a filha estava apenas desaparecida. A comunidade não precisava saber. Só umas poucas pessoas fora da milícia tinham conhecimento do assassinato. Mas, se alguém comentasse alguma coisa, inclusive o casal que encontrou o corpo, estava avisado das conseqüências. O caso seria resolvido logo, pois já havia um detido.

Liev sabia que a milícia só podia investigar depois que o processo criminal fosse aberto e só seria aberto se houvesse certeza de que seria concluído favoravelmente. Não convencer um suspeito de sua culpa era inaceitável, com duras conseqüências. E levar um caso ao tribunal dava a entender uma coisa: que o suspeito era culpado. Se um processo era difícil, complexo, ambíguo, simplesmente não era aberto. Para Nesterov e seus subordinados estarem tão calmos, só podiam ter certeza de que tinham o culpado. O trabalho deles estava feito. O cerne das investigações, a apresentação da prova, os interrogatórios e, finalmente, a condenação, ficavam a cargo dos investigadores do Estado e da promotoria, com sua equipe de *sledovatyel*, os advogados. Liev não estava sendo chamado para assistir ao processo: estava sendo encarregado de uma inspeção e esperava-se que ficasse encantado com a eficiência de todos.

A cela era pequena, sem nenhuma das engenhosas modificações das celas do edifício Lubianka. As paredes e o teto eram de concreto. O suspeito estava sentado, com as mãos algemadas nas costas. Era jovem, devia ter no máximo 17 anos, com corpo de adulto e cara de criança. Os olhos pareciam vagar ao léu. Não dava a impressão de estar amedrontado. Estava calmo, embora não tivesse uma expressão inteligente; não apresentava sinais de abusos físicos. Claro que era possível causar ferimentos sem deixar marcas, mas Liev achava que o menino não tinha sido torturado. Nesterov mostrou o suspeito.

— Este é Varlam Babinitch.

Ao ouvir o nome, o jovem olhou para Nesterov como um cachorro olha para o dono. Nesterov prosseguiu:

— Encontramos com ele um cacho de cabelos de Larissa. Ele tem um histórico de assediar Larissa, ficava em volta da casa dela e fazia propostas indecorosas na rua. A mãe de Larissa lembra de tê-lo visto várias vezes. Lembra da filha reclamar dele. Ele queria sempre tocar nos cabelos dela.

Nesterov virou-se para o suspeito, falando devagar.

— Varlam, conte para nós o que aconteceu, conte que você estava com um cacho de cabelos dela.

— Eu cortei. Foi culpa minha.

— Conte ao agente por que você a matou.

— Eu gostava dos cabelos dela. Eu queria os cabelos. Tenho um livro amarelo, uma camiseta amarela, uma lata amarela e um cabelo amarelo. Por isso eu cortei. Desculpe. Eu não devia ter feito isso. Quando vou conseguir o cobertor?

— Depois falamos nisso.

Liev interrompeu o diálogo.

— Que cobertor?

— Dois dias atrás, ele seqüestrou um bebê que estava enrolado num cobertor amarelo. Ele é obcecado por essa cor. Felizmente, o bebê não ficou ferido. Mas Varlam não tem noção de certo e errado. Faz o que tem vontade, sem pensar nas conseqüências.

Nesterov se aproximou do suspeito.

— Quando achei o cabelo de Larissa no seu livro, por que você disse que estava estrepado? Repita para este homem o que me disse.

— Ela não gostava de mim, ficava dizendo para eu ir embora, mas eu queria o cabelo dela. Queria muito. E quando cortei, ela não disse nada.

Nesterov virou-se para Liev, oferecendo para ele interrogar.

— Tem alguma pergunta?

O que se esperava dele? Liev aguardou um instante e perguntou:

— Por que você pôs terra na boca da moça?

Varlam não respondeu imediatamente. Parecia confuso.

— É, ela estava com uma coisa na boca. Lembro agora. Não me bata.

Nesterov respondeu:

— Ninguém vai bater em você, responda à pergunta.

— Não sei. Esqueço as coisas. Ela estava com a boca suja, sim.

Liev prosseguiu:

— Diga como foi que você matou a moça.

— Eu cortei ela.

— Cortou ela ou cortou o cabelo dela?

— Desculpe, eu cortei ela.

— Ouça bem o que vou perguntar: você cortou o corpo ou cortou o cabelo?

— Eu encontrei ela e cortei. Devia ter dito para alguém, mas fiquei preocupado. Não queria me meter em complicação.

Varlam começou a chorar.

— Estou estrepado. Desculpe. Só queria o cabelo dela.

Nesterov deu um passou à frente.

— Por enquanto, é só.

Com essas palavras de consolo, Varlam parou de chorar. Voltou a se acalmar. Pelo rosto dele, era impossível saber se era capaz de matar.

Liev e Nesterov saíram da cela. Nesterov fechou a porta:

— Temos prova de que ele estava na cena do crime. As marcas na neve combinam exatamente com as botas dele. Sabe que ele é do *internat*? É débil mental.

Liev então entendeu a coragem de Nesterov em conduzir a investigação do crime. Tinham um suspeito que sofria de deficiência mental. Varlam estava à margem da sociedade soviética, da política do comunismo — ele era explicável. Seus atos não refletiam no partido, não alteravam o truísmo sobre criminalidade porque o suspeito não era um verdadeiro soviético. Era uma anomalia. Nesterov acrescentou:

— Nem por isso você deve achar que ele é incapaz de cometer uma violência. Ele disse que a matou. Tem um motivo que é irracional, mas é um motivo. Queria algo que não podia obter, os cabelos louros dela. E tem um histórico de cometer delitos quando não consegue o que quer: rouba, seqüestra. Agora passou para o assassinato. Para ele, matar Larissa foi a mesma coisa que roubar o bebê. A moral dele não se desenvolveu. É triste. Deveria ter sido encarcerado há muito tempo. Agora, isso é problema para os *sledovatyel*.

Liev entendeu. A investigação estava terminada. Aquele rapaz ia morrer.

No mesmo dia

A cama estava vazia. Liev se ajoelhou e olhou no chão. A mala dela não estava lá. Levantou-se, saiu correndo do quarto, desceu a escada e entrou na cozinha do restaurante. Basárov estava cortando gordurosas fatias de uma carne amarela impossível de identificar.

— Onde está minha esposa?

— Pague a garrafa e eu digo.

Mostrou uma garrafa vazia de vodca barata que Liev tinha bebido de manhã cedo e acrescentou:

— Não me interessa se foi você ou a sua esposa que bebeu.

— Por favor, diga só onde ela está.

— Pague a garrafa.

Liev não tinha dinheiro. Ainda estava com o uniforme da milícia. Tinha deixado tudo no armário do quarto.

— Pago depois. O quanto você quiser.

— Depois, claro, você me paga um milhão de rublos.

Basárov continuava cortando a carne, mostrando que não estava disposto a ceder.

Liev subiu a escada correndo, abriu a mala e tirou tudo. Nos fundos do *Livro dos propagandistas*, tinha escondido 25 rublos em quatro notas para alguma emergência. Levantou-se, saiu do quarto, desceu a escada e enfiou uma nota na mão do homem, bem mais do que valia uma garrafa de vodca.

— Onde ela está?

— Saiu faz umas duas horas. Levou a mala.

— Para onde foi?

— Não falou comigo, nem eu com ela.

— Há quanto tempo exatamente, quanto?

— Duas ou três horas...

Três horas, isso significava que tinha ido embora, não só do restaurante, mas provavelmente da cidade. Liev não conseguia imaginar para onde foi, ou em que direção.

Basárov ficou generoso após a enorme recompensa e informou algo mais.

— Não deve ter tido tempo de tomar o trem do final da tarde. Pelo que lembro, o outro trem só deve sair agora.

— A que horas?

— Sete e meia...

Liev tinha dez minutos.

Sem se incomodar com o cansaço, correu o mais que pôde. Ficou sufocado de desespero. Ofegante, tinha uma vaga idéia de onde era a estação. Correu às cegas, tentando lembrar o caminho que o carro tinha feito. Estava com o uniforme ensopado da neve quase derretida das ruas, o tecido barato pesava cada vez mais. As bolhas nos pés estouraram e os dedos estavam sangrando de novo nos sapatos. Cada passo era uma dor aguda nas pernas.

Virou a esquina e entrou num beco sem saída — uma série de casas de madeira. Estava perdido. Era tarde demais. A esposa tinha ido embora, ele não podia fazer nada. Com o corpo inclinado tentando tomar fôlego, lembrou daquelas decrépitas casas de madeira, o cheiro de gente. Estava perto da estação, tinha certeza. Em vez de voltar, correu, entrou pelos fundos de um dos barracos e deu de cara com uma família sentada no chão, fazendo uma refeição. Encolhidos em volta do fogão, olharam assustados para ele, com medo do uniforme que usava. Sem dizer nada, ele passou por cima das crianças, saiu correndo e entrou na rua principal, onde tinham passado de carro ao chegar. Dava para ver a estação. Tentou ir mais rápido, mas não conseguia. A adrenalina não dava mais para compensar a exaustão. Não tinha nenhuma energia de reserva.

Empurrou com os ombros as portas da estação. O relógio mostrava que eram 7h45. Estava atrasado 15 minutos. A constatação de que ela havia ido embora, provavelmente para sempre, começou a ecoar na cabeça dele. Liev estava agarrado à esperança infundada de que ela estaria na plataforma e, por algum motivo, não tinha embarcado. Olhou à direita e à esquerda. Não via a esposa, nem o trem. Sentiu-se fraco. Inclinou-se para a frente, apoiou as mãos nos joelhos, o suor escorrendo no rosto. Pelo canto do olho, viu um homem sentado num banco. Por que ainda havia um homem na plataforma? Estava esperando o trem? Liev endireitou o corpo.

Raíssa estava no final da plataforma, oculta pela penumbra. Foi preciso um enorme esforço para não correr e segurar as mãos dela. Tomando fôlego, pensou no que dizer. Olhou como estava: desarrumado, suado, fedido. Mas ela nem olhava para ele: olhava por cima dele. Liev virou-se. Grossas colunas de fumaça apareciam por cima das árvores. O trem atrasado estava chegando à estação.

Liev tinha pensado em desculpar-se muito, encontrar as palavras certas, ser eloqüente. Mas o plano foi por água abaixo. Naquele momento, tinha alguns segundos para convencê-la. As palavras saíram aos supetões.

— Perdão, não pensei no que estava fazendo. Agarrei você, mas aquele homem não era eu, ou não era a pessoa que eu quero ser.

Desesperado — tinha de melhorar. Ir mais devagar, se concentrar — falar tudo de uma vez só.

— Raíssa, você quer me largar. Tem razão. Poderia lhe dizer que vai ser difícil você viver sozinha. Pode ser detida na rua, interrogada, presa. Poderia lhe dizer que você não tem os documentos em ordem. Você seria uma errante. Mas isso não é motivo para você ficar comigo. Sei que prefere se arriscar.

— Documentos podem ser falsificados, Liev. Prefiro falsificar papéis a ter um falso casamento.

Pronto. O casamento era um fracasso. Tudo o que Liev disse evaporou-se. O trem foi parando ao lado deles. O rosto de Raíssa estava impassível. Liev saiu da frente dela. Ela se encaminhou para o vagão. Ia deixar que fosse embora? Por cima do barulho dos freios rangendo, Liev falou mais alto:

— Não denunciei você não por acreditar que estivesse grávida, nem por eu ser bom. Foi porque a família é a única coisa na minha vida da qual não me envergonho.

Para surpresa dele, Raíssa virou-se.

— Por que essa revelação da noite para o dia? Parece sem valor. Depois de perder o uniforme, o escritório, o poder, você agora tem que acertar as coisas comigo. Será que é isso? Uma coisa que nunca teve importância para você, a nossa vida, ficou importante porque foi só o que sobrou?

— Eu sei que você não me ama. Mas houve um motivo para nos casarmos, havia algo entre nós, uma ligação. Perdemos isso. Eu perdi isso. Podemos achar de novo.

As portas dos vagões se abriram, saltaram vários passageiros. O tempo estava se esgotando. Raíssa olhou para o vagão, pesando o que ia fazer. Eles eram dignos de pena. Ela não tinha amigos para procurar, família para recebê-la, dinheiro, nem meios para se sustentar. Não tinha nem passagem. Liev tinha razão. Se ela fosse embora, certamente seria pega pelas autoridades. Só de pensar, ficou exausta. Olhou para o marido. Eles só tinham um ao outro, quisessem ou não.

Colocou a mala no chão. Liev sorriu, acreditando que tinham feito as pazes. Aborrecida com essa interpretação imbecil, ela levantou a mão e com esse gesto cortou o sorriso dele.

— Casei com você por medo de ser presa por rejeitá-lo. Talvez não fosse presa imediatamente, mas uma hora seria, por algum pretexto. Eu era jovem, Liev, e você era poderoso. Foi por isso que nos casamos. Aquela história que você conta que fingi que meu nome era Lena? Acha engraçada, romântica? Dei um nome falso porque tinha medo que me perseguisse. O que você achou que era sedução, eu achei que era vigilância. Nosso relacionamento foi calcado no medo. Talvez não da sua parte, você não tinha por que ter medo de mim, pois que poder tinha eu? Que poder um dia tive? Você me pediu em casamento e aceitei porque é assim que as pessoas fazem. Elas agüentam as coisas para sobreviver. Você nunca me bateu, nem gritou comigo, nunca se embriagou. Então, pensando bem, eu achava que tinha mais sorte que a maioria das mulheres. Quando você me agarrou pelo pescoço, Liev, tirou o único motivo que eu tinha para ficar com você.

O trem deu a partida. Liev olhou, tentando assimilar o que ela havia dito. Mas ela não permitiu e falou como se estivesse com as palavras presas na garganta há anos. Soltas, elas irrompiam sem parar.

— O problema de perder o poder, como aconteceu com você, é que as pessoas começam a lhe dizer a verdade. Você não está acostumado, pois vivia num mundo protegido graças ao medo que causava. Mas se vamos ficar juntos, vamos cortar o ilusório romantismo. A circunstância é o que nos une. Eu tenho você. Você tem a mim. Não temos muito mais. E se vamos ficar juntos, a partir de agora vou dizer a verdade e não mentiras agradáveis, estamos em pé de igualdade. Ou você aceita, ou eu embarco no próximo trem.

Liev não tinha o que dizer. Estava despreparado, desarmado, desarticulado. No passado, usara sua posição para conseguir moradia e comida melhor. Mas nunca imaginou que usou também para conseguir uma esposa. A voz dela ficou um pouco mais suave.

— Há tanta coisa para se ter medo. Você não pode ser uma delas.

— Nunca mais serei.

— Estou com frio, Liev. Estou nesta plataforma há três horas. Vou voltar para o nosso quarto. Você vem?

Não, ele não estava com vontade de voltar, um ao lado do outro, com um abismo entre eles.

— Vou ficar aqui um pouco. Encontro você lá.

Raíssa pegou a mala e voltou para o prédio da estação. Liev sentou-se no banco, olhando para a floresta. Lembrou de cenas do relacionamento deles, reviu cada uma, entendeu-as de outra maneira, reescrevendo o passado.

Não sabia há quanto tempo estava lá, quando sentiu que alguém estava ao lado. Olhou. Era o vendedor de passagens, aquele jovem que encontraram ao chegar à cidade.

— Senhor, esta noite não há mais trens.

— Tem um cigarro?

— Não fumo. Posso conseguir um no nosso apartamento. Fica logo aqui em cima.

— Não precisa. Mas obrigado.

— Meu nome é Aleksandr.

— O meu é Liev. Posso ficar aqui um pouco?

— Pode, espere que vou arrumar o cigarro.

Antes que Liev pudesse dizer alguma coisa, o jovem sumiu.

Liev recostou-se no banco e esperou. Viu uma cabana de madeira no final dos trilhos. Foi naquele lugar que encontraram o corpo da jovem. Ele era capaz de ver o começo da floresta, a cena do crime — a neve pisoteada pelos detetives, fotógrafos, advogados — todos estudando a moça morta, de boca aberta, cheia de terra.

De repente, Liev teve uma idéia, correu, desceu da plataforma, atravessou os trilhos e foi na direção das árvores. Atrás dele, alguém perguntava:

— O que está fazendo?

Ele virou-se e viu Aleksandr na beira da plataforma, com um cigarro na mão. Liev fez sinal para vir.

Liev chegou ao lugar onde a neve tinha sido pisada. Havia pegadas de botas em todas as direções. Entrou na floresta, andou alguns minutos e chegou mais ou menos onde o corpo deveria ter ficado. Agachou-se. Aleksandr se aproximou. Liev olhou para ele.

— Sabe o que aconteceu aqui?

— Fui eu quem viu Ilínaia correndo para a estação. Tinha apanhado muito, estava tremendo, ficou sem conseguir falar um tempo. Chamei a milícia.

— Ilínaia?

— Ela encontrou o corpo, tropeçou nele. Ela e o homem com quem estava.

O casal na floresta. Liev sabia que tinha algo errado.

— Por que ela apanhou?

Aleksandr parecia nervoso.

— Ela é prostituta. O homem com quem estava naquela noite é um importante funcionário do partido. Por favor, não me pergunte mais nada.

Liev entendeu. O funcionário não queria o nome dele nos registros. Mas será que ele tinha assassinado a moça? Liev garantiu ao jovem:

— Não vou falar em você, prometo.

Passou a mão sobre a fina camada de neve.

— A moça estava com a boca cheia de terra, de terra solta. Imagine se eu estivesse lutando com você aqui, bem aqui, e tentasse pegar algo para enfiar na sua boca por medo de que você gritasse, por medo de alguém ouvir.

Liev passou os dedos pelo chão. Era duro como uma pedra. Tentou outro lugar, depois outro e mais outro. Não havia terra solta. O chão era totalmente duro e gelado.

18 de março

Do lado de fora do Hospital 379, Liev releu o laudo da autópsia, os principais pontos que havia copiado do original.

Diversos ferimentos contundentes.
Lâmina de comprimento indeterminado.
Grande incisão no peito e nos órgãos internos.
Estuprada antes ou depois do óbito.
Boca cheia de terra sem causar sufocamento, narinas desobstruídas.
A terra foi usada com outra finalidade: silenciar?

Liev fizera um círculo em volta do último apontamento. Se o chão estava com gelo, o assassino deve ter trazido a terra com ele. Deve ter planejado o crime. Houve intenção, preparação. Mas por que trazer terra? Era um jeito complicado de silenciar alguém, um trapo, um pano ou até a mão seria bem mais simples. Sem conseguir respostas, Liev resolveu tardiamente seguir o conselho de Fiodor. Ia ver o corpo da moça.

Quando perguntara onde estava o corpo, mandaram que fosse ao Hospital 379. Não esperava encontrar laboratórios de perícia, patologistas ou um necrotério aparelhado. Sabia que não havia um sistema especializado para tratar de uma morte iníqua. Como ter, se não havia morte iníqua? No hospital, a milícia precisava de conseguir um instante de atenção de um médico na hora da refeição ou dez minutos antes de entrar numa sala de cirurgia. Aqueles médicos, sem qualquer conhecimento fora de suas especialidades, fariam uma mera suposição sobre o que poderia ter ocorrido com a vítima. A autópsia baseava-se em anotações numa dessas rápidas entrevistas com um médico. Devem ter sido datilografadas vários dias depois por outra pessoa. Sem dúvida, grande parte da verdade se perdeu no caminho.

O 379 era um dos hospitais mais famosos do país, considerado um dos melhores do mundo em atendimento público. Ficava no fim da rua Chkalova e se espalhava por uma área enorme, com jardins paisagísticos que iam até a floresta. Liev estava impressionado. Aquele não era apenas um projeto de propaganda. Muito dinheiro tinha sido aplicado naquelas instalações e ele entendeu por que os poderosos viajavam quilômetros para recuperar a saúde naquele local agradável. Ele supunha que o dinheiro gasto foi, em primeiro lugar, para garantir que os operários da fábrica Volga fossem saudáveis e produtivos.

Na recepção, pediu para falar com um médico e explicou que precisava de ajuda com o exame de uma jovem assassinada cujo corpo estava ali no necrotério. O recepcionista pareceu pouco à vontade com o pedido, perguntou se era urgente e se não podia voltar numa hora de menos movimento. Liev entendeu: aquele homem não queria qualquer envolvimento com o caso.

— É urgente.

Relutante, o funcionário foi ver se havia algum médico disponível.

Liev tamborilou os dedos na mesa de recepção. Estava inquieto, olhando a entrada por cima do ombro. A visita não foi autorizada, era uma iniciativa pessoal. O que esperava conseguir? A função dele era encontrar provas para confirmar a culpa de um suspeito e não duvidar da culpa. Embora ele tivesse passado do prestigiado mundo do crime político para a secreta sujeira do crime comum, o processo era o mesmo. Ele havia considerado a morte do filhinho de Fiodor como acidental não por causa de qualquer prova, mas porque o Partido precisava de um desmentido. Prendeu pessoas com base numa lista de nomes que recebeu, obtida por trás dos panos. Era assim o método dele. Liev não era ingênuo a ponto de pensar que podia mudar a linha de investigação. Não tinha autoridade. Mesmo se fosse o agente mais importante, não podia alterar os métodos. Um processo tinha sido instaurado, um suspeito tinha sido escolhido. Era inevitável que Varlam Babinitch ia ser culpado e inevitável que fosse morrer. O sistema não permitia divergências ou admissão de falhas. A suposta eficiência era muito mais importante do que a verdade.

Aliás, o que ele tinha a ver com aquilo? Não era da cidade. Os envolvidos não eram amigos dele. Ele não tinha prometido aos pais da moça encontrar o assassino. Não conhecia a moça, nem se incomodou com a história dela. E mais, o suspeito era um perigo para a sociedade: tinha seqüestrado um bebê. Eram ótimas razões para não fazer nada, além de mais uma:

Que diferença vou fazer?

O recepcionista voltou com um médico de 40 e poucos anos, Dr. Tiapkin, que aceitou levar Liev ao necrotério, desde que isso não envolvesse documentos e que seu nome não fosse citado em nada.

Enquanto seguiam, o médico disse que não acreditava que o corpo ainda estivesse lá.

— Não guardamos os corpos por muito tempo, a não ser que nos peçam. Tivemos a impressão de que a milícia conseguiu toda a informação que queria.

— Você acompanhou o primeiro exame?

— Não. Mas ouvi falar no crime. Pensei que já tinham pego o culpado.

— É possível.

— Não vá se incomodar com isso, mas eu não o conheço.

— Cheguei faz pouco tempo.

— Veio de onde?

— Moscou.

— Foi transferido para cá?

— Sim.

— Eu também vim de Moscou, há três anos. Claro que está desapontado com o lugar?

Liev ficou em silêncio. O médico entendeu.

— É, não precisa responder a minha pergunta. Na época, fiquei desapontado. Em Moscou eu tinha um nome, tinha conhecidos, família. Era muito amigo do professor Vovsi. Achei que vir para cá foi um rebaixamento. Mas claro que acabou sendo uma bênção.

Liev conhecia o professor Vovsi de nome, era um dos muitos médicos judeus importantes que foram presos. A prisão dele e dos colegas marcou o aceleramento do expurgo de judeus feito por Stalin. Foram feitos planos. Liev tinha visto os papéis. Após o afastamento de judeus importantes em círculos influentes viria um expurgo maior, que atingiria qualquer cidadão judeu, fosse importante ou não. A morte de Stalin interrompeu esse plano.

Sem saber o que pensava seu companheiro, Tiapkin prosseguiu, simpático.

— Tive medo de ser mandado para alguma clínica rural. Mas o 379 se tornou a jóia da área. No mínimo, funciona muito bem. Muitos operários das serrarias preferem passar a noite em nossas camas limpas, com banheiros e água corrente dentro do prédio, do que nas casas onde moram. Ficamos atentos para o fato de nem todas as pessoas estarem tão mal quanto dizem. Alguns operários chegaram a cortar um pedaço do dedo para garantir uma semana aqui. A única solução foi manter agentes da MGB nas enfermarias. Nós gostamos dos operários, mas sabemos onde moram. Porém, se a produtividade cair devido a doenças, seremos acusados de negligência. Manter as pessoas saudáveis se tornou uma questão de vida e morte não só para os pacientes, mas para os médicos.

— Sei.

— Você era da milícia de Moscou?

Liev devia admitir que era da MGB ou mentir e fazer de conta que era apenas um integrante da milícia? Era mais fácil mentir. Não queria atrapalhar a disposição para conversar do médico.

— Sim, era.

O necrotério ficava no porão, bem cavado na terra de modo a ficar gelado durante o longo inverno. Assim, os corredores eram naturalmente frios. O médico conduziu Liev para uma sala grande, de chão azulejado e teto baixo. De um lado, havia uma tina retangular como se fosse uma pequena piscina. No fundo da sala, uma porta de aço levava ao necrotério propriamente.

— A menos que os parentes peçam, nós cremamos o corpo doze horas depois de chegar. As vítimas de tuberculose são cremadas uma hora depois. Não precisamos guardar o corpo muito tempo. Espere aqui, já volto.

O médico abriu a porta de aço e entrou no necrotério. Enquanto esperava, Liev se aproximou da tina e olhou dentro. Tinha um líquido gelatinoso e escuro. Não conseguiu ver nada, a não ser sua cara refletida na superfície. O líquido era parado, escuro, mas as manchas nas laterais de concreto mostravam que na verdade tinha cor laranja-escuro. Ao lado da tina havia uma vara de metal com uma espécie de garfo na ponta. Liev pegou-a e ficou mexendo na água. Como um melaço, o líquido se abriu e depois se juntou, voltando a ficar com a superfície lisa. Liev enfiou a vara mais fundo e sentiu algo se mexer — algo pesado. Empurrou mais. Um corpo nu veio à tona, rodando lentamente 180 graus antes de afundar de novo. Tiapkin apareceu na porta do necrotério empurrando uma maca.

— Esses corpos vão ser congelados e enviados para Sverdlovsk, onde serão dissecados. Lá tem uma Faculdade de Medicina. Encontrei a sua moça.

Larissa Petrova estava na maca. A pele era clara, riscada de veias azuis finas como teias de aranha. Os cabelos eram louros. A franja estava cortada de qualquer jeito: era o pedaço que Varlam tirou. A boca não tinha mais terra (foi retirada), mas continuava aberta, endurecida na mesma posição. Os dentes e a língua estavam sujos, manchados de marrom pela terra que foi enfiada à força.

— Estava com terra na boca.

— Estava? Desculpe, é a primeira vez que vejo o corpo.

— A boca tinha terra.

— O legista deve ter limpado para examinar a garganta.

— A terra não foi guardada?

— É pouco provável.

A moça estava de olhos abertos. Eram azuis. Talvez a mãe dela tivesse sido transferida de uma cidade perto da fronteira com a Finlândia, numa das regiões do mar Báltico. Liev lembrou da superstição de que os olhos do morto guardam a cara do assassino e se aproximou mais, observando os olhos azuis-claros. De repente, ficou constrangido e aprumou-se. Tiapkin sorriu.

— Todos nós, médicos e detetives, conferimos do mesmo jeito. Mesmo sabendo que os olhos não têm nada gravado, queremos garantir. Claro que seu trabalho seria um pouco mais simples se essa superstição fosse verdade.

— Se fosse, os assassinos arrancariam os olhos das vítimas.

Sem nunca ter examinado um cadáver antes, pelo menos para encontrar provas periciais, Liev não sabia o que fazer. Para ele, a mutilação era tão apavorante que só podia ser obra de um louco. O torso tinha sido cortado ao meio. Ele tinha visto o suficiente. Varlam Babinitch se encaixava no fato. Devia ter trazido a terra por motivos que só ele mesmo saberia explicar.

Liev estava pronto para se retirar, mas Tiapkin, depois de ir até o porão, não parecia com pressa. Debruçou-se mais, olhando o que parecia ser apenas uma confusão de carne e tecidos. Com a ponta de sua caneta, levantou a parte mutilada abaixo da cintura, examinando os ferimentos.

— Pode me contar o que o laudo diz?

Liev pegou suas anotações e leu-as alto. Tiapkin continuou examinando o corpo.

— Não cita a ausência do estômago. Foi cortado a partir do esôfago.

— Que precisão, quero dizer, em termos de...

— Você quer dizer, que pode ter sido feito por um médico?

O médico sorriu e observou:

— Talvez, mas os cortes são desiguais, não cirúrgicos. Sem técnica. Eu me surpreenderia se fosse a primeira vez que a pessoa segurava uma faca, pelo menos para cortar pele. Os cortes não têm técnica, mas são firmes. Têm uma finalidade, não são ao acaso.

— Pode não ter sido a primeira pessoa que ele matou?

— Eu estranharia se fosse.

Liev tocou a própria testa e viu que, apesar do lugar ser tão frio, estava transpirando. Como as duas mortes — do menino de Fiodor e a daquela moça — podiam não estar ligadas?

— De que tamanho deveria ser o estômago dela?

Sobre o torso do cadáver, Tiapkin desenhou com a caneta a forma aproximada do estômago. E perguntou:

— O estômago não foi encontrado perto do corpo?

— Não.

Foi perdido durante a busca, o que parecia pouco provável, ou foi levado pelo assassino.

Liev ficou calado um instante, depois perguntou:

— Ela foi estuprada?

Tiapkin examinou a vagina.

— Não era virgem.

— Isso não quer dizer que não tenha sido violentada.

— Ela teve inúmeras relações sexuais?

— Foi o que me disseram.

— Os genitais não estão feridos. Não há machucados nem cortes. Repare também que os cortes não visavam os órgãos sexuais. Não há ferimentos nos seios ou no rosto dela. O homem que fez isso estava interessado numa pequena parte abaixo das costelas e acima da vagina: os intestinos, o aparelho digestivo. Parece um ato de selvageria, mas na verdade é bem calculado.

Liev concluiu que aquele foi um ataque ensandecido. Para ele, o sangue e a mutilação representavam um caos. Mas não era isso. Foi um ato ordenado, preciso, planejado.

— Quando os corpos chegam, vocês identificam com uma etiqueta?

— Que eu saiba, não.

— Então o que é isso?

O corpo tinha um barbante no tornozelo. Foi amarrado com força e uma ponta caía da maca. Parecia o tornozelo de um indigente. A pele estava arranhada pelo barbante.

Tiapkin foi o primeiro a perceber: o general Nesterov estava na porta da sala. Era impossível saber há quanto tempo os observava. Liev afastou-se do corpo.

— Vim aqui para conhecer os procedimentos.

Nesterov dirigiu-se a Tiapkin.

— Pode nos dar licença?

— Claro.

Antes de sair, Tiapkin olhou para Liev como se desejasse boa sorte. Nesterov se aproximou. Como uma forma desajeitada de desviar a atenção, Liev resumiu suas conclusões.

— O laudo original não cita a retirada do estômago. Temos uma pergunta para Varlam: por que tirou o estômago e o que fez com ele?

— O que você está fazendo em Voualsk?

Nesterov agora estava entre Liev e o cadáver.

— Fui transferido para cá.

— Por quê?

— Não sei.

— Acho que você continua sendo agente da MGB.

Liev ficou calado. Nesterov prosseguiu.

— Isso não explica por que está tão interessado nesse crime. Soltamos Mikoian sem acusá-lo porque foi a ordem que recebemos.

Liev não tinha idéia de quem era Mikoian.

— Sim, eu sei.

— Ele não teve nada a ver com a morte desta moça.

Mikoian devia ser o nome do integrante do partido. Foi protegido. Mas um homem que espanca uma prostituta podia ser o mesmo que matou aquela moça? Liev achava pouco provável. Nesterov continuou falando:

— Não prendi Varlam porque ele disse a coisa errada, ou não foi a uma passeata na Praça Vermelha. Prendi porque matou essa moça, porque ele é perigoso e porque esta cidade fica mais segura se ele estiver preso.

— Ele não fez isso.

Nesterov coçou o rosto.

— Seja lá o que mandaram você fazer aqui, lembre-se de que não está mais em Moscou. Aqui temos um acerto. Meus homens estão garantidos. Nenhum deles jamais foi nem será preso. Se você fizer alguma coisa que ameace a minha equipe, se informar qualquer coisa que prejudique a minha autoridade, se desobedecer uma ordem, se atrapalhar um processo, se considerar meus subordinados incompetentes, se fizer qualquer denúncia contra meus homens, se fizer qualquer uma dessas coisas, eu o mato.

20 de março

Raíssa tocou na janela do quarto. Os pregos que a mantinham fechada tinham sido retirados. Ela saiu da janela e foi abrir a porta. No corredor, ouviu o barulho do restaurante no andar de baixo, mas não viu sinal de Basárov. Era fim de tarde, hora de maior movimento. Depois de fechar a porta e trancá-la, Raíssa voltou à janela, abriu-a e olhou. Bem embaixo havia um telhado íngreme, parte da cozinha. A neve estava mexida na parte onde Liev pisou para descer. Raíssa estava furiosa: depois de sobreviverem por pouco, Liev agora estava brincando com a vida dos dois.

Aquele tinha sido o segundo dia dela na Escola Secundária 151. O diretor, Vitali Kozlovitch Kapler, de uns 40 e tantos anos, ficou mais que feliz com a entrada de Raíssa, pois ela o substituiu em muitas aulas e assim ele poderia cuidar da papelada da escola, segundo disse. Se a chegada dela ia permitir que ele cumprisse outras tarefas ou apenas trabalhasse menos, Raíssa não sabia. À primeira vista, ele preferia cuidar de papéis a dar aulas. Mas ela também ficou muito feliz de começar o trabalho imediatamente. A julgar pelas turmas que teve até então, achou as crianças menos interessadas em política do que as de Moscou. Não irrompiam em aplausos a cada vez que ouviam o nome de uma figura importante do partido, não competiam ferozmente para provar lealdade ao partido e, no geral, pareciam mais com crianças. Tinham origens bem diversas, vinham de famílias arrebanhadas em todos os cantos do país — suas experiências de vida eram muito contrastantes. O mesmo podia ser dito da equipe docente. Quase todos os professores tinham sido transferidos de várias regiões para Voualsk. Tendo passado por uma reviravolta parecida com a dela, eles a trataram muito bem. Claro que desconfiavam dela. Quem era? Por que foi para lá? Era mesmo a pessoa que parecia ser? Mas ela não se incomodava, todos se questionavam. Pela primeira vez desde que chegou à cidade, Raíssa conseguiu pensar em viver lá.

Ela ficava na escola até o final da tarde, lendo e preparando as aulas. A Escola 151 era bem mais confortável do que um quarto barulhento em cima de um restaurante fedorento. As instalações precárias eram para ter o efeito de um castigo e, embora incomodassem Liev, eram uma arma inofensiva para ela. Acima de tudo, Raíssa era uma mulher com grande capacidade de adaptação. Não se apegava a moradias, cidades ou bens. Tais sentimentos foram arrancados dela na infância, no dia em que viu sua casa ser destruída. No começo da guerra, quando tinha 17 anos, ela estava um dia na floresta, procurando o que comer: guardava cogumelos num bolso e morangos no outro. De repente, as bombas começaram a cair. Explodiam longe. Ela subiu na árvore mais alta e sentiu o solo vibrar através do tronco, pendurada num galho como um passarinho, vendo como tudo, a quilômetros da casa dela, se transformava em poeira e fumaça, uma cidade literalmente voava pelos ares. O horizonte sumiu sob uma neblina que subia do chão e tinha sido criada pelo homem. A destruição foi rápida, vasta e completa demais para ela ter qualquer esperança de reencontrar a família. Depois que o bombardeio terminou, ela desceu da árvore e voltou em estado de choque pela floresta, com o bolso direito pingando o suco dos morangos amassados. De seus olhos escorriam lágrimas, não de tristeza, pois não chorou na hora nem depois, mas por causa da poeira. Tossindo uma fumaça acre, que era tudo o que tinha sobrado da casa e da família, notou que as bombas não foram jogadas pelos alemães, mas vieram de cima, sibilando direto do front russo. Mais tarde, já na condição de refugiada de guerra, ela ouviu a confirmação que o Exército de seu país teve ordem de destruir todas as cidades e aldeias que pudessem cair nas mãos dos alemães. A destruição completa do local de sua infância tinha sido uma

medida cautelar.

Com essas palavras, todas as mortes estavam justificadas. Melhor destruir o próprio povo do que permitir que um soldado alemão achasse um pedaço de pão. Era proibido ter escrúpulos, arrumar desculpas ou fazer perguntas. Ser contra os assassinatos era crime de traição. E tudo o que os pais ensinaram sobre amor e afeto, as lições que uma criança aprende vendo, ouvindo e vivendo com duas pessoas que se amam, foram enfiadas no fundo da cabeça dela. Aquela vida fazia parte de um outro tempo. Ter uma casa e a sensação de pertencer a um lugar: só crianças continuavam com esses sonhos.

Raíssa afastou-se da janela do quarto, lutando para se manter calma. Liev tinha implorado para ela ficar, explicou bem os riscos que enfrentaria se fosse embora. Ela concordou por uma única razão: era a melhor saída; não que houvessem muitas, mas era a melhor. E agora ele arriscava a segunda chance que tinham. Se fossem sobreviver naquela nova cidade, tinham de ser discretos, não fazer nada fora do normal — não falar nada, nem provocar ninguém. Era quase certo que estavam sendo vigiados. Basárov devia ser um informante. Vassíli devia ter agentes na cidade espionando-os, esperando um motivo para fazer o que faltava, isto é, transformar o castigo do exílio em prisão e execução.

Raíssa apagou a luz. No escuro, ficou olhando pela janela. Não havia ninguém lá fora. Se agentes estivessem vigiando, deviam estar no andar de baixo. Talvez por isso as janelas tivessem sido fechadas com pregos. Era preciso garantir que Liev ia colocar os pregos de novo na janela. Basárov podia conferir quando eles estivessem no trabalho. Ela calçou as luvas, vestiu o casaco e saiu pela janela, abaixando-se no telhado gelado, tentando não fazer barulho. Fechou a janela e desceu. Ela havia obrigado Liev a prometer uma coisa — que eles seriam iguais como nunca tinham sido. Mas ele já estava desrespeitando a promessa. Se achava que ela ia ficar em silêncio ao lado dele — a esposa obediente e incentivadora — enquanto ele arriscava a vida dela, estava enganado.

No mesmo dia

Como parte da investigação oficial, vasculhou-se um raio de 500 metros a partir de onde o corpo de Larissa tinha sido encontrado. Mesmo sem qualquer experiência em investigação de homicídios, Liev achou pequena a área esquadrinhada. Nada foi descoberto, a não ser as roupas jogadas a uns quarenta passos do corpo, dentro da floresta. Por que as roupas (saia, blusa, boina de inverno, casaco e luvas) foram empilhadas com cuidado tão longe do corpo? Não tinham sinal de sangue, marcas de faca, nem rasgos ou cortes. Larissa Petrova tinha sido despida, ou ela mesma se despiu. Talvez tenha tentado fugir para o começo da floresta e foi pega pouco antes da clareira. Nesse caso, ela estaria correndo nua. O assassino deve tê-la convencido a acompanhá-lo, talvez tenha oferecido dinheiro em troca de sexo. Depois de escondidos no interior da floresta, depois que ela tirou a roupa, ele a atacou. Mas Liev achava que faltava lógica naquele crime. Os detalhes difíceis de entender (a terra, a retirada do estômago, o barbante no tornozelo) eram estranhos e, ao mesmo tempo, ele não conseguia parar de pensar neles.

Havia pouca possibilidade de encontrar alguma novidade na morte de Larissa, mesmo considerando a falta de competência ou a omissão dos agentes. Por isso, Liev estava na difícil situação de precisar achar mais um corpo. No inverno, aquelas florestas ficavam desertas, um corpo como o de Larissa podia ficar meses preservado no frio. Liev tinha motivos para pensar que ela não foi a primeira vítima. O médico deu a entender que o assassino sabia o que estava fazendo, tinha uma habilidade e segurança que vinham da prática. O método fazia supor uma rotina, que por sua vez sugeria uma seqüência. E havia também, claro, a morte de Arkadi — fato que Liev mantinha em suspenso, por enquanto.

Ele fazia a busca aproveitando a luz da lua e uma discreta lanterna, pois sua vida dependia de não ser descoberto. Tinha certeza absoluta de que o general Nesterov cumpriria a ameaça que fez. Mas a necessidade de ser discreto diminuiu quando Aleksandr, o funcionário da estação ferroviária, viu-o andando na floresta. Chamou Liev, que não conseguiu inventar uma mentira plausível e teve de dizer que procurava uma prova do assassinato da moça. Depois, pediu para Aleksandr não comentar com ninguém, pois iria atrapalhar a investigação. O outro concordou e desejou boa sorte, acrescentando que sempre achou que o assassino veio de trem. Senão, por que o corpo estaria tão perto da estação? Se fosse alguém da cidade, conheceria locais bem mais escondidos na floresta. Liev concordou que o local era sugestivo e pensou em checar depois aquele rapaz: parecia muito simpático, mas dar a impressão de inocente não queria dizer nada. Porém, pensou Liev, inocência também não queria dizer nada.

Liev estava com um mapa roubado da central da milícia e dividiu em quatro partes a floresta em redor da estação. Na primeira, onde o corpo foi encontrado, não achou nada. Quase todo o chão estava pisado por centenas de botas. Não restou nem a neve ensangüentada, que certamente foi retirada para apagar todos os sinais do crime. Pelo que Liev viu, as três partes restantes não tinham sido vasculhadas, pois a neve estava intocada. Ele levou cerca de uma hora para percorrer a segunda parte e seus dedos ficaram dormentes de frio. A vantagem era que ele podia andar relativamente rápido na neve, procurando pegadas em vastas áreas e usando as próprias pegadas para marcar o caminho percorrido.

Depois de quase terminar a terceira parte da floresta, ele parou. Ouviu passos — alguém na neve. Desligou a lanterna e agachou-se atrás de uma árvore. Mas não conseguiu se esconder, a pessoa parecia seguir os passos dele. Seria melhor correr? Era a única saída.

— Liev?

Ele se levantou e acendeu a lanterna. Era Raíssa.

Tirou o facho de luz do rosto dela.

— Alguém seguiu você?

— Não.

— Por que veio aqui?

— Eu pergunto a mesma coisa.

— Eu já disse. Uma jovem foi assassinada, há um suspeito, mas eu acho...

Raíssa interrompeu, impaciente, ríspida.

— Você não acha que esse suspeito é o culpado?

— Não.

— E desde quando isso interessa a você?

— Raíssa, estou apenas tentando...

— Pare, Liev, não estou com paciência para ouvir você dizer que está fazendo a coisa certa, movido por princípios de justiça e honra. Sejamos francos. Isso vai acabar mal e quando acaba mal para você, acaba para mim também.

— Quer que eu não faça nada?

Raíssa zangou-se.

— Tenho de aceitar essa sua investigação pessoal? Há inocentes sofrendo em todo o país e a única coisa que posso fazer é tentar não ser um deles.

— Acha mesmo que abaixando a cabeça, não fazendo nada de errado, estamos protegidos? Você nunca fez nada de errado e quiseram executá-la como traidora. Não fazer nada não garante que não vamos ser presos. Já aprendi essa lição.

— Mas você é como uma criança quando descobre uma coisa nova. Todo mundo sabe que não há garantias. É arriscado. E este risco é inaceitável. Acha que, se pegar realmente o culpado, todos os homens e mulheres inocentes que prendeu vão desaparecer? Isso não tem a ver com a garota assassinada, tem a ver com você.

— Você me detesta quando falo o que devo, quando faço a coisa certa.

Liev desligou a lanterna. Não queria que ela o visse irritado. Claro, estava certa em tudo o que disse. O destino dos dois estava ligado, ele não tinha o direito de fazer aquela investigação sem a aprovação dela. E não estava em condições de discutir moral.

— Raíssa, não creio que eles vão nos deixar em paz. Vão esperar alguns meses, talvez um ano, entre a minha chegada aqui e a prisão.

— Isso você não sabe.

— Eu sei. Eles não largam as pessoas. Talvez precisem abrir um processo contra mim. Talvez queiram apenas que eu apodreça na obscuridade antes de acabarem comigo. Não tenho muito tempo. Por isso quero aproveitar esse tempo tentando achar o culpado. Talvez eu tenha outros motivos. Mas o que importa? Ele tem que ser pego. Compreendo que isso não ajuda você. Mas é uma forma de você sobreviver. Antes de me prenderem, eles vão redobrar a vigilância. Então, o que você deve fazer é procurá-los, contar alguma coisa a meu respeito e me trair.

— E o que faço até lá? Sento naquele quarto e fico esperando? Minto por você? Acoberto você?

— Desculpe.

Raíssa balançou a cabeça, deu meia-volta e afastou-se, na direção da cidade. Sozinho, Liev acendeu a lanterna. Tinha perdido a energia, estava com os movimentos lentos — não pensava mais no crime. Será que aquela era uma empreitada egoísta e inútil? Não tinha andado muito, quando ouviu novamente passos na neve. Raíssa voltou.

— Tem certeza de que esse homem já matou antes?

— Tenho. E se encontrarmos mais uma vítima, o processo será reaberto. A prova contra Varlam Babinitch é só contra essa moça. Se houver um outro crime, a acusação contra ele pode ser retirada.

— Você disse que esse rapaz Varlam é deficiente mental. Parece a pessoa perfeita para ser culpada de um crime. Eles podem acusá-lo dos dois crimes.

— Tem razão. É um risco. Mas a única chance que tenho para reabrir o processo é encontrar mais um corpo.

— Então, se encontrarmos, você tem o que investigar. Se não encontrarmos nada, você me promete que vai largar isso.

— Certo.

— Combinado. Vá na frente, eu sigo.

Desajeitados, inseguros, eles entraram mais na floresta.

Depois de quase meia hora andando lado a lado, Raíssa mostrou algo à frente. Eram dois tipos de pegadas: de um adulto e de uma criança. Não havia sinal de qualquer problema. A criança não tinha sido arrastada. As pegadas do adulto eram enormes e fundas. Era um homem alto e gordo. As pegadas da criança eram leves. Era uma criança pequena.

Raíssa virou-se para Liev.

— Talvez estivessem indo para uma aldeia no campo.

— Talvez.

Ela entendeu. Liev ia seguir as pegadas até o fim.

Continuaram por algum tempo seguindo as marcas na neve, sem sinal de nada errado. Liev começou a achar que Raíssa tinha razão. Talvez aquelas pegadas não fossem nada. De repente, ele parou. Em frente, uma parte da neve estava amassada, como se alguém tivesse deitado nela. O coração de Liev bateu mais rápido e ele prosseguiu. As pegadas ficaram confusas como se tivesse havido uma luta. As pegadas do adulto foram para um lado, enquanto as da criança iam na direção oposta, espaçadas, desiguais — a criança tinha corrido. Pelas marcas, ficava claro que a criança tinha caído, havia uma marca de mão. Mas ela se levantou e continuou correndo, antes de cair outra vez. Lutou no chão, embora fosse impossível saber com quem ou com o quê. Não havia outras pegadas. O que quer que houvesse acontecido, a criança conseguiu se levantar e correr de novo. O desespero podia ser lido na neve. Mas os passos do adulto sumiram. Até que, vários metros à frente, reapareciam. Havia marcas fundas de botas ao lado das árvores. Uma coisa estranha — o adulto corria em ziguezague, de um lado para outro e acabava chegando onde estava a criança. Nada fazia sentido. Depois de se afastar da criança, o homem mudou de idéia e voltou, desnorteado, para ela. A julgar pela direção das pegadas, a criança foi pega perto da árvore seguinte.

Raíssa parou, olhando onde as pegadas se encontravam. Liev tocou no ombro dela.

— Fique aqui.

Liev foi em frente e parou perto da árvore. Primeiro, viu o sangue na neve, depois as pernas nuas, o torso mutilado. Era um menino de 13 ou 14 anos. Pequeno, magro. Como a menina, estava deitado, olhando para o alto. Tinha alguma coisa na boca. Pelo canto do olho, Liev viu alguém. Era Raíssa ao lado dele, olhando o corpo do menino.

— Você está bem?

Lentamente, Raíssa colocou a mão sobre a boca. Respondeu com um leve movimento de cabeça.

Liev ajoelhou-se ao lado do menino. Tinha um barbante amarrado no tornozelo. Uma ponta do barbante caía na neve. A pele estava avermelhada onde o barbante tinha cortado. Tomando coragem, Liev olhou o rosto do menino. Estava com a boca cheia de terra. Por isso, parecia gritar. Ao contrário de Larissa, o corpo não estava coberto pela neve. Tinha sido morto depois dela, talvez nas últimas semanas. Liev inclinou-se e pegou um punhado de terra da boca do menino. Esfregou-a entre o polegar e o indicador. Era áspera e seca. Não tinha consistência de terra. Eram pedaços grandes e desiguais. Com a pressão dos dedos, os pedaços se partiram. Não era terra. Era casca de árvore.

22 de março

Trinta e seis horas depois que ele e Raíssa encontraram o corpo do garoto, Liev ainda não tinha comunicado o fato à milícia. Raíssa tinha razão. Em vez de reabrir o processo, Varlam Babinitch seria culpado daquele segundo homicídio. O menino não tinha instinto de preservação, aceitava o que lhe diziam — bastava cochichar algo no ouvido dele e concordaria. Era uma solução conveniente e rápida para dois crimes horrendos. Por que procurar outro suspeito, se já havia um detido? Era pouco provável que Varlam tivesse um álibi, uma vez que os funcionários do *internat* não iam lembrar do que ele fez, nem se responsabilizar por ele.

Liev não podia simplesmente comunicar a descoberta do corpo do menino. Primeiro, tinha de confirmar que Varlam não sabia de nada. Era a única forma de salvá-lo: anular as acusações contra o primeiro e único suspeito que a milícia conseguiu. Mas era exatamente o que Nesterov tinha avisado para Liev não fazer. Significaria abrir um processo sem qualquer suspeito: um processo contra pessoas desconhecidas. O problema aumentava pelo fato de Varlam já ter confessado. Era bem provável que os agentes da MGB local fossem envolvidos, se a milícia desconsiderou o caso. As confissões eram a base do sistema judiciário e sua validade precisava ser protegida a qualquer custo. Se alguém tomasse conhecimento do segundo crime antes de Liev confirmar que Varlam não sabia de nada, eles podiam decidir que era mais fácil, mais simples e mais seguro para todos os envolvidos corrigir a confissão e dar ao suspeito os detalhes necessários — menino de 13 anos assassinado na floresta, do outro lado da linha férrea, há várias semanas. Aquela solução era fácil, eficiente e não incomodava ninguém, nem mesmo Varlam, pois provavelmente não entenderia o que estava acontecendo. Só havia um jeito de garantir que a notícia do segundo corpo não vazasse: Liev continuar quieto. Ao voltar para a estação ferroviária, ele não deu o alarme, nem pediu para falar com seus superiores. Não comunicou o assassinato, nem falou na cena do crime. Não fez nada. Para surpresa de Raíssa, pediu para ela não comentar porque ele só podia falar com Varlam na manhã seguinte, o que significava deixar o corpo na floresta durante a noite. Liev só via essa saída para o rapaz ter chance de justiça.

Varlam não estava mais aos cuidados da milícia — foi entregue aos advogados da procuradoria. Uma equipe de *sledovatyel* já tinha conseguido uma confissão do assassinato de Lisa Petrova. Liev tinha lido o documento. A confissão obtida pela milícia e a dos *sledovatyel* eram diferentes, mas não tinha importância pois, no fundo, diziam a mesma coisa: Varlam era culpado. O documento da milícia não era oficial e não seria citado em juízo; o trabalho deles tinha sido apenas mostrar o suspeito mais provável. Quando Liev pediu para falar com o detido, a investigação já estava terminada. O processo ia a julgamento.

Liev foi obrigado a argumentar que o suspeito podia ter matado outras moças e, antes de ser levado ao tribunal, a milícia e os *sledovatyel* deveriam interrogá-lo juntos para saber se havia mais vítimas. Cauteloso, Nesterov concordou: já deviam ter feito isso. E insistiu para participar do interrogatório, o que foi ótimo para Liev pois, quanto mais testemunhas, melhor. Na presença de dois *sledovatyel* e dois agentes da milícia, Varlam negou saber da existência de outras vítimas. Depois, a equipe concordou que era pouco provável que o acusado tivesse matado mais alguém. Pelo que sabiam, não havia registro de desaparecimento de outras jovens louras, motivo daquele crime. Após concordarem ser pouco provável Varlam ter matado mais alguém, Liev fingiu insegurança e sugeriu que fizessem uma busca maior na floresta, numa área de até meia hora de caminhada a partir dos limites da cidade. Percebendo que Liev tinha um plano, Nesterov ficou mais desconfiado ainda. Em circunstâncias normais, isto é, se Liev não fosse ligado à MGB, o pedido teria sido negado. Era ridículo desperdiçar o aparato da milícia por um crime. Mas, por mais que Nesterov não confiasse em Liev, temia rejeitar a sugestão, era perigoso, a ordem poderia ter vindo de Moscou. Combinou-se iniciar a busca imediatamente, 36 horas após Liev e Raíssa terem encontrado o corpo.

Nas últimas horas, Liev só pensava no corpo do menino na neve. Teve pesadelos com um menino na floresta, nu, sem entranhas, perguntando por que todos o abandonaram.

Por que me largaram aqui?

O menino do pesadelo era Arkadi, o filho de Fiodor.

Raíssa tinha dito a Liev que não conseguia se concentrar na escola, sabendo que havia uma criança morta na floresta e tendo que fingir que não havia nada errado. Sentia uma enorme vontade de avisar os alunos, dar um jeito de alertar a cidade — os pais ignoravam o perigo que seus filhos corriam. Nenhuma família havia comunicado o desaparecimento de uma criança. Os registros da escola não mostravam faltas sem justificativa. Quem era o menino na floresta? Ela queria saber o nome dele, encontrar a família. Liev só podia pedir para ela esperar. Apesar da preocupação, ela aceitou o argumento de que aquela era a única forma de libertar um jovem inocente e começar a caçada ao responsável. A idéia era tão ridícula que chegava a parecer totalmente plausível.

*

Nesterov recrutou operários das serrarias para formar equipes de busca e separou homens e mulheres em sete grupos de dez. Liev foi encarregado do grupo que vasculharia a floresta atrás do Hospital Estadual 379, que ficava do outro lado da cidade onde estava o corpo. Foi ótimo, pois era melhor que não fosse ele quem encontrasse o corpo. Havia também a chance de haver mais corpos. Ele tinha certeza de que não existia só aquela vítima.

Os dez homens da equipe de Liev foram divididos em dois grupos de três e um de quatro. Liev trabalhava com o assistente de Nesterov que, claro, tinha sido instruído para ficar de olho nele. Havia também uma mulher, operária da serraria. Levaram o dia todo para percorrer a área, que era de vários quilômetros quadrados com muita neve que precisava ser cutucada com paus para saber se tinha algo dentro. Não encontraram nada. Reunidos de volta no hospital, os outros dois grupos também não tiveram sucesso. Aquela parte da floresta estava vazia. Liev ficou impaciente para saber o que ocorria no outro lado da cidade.

Nesterov estava em pé no começo da floresta, perto da cabine de manutenção da ferrovia, temporariamente transformada em central de buscas. Liev se aproximou, tentando parecer calmo e indiferente. Nesterov perguntou:

— Encontrou alguma coisa?

— Nada.

Após um intervalo calculado, Liev acrescentou:

— E por aqui?

— Nada também, nada.

A indiferença de Liev sumiu. Sabendo que sua reação estava sendo observada, virou-se, imaginando o que podia ter dado errado. Como não encontraram o corpo? Será que não estava mais lá? As pegadas eram bem visíveis. Podia ser que a busca não tivesse chegado ao corpo, mas devia ter chegado nas pegadas. Será que o grupo não seguiu as pegadas até o final? Se as pessoas estavam desmotivadas, podiam ter desistido, se as pegadas estivessem fora da área delas. Quase todas as equipes estavam voltando: faltava pouco para a operação terminar e o corpo do menino continuava na floresta.

Liev fez perguntas às equipes que voltavam. Dois agentes da milícia, ambos com no máximo 18 anos, eram do grupo que chegou mais perto de onde estava o corpo. Eles admitiram haver pegadas, mas acreditavam que eram inúteis, pois eram quatro pares e não dois: concluíram que tratava-se apenas de uma família numa caminhada. Liev não levou em conta que ele e Raíssa tinham deixado mais dois pares de pegadas, além das da vítima e do assassino. Tentando conter o nervosismo, esqueceu que não era mais uma autoridade e mandou os dois rapazes voltarem à floresta para seguirem as pegadas até o fim. Eles se recusaram. As pegadas podiam continuar por quilômetros. E, mais exatamente, quem era Liev para dar ordens?

Liev não teve outra saída senão procurar Nesterov, mostrando num mapa que não havia aldeias próximas naquela direção e que as pegadas eram suspeitas. Mas Nesterov concordou com os dois jovens agentes. O fato de haver quatro pares de pegadas mostrava ser uma pista pouco provável, que não valia o esforço. Sem controlar a frustração, Liev disse:

— Então eu vou sozinho.

Nesterov olhou bem para ele.

— Vou junto.

Liev seguiu as próprias pegadas e adentrou cada vez mais a floresta, ao lado de Nesterov. Depois concluiu que corria perigo, desarmado e sozinho com aquele homem que queria eliminá-lo. Se ia ser morto, a floresta era um bom lugar. Nesterov parecia calmo. Fumava.

— Escuta, Liev, o que você vai encontrar no final dessas pegadas?

— Não sei.

— Essas pegadas são suas?

Nesterov mostrou as marcas na frente deles e as que Liev tinha acabado de deixar na neve. Eram idênticas.

— Vamos encontrar o corpo de uma criança morta.

— Corpo que você já encontrou?

— Há dois dias.

— E não comunicou?

— Eu queria provar que Varlam Babinitch não sabia dessa morte.

— Achava que íamos culpar Varlam por ela?

— Ainda acho.

Será que Nesterov ia pegar o revólver? Liev aguardou. Nesterov terminou de fumar e continuou andando. Não disseram mais nada até encontrar o corpo. O menino estava exatamente onde Liev lembrava, nu, com a boca cheia de casca de árvore, o torso em estado lastimável. Liev recuou enquanto observava Nesterov, que não teve pressa. Viu que seu superior estava indignado com o crime. Aquilo serviu de algum consolo para Liev.

Finalmente, Nesterov aproximou-se de Liev:

— Quero que você vá ao gabinete do procurador. Fico aqui tomando conta do corpo.

Lembrando das preocupações de Liev, Nesterov acrescentou:

— É evidente que Varlam Babinitch não tem nada a ver com esse crime.

— Concordo.

— São dois casos isolados.

Liev olhou, surpreso com a afirmação.

— Mas essas crianças foram mortas pelo mesmo homem.

— Uma menina foi estuprada e morta. Um menino foi estuprado e morto. São crimes diferentes, são perversões diferentes.

— Mas os dois tinham casca de árvore enfiada na boca.

— A boca de Larissa estava cheia de terra.

— Engano.

— Varlam Babinitch disse ter enchido de terra a boca da moça.

— Por isso ele não pode tê-la matado, pois o chão está congelado. Se foi terra, onde ele conseguiu? A boca estava cheia de casca de árvore como a deste menino. A casca foi arrumada antes, não sei por quê.

— Babinitch confessou.

— Ele confessa qualquer coisa, se você insistir na pergunta.

— Por que você tem tanta certeza de que trata-se do mesmo assassino? Uma criança foi morta perto da estação: por descuido, ousadia, sem o assassino ser visto. Os passageiros poderiam ter ouvido os gritos. O crime foi praticado por um deficiente mental, que confessou. Mas essa criança aqui caminhou quase uma hora dentro da floresta. O assassino tomou cuidado para ninguém interrompê-lo. É outra pessoa.

— Quem sabe o que aconteceu com a moça? Talvez o assassino quisesse entrar mais na floresta, ela mudou de idéia e ele teve de matá-la. Por que as duas vítimas têm um barbante amarrado no tornozelo?

— Este crime é diferente.

— Talvez você esteja tão ansioso para acusar que é capaz de dizer e acreditar em qualquer coisa.

— E você me diga que tipo de pessoas estupra e mata uma moça, depois estupra e mata um menino? Quem é? Trabalhei vinte anos na milícia. Nunca vi alguém assim. Nunca ouvi falar. Você conhece?

— Não.

— Não existe um exemplo. Houve um motivo para a morte dessa moça: os cabelos louros. Foi morta por um doente mental. Houve um motivo para a morte desse menino. Foi morto por outro homem, com outra doença.

23 de março

Aleksandr fechou o guichê, abaixou a veneziana e recostou-se na cadeira. O escritório era pequeno, tinha poucos metros quadrados, mas gostava porque era só dele. Não o dividia com ninguém, nem ninguém fiscalizava o trabalho dele. Desfrutava de uma espécie de liberdade, não era obrigado a cumprir metas mínimas de cotas ou produtividade. Aquele trabalho só tinha uma desvantagem: todos os que o conheciam achavam que devia ser frustrante aquela mudança na vida dele.

Cinco anos antes, Aleksandr era o atleta mais rápido da Escola Secundária 151. As pessoas achavam que ia ser famoso em todo o país, talvez até no exterior, caso a União Soviética participasse das Olimpíadas. Em vez disso, ele acabou num trabalho sedentário, vendendo passagens, vendo outros indo para todos os lugares, enquanto ele não saía dali. Passou anos seguindo uma dura rotina de provas, vencendo competições regionais. Para quê? Para acompanhar horários de trens e vender passagens, trabalho que qualquer um podia fazer. Lembrava do momento exato em que o sonho acabou. Ele e o pai foram de trem para Moscou, para a seleção do Centro Esportivo do Exército, o CSKA, que fazia parte do Ministério da Defesa. O CSKA era famoso por escolher os melhores atletas do país e transformá-los em competidores excepcionais. Noventa por cento dos candidatos eram recusados. Aleksandr tinha corrido até passar mal na pista. Correu como nunca, vencendo o próprio recorde. Mas não foi selecionado. Na viagem de volta, o pai tentou dar um tom positivo à derrota. Disse que, assim, Aleksandr estaria motivado para treinar mais e no ano seguinte certamente seria escolhido, estaria mais forte por ter lutado por seu objetivo. Mas o rapaz tinha feito tudo o que pôde e não foi suficiente. Não haveria ano seguinte. O pai continuou insistindo, porém o rapaz desanimou e logo o pai também. Aleksandr saiu da escola, começou a trabalhar e preferiu uma vida pacata.

Eram oito da noite quando ele fechou o guichê. Saiu e trancou a porta. Não precisava andar muito, uma vez que morava com os pais num anexo em cima da estação. Oficialmente, o pai era o responsável pela estação. Mas não estava bem de saúde. Ninguém no hospital soube dizer qual era o problema, só que estava acima do peso e bebia demais. A mãe era uma senhora saudável e, à parte a doença do marido, costumava estar alegre. Tinha motivo: eram uma família de sorte. O salário na ferrovia estatal era pequeno e o *blat*, isto é, o prestígio do cargo, relativamente pequeno. A verdadeira vantagem era a moradia. Não precisavam dividir com outra família o apartamento com água encanada, água quente e sol — tudo tão novo quanto a estação. Em troca, eles tinham de estar à disposição 24 horas por dia. Havia um sino na estação que tocava direto no apartamento: se houvesse um trem noturno, ou um trem bem cedo, eles tinham de atender os passageiros. Mas eram pequenas inconveniências, divididas entre os três e mais do que compensadas pelos relativos confortos de que desfrutavam. O apartamento podia facilmente abrigar duas famílias. A irmã de Aleksandr tinha se casado com um faxineiro da fábrica Volga, onde ela também trabalhava, e mudaram-se para um apartamento novo num bairro bom. Esperavam o primeiro filho. Com isso, Aleksandr, 22 anos, não tinha com o que se preocupar. Um dia, assumiria o controle da estação e o anexo seria dele.

No quarto, ele tirou o uniforme de trabalho, colocou roupas confortáveis e sentou-se para jantar com os pais: sopa de ervilhas, depois *kasha* frito. O pai comia fatias finas de fígado de boi, que era caro e difícil de encontrar, mas foi recomendado pelos médicos. Estava numa dieta rigorosa, proibido de beber, o que ele achava que piorava seu estado. Não falaram durante o jantar. O pai parecia não estar bem. Comeu pouco. Depois de lavar os pratos, Aleksandr pediu licença: ia ao cinema. O pai já estava deitado. Deu um beijo e disse para o pai não se preocupar, ele estaria de pé para a chegada do primeiro trem.

Voualsk tinha apenas um cinema. Até três anos antes, não tinha nenhum. Transformaram uma igreja numa platéia de 600 lugares onde exibiam filmes patrocinados pelo Estado, muitos dos quais os habitantes da cidade ainda não tinham assistido. Inclusive *Os lutadores*, *Culpado sem culpa*, *Segredos da contra-espionagem* e *Encontro no Elba*, que eram alguns dos mais famosos dos últimos dez anos. Aleksandr tinha visto todos várias vezes. Desde que o cinema foi inaugurado, aquela passou a ser sua diversão preferida. Por ter sido atleta, ele nunca se interessou por bebidas, nem era uma pessoa muito sociável. Ao chegar ao saguão do cinema, viu que estava em cartaz *O deus Nezabyaemy*. Tinha visto o filme duas noites antes e em outras ocasiões. Achou-o fascinante, não o filme propriamente, mas a idéia de um ator fazer o papel de Stalin. Ficou pensando se o Líder tinha participado da escolha do elenco. Pensou também como deveria ser assistir outra pessoa fingindo que era você, dizendo o que os outros estavam fazendo certo e errado. Aleksandr passou pelo saguão. Não entrou na fila, foi direto para o parque.

No centro do Parque Vitória havia uma estátua de bronze com três soldados de punhos para o alto e rifles dependurados nos ombros. Oficialmente, o parque fechava à noite. Mas não havia cerca e aquela lei nunca foi uma imposição. Aleksandr sabia o caminho: uma trilha longe das ruas e fora de vista, escondida entre árvores e moitas. Como sempre, seu coração bateu rápido de ansiedade, quando deu uma volta pelo parque, devagar. Parecia que naquela noite estava sozinho ali e, depois da segunda volta, pensou em ir para casa.

Havia um homem à frente. Aleksandr parou. O homem virou-se para ele. Um nervoso silêncio mostrou que os dois foram lá pelo mesmo motivo. Aleksandr continuou e o homem ficou onde estava, esperando que chegasse até ele. Lado a lado, olharam em volta, confirmando que estavam sós, antes de se olharem. O homem era mais jovem, devia ter no máximo 20 anos. Parecia inseguro e Aleksandr adivinhou que era a primeira vez do outro. Rompeu o silêncio.

— Sei onde podemos ir.

O jovem olhou em volta de novo e concordou com a cabeça, sem dizer nada. Aleksandr continuou:

— Siga-me, mas mantenha distância.

E seguiram, separados. Aleksandr, à frente uns duzentos passos. Conferiu. O outro continuava atrás.

Chegaram na estação de trem e ele verificou se os pais não estavam na janela do apartamento. Sem ser visto, entrou na estação como se fosse embarcar num trem. Sem ligar a luz, abriu a sala da bilheteria, entrou e deixou a porta aberta. Colocou a cadeira de lado. Não tinha muito espaço, mas era suficiente. Esperou, olhou o relógio e pensou por que o outro estava demorando tanto; lembrou que andava rápido. Finalmente, ouviu alguém entrar na estação. A porta foi aberta. O homem entrou e os dois se olharam bem pela primeira vez. Aleksandr fechou a porta. O som da tranca o excitou. Significava que estavam seguros. Estavam quase se tocando, sem saber quem devia tomar a iniciativa. Aleksandr gostava desses momentos e esperou o máximo que conseguiu, antes de se inclinar para beijar o outro.

Alguém bateu à porta. Ele pensou primeiro que devia ser o pai, devia ter visto, já devia saber. Depois percebeu que a batida não veio de fora. Foi o rapaz que bateu à porta, chamando. Será que tinha mudado de idéia? Com quem estava falando? Aleksandr ficou confuso. Ouviu vozes do lado de fora. O rapaz não estava mais inseguro e nervoso. Tinha se transformado. Estava irritado, enojado. Cuspiu na cara de Aleksandr. O cuspe grudou na cara. Aleksandr limpou. Sem pensar, sem entender o que estava acontecendo, ele derrubou o homem no chão.

Forçaram a maçaneta da porta. De fora, alguém dizia:

— Aleksandr, aqui é o general Nesterov, o homem que está com você é agente da milícia. Ordeno que abra a porta. Obedeça ou chamo seus pais e trago-os aqui para presenciarem a sua prisão. Seu pai está doente, não? Ele morreria se descobrisse o seu crime.

Tinha razão: o pai morreria. Rápido, Aleksandr tentou abrir a porta, mas a sala era tão pequena que o rapaz caído no chão impedia a passagem. Precisou empurrá-lo de lado para destrancar e abrir a porta. Quando abriu, foi agarrado e puxado para a plataforma.

Liev olhou para Aleksandr, a primeira pessoa que conheceu quando saltou do trem de Moscou, o rapaz que arrumou um cigarro para ele e que ajudou-o a procurar na floresta. Não podia fazer nada por ele.

Nesterov olhou na salinha, viu o agente ainda no chão, constrangido por ter sido derrubado.

— Tirem-no daqui.

Dois agentes entraram e levaram o agente caído para um carro lá fora. Ao ver o que tinha feito com um de seus homens, o assistente de Nesterov deu um soco na cara de Aleksandr. Antes que desse outro, Nesterov interrompeu.

— Chega.

Ficou em volta do suspeito, pesando as palavras.

— Fico desapontado em pegá-lo fazendo isso. Nunca pensei.

Aleksandr cuspiu sangue no chão, sem responder. Nesterov prosseguiu.

— Diga por que faz isso.

— Por quê? Não sei.

— Você cometeu um crime muito grave. Um juiz o condenaria a, no mínimo, cinco anos e não se incomodaria quantas vezes você se lastimasse.

— Eu não disse que lastimo.

— Corajoso, Aleksandr, mas continuaria assim, se todos soubessem? Você seria humilhado, desgraçado. Mesmo depois de cumprir os cinco anos de prisão, não conseguiria morar ou trabalhar aqui. Você perdeu tudo.

Liev deu um passo à frente.

— É só pedir para ele.

— Há um jeito de evitar essa vergonha. Precisamos de uma lista de todos os homens desta cidade que fazem sexo com homens, seja com homens mais jovens ou com meninos. Você vai nos ajudar nessa lista.

— Não conheço outros. Esta é a primeira vez...

— Se não quiser ajudar, vamos prendê-lo, condená-lo e convidar seus pais para irem ao tribunal. Eles agora estão se preparando para dormir? Posso mandar um dos meus homens trazê-los aqui...

— Não.

— Ajude-nos e pode ser que não precisemos falar com seus pais. Ajude-nos e pode ser que não precise ir a julgamento. Talvez essa desgraça possa ficar em segredo.

— Qual é o problema?

— O assassinato de um menino. Você vai prestar um serviço público e reparar o seu crime. Vai fazer a lista?

Aleksandr tocou no sangue que escorria da boca.

— O que vai acontecer com os homens da lista?

29 de março

Liev sentou-se na beira da cama pensando em como sua tentativa de reabrir uma investigação tinha causado uma vasta perseguição na cidade. Na semana anterior, a milícia deteve 150 homossexuais. Só naquele dia, Liev havia prendido seis homens, num total de vinte. Alguns tinham sido retirados do local de trabalho, algemados à vista dos colegas. Outros foram pegos em casa, no apartamento, separados das famílias — com a esposa implorando, certa de que devia ser um engano, sem entender as acusações.

Nesterov tinha por que estar contente. Totalmente por acaso, ele tinha encontrado um outro suspeito indesejável: alguém que podia chamar de *assassino* sem perturbar a tese social. Matar era uma aberração. Aqueles homossexuais eram uma aberração. Calhava bem. Ele foi capaz de anunciar que estavam promovendo a maior caçada a um criminoso já feita pela milícia da cidade, o que lhe custaria o cargo, se ele não visasse esse subgrupo inaceitável. Por falta de espaço, os escritórios da milícia foram transformados em celas de detenção e salas de interrogatório. Mesmo com essas medidas improvisadas, foi preciso colocar vários homens em cada cela e sob vigilância ininterrupta de guardas, pois havia a possibilidade de algum desvio sexual espontâneo. Ninguém sabia direito com quem estava tratando. Mas sabiam muito bem que, se tais atividades sexuais fossem nas instalações da milícia, prejudicariam a instituição. Seria uma afronta aos princípios da justiça. Além desse alto nível de vigilância, todo agente fazia plantão de 12 horas e os suspeitos eram interrogados dia e noite sem parar. Liev foi obrigado a fazer a mesma pergunta inúmeras vezes, recebendo respostas com variações mínimas. Cumpriu a tarefa como um robô idiota, certo, desde antes da primeira detenção, de que aqueles homens eram inocentes.

A lista fornecida por Aleksandr foi conferida nome a nome. Ao fazê-la, ele explicou que não era promíscuo a ponto de ter feito sexo com cem homens. Na verdade, muitos na lista ele nem conhecia. Soube deles por conversas com os cerca de dez homens com quem se relacionou. Cada um comentava sobre outros e, somados, foi possível criar um universo em que todos se conheciam. Liev ouviu a explicação, era um mundo oculto que se abria, uma vida hermeticamente fechada dentro da comunidade. O sigilo era essencial. Aleksandr contou que os homens da lista se identificavam por acaso, em situações rotineiras: na fila de comprar pão, ou à mesma mesa numa cantina de fábrica. Nesses locais, era proibido manter conversas, um olhar era o máximo possível e, mesmo assim, disfarçado. Eram leis que surgiram sem acordo ou decreto, ninguém precisava de aviso, bastava a necessidade de se autopreservar.

Assim que começou a primeira onda de prisões, a notícia de um expurgo se espalhou pelos locais freqüentados pelos homossexuais. Os que eram pontos de encontros secretos deixaram de ser secretos e foram abandonados. Mas essa medida defensiva não adiantou. Havia a lista. O sigilo tinha acabado. Nesterov não precisava surpreender dois homens numa situação comprometedora. Ao ver o nome na lista e sabendo que estava desmascarado, a maioria caiu por força da traição. Como submarinos escondidos embaixo d'água, de repente todos os homossexuais descobriram que tinham vindo à tona. Podiam então fazer uma escolha que não era bem escolha: negar as acusações de sodomia, enfrentar o processo público, a condenação, prisão etc., ou indicar quem era o homossexual autor daquele crime horrendo, o assassinato de um menino.

Liev percebeu que Nesterov achava que aqueles homens tinham alguma doença. Alguns eram doentes no sentido mais leve, sofriam de uma atração por outros homens como uma pessoa normal podia sofrer de dores de cabeça constantes; já outros eram muito doentes e o sintoma era a atração por meninos. Era o homossexualismo em sua forma mais extrema. O assassino era um homem assim.

Liev mostrou aos suspeitos fotos da cena do crime, do menino com a barriga aberta e todos reagiram da mesma forma: ficaram horrorizados ou, pelo menos, pareceram ficar. Quem faria uma coisa assim? Não foi nenhum deles, nem ninguém que conhecessem. Nenhum se interessava por meninos. Muitos tinham filhos e as respostas seguiram por esse caminho. Todos garantiam: não havia nenhum assassino entre eles e, se houvesse, não iam protegê-lo. Nesterov esperava encontrar um suspeito em uma semana. Mas esse prazo se esgotou sem qualquer resultado, a não ser uma lista maior. Mais nomes foram acrescentados, alguns apenas por maldade. A lista tinha se tornado uma arma de grande efeito. Os integrantes da milícia estavam delatando inimigos, dizendo que foram citados em confissão. Quando um nome entrava na lista, era impossível declarar inocência. Assim, o número de detidos subiu de cem para quase 150 homens.

Frustrada com a demora, a MGB local sugeriu que fizessem interrogatórios, o que era uma metáfora de tortura. Para desapontamento de Liev, Nesterov aceitou e, apesar do chão das salas ficar salpicado de sangue, ninguém confessou. Nesterov não teve outra saída senão abrir processo contra todos os 150 homens esperando assim que um deles falasse. Não bastou serem humilhados, desgraçados e torturados: precisavam entender que iam morrer. Se ordenassem que o juiz condenasse, eles receberiam pena de 25 anos de prisão por subversão política, em vez de apenas cinco anos por prática de sodomia. A opção sexual deles era considerada crime contra a própria essência do país. Frente a isso, três homens começaram a acusar. Mas nenhum acusou a mesma pessoa. Nesterov não aceitava que sua linha de investigação fosse falha e contra uma solidariedade que considerava criminosa e perversa: a existência de um sentimento de honra entre os diferentes.

Nervoso, Liev procurou-o.

— Esses homens são inocentes.

Nesterov olhou bem para ele, intrigado.

— Todos são culpados. O problema é saber quem é culpado também do assassinato.

Raíssa viu Liev bater os pés no chão. Pedaços sujos de neve se desprenderam das botas. Ele olhou para baixo, sem saber que ela estava no quarto. Ela achava insuportável o desapontamento dele, que acreditava piamente no sucesso da investigação. Tinha colocado suas esperanças num sonho de redenção: um ato final de justiça. Naquela noite na floresta, ela zombou dessa idéia. Mas os fatos zombaram mais cruelmente ainda. Na busca por justiça, ele tinha soltado as rédeas do terror. Devido à busca por um assassino, 150 homens iam morrer, se não literalmente, pelo menos em outros níveis: perderiam a família, o emprego. E ao ver o marido de ombros caídos e rosto desanimado, ela concluiu que Liev nunca tinha feito nada em que não acreditasse. Era um homem sem nada de cínico ou calculado. Portanto, também devia ter acreditado no casamento, devia ter achado que era baseado no amor. Aos poucos, todas as fantasias que ele criou — sobre o Estado, sobre a relação com a mulher — foram se desfazendo. Raíssa o invejava. Mesmo naquele momento, mesmo depois de tudo o que aconteceu, ele ainda tinha esperança. Ainda queria acreditar em alguma coisa. Sentou-se ao lado dele na cama. Sem jeito, segurou na mão dele. Liev ficou surpreso, olhou-a sem dizer nada e aceitou o gesto. Os dois juntos viram a neve se desmanchar no chão.

30 de março

O Orfanato 80 era um prédio de cinco andares com uma inscrição em branco, quase apagada, na parede lateral: TRABALHE MUITO, VIVA BASTANTE. O telhado tinha uma longa série de chaminés, pois o orfanato um dia foi uma pequena fábrica. Panos sujos estavam dependurados nas janelas gradeadas, impedindo que se enxergasse lá dentro. Liev bateu à porta. Não teve resposta, tentou a maçaneta. Estava trancada. Foi para as janelas e bateu nas vidraças. Alguém afastou um pano. Apareceu, de relance, o rosto imundo de uma menina e o pano se fechou de novo. Liev estava com Moiseiev, um agente da milícia que ele considerava pouco mais que um assassino uniformizado. Após uma longa espera, a porta principal se abriu. Um homem idoso, com várias chaves na mão, olhou os dois agentes. Ao ver os uniformes, sua expressão passou da irritação para a deferência. Inclinou a cabeça de leve.

— Em que posso ajudá-los?

— Estamos aqui por causa do menino assassinado.

O saguão principal do orfanato tinha sido o térreo da fábrica. Todas as máquinas foram retiradas e o local se transformou num refeitório, não por ter mesas e cadeiras, mas porque o chão estava cheio de crianças sentadas de pernas cruzadas, encostadas umas nas outras, tentando comer. Seguravam uma tigela de madeira cheia do que parecia ser uma aguada sopa de repolho. Mas só os mais velhos tinham colher. Os demais esperavam por uma, ou bebiam a sopa direto da tigela. Quando uma criança terminava de comer, lambia bem a colher e passava-a para a que estava do lado.

Foi o primeiro contato de Liev com um orfanato estatal. Andou mais um pouco e deu uma olhada. Era difícil adivinhar quantas crianças estavam ali: duzentas, trezentas, de 4 a 14 anos. Nenhuma prestou atenção nele: estavam ocupadas demais comendo ou olhando os vizinhos, esperando uma colher. Ninguém falava. Só se ouviam tigelas sendo raspadas e sopa sendo engolida com barulho. Liev virou-se para o homem que os recebeu.

— O senhor é o diretor da instituição?

A sala do diretor ficava no primeiro andar, com vista para uma parte da fábrica que estava coberta de crianças como se fossem produzidas em massa. Vários adolescentes estavam na sala, eram mais velhos que as crianças do andar de baixo. Jogavam baralho na mesa do diretor. O diretor bateu palmas para avisá-los.

— Por favor, continuem o jogo no dormitório de vocês.

Os meninos olharam firme para Liev e Moiseiev. Liev só pôde concluir que a irritação foi por receberem uma ordem. O olhar era de um grau de esperteza e experiência muito acima da idade que tinham. Sem uma palavra, os adolescentes saíram como um bando de cães selvagens, depois de juntar as cartas e os fósforos que eram usados como aposta.

Depois que saíram, o diretor serviu-se de uma bebida e fez um gesto para Liev e Moiseiev sentarem. Moiseiev sentou-se. Liev continuou de pé, observando a sala. Havia um único armário de metal. A gaveta mais baixa tinha a marca de um chute; a de cima estava entreaberta, com pilhas de documentos.

— Um menino foi morto na floresta. Você soube disso?

— Outros agentes estiveram aqui mostrando fotos do menino, perguntando se eu sabia quem era. Acho que não.

— Mas não tem certeza se uma criança está faltando?

O diretor coçou a orelha.

— Somos quatro adultos para cuidar de cerca de 300 crianças. Elas entram e saem. Chegam novas o tempo todo. Você tem de entender que é impossível manter nossa papelada atualizada.

— Alguma criança se prostitui?

— Os mais velhos fazem o que querem. Não tenho como controlá-los. Eles bebem? Sim. Eles se prostituem? Muito provavelmente, embora eu não autorize, não esteja envolvido e, obviamente, não lucre com isso. Meu trabalho consiste em garantir que tenham o que comer e onde dormir. E, considerando os recursos de que disponho, faço isso muito bem. Não é que esteja pedindo elogios.

A seguir, o diretor mostrou a parte de cima, onde ficavam os dormitórios. Quando passaram pelo banheiro, comentou:

— Pensa que não me incomodo com o bem-estar das crianças? Incomodo sim, faço o melhor possível. Obrigo a tomar banho, obrigo os meninos a fazerem a barba toda semana e a tirar os piolhos uma vez por mês. Fervo todas as roupas. Não quero piolhos no meu orfanato. Você vai a qualquer orfanato e as crianças têm piolhos até nas sobrancelhas. É nojento. Aqui, não. Eles nem me agradecem por isso.

— Podemos falar com as crianças a sós? A sua presença pode intimidá-las.

O diretor sorriu.

— Eles não se intimidam comigo. De qualquer jeito...

O diretor mostrou a escada.

— Os mais velhos ficam no andar de cima. É o território deles.

Os dormitórios superiores, apertados sob o telhado, não tinham estrado, só um fino colchão no chão. As crianças mais velhas almoçavam na hora que quisessem e, pelo visto, já tinham comido muito bem.

Liev parou no primeiro quarto. Notou uma menina se escondendo atrás da porta e viu de relance um metal. Estava armada com faca. Ao ver o uniforme dele, escondeu a faca nas dobras do vestido.

— Pensamos que vocês fossem dois rapazes. Eles não podem entrar aqui.

Cerca de vinte meninas, com idade entre 14 e 16 anos, olhavam sérias para Liev. Ele lembrou da promessa que fez a Anatoli Bródski de que as duas irmãs estariam mais seguras aos cuidados de um orfanato em Moscou. Foi uma garantia inútil, de quem ignorava os fatos. Bródski tinha razão. Elas estariam melhor sozinhas, cuidando uma da outra.

— Onde os meninos dormem?

Os mais velhos, alguns dos quais estavam na sala do diretor, se agruparam no fundo do dormitório, aguardando as duas visitas. Liev entrou, abaixou-se e colocou um álbum de fotos no chão, na frente deles.

— Peço que olhem essas fotos e digam se algum desses homens já abordou vocês e ofereceu dinheiro para obter favores sexuais.

Nenhum menino se mexeu, nem deu qualquer pista de que a suspeita de Liev era verdadeira.

— Vocês não fizeram nada de errado. Precisamos que nos ajudem.

Liev abriu o álbum e foi folheando as páginas devagar. Mostrou todas as fotos. A platéia de adolescentes olhou-as, mas não reagiu. Ele repetiu a operação. Também não houve reação. Ia fechar o álbum, quando um menino atrás se aproximou e mostrou uma foto.

— Este homem fez propostas para você?

— Me paga.

— Ele pagou a você?

— Não, se você me pagar, eu falo.

Liev e Moiseiev se juntaram e ofereceram três rublos ao menino. O menino folheou o álbum, parou numa página e mostrou uma foto.

— O homem era parecido com esse.

— Então não era esse?

— Não, era parecido.

— Sabe o nome dele?

— Não.

— Pode dizer alguma coisa sobre ele?

— Me paga.

Moiseiev balançou a cabeça, recusando-se a dar mais dinheiro.

— Você pode ser preso por extorsão.

Para resumir a história, Liev pegou o resto de dinheiro que tinha e deu ao menino.

— É só o que tenho.

— Ele trabalha no hospital.

No mesmo dia

Liev empunhou a arma. Estavam no último andar do Edifício nº 7 e o apartamento 14 era no final do corredor. O endereço foi dado pelos funcionários do hospital. O suspeito estava há uma semana de licença do trabalho por motivo de doença, o que certamente seria questionado, se os agentes da MGB não estivessem ocupados com os interrogatórios, pois a doença começou com a primeira onda de detenções de homossexuais da cidade.

Liev bateu à porta. Ninguém atendeu. Chamou, dando o nome e cargo. Ninguém respondeu. Moiseiev levantou o pé, pronto para chutar a porta com a bota. A porta se abriu.

Ao ver as armas apontadas para ele, o Dr. Tiapkin levantou as mãos e recuou. Liev quase não o reconheceu. Era o mesmo homem que o ajudara a examinar o cadáver da moça, o famoso médico transferido de Moscou. Os cabelos estavam desarrumados e os olhos, assustados. Tinha emagrecido. As roupas estavam amassadas. Liev tinha visto homens abatidos por preocupação: os músculos perdiam a forma e a energia como se devorados pelo medo.

Liev empurrou a porta com o pé e deu uma olhada no apartamento.

— Está sozinho?

— Meu filho caçula está aqui, mas dorme.

— Quantos anos ele tem?

— Quatro meses.

Moiseiev entrou e bateu com o cano do revólver no nariz de Tiapkin. O nariz sangrou, o médico caiu de joelhos e protegeu o rosto com as mãos em concha. Moiseiev ordenou a Liev.

— Reviste-o.

Depois foi dar uma busca no apartamento. Liev se abaixou, ajudou o médico a se levantar e levou-o para a cozinha, onde sentou-o numa cadeira.

— Onde está sua esposa?

— Comprando comida... não demora.

— O hospital disse que você estava doente.

— De certa forma, é verdade. Soube das prisões. Sabia que era só uma questão de tempo até vocês me encontrarem.

— Diga o que aconteceu.

— Eu estava louco, não há outra explicação. Não sabia a idade dele. Era jovem, devia ter no máximo 16 anos, eu não queria um parceiro que falasse comigo ou que comentasse com outro. Não queria encontrá-lo de novo. Ou vê-lo. Ou falar com ele. Eu queria anonimato. Achei que ninguém jamais acreditaria num órfão. A palavra dele não valeria nada. Eu daria um pouco de dinheiro e pronto, estava acabado. Queria alguém invisível, entende?

Após uma busca superficial, Moiseiev voltou e levantou a arma. Pegou no nariz quebrado do médico e balançou o osso fraturado, fazendo-o gritar de dor. Um bebê acordou num quarto próximo e começou a chorar.

— Você fode com esses meninos e depois os mata?

Moiseiev largou o nariz do médico, Tiapkin caiu no chão e enroscou-se como uma bola. Levou algum tempo para falar.

— Eu não fiz sexo com ele. Não cheguei a isso. Não consegui. Eu pedi, paguei, mas não consegui. Fui embora.

— Levante-se. Nós vamos levar você.

— Temos de esperar minha esposa, não posso deixar meu filho sozinho.

— A criança não vai morrer. Levante-se.

— Pelo menos, deixe eu estancar o sangramento.

Moiseiev concordou com a cabeça.

— Deixe a porta do banheiro aberta.

Tiapkin saiu da cozinha e entrou no banheiro, deixando a marca da mão ensangüentada na porta, que ficou aberta como foi ordenado. Moiseiev deu uma olhada no apartamento. Liev tinha certeza de que o agente estava com inveja. O médico morava bem. Tiapkin deixou a água correr na pia, apertou uma toalha no nariz e disse, de costas:

— Lamento muito o que fiz. Mas nunca matei ninguém. Acreditem em mim. Não porque possa manchar minha reputação. Sei que estou acabado. Mas outra pessoa matou o menino, alguém que precisa ser preso.

Moiseiev estava ficando impaciente.

— Ande logo.

— Desejo toda sorte a vocês.

Ao ouvir isso, Liev correu para o banheiro e virou Tiapkin de frente. Estava com uma seringa enfiada no braço. As pernas do médico fraquejaram. Ele caiu. Liev pegou-o, deitou-o no chão e tirou a seringa do braço. Tomou o pulso. Tiapkin estava morto. Moiseiev olhou o corpo.

— Isso facilita o nosso serviço.

Liev olhou para cima. A esposa de Tiapkin estava de volta, na porta do apartamento, com as compras da casa.

1º de abril

Aleksandr fechou o guichê. Pelo que sabia, Nesterov cumpriu a promessa. O segredo de suas aventuras sexuais não foi espalhado. Nenhum passageiro olhou estranho para ele. Ninguém ficou cochichando na frente dele. Os pais não o mandaram embora de casa. A mãe continuava a gostar dele. O pai ainda agradecia por trabalhar tanto. Os dois continuavam orgulhosos dele. O preço disso tinha sido o nome de mais de cem homens que foram presos enquanto ele continuava vendendo passagens, respondendo às dúvidas dos passageiros e resolvendo os problemas do dia-a-dia da estação. Sua vida tinha voltado ao normal. A rotina era quase a mesma. Jantava com os pais, levava o pai ao hospital. Limpava a estação, lia os jornais. Porém não ia mais ao cinema. Na verdade, não ia mais ao centro da cidade. Tinha medo de encontrar alguém, talvez um agente da milícia desse um sorriso zombeteiro para ele. O mundo dele tinha se reduzido. Mas se reduziu no dia em que achou que ia se adaptar à situação como se adaptou antes, no dia em que desistiu de ser atleta.

O fato é que só pensava se os homens sabiam quem os havia delatado. Talvez alguém tivesse contado para eles. O grande número de prisões mostrava que certamente tiveram de ficar nas mesmas celas. De que outra maneira iriam passar o tempo, se não imaginando quem era o autor da lista? Era a primeira vez na vida que eles não tinham nada para esconder. E quando pensava naqueles homens, Aleksandr viu que gostaria de trocar a liberdade que tinha pela humilhação pública de uma cela daquelas. Mas não seria bem-vindo lá. Não tinha lugar para ele, nem no mundo exterior, nem no mundo deles.

Fechou a porta da sala, trancou-a e conferiu a hora no relógio da plataforma. Guardou as chaves no bolso e entrou na plataforma. Um casal aguardava o trem. Conhecia-os de vista, embora não soubesse o nome deles. Acenaram e ele retribuiu, seguindo para o final da plataforma, enquanto o trem chegava. Estava no horário. Aleksandr saltou da plataforma e se deitou nos trilhos, olhando para o céu noturno.

Esperava que os pais acreditassem no bilhete que deixou. Explicava que nunca se recuperou da frustração de não conseguir ser um corredor olímpico. E que nunca se perdoaria por desapontar o pai.

No mesmo dia

Nesterov passou os últimos quatro anos prometendo à família uma moradia melhor, promessa que até pouco antes repetia de tempos em tempos. Mas não acreditava mais que teria direito a uma casa melhor: nem se ele e a esposa trabalhassem muito, o esforço seria traduzido em benefícios materiais. Moravam na rua Kropotkinski, na periferia da cidade, perto das serrarias. As casas ali foram construídas aleatoriamente, em tamanhos e formas diferentes. Nesterov passava grande parte de seu tempo livre fazendo melhorias na casa. Era um bom carpinteiro e tinha substituído a moldura das janelas e as portas. Mas, com os anos, os alicerces afundaram, a fachada inclinou-se para a frente e a porta empenou, só abria até onde prendia no chão. Alguns anos antes, ele tinha feito um anexo que usava de oficina. Ele e a esposa, Inessa, fabricavam mesas e cadeiras, consertavam a casa e tudo o que fosse preciso. Faziam isso não só pela família, mas por todos os moradores da rua. Bastava trazer o material e, talvez, por cortesia, alguma comida ou bebida.

Mas nenhum conserto compensava as deficiências da casa. Não havia água corrente e o poço mais próximo ficava a dez minutos a pé. Não havia banheiro, só uma latrina nos fundos. Quando mudaram para lá, a cabine da latrina estava suja e caindo aos pedaços. A latrina era muito rasa e não se podia ir lá sem ter ânsia de vômito com o fedor. Nesterov construiu uma nova em outro local e trabalhou à noite para terminá-la. Tinha paredes decentes, uma fossa mais funda e um barril de serragem para jogar a serragem dentro após o uso. Mesmo assim, ele sabia que a família vivia sem os novos confortos e higiene, e sem esperança de um futuro melhor. Ele tinha 40 anos. Ganhava menos que muitos operários de 20 e poucos anos da fábrica do Volga. Seu sonho — ter uma casa direita — acabou em nada.

Bateram à porta da frente. Era tarde da noite. Nesterov ainda estava de uniforme e ouviu Inessa abrir a porta. Logo após, ela foi à cozinha.

— É com você. Um homem do seu trabalho. Não o conheço.

Nesterov entrou no corredor, viu Liev na porta e disse à esposa:

— Deixe comigo.

— Ele vai entrar?

— Não, não demora.

Inessa olhou Liev de relance e retirou-se. Nesterov saiu e fechou a porta.

Liev tinha corrido até lá. A notícia da morte de Aleksandr tinha ido além de toda discrição. Liev não estava desapontado e triste como ficou a semana toda. Estava era confuso, como se fizesse parte de uma charada absurda e horrenda, de uma farsa grotesca — o sonhador ingênuo, lutando por justiça, mas deixando um rastro de destruição. A intenção de pegar um assassino resultou num banho de sangue. Raíssa sempre desconfiou que isso iria acontecer, tinha dito na floresta e há duas noites tentou avisá-lo; mesmo assim ele insistiu, como uma criança envolvida numa aventura.

De que adianta? O que vai conseguir?

Ele tinha a resposta: a ruína de duzentas pessoas, o suicídio de um jovem e de um médico. O corpo de um rapaz cortado ao meio por um trem: esse era o resultado de seu trabalho. Por isso tinha arriscado a vida dele e de Raíssa. Era esse o resultado.

— Aleksandr morreu. Jogou-se embaixo de um trem.

Nesterov abaixou a cabeça.

— Lamento saber. Demos uma chance para tirá-lo disso. Decerto ele não conseguiu. Devia estar muito mal.

— Somos culpados pela morte dele.

— Não, ele era doente.

— Tinha 22 anos. Tinha pai e mãe, gostava de ir ao cinema. Agora está morto. O lado positivo é que, se encontrarmos outro menino morto, podemos culpar Aleksandr e resolver o caso em tempo recorde.

— É o suficiente.

— Por que você está fazendo isso? Não é por dinheiro nem por honrarias!

Liev reparou que a casa de Nesterov tinha as paredes inclinadas. O outro disse:

— Tiapkin se matou porque era culpado.

— Quando começamos a prender, ele sabia que íamos interrogar aqueles órfãos e chegar nele.

— Ele tinha a técnica cirúrgica para retirar o estômago de uma criança. Quis nos confundir e mentiu para você em relação à morte da moça. Ele era desonesto, esperto.

— Ele me disse a verdade. Que o estômago da moça foi extirpado. A boca estava cheia de casca de árvore como a do menino, que também teve o estômago retirado. Os dois tinham um barbante amarrado no tornozelo. Foram assassinados pelo mesmo homem. E não foi pelo Dr. Tiapkin, nem pelo adolescente Varlam Babinitch.

— Vá para casa.

— Havia um corpo em Moscou. De um menino chamado Arkadi, de menos de cinco anos. Não vi, mas me disseram que foi encontrado nu, com a barriga aberta e a boca cheia de sujeira. Desconfio que a boca estava com casca de árvore.

— De repente aparece uma criança assassinada em Moscou? Isso é muito conveniente, Liev. Não acredito.

— Eu também não acreditei. Estive com os pais, que garantiam que o menino foi morto e eu não acreditei. Disse a eles que não era verdade. Quantos outros assassinatos foram acobertados? Não temos como saber, como descobrir. Nosso sistema está muito bem arranjado de forma que esse homem pode matar quantas vezes quiser. Vai continuar matando e vamos continuar prendendo as pessoas erradas, inocentes, gente de que não gostamos ou que desaprovamos e ele vai matar mais.

Nesterov não confiava naquele sujeito. Nunca confiou e certamente não ia começar agora a fazer críticas ao Estado para ele. Deu as costas para Liev e foi para casa.

Liev segurou-o pelo ombro e virou-o de forma que ficaram cara a cara de novo. A intenção era mostrar outra coisa, calçar seu argumento com razão e lógica mas, em vez disso, sem conseguir falar, Liev deu um soco nele. Um bom soco, firme. A cabeça de Nesterov ficou inclinada de lado. Continuou assim. Depois, lentamente, encarou seu subordinado. Liev tentou manter a voz segura.

— Não resolvemos nada.

O soco de Nesterov derrubou Liev no chão. Caiu de costas. Não doeu, ainda não. Nesterov olhou-o, passando a mão no próprio queixo.

— Vá embora.

Liev levantou-se.

— Não resolvemos nada.

Ele deu mais um soco. Nesterov reagiu com outro. Liev abaixou a cabeça. Era um bom lutador: treinado, talentoso. Mas Nesterov era maior e rápido, apesar do tamanho. Depois de levar um soco na barriga, Liev dobrou-se ao meio. Nesterov deu outro soco na cara de Liev, que caiu de joelhos e ficou com um corte no rosto. Com a visão turva, Liev caiu de frente. Rolou no chão, sem ar. Nesterov ficou por cima dele.

— Vá embora.

Liev respondeu com um chute na virilha. Nesterov dobrou-se ao meio. Liev levantou-se, trôpego.

— Não resolvemos...

Antes que pudesse terminar a frase, Nesterov atacou, derrubou Liev e ficou por cima dele. Socou a barriga, o rosto, a barriga, o rosto. Liev levou um soco depois do outro, sem conseguir se safar. Nesterov ficou com os nós dos dedos ensangüentados. Tomou fôlego e parou. Liev não se mexia. Estava de olhos fechados — o sangue ia se acumulando no olho direito por causa de um corte na testa. Nesterov levantou-se e balançou a cabeça ao ver. Foi para a porta de casa, limpando o sangue na calça. Ao segurar na maçaneta, ouviu um barulho atrás.

Gemendo de dor, Liev se levantou. Sem se equilibrar direito, levantou as mãos, como se fosse lutar. Balançou o corpo de um lado para outro, como se estivesse num barco no meio do oceano. Tinha apenas uma vaga idéia de onde Nesterov estava. A voz era um sussurro.

— Nós... não... resolvemos nada.

Nesterov viu o corpo de Liev balançar de novo. Aproximou-se, de punhos fechados, pronto para derrubá-lo com um soco. Liev balançou e deu um lastimável e inseguro soco — Nesterov recuou para o lado e segurou Liev exatamente na hora em que ele desmontou.

Liev estava sentado à mesa da cozinha. Inessa tinha aquecido água na lareira. Despejou-a numa tigela. Nesterov umedeceu um pano na água e deu para Liev limpar o rosto. Estava com o lábio cortado. A sobrancelha sangrava. A dor na barriga tinha diminuído. Apertou o peito e as costelas, não tinha quebrado nada. O olho direito estava inchado. Não podia abri-lo. Mesmo assim, foi um preço relativamente pequeno para conseguir a atenção de Nesterov. Liev ficou pensando se aquilo ia parecer mais convincente dentro da casa do que fora e se

Nesterov podia ser tão indiferente na frente da esposa, com os filhos dormindo no quarto ao lado.

— Seus filhos passam pela floresta quando vão à escola?

Inessa respondeu:

— Costumavam fazer esse caminho.

— Não fazem mais?

— Nós os obrigamos a ir pela cidade. É mais longe e eles reclamam. Tenho de ir com eles para garantir que não vão pela floresta. Na volta, temos de confiar neles porque nós dois estamos trabalhando.

— Amanhã eles vão passar pela floresta? Agora que o assassino foi pego?

Nesterov levantou-se, serviu chá e colocou um copo na frente de Liev.

— Quer beber algo mais forte?

— Se você tiver.

Nesterov pegou uma garrafa de vodca pela metade e serviu três copos: para ele, a esposa e Liev.

O álcool ardeu no corte na boca de Liev. Talvez fizesse bem. Nesterov sentou-se e serviu mais para Liev.

— Por que você veio para Voualsk?

Liev mergulhou o pano ensangüentado na tigela de água, torceu-o e colocou-o sobre o olho.

— Para investigar a morte dessas crianças.

— Isso é mentira.

Liev tinha de ganhar a confiança daquele homem. Sem a ajuda dele, não podia fazer nada.

— Tem razão, é mesmo. O fato é que houve um assassinato em Moscou. Não me encarregaram de investigar, mas de varrer para baixo do tapete. Cumpri a ordem. Só errei por não denunciar minha esposa como espiã. Fui considerado envolvido. Como castigo, me mandaram para cá.

— Então você é realmente um agente que caiu em desgraça?

— Sou.

— Então por que está fazendo isso?

— Porque mataram três crianças.

— Você não acredita que Varlam matou Larissa porque tem certeza de que ela não foi a primeira vítima do assassino. É isso?

— Larissa não foi a primeira. Não pode ter sido. Ele fez a mesma coisa antes. É provável que o menino de Moscou também não tenha sido a primeira vítima.

— Larissa foi a primeira a morrer aqui. Isso eu posso garantir.

— O assassino não mora aqui. Os crimes foram perto da estação de trem. Ele viaja.

— Viaja? Mata crianças? Que homem é esse?

— Não sei. Mas tem uma mulher em Moscou que o viu. Com a vítima. Uma testemunha pode descrever esse homem para nós. Minha esposa também pode conseguir artigos publicados em jornais ocidentais sobre crimes parecidos, estudos sobre eles. Precisamos também dos registros de assassinatos em todas as grandes cidades, de Sverdlovsk a Leningrado.

— Não existe um arquivo com todos os registros.

— Por isso você tem de ir a cada cidade pegar cada um. Vai ter de convencê-los e, se não quiserem, falar com as pessoas que vivem lá. Descobrir com elas.

A idéia era estranha. Nesterov podia ter achado graça. Podia ter prendido Liev. Em vez disso, perguntou:

— Por que eu iria fazer isso por você?

— Não é por mim. Você viu o que ele faz com essas crianças. Faça pelas pessoas com as quais vivemos. Nossos vizinhos, os que sentam ao nosso lado no trem, as crianças que não conhecemos e jamais encontraremos. Não tenho poder para exigir esses arquivos. Não conheço ninguém na milícia. Mas você conhece e eles confiam em você. Pode conseguir os registros. Vai procurar assassinatos de crianças que podem estar resolvidos ou foram arquivados. Há um traço em comum: a boca cheia de casca de árvore e o estômago retirado. Os corpos devem ter sido encontrados em lugares públicos: florestas, rios, talvez perto de estações ferroviárias. As vítimas têm um barbante amarrado no tornozelo.

— E se eu não encontrar nada?

— Se já existem três vítimas que encontrei por acaso, há de ter mais.

— Eu assumiria um grande risco.

— É, tem razão. E teria de mentir. Não poderia contar a ninguém o verdadeiro motivo. Não poderia contar a nenhum dos seus agentes. Não pode confiar em ninguém. Como recompensa por sua coragem, sua família pode acabar num gulag. E você, morto. É a minha proposta.

Liev esticou a mão sobre a mesa.

— Vai me ajudar?

Nesterov foi até a janela e ficou ao lado da esposa. Sem olhar para ele, Inessa bebeu a vodca até o fim. Será que o marido ia arriscar a família, a casa, tudo pelo qual lutou?

— Não.

Sudeste do Óblast* de Rostov
Oeste da cidade de Gukovo

2 de abril

Pétia acordou antes do amanhecer. Ficou sentado nos frios degraus de pedra da fazenda, esperando o sol aparecer para ele ir à cidade, depois de pedir autorização dos pais. Economizou durante meses e agora tinha dinheiro para comprar mais um selo e assim completar seu álbum. Quando fez cinco anos, ganhou do pai a primeira série de selos. Não tinha pedido, mas foi gostando cada vez mais de colecioná-los até virar quase uma obsessão. Nos dois últimos anos ele juntava selos das outras famílias que trabalhavam na *kolkhoz* — a Fazenda Coletiva 12, para onde seus pais foram designados. Tinha até abordado alguns conhecidos em Gukovo, a cidade mais próxima, na esperança de conseguir selos. À medida que a coleção foi aumentando, ele comprou um álbum de papel barato para colar os selos em filas arrumadas. Guardava o álbum numa caixa de madeira feita pelo pai só para protegê-lo. Foi preciso fazer a caixa, uma vez que Pétia não conseguia dormir à noite, toda hora olhava se tinha pingado água do teto, ou se os ratos tinham roído as preciosas folhas. E, de todos os selos, os quatro que o pai deu eram os de que mais gostava.

* Província, em russo. (*N. da T.*)

De vez em quando os pais lhe davam um copeque — não que o dinheiro estivesse sobrando, pois ele tinha idade para entender que não havia o que desperdiçar. Em troca, ele fazia mais algum trabalho na fazenda. Levava muito tempo para economizar, eram meses em que ele só pensava nos selos que compraria. Na noite anterior, ganhou mais uma moeda, o que a mãe considerou inadequado, não por ser contra a compra dos selos, mas porque sabia que o filho não ia conseguir dormir. Tinha razão.

Quando o sol começou a surgir, Pétia se apressou. A mãe insistiu para que comesse uma tigela de mingau de aveia antes de sair. Ele comeu o mais rápido possível, sem se preocupar se ia ficar com dor de estômago, como a mãe avisou. Terminou e saiu correndo na trilha que serpenteava pelo campo até a cidade. Diminuiu o passo. Lembrou que as lojas ainda estariam fechadas. Podia desfrutar por antecipação.

Em Gukovo, o quiosque que vendia selos e jornais estava mesmo fechado. Pétia não tinha relógio. Não sabia a que horas exatamente o quiosque abriria, mas não se importava de esperar. Era ótimo estar na cidade sabendo que tinha dinheiro para mais um selo e ficou andando pelas ruas sem rumo. Parou na estação do *elektrichka*, pois lá havia um relógio. Eram 7h50. Um trem estava para sair e ele resolveu ver, foi para a plataforma e sentou-se num banco. Já tinha viajado de *elektrichka*. Era um trem lento, que parava em cada estação até chegar a Rostov. O lugar mais longe que já tinha ido com os pais era Rostov, mas de vez em quando ele e os colegas de escola entravam no trem só porque não pagavam. Raramente as passagens eram conferidas.

Estava quase voltando para o quiosque para comprar o selo, quando um homem sentou-se ao lado dele. Estava muito bem-vestido e carregava uma mala preta, que colocou no chão entre as pernas, como se temesse que alguém a levasse correndo. Pétia olhou a cara do homem. Usava óculos grossos e quadrados, tinha cabelos negros e arrumados. Estava de terno. Pétia não imaginava quantos anos teria o homem. Não chegava a ser velho, de cabelos grisalhos. Mas também não era exatamente jovem. Parecia não se dar conta da presença de Pétia, que já ia levantar e ir embora quando, de repente, o homem virou-se e sorriu.

— Você vai para onde?

— Para lugar nenhum, senhor. Não de trem, quer dizer. Estou só sentado aqui.

Tinham ensinado a Pétia a ser educado e respeitoso com os mais velhos.

— É um lugar estranho para ficar sentado sem motivo.

— Estou esperando para comprar selos, mas o quiosque ainda não abriu. Já deve estar aberto, tenho de ir ver.

Ao ouvir isso, o homem virou-se todo para Pétia.

— Coleciona selos?

— Sim, senhor.

— Eu também, na sua idade.

Pétia recostou-se, relaxado — não conhecia ninguém que colecionasse selos.

— Colecionava novos ou antigos? Eu tenho os dois.

— Os meus eram todos novos. Comprava num quiosque, como você.

— Gostaria que os meus fossem novos. Mas são quase todos usados. Corto de envelopes velhos.

Pétia pegou no bolso vários copeques de cobre e mostrou ao homem.

— Tive de economizar três meses.

O homem olhou a pequena pilha de moedas.

— Tanto tempo por tão pouco.

Pétia olhou as moedas. O homem tinha razão. Era pouco dinheiro. E percebeu que nunca teria muito. Desanimou um pouco. Ele jamais teria uma grande coleção. Os outros sempre teriam mais do que ele: por mais que trabalhasse, nunca conseguiria. Esmoreceu, queria ir embora e ia se levantar, quando o homem perguntou:

— Você é um menino ordeiro?

— Sim, senhor.

— Cuida bem dos seus selos?

— Sim, guardo-os num álbum. E meu pai fez uma caixa de madeira para o álbum. Nosso telhado às vezes pinga água. E às vezes aparecem ratos em casa.

— É sensato guardar seu álbum. Eu fazia parecido, quando tinha a sua idade. Guardava o meu numa gaveta.

O homem parecia matutar.

— Olha, eu tenho duas filhas, mas nenhuma se interessa por selos. São bagunceiras. E não tenho mais tempo para selos, preciso trabalhar. Você entende? Com certeza seus pais também são ocupados.

— O tempo todo, senhor, eles trabalham muito.

— Não têm tempo para colecionar selos, não é?

— Não, senhor.

— Sou como seus pais. Pensei o seguinte: gostaria de dar minha coleção para alguém que gostasse, que cuidasse, exatamente como você.

Pétia pensou num álbum inteiro cheio de selos novos. Desde o tempo em que aquele homem começou a juntar. Seria a coleção que ele sempre sonhou. Não disse nada, sem acreditar na própria sorte.

— E então, interessa a você?

— Sim, senhor, eu guardaria na minha caixa de madeira e ela ficaria segura.

O homem parecia meio indeciso, balançando a cabeça.

— Mas meu álbum está tão cheio que pode não caber na sua caixinha.

— Meu pai faz outra. Ele é muito inteligente. E não se importaria. Gosta de fazer coisas, é muito habilidoso.

— E você garante que cuidaria dos selos?

— Sim, senhor.

— Prometa.

— Prometo, senhor.

O homem sorriu.

— Você me convenceu. Pode ficar com a coleção. Eu moro a três estações daqui. Vamos, eu compro a sua passagem.

Pétia ia dizer que não precisava de passagem, mas engoliu as palavras. Não queria mostrar que desrespeitava as leis. Até conseguir os selos, ele tinha de impressionar bem aquele homem.

Pétia ficou sentado no banco de madeira do *elektrichka*, olhando a floresta pela janela, balançando as pernas, os sapatos quase alcançando o chão. Não sabia se devia gastar seus copeques num selo novo. Parecia desnecessário, ia ganhar tantos, resolveu devolver o dinheiro para os pais. Seria ótimo que compartilhassem a boa sorte dele. O homem interrompeu os pensamentos do menino dando um tapinha no ombro dele.

— Chegamos.

O *elektrichka* parou numa estação no meio da floresta, bem distante da cidade de Chakhti. Pétia não entendeu. Aquela parada era para quem queria passear longe das cidades. A vegetação rasteira tinha trilhas feitas pelos passos dos caminhantes. Mas não era uma boa hora para andar. A neve tinha acabado de derreter. A floresta estava deserta e pouco convidativa. Pétia virou-se para o companheiro de viagem, olhando os sapatos elegantes e a mala preta.

— O senhor mora aqui?

O homem balançou a cabeça.

— Aqui é a minha *dacha*, casa de campo. Não deixo os selos em casa. Minhas filhas podem mexer neles com as mãos sujas. Mas vou ter de vender a *dacha*, sabe, e não terei onde guardar os selos.

Ele saltou do trem. Pétia foi atrás pela plataforma. Ninguém mais desembarcou.

O homem entrou na floresta, Pétia seguiu-o. Ter uma *dacha* fazia um certo sentido. Pétia não conhecia ninguém tão rico para ter uma casa de verão, mas sabia que costumavam ficar na floresta, à margem de lagos ou na praia. O homem continuou falando enquanto andava.

— Seria ótimo se minhas filhas gostassem de selos, mas não.

Pétia pensou em dizer ao homem que talvez as meninas precisassem de um tempo. Ele demorou a virar um bom colecionador. Mas era sensato o bastante para entender que a vantagem foi dele, uma vez que as filhas daquele homem não gostavam de selos. Então, não disse nada.

O homem saiu da trilha e seguiu rápido pela vegetação rasteira. Pétia fez um esforço para acompanhá-lo. O homem dava passos largos. Pétia quase teve de correr.

— Senhor, como se chama? Gostaria de dizer aos meus pais quem me deu os selos, se eles não acreditarem em mim.

— Não se preocupe com seus pais. Vou mandar um bilhete explicando como você ganhou o álbum. Com meu endereço, caso queiram conferir.

— Muito obrigado, senhor.

— Pode me chamar de Andrei.

Pouco depois, o homem parou, abaixou-se e abriu a mala. Pétia também parou, olhando em volta algum sinal da *dacha*. Não viu nada. Talvez tivessem de andar mais um pouco. Prendendo a respiração, olhou os galhos nus das árvores altas riscando o céu cinzento.

O sangue escorria pelo lado do rosto do menino. Andrei estava de joelhos, com o dedo no pescoço do menino, sentindo o pulso. Estava vivo. Bom. Colocou o menino de costas e começou a tirar as roupas dele como se fosse um boneco. Tirou o casaco, a camisa, os sapatos e as meias. Por fim tirou a calça e a cueca. Juntou tudo numa trouxa, pegou a mala e se afastou da criança. Uns vinte passos adiante, parou ao lado de uma árvore tombada. Jogou as roupas no chão, uma pequena pilha de roupas baratas. Depois abriu a mala e tirou lá de dentro um pedaço comprido de barbante grosseiro. Voltou até o menino e amarrou o barbante no tornozelo dele. Prendeu com força e testou puxando a perna do menino. Estava firme. Voltou e, com cuidado, esticou o barbante como se fosse acender uma carga de dinamite. Foi até a árvore caída, escondeu-se atrás e abaixou-se.

Tinha escolhido um bom lugar. Pela posição da árvore, quando o menino acordasse não o veria. Seguiu com os olhos o barbante no chão, indo da mão dele até o tornozelo do menino. Tinha muito barbante na mão, dava pelo menos para mais uns quinze passos. Pronto, preparado, ele ficou tão excitado que precisou urinar. Com medo de perder o despertar do menino, virou de lado, desabotoou a braguilha e, sem levantar do chão, urinou. A seguir, escondeu-se no chão úmido, ajeitando-se na posição. O menino continuava inconsciente. Andrei tirou os óculos, colocou-os na caixa e guardou-a no bolso do paletó. Ao olhar então, o menino se transformou só numa mancha. Apertando bem a vista, conseguiu ver uma silhueta, uma mancha de pele rosada contrastando com o chão. Sem os óculos, aquela criança podia ser qualquer uma. Andrei arrancou o galho de uma árvore próxima e começou a mastigar a casca, os dentes ficaram ásperos e escuros.

Pétia abriu os olhos, viu o céu cinzento e os galhos desfolhados das árvores. Estava com sangue coagulado na cabeça. Tocou-a, viu o sangue e começou a chorar. Estava com frio. Estava sem roupas. O que tinha acontecido? Confuso, não ousou sentar-se, com medo de ver aquele homem ao lado. Tinha certeza de que o homem estava perto. Naquele instante, só conseguia ver o céu. Mas não podia ficar ali, nu, no chão. Queria estar em casa com os pais. Gostava muito dos pais e tinha certeza de que também gostavam muito dele. Com os lábios batendo de frio, o corpo todo tremendo, ele sentou-se — olhou à direita e à esquerda, mal tendo coragem de respirar. Não via o homem em lugar nenhum. Olhou para trás, para o lado. O homem tinha sumido. Pétia agachou-se, olhando a floresta. Estava sozinho, abandonado. Respirou fundo, aliviado. Não entendia o que havia acontecido. Mas não queria entender.

Procurou as roupas. Tinham sumido. Não se importou. Levantou-se e correu o máximo que pôde, os pés descalços prendendo em galhos caídos, o chão úmido de chuva e neve derretida. Quando não pisava em galhos, seus passos faziam um som de estalido. Não sabia se estava correndo na direção certa. Só sabia que tinha de ir.

De repente, sentiu um puxão na perna direita como se alguém tivesse agarrado seu tornozelo. Perdeu o equilíbrio e caiu de cara no chão. Sem retomar o fôlego, rolou de costas e olhou para trás. Não via ninguém. Devia ter tropeçado e ia se levantar de novo quando viu o barbante amarrado no tornozelo direito. Seguiu o barbante com os olhos até a floresta, esticado como uma linha de pescar. O barbante ia até uma árvore caída, a uns quarenta passos.

Ele pegou o barbante e tentou tirá-lo pelos pés. Mas estava tão apertado que penetrou na pele. Puxaram o barbante outra vez, com mais força. Pétia foi arrastado pelo chão, com as costas cheias de lama, até que pararam de puxar. Olhou. Lá estava ele, aquele homem, atrás de uma árvore, puxando-o. Pétia agarrou-se nos galhos, segurou no chão, ficou com as mãos cheias de terra. Mas não adiantou: estava cada vez mais perto. Concentrou-se no nó. Não conseguia desfazê-lo. Não arrebentava. Só podia arrancá-lo junto com a pele do tornozelo. Puxaram outra vez e o barbante entrou na pele. Ele trincou os dentes, não queria gritar. Pegou lama e umedeceu o barbante. Quando o homem puxou de novo, Pétia se soltou. Levantou-se e correu.

O barbante ficou frouxo na mão de Andrei. Não tinha nada no final. Ele puxou de novo e ficou com a cara rubra. Apertou os olhos, mas estava muito longe, não conseguia ver, sempre confiou no barbante. Era melhor colocar os óculos? Não, não podia.

Ele está deixando você para trás.

Andrei pulou por cima da árvore caída. Com o nariz perto do chão, acompanhou o barbante.

Pétia corria como nunca. Chegaria à estação e o trem estaria lá. Ele embarcaria. E o trem sairia antes de o homem chegar. Ia se salvar.

Eu consigo.

Virou-se. O homem estava atrás dele, correndo, com a cabeça perto do chão como se procurasse algo que tinha deixado cair. E mais: ia na direção errada. Aumentava a distância entre eles. Pétia ia conseguir, ia fugir.

Andrei chegou ao final do barbante, onde estava o laço, com o coração batendo depressa. Parou, olhou em volta e apertou bem os olhos. Sentiu as lágrimas surgindo, não podia ver o menino. Tinha sumido. Andrei estava sozinho, abandonado. Então, lá à direita, percebeu um movimento: uma cor leve, de pele, um menino. Era ele.

Pétia olhou para trás, esperando que a distância entre eles tivesse aumentado ainda mais. Mas viu o homem correndo direto para ele. Dava passos largos, as abas do paletó batiam dos lados. Tinha um sorriso selvagem. Pétia viu que os dentes dele estavam completamente marrons. Sentiu-se fraco, como se o sangue tivesse sumido das pernas. Colocou as mãos na cabeça para se proteger e fechou os olhos, imaginando que estava de novo no colo dos pais.

Andrei chocou-se com o menino com tanta força que os dois caíram. Andrei ficou por cima, o menino mexendo embaixo, arranhando e mordendo o paletó dele. Andrei ficou bem firme para impedir que o menino fugisse e resmungou:

— *Ainda está vivo!*

Pegou a comprida faca de caça que tinha no cinto. Fechou os olhos e desferiu um golpe embaixo dele, primeiro com cuidado, só com a ponta, pequenos cortes, ouvindo os gritos. Esperou, gozando o momento, sentindo a vibração da luta sob seu corpo. Que sensação! Excitado, fez a lâmina entrar mais fundo e mais rápido, mais fundo e mais rápido até chegar ao cabo. Nessa altura, o menino tinha parado de se mexer.

TRÊS MESES DEPOIS

Sudeste do Óblast de Rostov
Mar de Azov

4 de julho

Nesterov sentou-se na praia e enfiou os pés na areia. O lugar era muito freqüentado pelos moradores da cidade de Rostov-on-Don, que ficava a uns 40 quilômetros a noroeste. Naquele dia também a praia estava lotada. Como se os moradores da cidade tivessem saído da hibernação, estavam sem cor, após o longo inverno. Pela forma dos corpos, será que ele conseguia adivinhar no que trabalhavam? Os homens mais gordos deviam ter alguma função importante. Gerentes de fábrica, agentes do partido, ou pertenciam ao alto escalão da Segurança do Estado, não dos que derrubavam portas a pontapés, mas dos que assinavam requisições. Nesterov tomou cuidado para não encará-los. Concentrou-se na família. Os dois filhos brincavam na beira d'água, a esposa dormia ao lado dele — com a cabeça apoiada nas mãos. De relance, todos pareciam satisfeitos: eram uma perfeita família soviética. Tinham todos os motivos para estarem relaxados: de férias, com autorização para usar um carro oficial da milícia e com vale do Estado para gasolina como prêmio pela bem-sucedida, discreta e eficiente investigação dos dois homicídios. Disseram para ele agir com calma. Foram ordens. Ele enfiou as palavras na cabeça, desfrutando da ironia.

O julgamento de Varlam Babinitch durou dois dias e o advogado de defesa argumentou insanidade mental. Pela praxe, a defesa era obrigada a confiar nas mesmas testemunhas usadas pela acusação. Não podia chamar outras. Nesterov não era advogado, mas nem precisava ser para entender a enorme vantagem desse arranjo para a promotoria. No caso de Varlam, a defesa tinha de provar a insanidade sem convocar uma testemunha que não fosse instruída pela promotoria. Como o Hospital 379 não contava com psiquiatras, chamaram um clínico para dar seu testemunho sobre o paciente. Ele afirmou que Varlam Babinitch sabia diferençar certo de errado e que matar era errado. Admitiu que o réu tinha inteligência limitada, mas suficiente para entender o que era crime, pois declarou ao ser preso:

Estou estrepado.

A defesa então não teve outra saída senão chamar o mesmo médico e tentar um enfoque diferente. Varlam Babinitch foi considerado culpado. Depois, Nesterov recebeu uma carta datilografada informando que o rapaz de 17 anos tinha morrido de joelhos, com uma bala na nuca.

O julgamento do Dr. Tiapkin levou menos tempo ainda, nem um dia. A esposa testemunhou que ele era violento, tinha fantasias doentias e que ela só não falou antes porque temia pela própria vida e a do bebê. Disse também ao juiz que tinha renunciado à sua religião, o judaísmo. Iria educar os filhos para serem comunistas fiéis. Em troca do testemunho, ela foi transferida para Chakhti, uma cidade na Ucrânia, onde poderia continuar sua vida sem o estigma do crime do marido. Como fora de Voualsk ninguém tinha ouvido falar no fato, ela não precisava nem mudar de nome.

Concluídos os dois processos, o tribunal deliberou sobre quase duzentos processos contra homens acusados de comportamento anti-soviético. Esses homossexuais receberam pena de trabalhos forçados que variavam de cinco a 25 anos. Em vista do grande número de casos, o juiz encontrou um tipo de condenação que dependia do registro de trabalho, do número de filhos e da quantidade de encontros sexuais que supostamente tiveram. Se o acusado fosse membro do Partido Comunista, era um agravante, pois tinha manchado o nome da instituição. Devia saber disso e era afastado do partido. Apesar das sessões serem repetitivas, Nesterov assistiu a todas, duzentas e tantas. Quando o último homem foi condenado, Nesterov saiu do tribunal e foi cumprimentado pelos agentes locais do partido. Tinha feito um bom trabalho. Era quase garantido que teria direito a um apartamento novo nos próximos meses, ou pelo menos até o final do ano.

Noites após o término dos julgamentos, ele estava deitado na cama, sem dormir, quando a esposa disse que era só questão de tempo para ele querer ajudar Liev. Ela gostaria que o marido aceitasse. Estava esperando a autorização dela? Talvez. Arriscava não só a própria vida, mas a da família. Não que estivesse fazendo algo errado ao perguntar e investigar, mas agia por iniciativa própria. Isso era sempre perigoso, pois dava a entender que os mecanismos do Estado tinham falhado, que o indivíduo podia conseguir algo que o Estado não podia. Mesmo assim, ele tinha certeza de que podia começar uma investigação sigilosa, que ia parecer apenas uma conversa casual entre colegas. Se descobrisse que não havia qualquer outro assassinato de crianças, se convenceria de que os castigos brutais infligidos aos condenados foram certos, justos e adequados. Embora não confiasse em Liev e se ressentisse com a dúvida que levantou, ele certamente colocou uma questão simples: o trabalho de Nesterov tinha um sentido, ou era apenas um meio de sobreviver? Não era vergonha tentar sobreviver — a maior parte das pessoas fazia isso. Mas bastava viver na miséria e não ter do que se orgulhar? Trabalhar sem um propósito?

Nas últimas dez semanas, Nesterov tinha agido sozinho, sem discutir nem pedir a ajuda de Liev. Considerando que Liev devia estar sendo vigiado, quanto menos contato entre eles, melhor. Nesterov apenas rabiscou um bilhete rápido — *Vou ajudar* — e recomendou que destruísse o papel imediatamente após ler.

Não era fácil consultar os arquivos criminais da região. Ele tinha telefonado e mandado cartas, mas sempre citando o assunto só de passagem, elogiando a eficiência do próprio departamento pela solução rápida dos dois casos para não incentivar outros parecidos. As respostas foram chegando e ele foi obrigado a fazer várias viagens de trem fora do horário de trabalho, indo às cidades e encontrando os colegas, bebendo com eles, discutindo casos importantes por uma fração de minuto antes de tocar em outros assuntos. Era uma forma totalmente ineficiente de coletar informações. Três horas de bebida podiam render dois minutos de conversa útil. Após oito semanas, Nesterov não tinha desencavado um só crime não solucionado. Então, mandou chamar Liev em seu escritório.

Liev entrou na sala de Nesterov, fechou a porta e sentou-se. Nesterov conferiu duas vezes os corredores antes de voltar, trancar a porta do escritório e pegar algo sob a escrivaninha. Era um mapa da União Soviética, que abriu sobre a mesa e colocou livros para segurar as beiradas. Depois, pegou várias tachinhas. Colocou duas sobre Voualsk, duas em Molotov, duas em Viatka, duas em Gorki e duas em Kazan. As tachinhas formavam uma seqüência de cidades a oeste, interligadas pela ferrovia na direção de Moscou. Nesterov não foi a Moscou por causa dos agentes da milícia, tinha medo de que desconfiassem de qualquer coisa. A oeste da capital, ele não conseguiu muitas informações, mas descobriu um provável caso em Tver. Mais para o sul, colocou três tachinhas na cidade de Tula, duas na cidade de Orel e duas em Belgorod. Já na Ucrânia, ele pegou um punhado de tachinhas e colocou pelo menos vinte na mão. Continuou: três nas cidades de Kharkov e Gorlovka, quatro em Zaporozh'ye, três em Kramatork e uma em Kiev. Saindo da Ucrânia, foram cinco tachinhas em Taganrog e finalmente seis em volta de Rostov.

Nesterov compreendeu a reação de Liev: um silêncio pasmo. Nos vários caminhos, ele tinha conseguido informações parecidas. A princípio tentou afastar as semelhanças: as crianças com a boca cheia de algo parecido com terra (quer os agentes considerassem como terra ou sujeira), os torsos mutilados. Mas os pontos em comum eram impressionantes. O barbante no tornozelo. Os corpos sempre nus, as roupas empilhadas perto. Os locais dos crimes — florestas ou parques próximos a estações ferroviárias, nunca o interior de uma casa ou de algum lugar. Nenhuma cidade comunicou a outra, embora alguns crimes tivessem ocorrido a menos de 50 quilômetros. Não foi feita uma linha de conexão entre eles, colocando tachinhas num mapa. Os crimes foram atribuídos a bêbados, ladrões ou estupradores condenados — pessoas indesejáveis, nas quais qualquer culpa podia caber.

Pelas contas de Nesterov, eram 43 vítimas no total. Pegou mais uma tachinha e colocou no centro de Moscou, fazendo com que Arkadi se transformasse na criança número 44.

Nesterov acordou com um lado do rosto apertado na areia, a boca aberta. Sentou-se, limpou a areia e olhou em volta. O sol tinha sumido atrás de uma nuvem. Procurou os filhos pela praia, onde os banhistas estavam se divertindo. O mais velho, Efim, sete anos, brincava na beira d'água. Mas não viu o caçula, de apenas cinco anos. Nesterov virou-se para a esposa, que cortava fatias de carne seca para o lanche.

— Onde está Vadim?

Inessa olhou e viu imediatamente o mais velho, mas não o caçula. Com a faca na mão, levantou-se e virou, procurando atrás dela. Como não o viu, jogou a faca na areia. O casal foi até Efim, ajoelhou-se ao lado dele, um de cada lado.

— Onde está seu irmão?

— Ele disse que ia ficar com vocês.

— Quando?

— Não sei.

— Pense.

— Há pouco, não sei direito.

— Nós mandamos vocês ficarem juntos.

— Ele disse que ia ficar com vocês!

— Não foi para a água?

— Ele foi por ali, na direção de vocês.

Nesterov levantou-se de novo e olhou o mar. Vadim não tinha ido para lá, não queria nadar. Estava na praia, no meio daquelas centenas de pessoas. Lembrou das fotos das vítimas que viu nos arquivos. Uma menina assassinada perto de uma conhecida trilha à margem de um rio. Outra, num parque, atrás de um monumento, a cem metros de casa. Ele se agachou ao lado do filho:

— Volte e fique lá onde estamos. Não saia de lá com ninguém, seja lá o que a pessoa disser a você. Mesmo que seja a pessoa seja mais velha e exija respeito, não vá com ela.

Lembrando de quantas crianças foram convencidas a entrar na floresta, ele mudou de idéia e segurou a mão do filho.

— Venha comigo. Nós vamos procurar seu irmão.

A esposa foi na direção contrária, enquanto Nesterov seguia pelo meio das pessoas, apressado, rápido demais para Efim, que foi então carregado no colo. A praia terminava em uma vegetação alta. Vadim não estava em lugar nenhum.

Efim sabia um pouco sobre o trabalho do pai. Sabia das duas crianças mortas na cidade, os pais tinham comentado, fazendo-o jurar que não diria a ninguém. Não era preciso se preocupar com aqueles crimes, iam ser resolvidos. Efim sabia também que seu irmãozinho estava em perigo. Era falante, simpático. Devia ter cuidado dele melhor e, sentindo-se culpado, chorou.

No outra ponta da praia, Inessa chamava o filho. Tinha lido os documentos dos casos que o marido estava investigando. Sabia exatamente o que tinha acontecido com aquelas crianças desaparecidas. Em pânico, ela se culpou. Dissera ao marido para ajudar Liev. Encorajara-o, sugerindo os cuidados básicos para manter a investigação em sigilo. Ele era ousado por natureza e aquele trabalho exigia precaução. Leu as cartas do marido antes que ele enviasse e sugeriu acrescentar algumas frases, caso fossem interceptadas. Quando ele mostrou o mapa com as tachinhas, ela tocou em cada uma. Era uma quantidade inacreditável e naquela noite ela dormiu na mesma cama que os filhos. Juntar as férias à investigação tinha sido idéia dela. Dado que o maior número de assassinatos tinha ocorrido no sul do país, a única forma de Nesterov fazer uma viagem sem ser notado seria usar as férias como disfarce. Só naquele momento ela entendeu que tinha colocado os filhos em perigo. Levara-os para o centro daquele misterioso mal. Subestimou o poder da pessoa que estavam procurando. Nenhuma criança estava segura. Eram pegas ao acaso e assassinadas a poucos metros de casa. Agora, tinha sido o filho caçula dela.

Ofegante, gritava o nome do filho na cara dos banhistas, com os olhos cheios de lágrimas. As pessoas ficavam em volta dela, surpresas, despreocupadas. Implorou que a ajudassem.

— Ele tem só cinco anos. Levaram o meu filho. Temos de encontrá-lo.

Uma mulher de olhos duros tentou contê-la.

— Ele deve estar por aqui mesmo.

— Você não entende: ele corre muito perigo.

— De quê?

Inessa empurrou a mulher e ficou dando voltas, chamando-o. De repente, sentiu a mão forte de um homem segurá-la pelos braços.

— Levaram meu filhinho. Por favor, me ajude a achá-lo.

— Por que não se acalma?

— Não, vão matá-lo. Você tem que me ajudar.

O homem riu.

— Ninguém vai ser morto. Ele está muito bem.

Ela tentou se desvencilhar, mas o homem não a largou. Cercada de olhares comovidos, quis se soltar.

— Me deixe! Tenho de achar meu filho.

Nesterov empurrou a multidão e chegou à esposa. Tinha encontrado o caçula brincando no meio de uns bambus, estava agora com os dois filhos. O homem soltou o braço de Inessa. Ela segurou Vadim e apertou a cabeça dele como se pudesse se partir em pedaços.

Ficaram juntos como uma família, cercados de rostos hostis por todos os lados. Por que o casal fez aquilo? O que havia de errado com eles? Efim cochichou:

— Vamos embora.

Afastaram-se da multidão, juntaram depressa seus pertences e foram para o carro. Só quatro carros estavam estacionados na estrada poeirenta. Os outros banhistas tinham vindo de bonde. Nesterov ligou o carro e foi embora.

Na praia, uma mulher magra, de cabelos meio grisalhos, viu o carro sumir. Anotou o número da placa e concluiu que aquela família precisava ser investigada.

Moscou

5 de julho

Até o dia anterior, se Liev fosse preso, não havia nada que ligasse diretamente Raíssa à investigação dele. Ela podia denunciá-lo e ter chance de se salvar. Mas não era mais assim. Num trem que se aproximava de Moscou, viajando com documentos falsos, a culpa deles não podia ser negada.

Por que Raíssa acompanhou Liev na viagem? Ia contra o princípio máximo dela, que era sobreviver. Estava assumindo um risco enorme, quando havia uma alternativa, podia ter ficado em Voualsk sem fazer nada. Ou, para se garantir mais ainda, podia ter traído Liev esperando com isso garantir seu futuro. Era uma estratégia desagradável, hipócrita e mesquinha, mas ela havia feito tanta coisa em nome da sobrevivência, inclusive casado com Liev, a quem desprezava. O que tinha mudado? Não era uma relação de amor. Liev agora era o parceiro dela, não no sentido conjugal. Parceiros de investigação. Ele confiava nela, ouvia-a — não por cortesia, mas como igual. Formavam uma dupla com a mesma meta, unidos por um objetivo mais importante que tudo. Animada, ela não queria voltar para sua vida de subsistência, pensando quanto de alma teria de vender para sobreviver.

O trem parou em Iaroslavski Vokzal. Liev tinha perfeita noção do significado de voltar lá, viajando sobre os mesmos trilhos onde o corpo de Arkadi foi encontrado. Os dois iam a Moscou pela primeira vez desde que foram exilados, quatro meses antes. Não tinham nada de oficial a fazer lá. A vida e a investigação dependiam de não serem descobertos. Se fossem pegos, morreriam. O motivo da viagem era uma mulher chamada Galina Chaporina, que tinha visto o assassino, era uma testemunha que poderia descrevê-lo, dar a idade aproximada dele, dizer como era — torná-lo real. No momento, Liev e Raíssa não tinham idéia de como era o homem que procuravam. Não tinham qualquer pista se era jovem ou velho, magro ou gordo, desleixado ou bem-vestido. Em resumo, podia ser qualquer um.

Além de falar com Galina, Raíssa tinha sugerido falarem com Ivan, colega dela na escola. Ele conhecia bem os textos ocidentais censurados e tinha acesso a publicações de circulação restrita, artigos de revistas, jornais e traduções proibidas. Poderia saber de estudos sobre crimes parecidos que ocorreram no exterior, ou seja, assassinatos por motivos aleatórios, em série, obedecendo a um determinado ritual. Raíssa só sabia de tais crimes por alto. Ouviu falar de um americano, Albert Fish, que matou crianças e depois comeu-as. E do francês Dr. Pettiot, que durante a Grande Guerra Patriótica escondeu judeus no porão de casa oferecendo segurança, depois matou-os e queimou os corpos. Raíssa não sabia se isso era apenas propaganda soviética sobre a decadência da civilização ocidental, com os assassinos mostrados como resultado de uma sociedade falha e uma política perversa. Para a investigação, era inútil adotar uma tese determinista: o único suspeito a procurar seria um estrangeiro, de caráter forjado pela sociedade capitalista. Mas era evidente que o assassino circulava pelo país com facilidade, falava russo e atraía as crianças. Era um assassino agindo dentro do sistema do país. Tudo o que Liev e Raíssa sabiam ou ouviram dizer sobre aquele tipo de crime era falso ou irrelevante. Tinham de desprezar esses dados e começar do nada. Raíssa achava que o acesso de Ivan a informações proibidas era fundamental para eles se reeducarem.

Liev julgava que esse material seria útil, mas queria limitar os contatos ao menor número de pessoas. O primeiro objetivo seria falar com Galina Chaporina, Ivan era secundário. Liev não estava convencido de que o professor valia o risco. Mas sabia que essa opinião era por motivos pessoais. Tinha ciúme de Ivan com Raíssa? Tinha. Queria dividir a investigação com Ivan? De jeito nenhum.

Liev olhou pela janela, esperando que todos os passageiros desembarcassem. As estações ferroviárias eram vigiadas por agentes disfarçados, usando uniforme. As grandes conexões de transporte eram consideradas vulneráveis como pontos de infiltração. Havia locais de policiamento armado nas estradas. Os portos e ancoradouros ficavam sob vigilância constante. E o lugar mais protegido era Moscou. Liev e Raíssa estavam tentando se infiltrar na cidade mais policiada do país. A única vantagem era que Vassíli não ia imaginar que eles fossem tão temerários a ponto de entrar numa aventura dessas. Prestes a saltar do trem, Liev recomendou a Raíssa.

— Se um guarda ou qualquer pessoa, até um civil, notar você, não desvie o olhar. Não sorria, nem faça nenhum gesto. Sustente o olhar e depois olhe para outra coisa.

Desceram na plataforma, sem muita bagagem. Sacolas grandes chamavam mais atenção. Andavam rápido, tentando não correr. Liev ficou satisfeito porque a estação estava cheia. Mesmo assim, sentiu o colarinho da camisa encharcado de suor. Tentou se convencer de que eram mínimas as chances de os agentes ali estarem à procura deles. Eles já tinham cuidado para não serem vigiados em Voualsk. Avisaram que iam tirar férias fazendo uma caminhada na montanha. Era preciso preencher uma requisição de férias. Como ocupavam cargos simples, só receberam autorização para dois dias. Pressionados pelo pouco tempo, eles entraram na floresta e caminharam numa trilha auxiliar, conferindo se não estavam sendo seguidos. Quando se certificaram que não, voltaram para a floresta próxima da estação. Trocaram a roupa cheia de lama, enterraram as roupas e o equipamento de acampar e sentaram à espera do trem para Moscou. Embarcaram no último instante. Se tudo corresse conforme os planos, eles iriam ouvir a testemunha, retornar para Voualsk, entrar na floresta, recuperar o equipamento e vestir as roupas enlameadas. Voltariam à cidade por uma das trilhas ao norte da floresta.

Estavam quase saindo, quando um homem atrás deles pediu:

— Documentos.

Sem hesitar, Liev virou-se. Não sorriu, nem tentou parecer relaxado. Era um agente da Segurança do Estado, mas Liev não o reconheceu. Foi sorte. Mostrou os documentos. Raíssa mostrou os dela.

Liev observou a cara do homem. Era alto, forte. Os olhos se moviam devagar como o corpo. Para o agente, aquela era apenas mais uma revista de rotina. Mas, rotina ou não, os documentos que estava examinando eram falsos e, no máximo, uma imitação passável. Quando era agente, Liev jamais se enganaria. Nesterov tinha ajudado a arrumar os papéis e falsificou-os com ajuda de Liev. Trabalharam muito mas, quanto mais trabalhavam, mais se conscientizavam dos defeitos: os riscos no papel, os lugares onde a tinta vazou, as linhas duplas onde foi carimbado duas vezes. Liev ficou pensando em como ele pôde confiar naqueles papéis e percebeu então que não confiava — esperava que ninguém os pedisse.

Raíssa observou o agente olhando os documentos e percebeu que era quase analfabeto. Tentava esconder isso fingindo estar muito atento. Mas ela havia visto muitas crianças enfrentarem o mesmo problema sem demonstrar. O homem mexia os lábios enquanto percorria as linhas. Raíssa manteve o olhar de medo, sabendo que, se desse alguma indicação que sabia da fraqueza dele, certamente ficaria agressivo. Claro que o agente conferiu a expressão do rosto deles, não por suspeitar dos documentos, mas por achar que podiam ficar com menos medo dele. Devia gostar de causar medo, assim acalmava o próprio nervoso. Satisfeito por continuar sendo um homem temido, bateu os documentos na palma da mão para mostrar que estava avaliando os dois e ainda tinha poder sobre a vida deles.

— Quero ver a bagagem.

Liev e Raíssa abriram as pequenas sacolas. Só levavam uma muda de roupa e coisas essenciais. O agente estava ficando entediado. Deu de ombros. Em reação, eles concordaram com a cabeça, reverentes, e foram para a saída, tentando não andar depressa demais.

No mesmo dia

Depois de impedir que Fiodor investigasse o assassinato do filho, depois de convencê-lo a não fazer nada e ameaçá-lo, Liev estava prestes a pedir ajuda dele sobre o mesmo assunto. Precisava que Fiodor o levasse ao apartamento de Galina Chaporina, uma vez que não tinha conseguido o endereço. Na verdade, podia ser que Fiodor nem lembrasse direito o nome dela. Não prestou muita atenção na hora e tinha acontecido muita coisa desde então. Sem Fiodor, era pouco provável que ele encontrasse aquela testemunha.

Liev estava preparado para enfrentar humilhação, constrangimento, ironia e desdém, desde que conseguisse o depoimento da testemunha. Embora Fiodor fosse agente da MGB, Liev esperava que fosse fiel à memória do filho. Por mais que tivesse raiva de Liev, será que o desejo de justiça faria com que os dois se aliassem? Assim, o comportamento dele quatro meses antes foi correto: se investigasse por conta própria a morte do filho, arriscaria a vida da família toda. Talvez Fiodor tivesse se conformado com aquele comportamento. Pois era melhor proteger os vivos, melhor deixar Liev por conta do Estado e Fiodor teria a vantagem da segurança e da vingança. O que Fiodor iria resolver? A única saída de Liev era ir à casa dele e descobrir.

Uma idosa abriu a porta do apartamento no quarto andar do prédio nº 18: era a mesma mulher que o enfrentou, que ousou chamar aquela morte de assassinato.

— Meu nome é Liev e esta é minha esposa Raíssa.

A idosa olhou bem para Liev, lembrou dele e teve ódio. Olhou para Raíssa.

— O que querem?

Raíssa respondeu, baixo:

— Estamos aqui por causa do assassinato de Arkadi.

Fez-se um longo silêncio, a idosa olhou-os, atenta, antes de responder:

— Vieram ao lugar errado. Nenhum menino foi assassinado aqui.

Ia fechar a porta e Liev se adiantou.

— A senhora tinha razão.

Liev esperava que ela se irritasse. Mas a mulher chorou.

Fiodor, a esposa e a idosa, que era mãe de Fiodor, se juntaram, formando uma *troika* civil — um tribunal civil — olhando Liev tirar o sobretudo e colocá-lo numa cadeira. Tirou também um blusão de malha e começou a desabotoar a camisa. Por baixo de tudo, grudado ao corpo, ele tinha os detalhes dos assassinatos — fotos, descrições, depoimentos, mapas mostrando onde os crimes tinham ocorrido: as provas mais importantes que conseguiu.

— Tive de tomar certo cuidado para andar com isso. São detalhes de mais de quarenta assassinatos de meninos e meninas, no lado ocidental de nosso país. Foram mortos quase da mesma forma, como acredito agora que seu filho foi assassinado.

Liev tirou os papéis: os que ficaram mais perto do corpo estavam úmidos de suor. Fiodor recebeu-os. A esposa se adiantou, assim como a mãe dele. Os três leram os documentos, passando de um para outro. A esposa de Fiodor foi a primeira a falar.

— E se você pegá-lo, o que vai fazer?

Reparou que era a primeira vez que perguntavam isso. Até então, as pessoas queriam saber da possibilidade de pegá-lo.

— Vou matá-lo.

Liev explicou por que a investigação era pessoal e Fiodor não perdeu tempo com xingamentos ou recriminações. Claro que não passou pela cabeça dele não ajudar, duvidar da sinceridade do casal ou pensar nas conseqüências. A esposa e a mãe de Fiodor também não, pelo menos a ponto de se preocuparem. Fiodor aceitou levar o casal imediatamente ao apartamento de Galina.

O caminho mais curto era atravessando os trilhos da ferrovia, onde o corpo de Arkadi tinha sido encontrado. Havia muitos trilhos correndo em paralelo por um vasto espaço, ladeados por moitas e árvores ralas. Com a luz do dia sumindo, Liev avaliou aquela terra de ninguém escondida. No meio da cidade, o lugar parecia sinistramente vazio. Será que o menino tinha passado por aqueles dormentes, perseguido pelo assassino? Teria caído, desesperado por escapar? No escuro, teria um trem passado por cima do menino, sem o maquinista perceber? Liev ficou aliviado de sair dos trilhos.

Perto do apartamento, Fiodor recomendou que Liev ficasse na frente do prédio. Na outra vez, Galina tinha se apavorado com ele: não podiam arriscar de ela não falar de novo. Liev concordou. Só Raíssa e Fiodor entrariam.

Raíssa subiu as escadas atrás de Fiodor, que chegou à porta e bateu. Ouviu crianças brincando lá dentro. Ficou satisfeita. Não era preciso ser mãe para avaliar a gravidade daquele caso, claro, mas o fato de os filhos de Galina correrem perigo facilitaria.

Uma mulher magra, de 30 e poucos anos, abriu a porta. Estava encasacada como se fosse o meio do inverno. Parecia doente. Os olhos eram agitados, atentos a cada detalhe de Raíssa e Fiodor, que pareceu reconhecê-la.

— Galina, lembra de mim? Sou Fiodor, pai de Arkadi, o menino que foi assassinado. Esta é minha amiga Raíssa. Ela mora em

Voualsk, perto dos montes Urais. Estamos aqui porque o homem que matou meu filho continua matando crianças em outras cidades. Raíssa veio a Moscou para trabalharmos juntos. Precisamos da sua ajuda.

Galina falou baixo, quase num sussurro.

— Como posso ajudar? Não sei de nada.

Esperando essa resposta, Raíssa observou:

— Fiodor não está aqui como agente da MGB. Formamos um grupo de pais, mães e cidadãos indignados com esses crimes. Seu nome não será citado em documento algum, não há documentos. Você não vai mais nos ver, nem ouvir falar de nós. Só precisamos saber como é ele. Que idade deve ter? É alto? Tinha cabelos de que cor? Usava roupas caras ou simples?

— Mas o homem que vi não estava com uma criança. Eu disse isso.

Fiodor pediu:

— Por favor, Galina, deixe-nos entrar um minuto. Vamos conversar fora desse corredor.

Ela balançou a cabeça.

— Não posso ajudar. Não sei de nada.

Fiodor estava ficando nervoso. Raíssa tocou no braço dele e fez com que parasse. Tinham de manter a calma, não podiam assustá-la. O segredo da investigação era a paciência.

— Está bem, Galina, está bem. Você não viu um homem com uma criança. Fiodor disse que você viu um homem com uma sacola de ferramentas, não é?

Ela concordou com a cabeça.

— Pode nos dizer como ele era?

— Mas ele não estava com uma criança.

— Sim, nós entendemos. Ele não estava com uma criança. Você foi clara. Apenas tinha uma sacola de ferramentas. Mas como ele era?

Galina pensou. Raíssa prendeu a respiração, sentia que a outra estava prestes a falar. Não iam anotar nada. Não precisavam de uma declaração assinada. Não iam levar mais de meio minuto.

De repente, Fiodor rompeu o silêncio:

— É difícil dizer como era um homem com uma sacola de ferramentas? Ninguém vai ter problema por descrever um operário da ferrovia.

Raíssa olhou bem para Fiodor. Ele tinha cometido um erro. As pessoas podiam ter problema por descrever um operário de ferrovia. Podiam ter problema por muito menos. O melhor sempre era não fazer nada. Galina balançou a cabeça, recuando.

— Desculpem, estava escuro. Não o vi. Só lembro que estava com uma sacola.

Fiodor colocou a mão na porta.

— Não, Galina, por favor...

Galina balançou a cabeça.

— Saiam.

— Por favor, por favor...

Como um animal assustado, ela falou com a voz aguda de preocupação.

— Saiam!

Fez-se silêncio. As crianças pararam de brincar. O marido de Galina apareceu.

— O que está havendo?

No corredor, abriram-se portas e pessoas ficaram olhando, observando, apontando, o que assustou Galina ainda mais. Notando que estavam perdendo o controle da situação, que a testemunha não ia falar, Raíssa se adiantou e abraçou Galina, como se estivesse se despedindo.

— Como ele era? Diga no meu ouvido.

O marido de Galina tentou separá-las.

— Chega!

Galina quis se soltar. Mas Raíssa insistiu, segurando no braço daquela estranha e repetindo, implorando:

— Como ele era?

Com o rosto encostado no de Galina, Raíssa esperou, de olhos fechados. Sentiu a respiração de Galina. Mas ela não respondeu.

Rostov-on-Don

No mesmo dia

A gata estava no peitoril da janela, balançando o rabo de um lado para outro, os frios olhos verdes seguindo Nádia pela sala, parecia pensar em pular em cima como se a menina fosse apenas um rato gigante. A gata era mais velha do que ela. Nádia tinha 6 anos, a gata, 8 ou 9. Isso talvez explicasse o comportamento altivo do bichano. Segundo o pai, o lugar onde moravam tinha problema com ratos, por isso os gatos eram fundamentais. Bom, em parte isso era verdade: Nádia tinha visto muitos ratos, ratazanas ousadas até. Mas nunca viu aquela gata tomar qualquer providência. Era preguiçosa, mimada pelo pai dela. Como uma gata podia se achar mais importante do que ela, a filha? Não deixava que a tocasse. Uma vez, ao passar por ela, Nádia segurou-a pelas costas e a gata reagiu virando, sibilando e pulou para o canto, com o pêlo eriçado como se a menina tivesse feito algo muito grave. Depois, disso, Nádia desistiu de agradá-la. Se a gata queria odiá-la, ela a odiaria em dobro.

Nádia não conseguia ficar em casa mais, com a gata olhando firme para ela. Saiu, embora fosse tarde e o resto da família estivesse na cozinha, preparando o *uzhin*. Sabia que não iam deixar que fosse andar lá fora, por isso não pediu: calçou os sapatos e saiu furtiva pela porta da frente.

Morava com os pais e a irmã menor numa margem do rio Don, na periferia de Rostov, onde as ruas eram esburacadas e as casas, barracos de tijolos. Os esgotos da cidade e os detritos da fábrica eram despejados no rio, pouco acima de onde viviam, e Nádia às vezes ficava sentada vendo as manchas de óleo, a sujeira e os produtos químicos boiando. Havia uma trilha bem marcada à margem do rio. Nádia seguiu por ela na direção do campo. Embora estivesse meio escuro, ela conhecia bem o caminho. Tinha bom sentido de direção e nunca se perdeu, nem uma vez. Pensou no que uma menina com bom senso de orientação poderia ser quando crescesse. Talvez se tornasse piloto de avião. Não havia por que virar maquinista de trem, pois eles não precisavam pensar para onde iam: era difícil um trem se perder. O pai tinha contado histórias de mulheres que foram pilotos de bombardeiros durante a guerra. Ela gostou da idéia, queria ser uma, com a foto na primeira página de um jornal, condecorada com a Ordem de Lenin. Isso chamaria a atenção do pai, que se orgulharia dela. Tiraria a atenção dele daquela gata idiota.

Estava andando há pouco tempo, cantarolando baixinho, satisfeita de estar fora de casa, longe da gata e, de repente, parou. À frente, viu a silhueta de um homem vindo na direção dela. Era alto, mas na penumbra não dava para ver muito mais. Estava com uma espécie de mala. Normalmente, ela não se incomodava com estranhos. Por que se incomodar? Mas há pouco tempo, a mãe tinha feito uma coisa esquisita: mandou Nádia e a irmã sentarem e recomendou que não falassem com nenhum estranho. Chegou a dizer que era melhor ser mal-educada a atender o pedido de um estranho. Nádia olhou para trás, para sua casa. Não estava muito longe. Se corresse, podia voltar em menos de dez minutos. Só que realmente queria ir até sua árvore preferida, mais abaixo do rio. Gostava de subir nela e ficar lá sonhando. Se não conseguisse, se não chegasse naquela árvore, a caminhada não teria valido a pena. Ela imaginava como uma missão militar: se chegasse à árvore, teria cumprido a missão. Decidiu imediatamente que não ia falar com aquele homem, ia passar por ele e, se ele dissesse alguma coisa, ela daria um *boa-tarde* e não ia parar.

Continuou pela trilha, com o homem se aproximando. Será que ele estava andando mais depressa? Parecia. Estava escuro demais para ver a cara dele. Usava uma espécie de chapéu. Ela ficou na beira da trilha, dando bastante espaço para ele passar. Estavam a uns dois metros de distância. Nádia teve medo, uma pressa inexplicável de passar por ele. Não sabia por quê. Culpou a mãe. Os pilotos de bombardeiro nunca tinham medo. Ela correu. Preocupada em não ofender o cavalheiro, ela disse alto:

— Boa tarde.

Com o braço livre, Andrei segurou-a pela cintura, levantando seu corpo leve do chão, aproximando o rosto do dela, olhando-a bem nos olhos. Ela ficou apavorada, prendeu a respiração, o corpinho duro de tensão.

Nádia então começou a rir. Refeita do susto, colocou o braço em volta do pescoço do pai e abraçou-o.

— Você me deu um susto.

— Por que está fora de casa a essa hora?

— Queria caminhar.

— Sua mãe sabe?

— Sabe.

— Está mentindo.

— Não estou. Por que você veio por esse lado? Nunca vem por aqui. Onde estava?

— Trabalhando. Estive numa das aldeias fora da cidade. Só dava para voltar andando. Eram apenas duas horas de caminhada, mais ou menos.

— Você deve estar cansado.

— Estou, sim.

— Posso carregar sua mala?

— Estou com você no colo então, mesmo que eu dê a mala, vou continuar levando o mesmo peso.

— Posso andar e levar a mala.

— Acho que consigo fazer as duas coisas.

— Pai, que bom que você voltou para casa.

Ainda com a filha no colo, ele usou a mala para empurrar a porta. Entrou na cozinha. Carinhosa, a caçula correu para recebê-lo. Ele reparou na alegria da família com sua chegada. Não ligavam para o fato de ele ir embora, pois sempre voltava.

Nádia ficou olhando a gata. Claro que, com ciúme da atenção que a menina estava recebendo do pai, a gata saltou da janela e foi participar da reunião familiar, se esfregando na perna de Andrei. Ele colocou a filha no chão e ela, *sem querer*, pisou na pata da gata, que guinchou e saiu correndo. Antes que ela pudesse se alegrar, o pai segurou-a pelo pulso, abaixou-se e, com a cara trêmula de ódio, olhou a filha pelas grossas lentes dos óculos.

— Jamais toque na gata.

Nádia teve vontade de chorar. Em vez disso, mordeu o lábio. Já tinha aprendido que chorar não impressionava o pai.

Andrei soltou o pulso da filha e levantou-se. Estava nervoso e agitado. Olhou para a esposa. Não tinha se aproximado, mas sorria para ele.

— Já jantou?

— Tenho de arrumar minhas coisas. Não quero comer.

A esposa não tentou abraçá-lo nem beijá-lo na frente das filhas. Ele era rígido com essas coisas. Ela entendia.

— O trabalho foi bem?

— Querem que eu viaje de novo daqui a dois dias. Não sei por quanto tempo.

Sem esperar resposta, e já se sentindo com claustrofobia, ele foi para a porta do porão. A gata foi atrás, com o rabo para cima, animada.

Ele trancou a porta, desceu a escada e imediatamente se sentiu melhor, agora que estava só. Um casal de velhos tinha morado no porão, mas a mulher morreu e o marido mudou para o apartamento do filho. A Secretaria de Habitação não mandou outro casal. Não era um lugar agradável: um porão enfiado na margem do rio. Os tijolos estavam sempre úmidos. No inverno, o lugar ficava gelado. Havia um *burzhuika*, um fogão à lenha, que o casal era obrigado a manter aceso oito meses por ano. Apesar das muitas inconveniências, o porão tinha uma vantagem. Era o espaço dele. Tinha uma cadeira num canto e uma cama pequena que pertenceu ao casal. Ele às vezes dormia lá, quando era possível agüentar o ambiente. Acendeu a lâmpada a querosene e dali a pouco outro gato entrou pelos canos que levavam a fumaça do forno para fora.

Ele abriu a mala. No meio dos papéis e dos restos do almoço, havia um vidro com tampa de rosca. Abriu-o. Dentro, enrolado num velho exemplar do *Pravda* ensangüentado, estava o estômago da menina que ele tinha matado horas antes. Tirou o jornal com cuidado para não grudar na carne. Colocou o estômago num prato de metal, cortou-o em fatias e depois em cubos. Após terminar, aumentou o fogo do fogão. Quando esquentou o bastante para cozinhar a carne, ele já estava com seis gatos em volta. Fritou a carne até ficar marrom e colocou no prato de metal outra vez. Andrei olhou os gatos em redor dos pés, desfrutando da fome deles, segurando a comida, instigando-os, vendo-os miarem. Estavam com muita fome, agitados com o cheiro de carne frita.

Cansou de provocá-los e colocou o prato no chão. Os gatos se apertaram em volta do prato formando um círculo e começaram a comer, ronronando de prazer.

No andar de cima, Nádia olhava a porta do porão, pensando que pai podia preferir gatos a filhas. Ele só ia ficar em casa dois dias. Não, ela estava errada em se zangar com o pai. Não queria culpá-lo, a culpa era dos gatos. Pensou numa coisa. Não devia ser difícil matar um gato. O difícil seria se livrar dele depois.

No mesmo dia

Na rua Vorovski, Liev e Raíssa estavam no final da fila da mercearia. Levariam horas até a fila entrar na loja, onde cada pessoa faria seu pedido e entraria numa segunda fila para pagar. Havia uma terceira fila para receber o pedido. Os dois podiam ficar nas filas mais de quatro horas sem serem notados, enquanto esperavam Ivan voltar para casa.

Como não conseguiram que Galina Chaporina falasse, corriam o risco de saírem de Moscou sem nenhuma informação. Raíssa tinha sido empurrada do apartamento, bateram a porta na cara dela. No corredor, cercados de vizinhos olhando, muitos dos quais podiam ser informantes, não podiam tentar de novo. Talvez Galina e o marido já tivessem avisado a Segurança do Estado. Liev achava pouco provável. Era evidente que Galina sabia que o melhor era fazer o menos possível; se tentasse informar as autoridades, podia se incriminar, chamando atenção para si. Era uma situação difícil de conciliar. A única vitória deles até então foi incluir na investigação Fiodor e a família. Liev recomendou que ele enviasse todas as informações que conseguisse para Nesterov, uma vez que sua correspondência estava sendo interceptada. Mesmo assim, não conseguiram saber quem era o homem que procuravam.

Por isso, Raíssa insistiu para falar com Ivan. Que outra saída tinham para não ir embora de mãos vazias? Liev concordou com a idéia, relutante. Raíssa não conseguiu mandar um recado para Ivan. Não havia como enviar um bilhete ou telefonar. Ela assumiu um risco calculado, esperando que ele estivesse na cidade. Sabia que raramente saía de Moscou, mesmo que fosse por pouco tempo. Ele não tirava férias, não gostava do campo. Raíssa achava que o único motivo para Ivan não estar em casa era ter sido preso. Aí, ela só podia desejar que estivesse bem. Mesmo querendo reencontrá-lo, não tinha ilusão — ia ser um encontro estranho. Estava com Liev, que Ivan detestava como a todos os agentes da MGB, sem exceção. Não havia *agentes bons*. Mas não era isso que mais a preocupava. Era seu afeto por Ivan. Embora jamais tivesse traído Liev, ela o traíra com Ivan de outras formas: intelectualmente, emocionalmente, criticando-o pelas costas. Ficou amiga de um homem que era contra tudo o que Liev defendia. Era desagradável juntar aqueles dois. Ela queria dizer a Ivan que Liev não era a mesma pessoa, tinha mudado, não acreditava mais no Estado cegamente. Queria dizer que estava errada em relação ao marido. Queria que os dois vissem que as diferenças entre eles eram menores do que imaginavam. Mas havia pouca possibilidade de conseguir isso.

Liev não queria encontrar Ivan, a alma gêmea de Raíssa. Seria obrigado a ver a ligação que eles tinham, obrigado a ver com que tipo de homem Raíssa teria se casado, se tivesse podido escolher. Isso ainda o magoava, mais do que a perda do cargo, mais do que a perda da confiança no Estado. Ele havia acreditado cegamente no amor. Talvez tivesse se agarrado a isso para contrabalançar o trabalho que fazia. Talvez, inconscientemente, precisasse acreditar no amor para se humanizar. Isso explicava as enormes justificativas que inventou para racionalizar a frieza dela. Não aceitava a possibilidade de ser detestado pela esposa. Mas deixou isso de lado e se cumprimentou por ter tudo na vida. Tinha dito aos pais que ela era a esposa que ele sempre sonhou. Estava certo, pois tinha sido isso mesmo, um sonho, uma fantasia e ela, sagaz, aceitou representar, sempre apavorada com a própria segurança, confiando a Ivan o que realmente sentia.

Essa fantasia se desfez meses antes. Mas por que a ferida não cicatrizava? Por que ele não conseguia ir em frente como tinha feito em relação a sua adoração pela MGB? Tinha conseguido trocar a devoção por outra, pela investigação. Mas não tinha outra mulher a quem amar, nunca teve. A verdade era que ele ainda alimentava uma pequena esperança de que talvez, apenas talvez, ela pudesse realmente amá-lo. Embora relutasse em confiar nas próprias emoções, uma vez que havia se enganado redondamente, sentia que agora os dois estavam mais próximos do que nunca. Seria só por trabalharem juntos? Era verdade que não se beijavam mais, nem faziam sexo. Depois que Raíssa contou a verdadeira história deles, fazer sexo não parecia certo. Ele passou a acreditar que todas as relações sexuais que tiveram não foram nada para ela — ou, pior, foram desagradáveis. Mas, em vez de acreditar que estavam unidos apenas pela circunstância (*Você tem a mim. Eu tenho a você*), Liev preferia achar que a circunstância os tinha afastado. Liev fora um símbolo do Estado, um símbolo que Raíssa detestava. Mas agora simbolizava apenas ele mesmo, despojado de toda a autoridade e afastado do sistema que ela tanto odiava.

Estavam quase na porta da mercearia, quando viram Ivan no final da rua. Não chamaram por ele, nem se mostraram, não saíram da fila, viram quando entrou no prédio onde morava, uma série de antigos estábulos transformados em moradias. Raíssa ia sair da fila, mas Liev a impediu, pegando no braço dela. Tratava-se de um dissidente, era possível que estivesse sendo vigiado. Liev chegou a pensar que a moeda oca podia ser de Ivan, talvez fosse ele o espião. Por que a moeda estava entre as roupas de Raíssa? Será que ela se despiu no apartamento de Ivan e pegou a moeda por engano? Liev afastou essas idéias, ciente de que o ciúme estava lhe pregando peças.

Olhou a rua. Não viu nenhum agente em volta do prédio. Havia diversos lugares óbvios para os agentes se postarem: o saguão do cinema, aquela fila da mercearia, debaixo de marquises. Por mais bem-treinados que fossem os agentes, vigiar um prédio era difícil, considerando que era pouco natural ficar parado sozinho, sem fazer nada. Após alguns minutos, teve certeza de que Ivan não estava sendo seguido. Quando iam finalmente entrar na mercearia, os dois não se deram ao trabalho de explicar por que saíam da fila, ou fingir que tinham esquecido a carteira. Era um ato suspeito, mas Liev sabia que a maior parte das pessoas era esperta o bastante para só se preocupar com a própria vida.

Entraram no prédio, subiram a escada. Raíssa bateu à porta. Ouviram passos lá dentro. Uma voz nervosa perguntou, sem abrir.

— Quem é?

— Ivan, é Raíssa.

Uma tranca foi retirada. Ivan abriu a porta com cuidado. Ao ver Raíssa, a desconfiança sumiu e ele sorriu. Ela retribuiu.

A poucos passos, Liev viu o reencontro dos dois na penumbra do corredor. Ela estava contente de vê-lo, sentiam-se bem juntos. Ivan abriu a porta, abraçou-a aliviado por ela ainda estar viva.

Ivan notou que Liev estava lá. O sorriso sumiu como uma foto caindo de uma parede. Soltou Raíssa de repente, ficou inseguro, olhando para ela, conferindo se aquilo não era uma traição. Percebendo, ela observou:

— Temos muito a explicar.

— Por que estão aqui?

— É melhor conversar dentro de casa.

Ivan não pareceu convencido da idéia. Raíssa tocou no braço dele.

— Por favor, confie em mim.

O apartamento era pequeno, bem mobiliado, com piso de madeira encerado. Havia livros: à primeira vista, pareciam todos autorizados: Gorki, Marx. A porta do quarto estava fechada e não tinha cama no cômodo principal. Liev perguntou:

— Estamos sós?

— Meus filhos estão com meus pais. Minha esposa está no hospital. Tem tuberculose.

Raíssa tocou de novo no braço dele.

— Sinto muito, Ivan.

— Pensamos que vocês tivessem sido presos. Temi pelo pior.

— Tivemos sorte. Fomos transferidos para uma cidade a oeste dos Urais. Liev recusou-se a me denunciar.

Ivan não conseguiu disfarçar a surpresa, como se aquilo fosse extraordinário. Pouco à vontade, Liev ficou calado enquanto Ivan olhava-o, avaliando.

— Por que não quis denunciá-la?

— Porque ela não é espiã.

— Desde quando a verdade interessa?

Raíssa interrompeu:

— Não vamos falar disso agora.

— Mas interessa. Você ainda é da MGB?

— Não, fui rebaixado para a milícia.

— Rebaixado? Você escapou por pouco.

Era uma afirmação acusadora.

— É só uma suspensão temporária, rebaixamento, exílio, um castigo prolongado no anonimato.

Querendo tranqüilizá-lo, Raíssa acrescentou:

— Não fomos seguidos até aqui. Temos certeza.

— Vieram até Moscou? Por quê?

— Precisamos de ajuda.

Ele ficou intrigado.

— No que eu poderia ajudar?

Liev tirou o sobretudo, o blusão, a camisa e pegou os documentos presos ao corpo. Resumiu a história e mostrou os papéis para Ivan, que recebeu-os, mas não os leu. Sentou-se numa cadeira e colocou os papéis numa mesa ao lado. Um minuto após, levantou-se, pegou um cachimbo e encheu-o de fumo.

— Pelo que entendi, a milícia não está investigando esses crimes?

— Resolveram tudo de forma errada, acobertaram os fatos ou puseram a culpa em algum deficiente mental, inimigo político, bêbado, ou mendigo. Não viram ligação entre os crimes.

— E vocês estão trabalhando juntos, quer dizer...?

Raíssa ruborizou.

— Sim, estamos trabalhando juntos.

— Você confia nele?

— Sim, confio.

Liev teve de ficar calado enquanto Ivan questionava a esposa, conferindo a integridade da relação na frente dele.

— Planejam resolver esses crimes juntos?

Liev respondeu:

— Se o Estado não faz, as pessoas têm que fazer.

— Fala como um verdadeiro revolucionário. Só que, Liev, você passou a vida inteira matando para o Estado, fosse na guerra ou na paz, fossem alemães ou russos, ou quem quer que o Estado dissesse que odiava. Agora eu tenho de acreditar que está largando as hostes oficiais e pensando com a própria cabeça? Não acredito. Acho que é uma armadilha. Desculpe, Raíssa, ele deve estar querendo voltar para a MGB. Enganou você e agora quer me entregar para eles.

— Não está, Ivan. Veja a prova. Isso é verdade, não é nenhum truque.

— Há muito tempo não confio em provas de papel e você também não devia confiar.

— Eu vi um dos corpos, de um menino com a barriga aberta, a boca cheia de casca de árvore. Eu vi, Ivan. Eu estava lá. Alguém fez isso com uma criança, sentiu prazer em fazer, não vai parar. E não vai ser pego pela milícia. Sei que você tem toda razão em desconfiar de nós. Mas não posso provar a você. Se não confia em mim, lamento ter vindo aqui.

Liev se adiantou, pronto para recolher os papéis. Ivan pôs a mão em cima.

— Vou dar uma olhada. Fechem as cortinas. E sentem-se, estão me deixando nervoso.

Com a sala isolada do mundo lá fora, Liev e Raíssa sentaram-se ao lado de Ivan e fizeram um histórico do caso, dando toda a informação que julgaram útil. Liev resumiu as próprias conclusões.

— Ele convence as crianças a acompanhá-lo. As pegadas na neve eram lado a lado, o menino aceitou andar na floresta. Embora esse crime pareça louco, um homem que fosse obviamente louco andaria sem rumo, diria coisas sem sentido, assustaria essas crianças.

Ivan concordou com a cabeça.

— Também acho.

— Como é muito difícil andar pelo país sem um motivo explícito, ele deve ter um emprego que exija viajar. Deve ter papéis, documentos. Deve fazer parte da nossa comunidade, ser uma pessoa aceita, respeitada. O que não conseguimos responder é...

— Por que ele faz isso?

— Como posso pegá-lo, se não entendo por que faz? Não tenho uma imagem dele na cabeça. Que tipo de homem é? Jovem ou velho? Rico ou pobre? Não temos idéia da pessoa que procuramos, a não ser o básico: ele trabalha e, pelo menos externamente, parece normal. Mas quase todo mundo é assim.

Ivan fumava seu cachimbo, assimilando tudo o que Liev dizia.

— Acho que não posso ajudá-los.

Raíssa se inclinou para a frente.

— Mas você não tem artigos publicados no Ocidente sobre esse tipo de crime, causado por motivos não-convencionais?

— O que tais artigos vão dizer a vocês? Posso conseguir alguns, mas não serão suficientes para dar uma idéia desse homem. Não podem fazer um retrato a partir de dois ou três textos sensacionalistas da imprensa ocidental.

Liev recostou-se na cadeira: tinha sido uma viagem inútil. Pior: será que eles tinham se imposto uma tarefa impossível? Não tinham condições materiais nem intelectuais de lidar com aqueles crimes.

Ivan deu uma tragada no cachimbo, observando a reação deles.

— Mas conheço alguém que pode ajudar. É o professor Zauzaiez, um psiquiatra aposentado, ex-interrogador da MGB. Perdeu a vista. A cegueira o transformou, fez com que tivesse uma revelação, exatamente como você, Liev. Ele hoje é bastante atuante em movimentos clandestinos. Digam a ele o que me contaram. Ele pode ajudar.

— Podemos confiar nele?

— Como em qualquer um de nós.

— O que exatamente ele pode fazer?

— Vocês lêem os documentos para ele, descrevem as fotos: talvez ele possa informar que tipo de pessoa pode fazer isso, idade provável, formação, essas coisas.

— Onde ele mora?

— Não vai permitir que vocês entrem no apartamento dele. Ele toma muito cuidado. Virá aqui, se aceitar. Vou fazer de tudo para convencê-lo, mas não posso garantir.

Raíssa sorriu.

— Obrigada.

Liev ficou satisfeito: um especialista certamente era melhor do que alguns recortes de jornais. Ivan levantou-se, deixou o cachimbo e foi para o armário lateral, onde estava o telefone.

O telefone.

Aquele homem tinha um telefone no apartamento, no seu limpo e bem mobiliado apartamento. Liev prestou atenção nos detalhes da sala. Havia alguma coisa errada. Aquele não era o apartamento de uma família. Por que ele morava com tanto luxo? E como não tinha sido preso? Depois do exílio deles, Ivan devia ter sido pego. Afinal, a MGB tinha a ficha dele: Vassíli mostrou as fotos. Como ele escapou das autoridades?

Ivan fez a ligação e estava falando ao telefone.

— Professor Zauzaiez, aqui é Ivan Jukov. Preciso da sua ajuda numa tarefa interessante. Não posso falar pelo telefone. Está livre agora? Poderia vir ao meu apartamento? Sim, imediatamente, se possível.

Liev ficou com o corpo tenso. Por que chamou o homem de *professor*, se eram tão amigos? Por quê, a menos que fosse para se favorecer? Aquilo estava errado. Estava tudo errado.

Liev levantou-se de repente, derrubando a cadeira. Ficou na frente de Ivan antes que ele conseguisse reagir, agarrou o telefone e enrolou o fio com força no pescoço de Ivan. Ficou atrás dele, encostado no canto da sala, esganando-o, apertando o fio. As pernas de Ivan escorregaram no chão encerado, ele ofegava, sem conseguir respirar. Assustada, Raíssa levantou-se da cadeira.

— Liev!

Liev levantou o dedo, indicando para ela ficar quieta. Com o fio ainda no pescoço de Ivan, Liev pegou o fone.

— Professor Zauzaiez?

O fone estava mudo. Tinham desligado. Estavam a caminho.

— Liev, solte-o!

Mas Liev apertou ainda mais o fio. Ivan ficou com a cara vermelha.

— Ele é um investigador disfarçado. Veja onde mora. Olhe a casa dele. Não existe professor Zauzaiez. Esse "professor" era o contato dele na Segurança do Estado, está vindo nos prender.

— Liev, você está enganado. Conheço esse homem.

— Ele é um falso dissidente, um clandestino, identifica pessoas que são contra as autoridades e junta provas contra elas.

— Liev, você está enganado.

— Não existe professor nenhum. Eles estão vindo. Raíssa, não temos muito tempo!

Ivan agarrou, desesperado, o fio do telefone. Raíssa balançou a cabeça e colocou os dedos sob o fio, diminuindo a pressão no pescoço de Ivan.

— Liev, solte-o, deixe que se explique.

— Todos os seus amigos não foram presos, menos ele? Aquela Zóia, onde acha que a MGB arrumou o nome dela? Não foi presa porque rezava, essa foi a desculpa que eles deram.

Sem conseguir se soltar, Ivan foi escorregando no chão, obrigando Liev a agüentar todo o peso do corpo. Não ia conseguir por muito mais tempo.

— Raíssa, você nunca me falou dos seus amigos. Nunca confiou em mim. Em quem você confiava? Pense!

Raíssa olhou bem para Liev, depois para Ivan. Era verdade, todos os amigos dela estavam mortos ou presos, menos ele. Ela balançou a cabeça, sem querer acreditar — era a paranóia da época, criada pelo Estado: qualquer afirmação, por mais descabida, bastava para matar uma pessoa. Ela percebeu que Ivan tentava alcançar a gaveta do armário. Tirou a mão do fio do telefone.

— Liev, espere!

— Não temos tempo!

— Espere!

Ela abriu a gaveta e mexeu lá dentro. Tinha uma afiada faca de abrir cartas, era isso que Ivan queria pegar para se defender. Não podia culpá-lo. Atrás tinha um livro dele, *Por quem os sinos dobram*. Por que não estava escondido? Pegou o livro. Tinha uma folha de papel dentro. Era uma lista de nomes a quem o livro tinha sido emprestado. Alguns nomes estavam riscados. O dela também. No verso do papel, uma lista de pessoas para quem ele pretendia emprestar o livro.

Ela virou-se para Ivan, colocando a lista na cara dele, com a mão trêmula. Haveria uma explicação cabível? Não, ela sabia que não. Nenhum dissidente seria tão bobo a ponto de fazer uma lista de nomes. Ele emprestava o livro para incriminar a pessoa.

Liev se esforçava para continuar segurando Ivan.

— Raíssa, vire-se.

Ela obedeceu, foi para o outro lado da sala, ainda com o livro na mão, e ouviu Ivan chutar os móveis.

No mesmo dia

Por Ivan ser investigador da Segurança do Estado, a morte dele seria imediatamente considerada um assassinato, uma afronta de algum opositor do regime, um elemento anti-soviético. O culpado era um marginal, um descrente, por isso o crime exigia uma ampla investigação. Não era preciso acobertar. Para sorte de Liev e Raíssa, Ivan devia ter muitos inimigos. Era um homem que vivia de trair cidadãos desconfiados, seduzindo-os com a promessa de mostrar material censurado como um caçador atrai sua presa com a isca. O Estado fornecia a ele o material censurado.

Antes de sair do apartamento, Raíssa pegou a lista de nomes e enfiou-a no bolso. Liev juntou depressa os documentos. Não sabiam quanto tempo a Segurança do Estado levaria para atender ao chamado de Ivan. Os dois abriram a porta da frente, correram pela escada e saíram na calçada fingindo calma. Chegaram no final da rua e olharam para trás. Os agentes estavam entrando no prédio.

Ninguém em Moscou tinha motivos para achar que Liev e Raíssa estavam de volta. Eles não seriam suspeitos imediatos. Se, por acaso, os agentes pensassem isso, iriam checar a MGB em Voualsk e descobrir que o casal estava de férias, fazendo uma caminhada. Essa desculpa podia funcionar, a menos que alguém lembrasse de um casal entrando no prédio. Se tal ocorresse, o álibi deles seria conferido exaustivamente. Mas Liev sabia que tudo aquilo não tinha a menor importância. Mesmo se não houvesse prova, mesmo se ele e Raíssa estivessem realmente numa caminhada, aquele assassinato poderia ser um pretexto para prendê-los. As provas eram completamente irrelevantes.

Na atual situação, se ele tentasse encontrar os pais seria uma ousadia enorme. Mas o trem para Voualsk saía só às cinco da manhã e, acima de tudo, Liev sabia que era a última chance de falar com eles. Depois que saiu de Moscou, não permitiram que mantivesse contato com os pais nem soube detalhes do destino deles, mas conseguiu o endereço algumas semanas antes. Sabendo que os setores do Estado agiam isoladamente, achou que uma pesquisa na Secretaria de Habitação sobre Stepan e Anna não seria automaticamente sinalizada e passada para a MGB. Por precaução, ele deu um nome falso e fez de conta que era uma missão oficial para seleção de nomes, inclusive o de Galina Chaporina. Lá na secretaria ele não conseguiu localizar ninguém, só os pais dele. Vassíli devia estar esperando por isso, talvez até tivesse mandado darem o endereço. Sabia que o ponto fraco de Liev no exílio seria os pais. Se quisesse pegá-lo desrespeitando ordens, os pais seriam a armadilha perfeita. Mas era pouco provável que os pais estivessem sob vigilância permanente há quatro meses. Era mais fácil a família com a qual dividiam a moradia funcionar de informante. Liev tinha de encontrá-los sem essa família saber, ouvir ou ver. A segurança dos pais dependia disso, assim como a dele e de Raíssa. Se fossem pegos, seriam ligados à morte de Ivan e todos seriam mortos, talvez até antes daquela noite chegar ao fim. Liev estava disposto a assumir o risco. Tinha de se despedir dos pais.

Chegaram à Ulitsa Vorontsovskaia. Era uma casa antiga, de antes da Revolução, que tinha sido dividida em dezenas de apartamentos pequenos, separados apenas por panos sujos dependurados em cordas. Não tinha conforto, água encanada, nem banheiro no interior. Liev viu os canos saindo pelas janelas com a fumaça das estufas a lenha, que eram o aquecimento mais barato e mais imundo que havia. Mantendo certa distância, aguardaram. Mosquitos pousaram no pescoço deles, obrigando-os a dar tapas até ficaram com as mãos manchadas do próprio sangue. Liev sabia que, por mais que esperasse ali, não havia como saber se aquela não era uma armadilha. Tinha de ir em frente. Virou-se para Raíssa. Antes que ele abrisse a boca, ela disse:

— Espero aqui.

Raíssa estava envergonhada. Confiara em Ivan, a sua opinião sobre ele baseava-se apenas no ardil dos livros e jornais que ele tinha, nas opiniões dele sobre a cultura ocidental, nos supostos planos de ajudar importantes dissidentes a contrabandear seus livros para o Ocidente. Tudo mentira: quantos escritores e opositores do regime ele tinha enganado? Quantos originais tinha queimado? Quantos artistas e livres-pensadores ele tinha encaminhado para os *chekistas* prenderem? Ela ficou atraída por ele pelas óbvias diferenças com Liev. A diferença foi um disfarce. O dissidente era policial e o policial se transformou em contra-revolucionário. O dissidente a traiu, o policial a salvou. Ela não podia se despedir dos sogros ao lado do marido, como se fosse uma esposa fiel e carinhosa. Liev pegou na mão dela.

— Gostaria que você viesse comigo.

A porta comunitária estava aberta. Dentro era quente, úmido e eles imediatamente começaram a transpirar, as roupas grudaram no corpo. No andar de cima, apartamento 27, a porta estava trancada. Liev tinha invadido muitas casas. As fechaduras mais antigas costumavam ser mais difíceis de arrombar do que as novas. Com a ponta de um canivete de mola, ele retirou a placa e viu como funcionava a tranca. Enfiou a lâmina na tranca, mas não conseguiu abrir. Tirou o suor do rosto, parou um instante, respirou fundo e fechou os olhos. Enxugou as mãos na calça e ignorou os mosquitos — eles que aproveitassem. Abriu os olhos. *Concentre-se.* A tranca abriu.

A única luz no cômodo vinha da janela que dava para a rua. O ar tinha o cheiro de corpos adormecidos e estava úmido como uma sopa. Liev e Raíssa esperaram na porta, adaptando-se à escuridão. Viam a silhueta de três camas, duas delas com adultos. Uma cama menor parecia ter três crianças dormindo. Na cozinha, duas crianças pequenas dormiam em tapetes no chão como cachorros embaixo de uma mesa. Liev foi na direção dos adultos adormecidos. Não eram os pais dele. Será que deram o endereço errado? Era comum ocorrerem erros desse tipo. Será que foi de propósito?

Ao ver a silhueta de outra porta, ele se encaminhou para lá, com as tábuas do chão envergando a cada passo. Raíssa vinha bem atrás e era mais leve. O casal na cama mais próxima mexeu-se. Liev parou, esperando que se acalmassem. O casal continuou dormindo. Liev seguiu, Raíssa atrás. Pegou na maçaneta da porta.

Naquele quarto não havia janelas, nem luz. Liev precisou manter a porta aberta para ver alguma coisa. Percebeu que havia duas camas e um pequeno espaço entre elas. Não tinham nem um lençol sujo para separá-las. Numa cama, dormiam duas crianças. Na outra, um casal adulto. Liev chegou mais perto. Eram seus pais, apertados um no outro, numa estreita cama de solteiro. Liev voltou-se para Raíssa e cochichou:

— Feche a porta.

Movendo-se numa escuridão absoluta, Liev sentiu onde estava a cama e se abaixou no chão, ao lado dos pais. Ouviu-os ressonando e ficou satisfeito de estar escuro. Estava chorando. O quarto onde foram obrigados a viver era menor do que o banheiro do apartamento que tinham antes. Não havia privacidade, nem como se isolar da outra família. Foram mandados para lá para morrerem humilhados, da mesma forma que deviam sentir a transferência do filho.

Liev colocou ao mesmo tempo as mãos sobre a boca dos dois. Sentiu que acordaram, assustados, tensos. Para impedir que gritassem, sussurrou:

— Sou eu, Liev. Não façam barulho.

A tensão sumiu do corpo deles. Liev tirou as mãos. Ouviu-os sentarem na cama. Sentiu a mãe tocar no rosto dele. Cega naquela escuridão, os dedos dela pararam ao sentirem as lágrimas. Ela disse, quase num sussurro:

— Liev...

As mãos do pai se juntaram às dela. Liev apertou-as no rosto. Tinha jurado cuidar deles e não conseguiu. Só pôde murmurar:

— Me perdoem.

O pai retrucou:

— Não tem por que pedir perdão. Teríamos passado a vida inteira assim, se não fosse você.

A mãe interrompeu, tentando juntar todas as perguntas que tinha para fazer:

— Pensamos que tivessem morrido. Soubemos que os dois foram presos.

— Eles mentiram. Fomos mandados para Voualsk. Fui rebaixado, mas não preso. Agora trabalho para a milícia. Escrevi várias vezes, pedindo que as cartas fossem encaminhadas a vocês, mas devem ter interceptado e destruído.

As crianças na cama perto se mexeram, o estrado rangeu. Todos se calaram. Liev esperou até ouvir a respiração profunda e compassada das crianças.

— Raíssa está aqui.

Ele passou as mãos dos pais para Raíssa. Ficaram todos de mãos dadas. A mãe perguntou:

— E o bebê?

— Não.

Liev acrescentou, sem querer complicar aquele encontro:

— Aborto.

Raíssa falou de novo, com a voz cortada de emoção.

— Desculpem.

— Não é culpa sua.

Anna acrescentou:

— Quanto tempo ficam em Moscou? Podemos nos encontrar amanhã?

— Não, não devíamos estar aqui. Se formos pegos, seremos todos presos. Vamos embora de manhã cedo.

— Podemos ir lá fora conversar?

Liev pensou. Não havia como saírem do apartamento sem acordar uma parte da família.

— Não podemos nos arriscar a acordá-los. Temos de conversar aqui.

Ficaram calados um instante, de mãos dadas no escuro. Liev disse:

— Tenho de arrumar um lugar melhor para vocês morarem.

— Não, Liev. Escute o que vou dizer. Você sempre achou que o nosso amor dependia das coisas que nos desse. Mesmo quando era criança. Não é assim. Você tem que pensar na vida de vocês. Nós somos velhos. Não importa mais onde moramos. A única coisa que nos mantém vivos é esperar alguma notícia de você. Temos de aceitar que esta é a última vez que nos vemos. Não podemos fazer planos inúteis. Temos que nos despedir quando podemos. Liev, amo você e me orgulho de você. Gostaria que servisse a um governo melhor.

A voz de Anna ficou bem calma.

— Vocês têm um ao outro, vocês se amam. Acredito que terão uma vida boa. As coisas serão diferentes para vocês e seus filhos. A Rússia vai ser diferente. Tenho muita esperança.

Uma fantasia, mas a mãe queria acreditar e Liev não a contrariou.

Stepan pegou a mão de Liev e colocou nela um envelope.

— Esta é uma carta que escrevi para você há meses. Não pude entregá-la porque você foi para longe. Não queria mandar pelo correio. Leia quando estiver seguro, no trem. Prometa não ler antes. Prometa.

— O que é?

— Sua mãe e eu pensamos muito no conteúdo desta carta. Tem tudo o que queríamos dizer a você mas não pudemos, por um motivo ou outro. Tudo o que devíamos ter falado há muito tempo.

— Pai...

— Fique com ela, Liev, por nós.

Liev aceitou a carta e, no escuro, os quatro se abraçaram pela última vez.

6 de julho

Liev se aproximou do trem, com Raíssa ao lado. Será que havia mais agentes na plataforma do que o normal? Será que já estavam à procura deles? Raíssa andava depressa demais: ele pegou na mão dela um instante para que diminuísse o passo. A carta dos pais estava junto dos documentos, escondida no peito dele. Estavam quase chegando ao vagão.

Embarcaram no trem cheio. Liev cochichou para Raíssa.

— Fique aqui.

Ela concordou com a cabeça. Ele foi para o apertado banheiro do vagão, trancou a porta e abaixou a tampa da privada para diminuir o mau-cheiro. Tirou o casaco, desabotoou a camisa e pegou a fina sacola de algodão onde tinha guardado os papéis. Estava molhada de suor e o peito dele estava marcado com a tinta dos documentos datilografados.

Encontrou a carta e olhou o envelope: não tinha destinatário, estava amassado e sujo. Pensou em como os pais tinham conseguido esconder a carta da outra família, que certamente remexia nos guardados deles. Um dos dois devia ter ficado com ela no corpo o tempo todo, dia e noite.

O trem começou a se movimentar, saindo de Moscou. Ele cumpriu a promessa. Agora podia ler a carta. Esperou até saírem da estação para abrir o envelope e pegar a carta. Foi escrita pelo pai.

Liev, sua mãe e eu não nos arrependemos de nada. Nós amamos você. Sempre achamos que um dia iríamos falar sobre isso. Para surpresa nossa, tal dia jamais chegou. Pensamos que você tocaria no assunto quando estivesse preparado. Mas não, você fez como se aquilo nunca tivesse acontecido. Talvez tenha sido mais fácil aprender a esquecer? Por isso nós não comentamos nada. Achamos que era o seu jeito de lidar com o passado. Tínhamos medo de que você tivesse decidido esquecer o assunto e que falar nele só causaria dor e mágoa. Em resumo, fomos felizes juntos e não queríamos destruir isso.
Foi uma covardia nossa.

Repito que sua mãe e eu amamos muito você e não nos arrependemos de nada.

Liev...

Liev parou de ler, tirou os olhos do papel. Sim, lembrava do que tinha acontecido. Sabia o que a carta ia dizer. E, sim, tinha passado a vida inteira tentando esquecer. Dobrou a carta e rasgou-a em pedacinhos. Levantou-se, abriu a janelinha do banheiro e jogou tudo lá fora. Ao vento, os quadrados desiguais de papel rosa subiram e desapareceram de vista.

Sudeste do Óblast de Rostov Dezesseis Quilômetros ao Norte de Rostov-on-Don

No mesmo dia

Nesterov tinha passado o último dia no óblast, visitando a cidadezinha de Gukovo. Estava agora num *elektrichka*, voltando para Rostov. Embora os jornais não mencionassem os crimes, o assassinato das crianças tinha chegado ao conhecimento público sob a forma de cochichos e boatos. Até aquele momento, cada milícia via os crimes como um fato isolado. Mas as pessoas que não pertenciam à milícia e não estavam influenciadas por nenhuma tese tinham começado a conectar as mortes. Explicações não-oficiais começaram a circular. Nesterov ouviu dizer que um animal selvagem estava matando crianças nas florestas em torno de Chakhti. Cada lugar inventou um animal e a província inteira tinha alguma explicação sobrenatural. Ele ouviu uma mãe amedrontada dizer que o bicho era meio homem, meio animal e viveu entre os ursos desde criança, por isso agora odiava as crianças e se alimentava delas. Uma aldeia tinha certeza de que o assassino era um espírito vingador da floresta e os habitantes faziam cerimônias ritualísticas tentando apaziguar esse demônio.

As pessoas da região de Rostov ignoravam que crimes parecidos tinham ocorrido a quilômetros de distância. Achavam que era uma praga que os atingia, um ente maligno que os perseguia. De certa forma, Nesterov concordava com eles. Não havia dúvida de que ali era o centro dos crimes. A quantidade de assassinatos era maior do que em qualquer parte. Embora não tivesse tendência a acreditar em explicações sobrenaturais, apreciava a tese mais divulgada e convincente, de que soldados nazistas tinham ficado no país como derradeira vingança de Hitler: tinham ordens de matar as crianças russas. Tais soldados nazistas assimilaram o modo de vida russo, misturaram-se ao povo e sistematicamente matavam crianças seguindo um ritual predeterminado. Isso explicava o número de assassinatos, a extensão geográfica, a selvageria e também a ausência de qualquer conotação sexual. Não era um criminoso, mas vários, talvez até dez ou doze, cada um agia por si, viajava para as cidades e matava indiscriminadamente. Esta teoria se espalhou a tal ponto que algumas milícias locais, que paradoxalmente garantiam ter resolvido os crimes, começaram a interrogar qualquer homem que falasse alemão.

Nesterov levantou-se do banco no *elektrichka* e esticou as pernas. Tinha viajado três horas. Era um transporte lento e desconfortável e ele não estava acostumado a ficar parado tanto tempo. Percorreu todo o vagão, abriu a janela e viu as luzes da cidade se aproximarem. Soube do assassinato de um menino chamado Pétia, que morava numa fazenda coletiva perto de Gukovo e por isso foi para lá naquela manhã. Sem muita dificuldade, descobriu os pais do menino. Embora desse um nome falso, foi sincero ao explicar que estava na investigação de mortes parecidas de diversas crianças. Os pais do menino defenderam, ferrenhos, a tese do soldado nazista, explicando que ucranianos traidores podiam até ter ajudado os alemães a se integrarem com os demais habitantes antes de começarem a matar a esmo. O pai do menino mostrou a Nesterov o álbum de selos de Pétia, que o casal guardava embaixo da cama, na caixa de madeira, como um santuário do filho morto. Não conseguiam olhar os selos sem chorar. Não tiveram acesso ao corpo do menino. Mas ouviram dizer o que fizeram com ele. Parecia ter sido atacado por um animal, estava com a boca cheia de sujeira como para fazê-los sofrer ainda mais. O pai, que lutou na Grande Guerra Patriótica, sabia que os soldados nazistas tomavam drogas para dar vazão a seu comportamento depravado, amoral e implacável. Tinha certeza de que aqueles assassinos eram conseqüência de alguma droga criada pelos nazistas. Talvez as drogas fizessem os soldados se viciarem em sangue de criança e morreriam se não o bebessem. Senão, como seriam capazes de cometer aqueles crimes? Nesterov não tinha palavras de consolo aos pais, só a promessa de que o assassino seria pego.

O *elektrichka* chegou à estação de Rostov. Nesterov desembarcou, seguro apenas de que estava no centro dos crimes. Ele tinha integrado a milícia de Rostov até quatro anos antes, quando foi transferido para Voualsk; portanto, não teria dificuldade em obter informações. Segundo a avaliação mais recente que ele fez, 57 crianças foram mortas em circunstâncias parecidas. Grande parte dos assassinatos tinha ocorrido naquela região. Seria possível que soldados nazistas tivessem permanecido em toda a metade ocidental do país para se infiltrar? A Wehrmacht havia ocupado uma enorme extensão de terra. Ele mesmo tinha lutado na Ucrânia e visto as vítimas de estupros e assassinatos do exército alemão em retirada. Sem querer se prender a nenhuma tese, deixou essas explicações de lado. A missão de Liev em Moscou seria de máxima importância para dar um pouco de profissionalismo às especulações sobre a identidade do assassino. Nesterov ficaria encarregado dos fatos que apontassem a localização do assassino.

Nas férias dele, a família ficou hospedada no apartamento da mãe, no Novo Assentamento, título das moradias que integravam os programas de habitação do pós-guerra e que tinham as mesmas características de sempre: eram feitas para preencher uma determinada cota, não para serem habitadas. Já estavam decadentes antes de serem concluídas. Sem água corrente nem instalações hidráulicas, os apartamentos pareciam com a casa de Nesterov em Voualsk. Ele e Inessa combinaram de mentir para a mãe dele, garantindo que estavam num apartamento novo. A mãe ficou tão satisfeita com a mentira como se ela é que tivesse mudado para lá. Ao chegar perto do prédio, Nesterov conferiu a hora no relógio de pulso. Tinha saído às seis da manhã e já eram quase nove da noite. Gastou quinze horas e não conseguiu qualquer informação. Não tinha mais tempo. No dia seguinte, voltaria para casa com a família.

Entrou no pátio. O varal tinha roupas dependuradas, estendidas de um lado a outro. Viu as roupas dele no meio. Tocou-as. Estavam secas. Passou, chegou ao apartamento da mãe e entrou pela cozinha.

Inessa estava sentada num banco de madeira, com o rosto ensangüentado e as mãos amarradas. Atrás dela, um homem que Nesterov não conhecia. Sem tentar imaginar o que tinha acontecido, ou quem era aquele homem, Nesterov entrou cheio de ódio e desejo de matar. Não se importou com o fato de o homem estar de uniforme: iria matá-lo do mesmo jeito, fosse quem fosse. Levantou o punho. Antes que se aproximasse, uma surpresa desagradável o conteve. Olhou para o lado e viu uma mulher de uns 40 anos. Segurava um cassetete preto. Tinha visto aquela cara antes. Lembrou: foi na praia, dois dias antes. Na outra mão, segurava um revólver casualmente, usufruindo do poder. Mostrou o agente ao lado. Ele se adiantou e jogou uma pilha de papéis no chão. Aos pés deles estavam todos os documentos que Nesterov havia juntado nos dois últimos meses, inclusive fotos, descrições e mapas — a investigação sobre as crianças assassinadas.

— General Nesterov, o senhor está preso.

Voualsk

7 de julho

Liev e Raíssa saltaram do trem e esperaram na plataforma, fingindo se ocuparem das malas até os outros passageiros irem para a estação. Era tarde, mas ainda não estava escuro e, sentindo-se expostos à vista de todos, saíram da plataforma e correram para a floresta.

Chegaram onde tinham escondido suas roupas e Liev parou, ofegante. Olhou as árvores e pensou na decisão de rasgar a carta. Será que prestou um desserviço aos pais? Entendeu por que eles quiseram escrever o que pensavam e sentiam: queriam ficar em paz. Mas Raíssa tinha razão quando perguntou a ele, um dia:

É assim que você consegue dormir à noite,
apagando os fatos da lembrança?

Estava mais certa do que imaginava.

Raíssa tocou no braço dele.

— Você está bem?

Ela havia perguntado o que dizia a carta. Liev pensou em mentir e responder que eram coisas de família, detalhes pessoais que ele tinha esquecido. Mas ela sabia que estava mentindo. Então ele contou a verdade, que tinha destruído a carta, rasgou-a em pedaços, jogou-a pela janela do trem. Não queria lê-la. Os pais podiam ficar tranqüilos, pois tinham tirado o peso da consciência. Para alívio dele, Raíssa não perguntou por que fez aquilo, nem tocou mais no assunto.

Com as mãos, eles afastaram as folhas de árvores, cavaram a terra e retiraram os pertences. Trocaram as roupas da cidade pelas de caminhada, que tinham escondido ali — eram parte necessária do disfarce. Nus, sozinhos, ficaram parados, se olhando. Talvez fosse pelo perigo, talvez pela ocasião, mas Liev a desejou. Sem saber o que ela sentia por ele, Liev não fez nada, esperou temeroso pelo primeiro gesto, como se nunca tivessem feito sexo antes, como se fosse a primeira vez, sem saber quais os limites, inseguros do que era aceitável ou não. Ela pegou a mão dele. Foi o bastante. Ele puxou-a e beijou-a. Os dois tinham matado juntos, enganado juntos, tramado, planejado e mentido juntos. Eram criminosos, os dois contra o mundo. Era hora de consumar aquela nova relação. Se ao menos pudessem ficar ali, viver aquele exato momento ocultos na floresta, desfrutando daquele sentimento para sempre.

Voltaram à trilha da floresta e chegaram à cidade. Já no restaurante de Basárov, entraram pelo salão. Liev prendeu a respiração, esperando que alguém o segurasse pelos ombros. Mas não havia ninguém lá, agentes nem policiais. Estavam seguros, pelo menos por mais um dia. Basárov estava na cozinha e sequer se virou quando ouviu-os chegar.

No andar de cima, destrancaram a porta. Tinha um bilhete enfiado por baixo. Liev colocou as malas na cama. Pegou o bilhete. Era de Nesterov, com a data daquele mesmo dia.

> *Liev, se você voltou conforme o combinado, me encontre às nove da noite no meu escritório. Venha só. Traga todos os documentos relativos ao assunto que estamos tratando. Liev, é muito importante que você não se atrase.*

Liev olhou o relógio de pulso. Tinha meia hora.

No mesmo dia

Apesar de ir ao escritório da milícia, ele tomou suas precauções. Escondeu os papéis dentro de documentos oficiais. As cortinas da sala de Nesterov estavam fechadas e era impossível ver alguém lá dentro. Conferiu o relógio: estava atrasado dois minutos. Sem entender por que a hora tinha tanta importância, bateu à porta. Quase imediatamente, ela se abriu, como se Nesterov estivesse esperando atrás. Liev entrou com uma súbita e inexplicável urgência e a porta foi fechada.

Nesterov estava numa impaciência incomum, com a mesa coberta de documentos da investigação. Segurou Liev pelos ombros e falou apressado, nervoso.

— Ouça bem e não me interrompa. Fui preso em Rostov. Fui obrigado a confessar. Não tive escolha. Eles estavam com minha família. Contei tudo. Pensei que pudesse convencê-los a ajudar, a elevar nossa causa a nível oficial. Mas eles informaram Moscou e fomos acusados de agitação anti-soviética. Acham que essa é uma vingança sua contra o regime. Consideraram nossas descobertas apenas como uma esmerada peça de propaganda ocidental e têm certeza de que você e sua esposa são espiões. Me deram uma chance. Soltam a minha família, se eu entregar você e toda a informação que conseguimos.

O mundo de Liev desmoronou. Mesmo sabendo que o perigo estava próximo, não esperava que fosse chegar tão rápido.

— Quando?

— Agora. O prédio está cercado. Daqui a quinze minutos os agentes vão entrar aqui, prender você e juntar todas as provas que conseguimos. Tenho de usar esse tempo para me informar sobre o que você soube em Moscou.

Liev recuou, olhando o relógio. Eram nove e cinco.

— Liev, ouça o que vou dizer. Há um jeito de você fugir. Mas para isso funcionar não interrompa, não pergunte nada. Tenho um plano. Você me dá uma coronhada com o meu revólver e fico inconsciente. Depois, sai daqui, desce um lance de escada e se esconde no escritório à direita da escada. Liev, está ouvindo? Precisa se concentrar. As portas estão destrancadas. Entre, não acenda a luz e tranque a porta.

Mas Liev não ouvia, seu coração batia pesado, ele só conseguia pensar em:

— Raíssa?

— Está sendo presa agora, enquanto falamos. Lamento, mas você não pode fazer nada por ela. Liev, você tem que se concentrar, ou isso acaba.

— Acabou. No momento em que você contou tudo para eles, acabou.

— Eles tinham tudo, Liev. Tinham o meu trabalho. Tinham o meu arquivo. Você está irritado comigo, mas o que eu podia fazer? Deixar que matassem minha família? Eles ainda teriam prendido você. Liev, você pode ficar zangado comigo ou pode fugir.

Liev desvencilhou-se de Nesterov e ficou andando pelo escritório, tentando entender. Raíssa tinha sido presa. Os dois sabiam que aquela hora chegaria, mas era só uma noção, uma idéia. Não tinham entendido o que significaria. A possibilidade de nunca mais vê-la fez com que ficasse com dificuldade de respirar. A relação dos dois, a relação refeita, mal consumada duas horas antes na floresta, estava acabada.

— Liev!

O que ela ia querer? Não ia querer que ficasse sentimental, mas que vencesse, fugisse, ouvisse.

— Liev!

— Sim, qual é o seu plano?

Nesterov prosseguiu, repetindo a primeira parte:

— Você me dá uma coronhada com o meu revólver, fico inconsciente. Depois, sai daqui, desce um lance de escada e se esconde no escritório à direita da escada. Fique lá e espere os agentes entrarem no prédio. Eles vêm para este andar, sem saberem de você. Depois que passarem, você desce ao térreo e sai por uma das janelas dos fundos. Tem um carro estacionado lá. Estas são as chaves do carro, que você terá roubado de mim. Você tem de sair da cidade, não procure ninguém nem pare em lugar nenhum para nada, só siga. Terá uma pequena vantagem. Eles vão achar que você está a pé em algum lugar da cidade. Quando concluírem que pegou um carro, você já deve estar livre.

— Livre para quê?

— Para resolver esses crimes.

— Minha viagem a Moscou foi um fracasso. A testemunha não quis falar. Continuo sem ter idéia de quem seja o homem.

Isso surpreendeu Nesterov.

— Liev, você pode fazer isso, eu sei. Acredito em você. Precisa ir a Rostov. É o centro desses crimes. Tenho certeza de que você deve se concentrar lá. Há histórias sobre o autor das mortes. Uma delas é de um grupo de ex-nazistas...

Liev interrompeu.

— Não, isso é coisa de um homem só. Ele tem um emprego, parece uma pessoa normal. Se você tem certeza de que os assassinatos se concentram em Rostov, ele deve morar e trabalhar lá. O trabalho dele tem ligação com todos esses lugares. Deve exigir viajar, pois ele mata quando viaja. Se descobrirmos o trabalho dele, teremos o homem.

Liev consultou o relógio. Tinha poucos minutos para ir embora. Nesterov pôs os dedos sobre duas cidades no mapa.

— Qual a ligação entre Rostov e Voualsk? Não houve assassinatos a leste da cidade, pelo menos que saibamos. Isso pressupõe que esse é o ponto final, o destino.

Liev concordou com a cabeça.

— Voualsk tem a fábrica do Volga. Não há outras fábricas importantes aqui, a não ser serrarias. Mas há muitas fábricas em Rostov.

Nesterov conhecia as duas cidades melhor do que Liev.

— A Volga e a Rostelmash estão muito ligadas.

— O que é Rostelmash?

— Uma enorme fábrica de tratores, a maior da União Soviética, parecida com essa.

— Usam os mesmos componentes?

— É possível.

Seria a ligação? Os assassinatos acompanhavam a linha férrea do sul e pelo oeste, ponto a ponto. Com base nessa tese, Liev observou.

— Se a Volga faz entregas na Rostelmash, então essa fábrica deve ter um *tolkach*, funcionário que vem aqui checar se a Volga cumpre suas cotas obrigatórias.

— Houve apenas duas crianças assassinadas aqui e foi há pouco. As fábricas trabalham em conjunto há algum tempo.

— Os assassinatos no norte do país foram mais recentes. Isso mostra que ele acaba de assumir esse emprego, ou de ser colocado nessa rota. Precisamos das fichas de contratação da Rostelmash. Se estamos certos, conferindo as fichas com os locais dos crimes, teremos o homem.

Estavam perto da solução. Se não estivessem sendo procurados, se pudessem agir livremente, descobririam o nome do assassino até o final da semana. Mas não tinham uma semana, nem o apoio do Estado. Tinham quatro minutos. Eram nove horas e onze minutos.

Liev tinha de ir embora. Pegou um papel — a lista de assassinatos, com datas e locais. Era só o que precisava. Dobrou-a, enfiou-a no bolso e foi para a porta. Nesterov o conteve. Estava segurando o revólver. Liev pegou a arma e pensou um instante. Nesterov notou a indecisão e observou.

— Faça isso, senão matam minha família.

Liev bateu no lado da cabeça de Nesterov, cortando a pele e fazendo com que o outro caísse de joelhos. Ainda consciente, ele olhou.

— Boa sorte, mas bata direito.

Liev levantou a arma. Nesterov fechou os olhos.

Rápido, foi para o corredor, chegou na escada e viu que tinha esquecido as chaves do carro. Ficaram em cima da mesa. Voltou ao escritório, passou por cima do corpo de Nesterov e pegou as chaves. Estava atrasado — eram nove e quinze, os agentes deviam estar entrando no prédio. E Liev ainda no escritório, exatamente onde eles queriam que estivesse. Correu, desceu a escada. Ouviu passos atrás dele. Chegou ao terceiro andar, entrou à direita e pegou na maçaneta da porta mais próxima. Estava destrancada, como Nesterov tinha prometido. Entrou e trancou a porta, enquanto os agentes subiam a escada correndo.

Liev esperou na penumbra. Todas as cortinas tinham sido fechadas para que ninguém o visse lá de fora. Ouviu barulho de passos. Havia pelo menos quatro agentes na escada. Teve vontade de ficar naquele lugar, atrás da porta trancada, numa segurança passageira. As janelas abriam para a praça principal. Ele olhou. Tinha um grupo de homens na entrada do prédio. Afastou-se da janela. Precisava chegar ao térreo e aos fundos do prédio. Abriu a porta e deu uma olhada no corredor. Estava vazio. Saiu do escritório, fechou a porta e foi para a escada. Ouviu a voz de um agente no andar de baixo. Liev correu para a escada. Não viu nem ouviu ninguém. Correu, ao mesmo tempo que ouvia gritos no último andar: tinham encontrado Nesterov.

Uma segunda leva de agentes entrou no prédio, alertados pelos colegas. Era arriscado demais descer mais um lance e, deixando de lado o plano de Nesterov, Liev ficou no primeiro andar. Dispunha de pouco tempo de confusão até os homens se organizarem em equipes de busca. Sem poder chegar ao térreo, ele foi pelo corredor e entrou no banheiro que dava para os fundos do prédio. Abriu a janela. Era alta, estreita, mal dava para ele passar. O único jeito era enfiar primeiro a cabeça. Olhou lá fora, não viu nenhum agente. Devia estar a uns cinco metros do chão. Enfiou o corpo pela janela e dependurou-se, preso pelos pés. Não tinha aonde segurar. Soltou-se, protegendo a cabeça com as mãos.

Bateu no chão com a palma das mãos, os pulsos estalaram. Ouviu um grito, olhou para cima. Era um agente na janela do último andar. Tinha sido descoberto. Sem se incomodar com a dor nos pulsos, levantou-se e correu para a rua lateral onde o carro devia estar estacionado. Ouviu tiros. Pedaços de tijolos explodiram ao lado da cabeça dele. Agachou-se e continuou correndo. Mais tiros sibilavam na rua. Virou a esquina, fora da linha de tiro.

O carro estava lá, estacionado, pronto. Entrou e colocou a chave na ignição. O motor pegou e, em seguida, morreu. Tentou de novo. Não ia pegar. Tentou de novo — *por favor, ligue* — e o carro pegou. Ele deu partida e acelerou com cuidado para os pneus não chiarem. Era fundamental que os agentes não vissem o carro. Seria um dos poucos nas ruas. Sendo uma viatura da milícia, os agentes iam achar que era um deles e continuariam a busca a pé.

Não havia trânsito. Liev estava dirigindo depressa demais, fazendo muito barulho, em direção à saída da cidade. Nesterov tinha se enganado: ele não podia dirigir até Rostov. Primeiro, porque ficava a centenas de quilômetros e não tinha onde conseguir gasolina por perto. E assim que concluíssem que ele estava de carro, iam fechar todas as estradas. Tinha de ir o mais longe possível, largar o carro escondido e ir para o campo, antes de embarcar num trem. Se eles não encontrassem o carro abandonado, teria mais chances a pé.

Acelerou para a única estrada grande de entrada e saída da cidade, rumo a oeste. Olhou no espelho retrovisor. Se iam fazer uma busca ampla nos prédios próximos, supondo que ele estivesse a pé, teria pelo menos uma hora de vantagem. Pisou no acelerador e atingiu o máximo de velocidade do carro, 80 km por hora.

Mais à frente, viu homens ao lado de um carro estacionado no meio da estrada: uma viatura da milícia. Era uma barreira. Eles pensaram em tudo. Se aquela estrada, que ficava a oeste, estava bloqueada, a leste também estaria. Fecharam todas as saídas. A única esperança era romper o bloqueio. Liev acelerou e dirigiu para cima da viatura da milícia, atravessada na estrada, que seria jogada para o lado. Era preciso controlar o impacto. Com o carro avariado, eles não poderiam ir atrás dele imediatamente. Era um gesto desesperado, que reduzia sua vantagem para alguns minutos.

Os agentes que estavam na frente atiraram. As balas atingiram a dianteira do carro, furando o metal. Um bala estilhaçou o painel. Liev abaixou-se atrás do volante e ficou sem ver a estrada. O carro estava na posição certa, bastava ir em frente. As balas continuaram atingindo o painel. Pedaços de vidro caíam. Ele foi em frente — preparado para o choque.

O carro deu uma guinada para o lado. Liev tentou manter o controle, mas o volante virou para a esquerda, desgovernado. Os agentes tinham furado os pneus à bala. Ele não podia fazer nada. O carro caiu de lado, a janela quebrou. Liev foi jogado contra a porta, a milímetros da estrada, o carro derrapou, soltando faíscas. Bateu de frente com outro e girou. Capotou e saiu da estrada. Liev foi jogado da porta ao teto, onde se encolheu até o carro finalmente parar.

Liev abriu os olhos. Não sabia se conseguia se mexer e não tinha forças para confirmar. Era noite. Os pensamentos vinham devagar. Tinha saído do carro. Alguém o havia retirado. Um rosto apareceu sobre ele, bloqueando as estrelas, olhando-o. Liev concentrou-se e focou a cara do homem.

Era Vassíli.

Rostov-on-Don

No mesmo dia

Aron achava que trabalhar na milícia devia ser emocionante ou, pelo menos, mais emocionante do que trabalhar numa *kolkhoz*. Sempre soube que o salário era pequeno, mas o lado positivo é que não havia muita competição. Na hora de procurar emprego, nunca foi um candidato forte, embora não tivesse nada de errado com ele. Na verdade, tinha sido bom aluno na escola. Mas nasceu com o lábio superior *deformado*. Foi o que o médico disse a ele — era *deformado* e não se podia fazer nada. Dava a impressão de que uma parte do lábio superior tinha sido cortada e a sobra levantada no meio, mostrando uma parte dos dentes da frente. O resultado era que ele parecia estar sempre zombando de tudo. Embora isso não comprometesse sua capacidade de trabalho, certamente fazia diferença na hora de arrumar um emprego. A milícia parecia a solução perfeita, eles estavam à procura de candidatos. Os colegas iam mexer com ele, comentar pelas costas, mas estava acostumado. Não se importaria com nada, desde que tivesse de usar a cabeça.

Lá estava ele, portanto, no meio da noite, sentado entre as moitas, sendo devorado pelos insetos, observando um ponto de ônibus para ver se aparecia alguém.

Não explicaram a ele por que tinha de ficar sentado ali, nem em que consistia alguém fazer *uma atividade incomum*. Como um dos mais jovens integrantes do setor, com apenas 20 anos, ficou pensando se aquele trabalho seria uma espécie de ritual de iniciação — um teste de fidelidade para ver se ele era capaz de obedecer ordens. A obediência era mais valorizada do que tudo.

Até aquele momento, a única pessoa nas proximidades era uma garota no ponto de ônibus. Era jovem, talvez 14 ou 15 anos, mas tentava parecer mais velha. Parecia bêbada. Estava com a saia desabotoada. Ajeitou a saia e mexeu nos cabelos. O que fazia no ponto de ônibus? Os ônibus só começavam a circular de manhã.

Um homem se aproximou. Era alto, usava chapéu e casaco comprido. Tinha óculos grossos e carregava uma mala elegante. Postou-se ao lado do painel de horário dos ônibus, percorrendo-o com o dedo. Como se a garota fosse alguma aranha aguardando no canto da teia, ela imediatamente se levantou e foi na direção dele. Ele continuou lendo o horário dos ônibus, enquanto a garota ficava em volta, tocando na mala, na mão dele, no paletó. O homem pareceu ignorar esses gestos, até que finalmente tirou os olhos do painel e observou a garota. Falaram. Aron não conseguia ouvir o que diziam. A menina discordou de algo, balançando a cabeça. Depois deu de ombros. Eles entraram em um acordo. O homem virou-se e pareceu olhar na direção de Aron, para a moita ao lado do ponto. Será que o viu? Era pouco provável — os dois estavam na luz, e ele, na sombra. O homem e a garota vieram na direção dele.

Aron ficou confuso e conferiu sua posição — estava bem escondido. Não podiam tê-lo visto. Mesmo se tivessem, por que vinham naquela direção? Estavam a poucos metros. Ele podia ouvir a conversa dos dois. Esperou, agachado na moita, enquanto o casal passou por ele e foi para as árvores.

Aron levantou-se.

— Parem!

O homem ficou gelado, ergueu os ombros e virou-se. Aron fez o possível para soar autoritário.

— O que estão fazendo?

A garota, que não parecia nem um pouco medrosa ou preocupada, respondeu:

— Íamos dar uma caminhada. O que aconteceu com a sua boca? É feia à beça.

Aron enrubesceu de constrangimento. A menina estava olhando com evidente cara de nojo. Ele parou um instante e se recompôs.

— Vocês iam fazer sexo. Num lugar público. Você é prostituta.

— Não, íamos dar uma caminhada.

O homem acrescentou com voz patética, que mal se ouvia:

— Ninguém fez nada de errado. Estávamos só conversando.

— Quero ver seus documentos.

O homem deu um passo à frente e procurou os documentos no paletó. A menina ficou atrás, tranqüila: era evidente que já tinha sido detida antes. Não parecia irritada. Aron conferiu os documentos do homem. Ele se chamava Andrei e trabalhava na fábrica Rostelmash. Os papéis estavam em ordem.

— Abra a pasta.

Andrei ficou indeciso, suando muito. Tinha sido pego. Jamais imaginou que aquilo fosse acontecer, que o plano fosse dar errado. Levantou a mala e abriu a tranca. O jovem agente deu uma olhada e passou a mão por dentro da mala. Andrei ficou olhando para os próprios sapatos, esperando. Quando olhou, o agente estava segurando uma faca comprida, de lâmina serrada. Andrei quase chorou.

— Por que leva isso?

— Viajo muito. Costumo comer no trem. Uso a faca para cortar salame. Barato, salame simples, minha esposa se recusa a comprar outro.

Andrei usava mesmo a faca para almoçar e jantar. O agente encontrou um salame pela metade. Era barato e duro. A ponta estava mal cortada. O homem tinha usado aquela faca.

Aron tirou da mala um vidro com a tampa fechada. Estava limpo e vazio.

— Para que isso?

— Alguns dos componentes que uso como amostras são frágeis, outros são sujos. Este vidro é útil no meu trabalho. Escute, agente, sei que não devia ter saído com essa garota. Não sei o que aconteceu. Eu estava ali, vendo o horário dos ônibus amanhã e ela se aproximou. Você sabe como é, me provocou. Senti vontade. Mas olhe no bolso da mala e vai achar minha carteira de membro do partido.

Aron achou a carteira. E a foto de uma mulher com duas meninas.

— São minhas filhas. Não precisa mais que isso, não, agente? A culpa é da garota: não fosse ela, eu já estaria a caminho de casa.

Tratava-se de um cidadão correto que foi momentaneamente corrompido por uma garota bêbada, uma depravada. O homem tinha sido educado: não ficou olhando o lábio de Aron, nem fez comentários depreciativos. Tratou-o como igual, embora fosse mais velho, com um emprego melhor e membro do partido. Ele era a vítima. Ela era a criminosa.

Depois de sentir a rede em volta dele, Andrei percebeu que estava quase livre. A foto da família foi de enorme valor em diversas ocasiões. Às vezes, usava-a para convencer crianças indecisas de que ele era um homem em quem se podia confiar. Era pai. No bolso da calça, ele sentia o pedaço de barbante. Naquela noite, não; no futuro, ele teria de ser mais paciente. Não podia mais matar na cidade onde morava.

Aron estava quase deixando o homem ir embora, colocando a carteira e a foto no lugar, quando viu algo mais na mala: uma folha de jornal dobrada ao meio. Tirou-a e abriu-a.

Andrei ficou tremendo, incapaz de olhar aquele idiota de boca repugnante tocar no jornal com dedos sujos. Mal se conteve para não arrancar o papel da mão dele.

— Pode me devolver, por favor?

Pela primeira vez a voz do homem estava nervosa. Por que aquele jornal era tão importante para ele? Aron olhou bem a página.

Era um recorte de anos, a tinta tinha quase se apagado. Não havia texto, nem data, foi cortado e era impossível saber em que jornal foi publicado. Só sobrou uma foto da Grande Guerra Patriótica. Mostrava os restos de um tanque de guerra em chamas. Soldados russos vencedores apontavam as armas para cima, enquanto soldados alemães jaziam mortos aos pés deles. Era uma foto de vitória, de propaganda. Com seu lábio superior *deformado*, Aron entendia muito bem por que aquela foto tinha sido publicada no jornal. O soldado russo no centro da foto era um homem bonito, com um sorriso de vencedor.

Moscou

10 de julho

Liev estava com o rosto inchado, sensível ao tato. O olho direito continuava fechado, escondido sob dobras de pele. Sentia muita dor no lado do peito como se tivesse quebrado várias costelas. Recebeu os primeiros-socorros no local do acidente, mas assim que comprovaram que ele não corria risco de vida, foi colocado num caminhão com guarda armado. Na volta para Moscou, ele sentiu cada buraco da estrada como se fosse um soco na barriga. Sem analgésicos durante a viagem, ele desmaiou várias vezes. Os guardas o acordaram cutucando-o com a ponta das armas, com medo de que morresse na frente deles. Liev passou a viagem alternando a sensação de muito calor com a de muito frio. Sabia que aqueles ferimentos eram apenas o começo.

Percebeu a ironia de acabar naquele lugar — amarrado numa cadeira na cela de interrogatório no porão do Lubianka. Um guardião do Estado transformara-se em prisioneiro, uma inversão do destino que não era rara de ocorrer. Acontecia com todos os inimigos do país.

A porta se abriu. Liev levantou a cabeça. Quem era aquele homem pálido de dentes amarelados? Era um ex-colega, ele lembrava. Mas tinha esquecido o nome.

— Lembra de mim?

— Não.

— Sou o Dr. Zarubin. Nos encontramos algumas vezes. Fui visitá-lo quando esteve doente, há alguns meses. Lamento sua situação. Não estou criticando o que fizeram com você, que é justo e certo. Quis dizer apenas que preferia que você não tivesse feito isso.

— O que eu fiz?

— Você traiu o seu país.

O médico tocou nas costelas de Liev. Cada toque fez com que ele trincasse os dentes.

— Suas costelas não estão quebradas, como já tinham me avisado. Estão apenas com luxação. Claro que dói. Mas seus ferimentos não exigem cirurgia. Mandaram que eu limpasse os cortes e trocasse as ataduras.

— Tratamento antes da tortura, uma peculiaridade deste lugar. Uma vez salvei um homem só para trazê-lo aqui. Devia ter deixado Bródski se afogar naquele rio.

— Não sei de quem você está falando.

Liev calou-se. Qualquer um pode se arrepender do que fez quando as regras do jogo mudam. Ele entendeu, com mais clareza do que nunca, que sua única oportunidade de redenção tinha escapado por entre os dedos. O assassino continuaria matando, oculto não só por sua perícia, mas pela recusa do país de sequer admitir que ele existia, mantendo-o numa imunidade perfeita.

O médico terminou de cuidar dos ferimentos de Liev. Estava garantida a sensibilidade completa à tortura que viria a seguir. Era preciso fazer com que os presos melhorassem para serem mais machucados. O médico inclinou-se e cochichou para Liev.

— Agora vou tratar da sua esposa. Sua linda esposa está amarrada na sala ao lado. Totalmente indefesa, por culpa sua. Tudo o que vou fazer com ela é culpa sua. Farei com que odeie o dia em que se apaixonou por você. E que diga isso bem alto.

Como se o homem tivesse falado numa língua estrangeira, Liev levou algum tempo para entender. Ele não tinha qualquer rancor daquele homem. Mal o reconheceu. Por que estava ameaçando

Raíssa? Tentou se levantar, indo para cima do médico. Mas a cadeira estava presa ao chão e ele, amarrado à cadeira.

O Dr. Zarubin recuou como quem põe a cabeça muito perto da jaula de um leão. Viu Liev forçar as amarras, as veias saltando do pescoço, o rosto vermelho, os olhos pateticamente exaltados. Era curioso como observar uma borboleta presa num vidro. Aquele homem não entendia a situação em que estava.

Impotência

O médico pegou a maleta e esperou o guarda abrir a porta. Pensou que Liev fosse gritar, talvez ameaçasse matá-lo. Nisso, pelo menos, ele se desapontou.

Seguiu alguns metros pelo corredor do porão e chegou à cela contígua. A porta estava aberta. Zarubin entrou. Raíssa estava amarrada numa cadeira exatamente como o marido. O médico se animou ao pensar que seria reconhecido e que ela admitiria que devia ter aceitado a proposta dele. Se tivesse aceito, estaria salva. Evidentemente, não era a sobrevivente experiente que o médico pensou que fosse. Tinha uma beleza extraordinária, da qual não foi capaz de tirar vantagem, preferiu ser fiel ao marido. Talvez ela acreditasse no Além, num céu onde sua fidelidade seria recompensada. Naquele lugar, isso não tinha qualquer valor.

Certo de que o arrependimento dela seria um estímulo, esperou que implorasse.

Me ajude

Agora ela aceitaria tudo: ele podia pedir qualquer coisa. Podia tratá-la como lixo, ela aceitaria e ainda pediria mais. Ficaria completamente submissa. O médico abriu a grade na parede. Embora parecesse parte do sistema de ventilação, servia para o som passar de uma cela para a outra. Ele queria que Liev ouvisse tudo.

Raíssa olhou para Zarubin, viu sua expressão de fingida tristeza, tentando transmitir piedade, como se dissesse:

Se você tivesse aceitado a minha proposta.

Colocou a maleta no chão e começou a examinar Raíssa, apesar de não estar ferida.

— Preciso examinar você. Para fazer o meu relatório.

Raíssa foi presa sem qualquer confusão. O restaurante foi cercado, os agentes entraram e pegaram-na. Quando foi levada, Basárov gritou com previsível maldade que ela merecia o castigo que recebesse. Amarrada na traseira de um caminhão, sem qualquer informação, ela não tinha idéia do que tinha acontecido com Liev até ouvir um agente dizer que eles o haviam prendido. Supôs, pela satisfação na voz do homem, que Liev tinha pelo menos tentado fugir.

Quis continuar olhando para a frente enquanto o médico apalpava o corpo dela, fazendo de conta que ele não estava ali. Mas não resistiu e olhou-o de relance. Tinha as juntas dos dedos cabeludas, as unhas bem limpas e aparadas. O guarda atrás dela deu um riso infantil. Ela se concentrou na idéia de que seu corpo estava fora do alcance e, por mais que ele fizesse, não conseguiria colocar um dedo nela. Era uma idéia impossível de sustentar. Ele enfiou os dedos na perna dela com horrenda e proposital lentidão. Os olhos dela ficaram cheios de lágrimas. Piscou para afastá-las. Zarubin aproximou mais a cara. Beijou o rosto dela, chupando como se fosse dar uma mordida.

A porta se abriu e Vassíli entrou. O médico levantou-se, recuou. Vassíli ficou preocupado.

— Ela não está ferida. Você não precisa ficar aqui.

— Eu estava apenas me certificando.

— Pode sair.

Zarubin pegou a maleta e saiu. Vassíli fechou a grade. Agachou-se ao lado de Raíssa e notou as lágrimas.

— Você é forte, talvez pense que vai agüentar. Entendo sua vontade de ser fiel ao seu marido.

— Entende mesmo?

— Tem razão em duvidar. Na verdade, não entendo. Só acho que é melhor você me contar tudo imediatamente. Você acha que sou um monstro, mas sabe quem me ensinou que é melhor contar tudo logo? O seu marido, ele dizia isso às pessoas antes de serem torturadas, algumas aqui nessa mesma sala. Era sincero, se é que lhe interessa saber.

Raíssa olhou as belas feições daquele homem e pensou, como na estação ferroviária meses antes, por que ele parecia feio. Os olhos não eram sem vida ou burros, mas duros de frieza.

— Vou contar tudo.

— Mas será o suficiente?

Liev devia estar poupando as forças até ter oportunidade de fazer alguma coisa. Não era aquele o momento. Ele viu muitos presos desperdiçarem energia socando portas, gritando, andando sem parar nas pequenas celas. Na época, ele pensava como não percebiam a inutilidade daquilo. Agora que estava na mesma situação, ele finalmente entendeu o que sentiam. Era como se o corpo tivesse alergia por aquele confinamento. Nada a ver com lógica ou razão. Ele apenas não podia sentar e esperar sem fazer nada. Então, forçou as tiras de couro que o prendiam à cadeira até que os pulsos começaram a sangrar. Alguma parte dele realmente acreditava que podia arrebentar aquelas tiras, embora tivesse visto centenas de homens e mulheres o tentarem sem conseguir. Animado pela idéia de uma grande fuga, ignorava que aquela esperança era tão perigosa quanto qualquer tortura que pudessem lhe infligir.

Vassíli entrou e fez sinal para o guarda colocar uma cadeira na frente de Liev. O guarda obedeceu e deixou a cadeira fora do alcance do preso. Vassíli adiantou-se e aproximou a cadeira. Os joelhos dos dois quase se tocavam. Vassíli olhou bem para Liev e notou que ele tentava se libertar com o corpo inteiro.

— Relaxe, sua esposa está bem. Está na cela ao lado.

Vassíli fez sinal para o guarda abrir a grade e chamou:

— Raíssa, diga alguma coisa para o seu marido. Ele está preocupado com você.

A voz dela foi como um eco fraco:

— Liev?

Liev recostou-se, relaxando o corpo. Antes que pudesse responder, o guarda fechou a grade com força. Liev olhou para Vassíli.

— Não precisa nos torturar. Você sabe a quantas sessões eu assisti. Compreendo que não tem sentido resistir. Pergunte qualquer coisa que eu respondo.

— Mas eu já sei tudo. Li todos os seus arquivos. Falei com o general Nesterov. Ele deixou bem claro que não queria que os filhos fossem internados num orfanato. Raíssa confirmou tudo o que ele disse. Só tenho uma pergunta para você: por que fez isso?

Liev não entendeu. Mas sua luta estava terminada. Ele diria qualquer coisa que aquele homem quisesse. Falou como uma criança dirigindo-se ao professor.

— Desculpe, mas não entendi. Está perguntando por que o quê...?

— Por que arriscar o pouco que tinha, o pouco que permitimos você ter, por essa fantasia?

— Está falando das crianças assassinadas?

— Todos os assassinatos foram solucionados.

Liev não respondeu.

— Você não acredita, não é? Acha que alguém ou algum grupo está assassinando a esmo crianças russas sem motivo?

— Eu me enganei. Eu tinha uma hipótese. Estava errada. Retiro tudo o que disse. Assino uma confissão, uma admissão de culpa.

— Você tem consciência de que é culpado do mais grave tipo de agitação anti-russa. Dá a impressão de que é propaganda ocidental,

Liev. Isso eu conseguiria entender. Se você está trabalhando para o Ocidente, é um traidor. Talvez tenham lhe prometido dinheiro, poder, as coisas que você perdeu. Isso eu também posso entender. É isso?

— Não.

— Isso é o que me preocupa. Mostra que você realmente acredita que esses crimes estavam ligados e que não foram praticados por pervertidos, mendigos, bêbados e cidadãos indesejáveis. Para ser claro, o que você fez é loucura. Trabalhei com você. Vi como você é metódico. Para ser sincero, até admirava você. Quer dizer, admirava antes de você perder a cabeça por sua mulher. Assim, quando soube das suas novas aventuras, não fez sentido.

— Eu tinha uma hipótese. Estava errada. Não sei o que mais posso dizer.

— Por que alguém ia matar aquelas crianças?

Liev olhou bem para o homem que estava na frente dele, um homem que quis matar duas crianças por causa da ligação dos pais delas com um veterinário. Teria matado com um tiro na nuca sem se incomodar. Mas a pergunta era à sério.

Por que alguém ia matar aquelas crianças?

Vassíli tinha matado quase o mesmo número de pessoas que o assassino que Liev estava procurando, talvez até mais. Mesmo assim, não entendia a lógica daqueles crimes. Não entendia que alguém pudesse matar sem precisar ser agente da MGB ou guarda de um gulag? Se era isso, então Liev entendia. Havia tantas variações legítimas para a brutalidade e o assassinato, por que escolher uma que não era oficial? Mas não era esse o problema.

Aquelas crianças

Vassíli estava confuso porque os crimes aparentemente não tinham motivo. Não que o assassinato de crianças fosse inimaginável.

Mas qual a vantagem? Qual a intenção? Não havia nenhuma necessidade oficial de matar aquelas crianças, nenhuma idéia de servir a um bem maior, nenhum lucro material. Era isso que ele não entendia.

Liev repetiu.

— Eu tinha uma hipótese. Estava errada.

— Talvez o fato de você ser expulso de Moscou, de um lugar onde serviu fielmente durante tantos anos, tenha sido um choque maior do que esperávamos. Afinal, você é um homem orgulhoso. Seu equilíbrio mental certamente foi afetado. Por isso vou ajudá-lo, Liev.

Vassíli se levantou, avaliando a situação. Após a morte de Stalin, a Segurança do Estado teve ordem de suspender qualquer tipo de violência contra detidos. Por ser um homem afeito a sobreviver, Vassíli adaptou-se imediatamente. Mas eis que Liev estava ali nas garras dele. Será que Vassíli ia embora, deixar que o outro enfrentasse sua sentença? Seria suficiente? Será que isso o satisfaria? Virou-se na direção da porta, notando que os impulsos dele em relação a Liev eram tão perigosos para ele quanto para Liev. Sentiu a sua habitual precaução se transformar em algo pessoal, parecido com um prazer erótico. Achou impossível resistir. Fez sinal para o guarda se aproximar.

— Traga o Dr. Hvostov.

Embora fosse tarde, Hvostov não estranhou ao atender aquele súbito chamado. Ficou curioso sobre o que o poderia ser tão importante. Cumprimentou Vassíli e recebeu um resumo da situação, notando que Vassíli se referia a Liev como paciente e não como prisioneiro. Entendeu que era preciso para se proteger da acusação de dano físico. Após ouvir um resumo dos delírios do paciente sobre um assassino de crianças, o médico mandou o guarda levar Liev para sua sala. Estava ansioso para descobrir o que havia por trás daquela idéia estranha.

A sala continuava exatamente como Liev lembrava: pequena e limpa, com uma cadeira de couro vermelho pregada ao piso de azulejos brancos. E armários de vidro cheios de garrafas, pós e pílulas com etiquetas brancas identificadas com letra pequena, em tinta preta;

vários instrumentos cirúrgicos de aço, o cheiro de desinfetante. Foi amarrado à mesma cadeira que Anatoli Bródski: pulsos, tornozelos e pescoço presos com as mesmas tiras de couro. O Dr. Hvostov encheu uma seringa com óleo canforado. Cortaram a manga da camisa de Liev e encontraram uma veia. Nada precisava ser explicado, Liev tinha visto tudo aquilo antes. Abriu a boca, esperando pela mordaça de borracha.

Vassíli ficou de pé, tremendo de ansiedade, enquanto acompanhava os preparativos. Hvostov injetou o óleo em Liev. Passaram-se segundos e, de repente, os olhos de Liev reviraram. O corpo começou a tremer. Era o momento que Vassíli tanto sonhara, o momento que tinha planejado centenas de vezes. Liev parecia ridículo, fraco e patético.

Esperaram as reações físicas diminuírem. Hvostov concordou com a cabeça, aprovando.

— Veja o que ele diz.

Vassíli deu um passo e soltou a mordaça de borracha. Escorreu uma saliva no colo de Liev. A cabeça pendeu para a frente, mole.

— Como sempre, perguntas simples para começar.

— Como se chama?

Não houve resposta.

— Como se chama?

A cabeça de Liev virou de um lado para outro e escorreu mais saliva da boca.

— Como se chama?

Liev mexeu os lábios. Disse algo que Vassíli não ouviu. Ele se aproximou:

— Como se chama?

Os olhos focalizaram — mirou bem à frente e disse:

— Pável.

No mesmo dia

Como é seu nome?
Pável.

Ao abrir os olhos, ele viu que estava no meio de uma floresta, com os pés enfiados na neve e que havia uma lua brilhante. O casaco que usava era de sacos de aniagem, costurados com carinho, como se fossem couro da melhor qualidade. Tirou um pé da neve. Não estava de sapato, mas com os pés enrolados em trapos e uma tira de borracha, presos com barbante. Olhou as mãos. Eram mãos de criança.

Sentiu uma cutucada no casaco e virou-se. Atrás dele, um menino que também usava um casaco de saco. Nos pés, as mesmas tiras de borracha e trapos amarrados. O menino apertava os olhos para enxergar. O nariz escorria. Como se chamava? Sem jeito, cuidadoso e bobo, o menino respondeu — chamava-se Andrei.

Atrás dele, um gato malhado e magro começou a miar, lutando na neve, atormentado por alguma força invisível. O gato estava sendo arrastado para a floresta. A pata amarrada com barbante. Alguém puxava o barbante pela neve. Pável correu atrás do barbante. Mas o gato, ainda lutando, era puxado cada vez mais depressa. Pável apressou o passo. Olhou para trás e viu Andrei, que não conseguia acompanhá-lo e ia ficando para trás.

De repente, parou. Na frente dele, segurando a ponta do barbante, estava Stepan, o pai. Não era jovem, mas velho como o homem de quem se despediu em Moscou. Stepan pegou o gato, apertou o pescoço dele e jogou-o dentro de um grande saco. Pável foi até o homem.

— Papai?

— Não sou seu pai.

Stepan levantou um galho grosso sobre a cabeça.

Ao abrir os olhos, Pável se viu dentro do saco, a cabeça com sangue coagulado, a boca seca como cinza. Estava sendo levado dentro do saco, seu corpo batia nas costas de um homem. A cabeça doía tanto que ele sentiu enjôo. Tinha alguma coisa embaixo dele. Estendeu a mão e tocou no gato morto. Exausto, fechou os olhos.

Sentindo o calor de uma lareira, acordou. Não estava mais dentro do saco, tinha sido colocado no chão de terra de uma fazenda. Stepan — agora um jovem, o homem da floresta, altivo e forte — estava ao lado da lareira segurando o corpo de um menino. Ao lado, Anna, também jovem de novo. O menino no colo de Stepan era meio humano, meio fantasma, meio esqueleto — a pele estava solta, os ossos apareciam, os olhos eram enormes. Stepan e Anna choravam. Anna apertava os cabelos do menino morto e, finalmente, Stepan disse baixo o nome do menino.

— Liev.

O menino morto se chamava Liev Stepanovitch.

Finalmente, Anna virou-se, com os olhos vermelhos, e perguntou:

— Como você se chama?

Ele não respondeu. Não sabia seu nome.

— Onde você mora?

Ele também não sabia.

— Como se chama seu pai?

Estava com a cabeça oca.

— Sabe onde fica a sua casa?

Ele não sabia. Anna continuou:

— Sabe por que você está aqui?

Ele balançou a cabeça.

— Você tinha de morrer para ele viver. Compreende?

Não. Ela disse:

— Mas nosso filho não pôde ser salvo. Morreu quando meu marido estava caçando. E se ele morreu, você pode ir.

Ir para onde? Não sabia onde estava. Não sabia de onde tinha vindo. Não sabia nada sobre si mesmo. Estava com a cabeça oca.

Anna levantou-se e deu a mão para ele. Ele levantou-se com esforço, fraco e tonto. Quanto tempo ficou naquele saco? Para onde foi levado? Parecia que tinham se passado dias. Se não comesse logo, ia morrer. Ela deu um copo de água morna. No primeiro gole ele ficou enjoado, mas o segundo foi melhor. Ela o levou para fora e sentaram-se enrolados nos mesmos cobertores. Exausto, ele dormiu encostado no ombro dela. Quando acordou, Stepan estava do lado de fora da casa.

— Está pronto.

Entrou na casa e o corpo do menino tinha sumido. Na lareira, um assado fervia numa caçarola grande. Guiado por Anna, ele sentou-se perto do calor e aceitou a tigela que Stepan serviu cheia até à borda. Olhou para o caldo fumegante: bolotas flutuavam à tona, ao lado de juntas de ossos brancas e pedaços de pele. Stepan e Anna olhavam para ele. Stepan disse:

— Você tinha de morrer para o nosso filho viver. Como ele morreu, você pode viver.

Estavam oferecendo a carne e o sangue dele. Do filho deles. Ele levou o caldo até o nariz. Fazia tanto tempo que não comia que começou a salivar. O instinto foi maior e ele comeu.

Stepan explicou.

— Amanhã começamos a viagem para Moscou. Não podemos viver mais aqui. Tenho um tio na cidade, ele pode nos ajudar. Esta é nossa última refeição antes da viagem. Esta refeição era para nos levar à cidade. Você pode vir conosco. Ou pode ficar aqui e tentar encontrar a sua casa.

Devia ficar lá, sem saber quem era, sem saber de onde era? E se nunca mais lembrasse? E se não soubesse nada? Quem iria cuidar dele? O que ia fazer? Ou será que ia com aquelas pessoas? Eram gentis. Tinham comida. Tinham um plano, uma forma de sobreviver.

— Quero ir com vocês.

— Tem certeza?

— Tenho.

— Eu me chamo Stepan, minha esposa é Anna. Como você se chama?

Não lembrava de nome algum. Só um, que tinha ouvido antes. Podia dizer? Será que iam zangar com ele?

— Meu nome é Liev.

11 de julho

Raíssa precisou passar por dez mesas seguidas, cada uma com dois agentes: um conferia uma pilha de documentos enquanto o outro revistava o preso. Não havia diferença entre homens e mulheres: eram revistados juntos, lado a lado, da mesma maneira agressiva. Não havia como saber em que mesa estavam os documentos dela. Raíssa foi empurrada para uma mesa e depois para outra. Tão rápido que os papéis dela não a acompanhavam. Meio irritada, o guarda que a escoltava deixou-a de lado e desconsiderou essa parte inicial do processo. Ela era a única presa escoltada. Os papéis que faltavam continham o crime de que era acusada e a pena. Em volta, os presos ouviam, inexpressivos, as acusações de AKA, KRRD, PSh, SVPsh, KRM, SOE ou SVE, siglas indecifráveis que decidiam o resto de suas vidas. As sentenças eram pronunciadas com indiferença profissional.

Cinco anos! Dez anos! Vinte e cinco anos!

Mas ela precisava desculpar a dureza daqueles guardas — estavam sobrecarregados de trabalho, tinham de lidar com tanta gente, atender tantos presos. À medida que as sentenças eram dadas, ela notava a mesma reação em quase todos os detidos: incredulidade. Será que aquilo era verdade? Parecia um pesadelo, como se tivessem sido arrancados do mundo real e jogados num outro, totalmente novo, onde ninguém sabia direito quais eram as leis. Que leis regiam aquele lugar? O que as pessoas comiam? Podiam tomar banho? Como se vestiam? Eram recém-nascidos sem ninguém para protegê-los, nem para ensinar as leis.

Raíssa foi então retirada da sala de condenação para a plataforma da estação, com o guarda segurando o braço dela. Ela não embarcou no trem. Esperou todos os presos serem enfiados nos antigos vagões de gado adaptados para transportar prisioneiros para os gulags. A plataforma, embora ficasse na estação Kazan, foi construída de forma a não ser vista pelos passageiros comuns. Quando Raíssa foi levada do porão do edifício Lubianka para a estação, entrou num caminhão preto com a inscrição FRUTAS & LEGUMES. Entendeu que aquilo não era uma piada cruel do Estado, mas parte da tentativa de esconder a quantidade de prisões. Quem não conhecia alguém que foi preso? Mesmo assim, a simulação de sigilo era zelosamente mantida, uma charada complicada que não enganava ninguém.

Por alto, deveria haver centenas de presos na plataforma. Foram empurrados para dentro dos vagões, parecia que os guardas queriam bater algum recorde apertando centenas de pessoas num espaço onde não devia caber mais de trinta ou quarenta. Mas ela já havia esquecido: as leis do velho mundo não serviam mais ali. Aquele era o novo mundo, com novas leis e o espaço para trinta pessoas era para trezentas. Elas não precisavam de ar para respirar. No novo mundo, o espaço era uma mercadoria preciosa que não podia ser desperdiçada. A logística de transportar gente era a mesma de transportar grãos: ensacar e prever uma perda de cinco por cento.

No meio daquelas pessoas — de todas as idades, algumas em roupas bem talhadas, a maioria em farrapos — não havia sinal de Liev. Era rotina as famílias serem separadas e enviadas para gulags em pontos opostos do país. O regime se orgulhava de romper laços e ligações. A única relação que interessava era da pessoa com o Estado.

Raíssa tinha ensinado essa lição a seus alunos. Supondo que Liev seria mandado para outro campo, ficou surpresa quando o guarda mandou que aguardasse na plataforma. Ela já havia recebido essa ordem antes, quando foram banidos para Voualsk. Era uma característica pessoal de Vassíli, que parecia ter prazer em assistir à humilhação deles. Não bastava que sofressem. Ele queria ver da primeira fila.

Vassíli veio na direção dela, apoiando um homem mais velho, encurvado. A menos de cinco metros, ela reconheceu o homem como sendo seu marido. Olhou bem para Liev, impressionada com a transformação. Estava frágil, tinha envelhecido dez anos. O que fizeram com ele? Quando Vassíli soltou-o, ele quase caiu. Raísa segurou-o e olhou para ele. Reconheceu-a. Pondo a mão na testa dele, ela perguntou:

— Liev?

Ele fez um esforço para responder, a boca tremeu ao tentar pronunciar o nome.

— Raíssa.

Ela virou-se para Vassíli, que assistia a tudo. Ficou irritada por estar com lágrimas nos olhos. Era o que ele queria. Limpou as lágrimas. Mas não paravam de escorrer.

Vassíli não conseguiu conter um desapontamento. Tinha conseguido o que sempre quis. Mais, até. De certa forma queria vencer para, naquele momento culminante, parecer um homem mais sensível. Dirigiu-se a Raíssa e disse:

— É normal os casais serem separados no embarque. Mas achei que vocês gostariam de fazer essa viagem juntos, como uma pequena generosidade de minha parte.

Claro que ele falou com ironia perversa, mas as palavras ficaram presas na garganta dele e não deram qualquer prazer. Teve a curiosa sensação de que seus atos eram patéticos. Era por não haver qualquer resistência. Aquele homem que tinha sido alvo dele por tanto tempo estava fraco, surrado e alquebrado. Em vez de Vassíli se sentir mais forte, triunfante, parecia que alguma parte dele tinha sido prejudicada. Desistiu do discurso que tinha pensado em fazer e olhou para Liev. Que sentimento era aquele? Seria uma espécie de afeição por Liev? A idéia era ridícula pois ele, Vassíli, odiava aquele homem.

Raíssa já havia visto aquele olhar em Vassíli. O ódio dele não era profissional, era uma obsessão, uma fixação, como se um amor não correspondido tivesse se transformado em algo medonho. Não teve pena, mas imaginou que um dia ele teve algum sentimento humano. Vassíli fez um gesto para o guarda, que empurrou-os para o trem.

Raíssa ajudou Liev a entrar no vagão. Foram os últimos presos a embarcar. A porta de correr se fechou atrás deles. No escuro, ela sentiu centenas de olhos encarando-os.

Vassíli ficou na plataforma, as mãos para trás.

— As providências foram tomadas?

O guarda concordou com a cabeça.

— Não chegarão vivos ao destino.

Cem Quilômetros a Leste de Moscou

12 de julho

Raíssa e Liev estavam agachados no fundo do vagão, na mesma posição desde o embarque no dia anterior. Como últimos passageiros a entrar, foram obrigados a ficar com o espaço que sobrava. Os lugares mais cobiçados, as três fileiras de duros bancos de madeira presos nas laterais do vagão, estavam todos ocupados. Os bancos tinham pouco mais de 30cm de largura e mais de três pessoas deitadas lado a lado, tão apertadas como se estivessem fazendo sexo. Mas não havia nada de sexual naquela intimidade apavorada. O único espaço que Liev e Raíssa acharam foi perto de um buraco no piso, do tamanho de um punho: era a latrina do vagão. Não havia separação, nem divisão, o jeito era defecar e urinar à vista de todos. Liev e Raíssa estavam a poucos centímetros do buraco.

No começo, naquela escuridão fedorenta, Raíssa ficou muito irritada. A degradação não era apenas injusta e assustadora, era bizarra, uma maldade proposital. Se eles iam trabalhar nos gulags, por que eram levados como se fossem ser executados? Parou de pensar nisso: não iam sobreviver assim, cheios de indignação. Ela precisava se adaptar. Ficou pensando:

Novo mundo, novas leis.

Não podia comparar aquela situação com a vida que levava antes. Prisioneiros não tinham direitos e não deviam esperar nada.

Mesmo sem relógio e sem ver nada lá fora, ela sabia que devia ser mais de meio-dia. O sol assava o teto de aço do vagão como se ajudasse os guardas com um castigo duro, um calor radiante e inclemente sobre as centenas de corpos. O trem seguia com tanta lentidão que nenhuma brisa entrava pelas pequenas frestas nas paredes de madeira. E, se houvesse alguma, seria absorvida pelos presos que tinham a sorte de estar nos bancos.

Forçada a deixar a raiva de lado, o calor e o cheiro ficaram mais suportáveis para Raíssa. Sobreviver significava adaptar-se. Um dos presos preferiu recusar as novas leis. Raíssa não viu direito quando ele morreu, era um homem de meia-idade. Não fez barulho — ninguém notou ou, se notou, não disse. Na tarde anterior, quando o trem parou e todos desembarcaram para receber um pequeno copo d'água, alguém gritou que havia um homem morto. Ao passar pelo corpo, Raíssa concluiu que ele resolveu que aquele novo mundo não era para ele. Desistiu, fechou, desligou, como se faz com uma máquina — a *causa mortis* era desesperança, desinteresse por sobreviver, se aquilo era só o que havia para os que sobrevivessem. O corpo foi jogado do trem, rolou numa ribanceira e sumiu de vista.

Raíssa virou-se para Liev, que tinha dormido quase todo o tempo, encostado nela como uma criança. Quando acordou, parecia calmo, não estava desconfortável nem nervoso, pensava em outras coisas, com o cenho franzido como se tentasse entender algo. Ela procurou sinais de tortura no corpo dele e achou um machucado no braço. Nos tornozelos e punhos, marcas vermelhas de tiras. Tinha sido amarrado. Ela não sabia o que fizeram com ele, mas foi uma tortura psicológica e química, não cortes e queimaduras grosseiros. Passou a mão na cabeça dele, segurou na mão — beijou-o. Eram os únicos remédios que podia oferecer. Tinha escondido o pedaço de pão preto e a fatia de peixe salgado que ele recebeu, a única refeição que tiveram até então. O peixe, com suas espinhas brancas e secos, estava tão duro de sal que alguns presos seguraram aquele alimento com tanta fome e ao mesmo tempo sem coragem de comê-lo, sabendo que não teriam água para beber depois. A sede era pior que a fome. Raíssa raspou bem o sal antes de dar o peixe para Liev, em pedacinhos.

Liev sentou-se e falou pela primeira vez desde que embarcaram, tão baixo que mal se ouvia. Raíssa se inclinou, esforçando-se para ouvir.

— Oksana foi uma boa mãe. Gostava de mim. Eu os deixei. Preferi não voltar. Meu irmãozinho queria sempre jogar baralho. Eu dizia que estava ocupado.

— Quem são essas pessoas, Liev? Quem é Oksana? Quem é seu irmão? De quem está falando?

— Minha mãe não deixou que eles levassem o sino da igreja.

— Anna? Está falando de Anna?

— Anna não é minha mãe.

Raíssa colocou as mãos em volta do rosto dele, achando que Liev tinha enlouquecido. Olhou o vagão e teve certeza de que a fraqueza fazia com que ele se tornasse um alvo fácil.

A maioria dos prisioneiros estava apavorada demais para ser alguma ameaça, exceto os cinco homens do canto, empoleirados num banco alto. Ao contrário dos outros passageiros, eles eram destemidos, estavam à vontade naquele mundo. Raíssa supôs que fossem criminosos profissionais condenados por roubo ou agressão, crimes que recebiam penas bem menores do que as dos presos políticos em volta, que eram professores, enfermeiras, médicos, escritores e dançarinos. O presídio era o seu território e elemento. Pareciam conhecer melhor as leis vigentes daquele mundo do que as do outro. Tal superioridade vinha não só da evidente força física: ela notou que os guardas respeitavam aqueles prisioneiros. Falavam com eles como iguais ou, pelo menos, como um homem falando com outro. Os outros presos tinham medo deles. Faziam concessões para eles. Os cinco homens podiam sair do banco, ir à latrina e pegar água sem medo de perder o privilegiado lugar. Ninguém ousava pegar. Já tinham mandado um homem, que pareciam desconhecer, entregar para eles os sapatos que usava. Quando o homem perguntou por quê, eles explicaram, de forma natural, que tinha perdido os sapatos numa aposta. Raíssa agradeceu por que o homem não perguntou qual a lógica dessas

Novas leis, desse novo mundo.

O homem tirou os sapatos e entregou-os, recebendo em troca um par velho.

O trem parou. De cada vagão vinham pedidos de água. Eram ignorados ou imitados com deboche:

Água, água, água.

Como se o pedido fosse absurdo. Parecia que todos os guardas estavam em volta do vagão deles. A porta foi aberta e os presos tiveram ordem de ficar no fundo. Os guardas chamaram os cinco homens. Eles desceram de seus bancos como animais selvagens empurrando os presos e saíram do vagão.

Alguma coisa estava errada — Raíssa abaixou a cabeça, respirando rápido. Logo depois, os homens voltaram. Ela esperou. Aos poucos, levantou a cabeça, vendo os homens subindo no vagão. Os cinco olhavam para ela.

No mesmo dia

Raíssa tocou no rosto de Liev.

— Liev.

Ouviu os cinco homens se aproximando. Não havia jeito de se mexer no vagão lotado sem empurrar os prisioneiros no chão.

— Liev, estamos com problemas.

Ele continuou imóvel, não parecia entender nem registrar o perigo.

— Liev, por favor, preste atenção.

Não adiantou. Ela se levantou e virou-se para os homens. O que podia fazer? Liev continuou agachado no chão, atrás dela. O plano de Raíssa era resistir.

O líder dos homens, que era também o mais alto, se adiantou e segurou o braço dela. Esperando isso, Raíssa deu um tapa no olho dele com a mão que estava livre. As unhas, crescidas e sujas, arranharam a pele. Ela devia ter arrancado o olho dele. A intenção era essa, mas só conseguiu dar um corte. O homem jogou-a no chão. Ela caiu sobre os prisioneiros, que saíram da frente, pois a briga não era deles e não iam ajudar. Ela estava sozinha. Tentando se livrar dos agressores, Raíssa não conseguiu se mexer. Alguém estava segurando o tornozelo dela. Outras mãos a pegaram, levantando-a e jogando-a no chão. Um homem se ajoelhou, segurou os braços dela enquanto o chefe abria as pernas dela com um chute. Segurava um punhal grosso e serrilhado, como um dente enorme.

— Depois de trepar, vou enfiar isso em você.

Mostrou o punhal que, Raíssa concluiu, os guardas tinham acabado de entregar a ele. Sem conseguir se mexer, virou-se para Liev. Ele tinha sumido.

Liev não estava mais pensando na floresta da infância, no gato, na aldeia, no irmão. A mulher dele estava em perigo. Tentando entender a situação, pensou por que os homens não percebiam que ele estava ali. Talvez tivessem ouvido dizer que ele era insensível e não representava ameaça. Qualquer que fosse o motivo, Liev conseguiu se levantar sem que os homens reagissem. O chefe desabotoou a braguilha. Ao perceber que Liev tinha se levantado, os dois estavam à distância de um braço.

O líder olhou com desprezo, virou-se e deu um soco na cara de Liev, que não reagiu nem abaixou-se, apenas caiu. Deitado no chão de madeira, com o lábio cortado, ouviu um homem rindo. Que rissem. A dor foi boa, fez com que ele se concentrasse. Aqueles homens eram arrogantes, destreinados — brutamontes, mas inexperientes. Fazendo de conta que estava trôpego e desajeitado, ele se levantou devagar, de costas para os homens, como se fosse um alvo convidativo. Ouviu alguém vindo na direção dele, alguém que tinha mordido a isca. Olhou por cima do ombro e viu o líder com o punhal, disposto a acabar com ele.

Liev pulou de lado, com tal velocidade que surpreendeu o outro. Antes que o homem conseguisse se recuperar do susto, Liev agarrou-o pelo pescoço e girou-o. O homem ficou sem ar. Liev apertou a mão dele, fazendo com que soltasse o punhal, e enfiou o punhal no pescoço do homem. Enfiou de novo, cortando todos os tendões, veias e artérias que encontrou. Retirou a arma e o homem caiu, apertando o ferimento com as mãos.

O integrante mais próximo do bando se adiantou, de braços abertos. Liev deixou que segurasse seu pescoço e reagiu enfiando o punhal na barriga dele, cortando a camisa e puxando o punhal para o lado. O homem balbuciava enquanto Liev continuava cortando pele e músculos. O homem soltou o pescoço de Liev, ficou olhando a barriga sangrar como que intrigado com aquilo e caiu pesadamente de joelhos.

Liev virou-se para os três homens restantes. Tinham perdido todo o interesse na briga. Qualquer recompensa que lhes oferecessem deixou de valer a pena. Talvez os guardas só tivessem prometido rações melhores ou um trabalho mais fácil no gulag. Um deles, talvez vendo uma oportunidade de se promover com o bando, resolveu se manifestar.

— Não temos nada contra você.

Liev ficou calado, com as mãos cheias de sangue, segurando o punhal. Os homens recuaram. Ninguém assumiria o fracasso.

Liev ajudou Raíssa a se levantar e abraçou-a.

— Desculpe.

Foram interrompidos pelo ferido que pedia ajuda. O primeiro a atacar, que teve o pescoço cortado, já estava morto. Mas o da barriga aberta continuava consciente, segurando o ferimento. Liev olhou-o e avaliou o ferimento. Ia demorar para morrer, lenta e dolorosamente. Não merecia misericórdia. Mas, considerando os demais prisioneiros, era melhor que morresse logo. Ninguém queria ficar ouvindo seus gritos de dor. Liev agachou-se, segurou o homem pelo pescoço e sufocou-o.

Depois de matá-lo, Liev voltou para sua mulher. Ela cochichou:

— Os guardas mandaram esses homens nos matarem.

Liev pensou e disse:

— Nossa única saída é fugir.

O trem estava diminuindo a velocidade. Quando parasse, os homens abririam as portas, esperando encontrar Liev e Raíssa mortos. E, ao descobrirem que havia dois mortos, mas do lado deles, perguntariam quem matou. Algum prisioneiro certamente diria, por medo de ser torturado ou vontade de ser recompensado. Seria mais que um bom pretexto para os guardas matarem Liev e Raíssa.

Liev virou-se para os prisioneiros. Havia grávidas e idosos que não sobreviveriam aos campos de trabalhos forçados, além de pais, irmãos, irmãs — pessoas simples, comuns, o tipo de gente que ele tinha prendido e levado para o edifício Lubianka. E naquele momento se viu obrigado a pedir a ajuda deles.

— Meu nome não interessa. Antes de ser preso, eu investigava a morte de mais de quarenta crianças, dos montes Urais até o mar Negro. Meninos e meninas assassinados. Alguns de vocês devem achar difícil, talvez até impossível, acreditar nesses crimes. Mas eu vi os corpos e tenho certeza de que são de autoria de um homem. Ele não mata por dinheiro, sexo, nem qualquer outro motivo que eu consiga explicar. Mata qualquer criança, de qualquer cidade. E não vai parar. Meu crime foi investigar esse homem. Minha prisão mostra que ele está livre para continuar matando. Ninguém está à procura dele. Minha esposa e eu precisamos fugir para contê-lo. Não podemos fazer isso sem a ajuda de vocês. Se vocês chamarem os guardas, estamos mortos.

Fez-se silêncio. O trem estava quase parando. A qualquer instante, as portas se abririam, os guardas entrariam, armas apontadas. Quem iria culpar aquelas pessoas por não dizerem a verdade, se tinham um cano de arma apontado para elas? Uma mulher num dos bancos disse, alto:

— Sou de Rostov. Ouvi falar nesses assassinatos. Crianças com os estômagos retirados. Estão culpando um grupo de espiões ocidentais que se infiltraram no país.

Liev respondeu:

— Acredito que o assassino mora e trabalha na sua cidade. Mas não creio que seja um espião.

Outra mulher perguntou:

— Quando você o encontrar, vai matá-lo?

— Vou.

O trem parou. Ouviram os guardas se aproximando. Liev acrescentou:

— Não tenho por que esperar a ajuda de vocês. Mesmo assim, peço que me ajudem.

Liev e Raíssa se abaixaram no meio dos prisioneiros. Ela colocou os braços em torno dele, cobrindo suas mãos ensangüentadas. As portas se abriram, o sol iluminou o vagão.

Ao encontrar os dois corpos, os guardas perguntaram:

— Quem matou?

A resposta foi o silêncio. Liev olhou os guardas por cima dos ombros de Raíssa. Eram jovens, indiferentes. Capazes de obedecer ordens, mas não de pensar com as próprias cabeças. Não mataram Liev e Raíssa porque não tiveram ordem para isso. Tinham de ser mortos furtivamente, por outra pessoa. Sem uma ordem explícita, não fariam nada. Eram incapazes de agir por iniciativa própria. Mas, se tivessem alguma justificativa, aproveitariam. Tudo dependia dos estranhos que estavam naquele vagão. Os guardas berravam, enfiando o cano das armas na cara ou no peito dos prisioneiros mais próximos. Mas não disseram nada. Escolheram um casal idoso. Eram fracos. Iam falar.

— Quem matou esses homens? O que houve aqui? Falem!

Um dos guardas levantou sua bota com biqueira de aço por cima da cabeça da mulher. Ela chorou. O marido suplicou. Mas nenhum dos dois respondeu. Outro guarda se aproximou de Liev. Se o obrigasse a levantar, veria a camisa manchada de sangue.

O homem que disse a Liev que não tinham mais nada contra ele, saiu de seu banco e se aproximou dos guardas. Claro que ia pedir a recompensa prometida. O homem disse:

— Deixe-os. Eu sei o que houve, vou contar.

Os guardas se afastaram do casal de velhos e de Liev.

— Conte.

— Eles se mataram por causa de um jogo de baralho.

Liev reconheceu a lógica perversa na recusa do bando em entregá-los. Estavam dispostos a estuprar e matar para obter um pequeno lucro. Mas não para delatar, para serem informantes da polícia. Era uma questão de status. Se os outros *urki*, os membros da sua organização criminosa, descobrissem que estavam entregando companheiros por esperteza, jamais seriam perdoados. Provavelmente seriam mortos.

Os guardas se entreolharam. Sem saber o que fazer, preferiram não fazer nada. Não tinham pressa. A viagem para Vtoraia Rechka, na costa do Pacífico, levaria semanas. Haveria muitas oportunidades. Iam aguardar ordens. Iam planejar outra coisa. Um dos guardas se dirigiu a todo o vagão.

— Como castigo, não vamos jogar fora esses corpos. Em pouco tempo, nesse calor, eles vão apodrecer, feder e vocês vão ficar doentes. Talvez então falem.

Orgulhoso, saltou do vagão. Os outros foram atrás. A porta foi fechada.

Pouco depois, o trem partiu outra vez. Um jovem olhou para Liev através das lentes rachadas dos óculos e perguntou, baixo:

— Como vocês vão fugir?

Tinha o direito de saber. A fuga deles dependia de todos no vagão. Estavam juntos. Em resposta, Liev mostrou o punhal ensangüentado. Os guardas esqueceram de pegar.

220 Quilômetros a Leste de Moscou

13 de julho

Liev estava esticado no chão, com o braço enfiado no pequeno buraco que os presos usavam como latrina. Com o punhal, ele levantou os pregos e soltou o piso de madeira do vagão. Os pregos tinham sido martelados pelo lado de fora. O único acesso ao exterior era aquele pequeno buraco pouco mais largo que o punho de Liev. Ele tinha pegado a camisa do homem morto e limpado o lugar o melhor possível. Era um esforço inútil. Para chegar aos três pregos, ele foi obrigado a encostar o rosto no lugar fedorento e na madeira cheirando a urina e manchada de fezes, se esforçando para não vomitar, guiado apenas pelo tato. Lascas de madeira se cravaram em sua pele. Raíssa tinha se oferecido para arrancar os pregos, uma vez que suas mãos e punhos eram menores. Era verdade, mas o braço de Liev era mais comprido e, esticando bem, era possível alcançar os pregos.

Com um pedaço de camisa cobrindo a boca e o nariz como pequena proteção para o fedor, ele pegou o terceiro e último prego, furando, cortando a madeira e abrindo espaço para cavar sob a cabeça do prego e arrancá-lo. Levou várias horas para tirar os dois pregos, pois o trabalho era interrompido cada vez que um preso precisava usar a latrina.

Aquele último prego parecia o mais difícil. Em parte, por causa do cansaço — era tarde, talvez duas da madrugada — mas havia alguma coisa errada. Liev podia enfiar o dedo sob a cabeça do prego, mas não soltava. Parecia ter sido martelado torto. Não ia sair. Teria que cavar mais na madeira, talvez em volta do prego. Ao concluir que talvez levasse mais uma hora, foi invadido por uma onda de cansaço. Estava com os dedos ensangüentados, o braço doendo e aquele fedor que não saía do nariz. De repente, o trem balançou com força para o lado, ele perdeu a concentração, o punhal escapou da mão e caiu nos trilhos lá embaixo.

Liev tirou a mão do buraco. Raíssa estava ao lado dele.

— Terminou?

— Deixei cair o punhal.

Irritado com a própria incapacidade, tinha perdido sua única ferramenta.

Raíssa viu os dedos ensangüentados do marido, segurou a tábua do piso e tentou levantá-la. Conseguiu, mas não o bastante para apoiar embaixo e soltá-la. Liev limpou as mãos e olhou em volta, procurando algo que pudesse usar.

— Tenho de escavar a madeira e chegar até o final desse prego.

Raíssa viu que todos os prisioneiros foram revistados cuidadosamente ao entrarem no vagão. Nenhum deles devia ter alguma coisa que servisse de ferramenta. Pensando nisso, viu o morto mais próximo. Deitado no chão, de boca aberta. Perguntou a Liev:

— De que tamanho precisa ser?

— Preciso de algo mais duro que meus dedos.

Raíssa levantou-se e foi até o homem que tentou estuprá-la e matá-la. Sem qualquer vingança ou satisfação, apenas com nojo, virou a cara do homem para cima. Colocou o pé em cima da mandíbula dele, parou e olhou em volta. Todos estavam observando. Fechou os olhos e meteu o salto do sapato nos dentes do morto.

Liev agachou-se, enfiou a mão na boca do homem e arrancou um dente incisivo ainda preso numa gengiva sangrenta; não era a ferramenta ideal, mas pontudo e duro o suficiente para continuar a cavar. Ele voltou ao buraco, esticou o corpo no chão. Enfiou o braço no buraco, encontrou o prego que faltava e continuou a cavar a madeira com o dente do morto, tirando lascas.

O prego se soltou. Com o dente na palma da mão, caso precisasse escavar mais, Liev pegou na cabeça do prego, mas estava com os dedos em carne viva e não conseguiu segurá-lo. Tirou o braço, enxugou o suor e o sangue dos dedos, passando-os num trapo de camisa, e tentou novamente. Lutando para continuar calmo, puxou o prego e arrancou-o. Pronto. O terceiro prego tinha sido retirado. Ele conferiu se havia outros, mas não, pelo menos à vista. Sentou-se e tirou o braço do buraco.

Raíssa enfiou as duas mãos no buraco, segurando a tábua junto com Liev. Era um teste. Os dois puxaram. A parte de cima da tábua levantou, enquanto a de baixo continuou presa. Liev segurou na de baixo e levantou o máximo que pôde. Olhou: viu os trilhos sob o vagão. O plano tinha dado certo, havia um buraco de uns 30cm de largura que mal dava para uma pessoa passar, mas dava.

Se os outros presos ajudassem, seria possível arrancar a tábua. Mas os dois resolveram não pedir ajuda, com medo de que o barulho alertasse os guardas. Liev virou-se para os companheiros do vagão.

— Preciso que segurem esta tábua enquanto descemos pelo buraco.

Vários voluntários se apresentaram imediatamente e seguraram a tábua. Liev avaliou o espaço por onde passariam. Depois de se apertarem no buraco, ele e Raíssa cairiam sob o trem. A distância entre o piso do vagão e os trilhos devia ser de pouco mais de um metro. O trem ia devagar, mesmo assim seria perigoso saltar. Mas não podiam esperar. Tinham de sair naquela hora, à noite, enquanto o trem estava em movimento. Quando parasse, de dia, seriam vistos pelos guardas.

Raíssa segurou nas mãos de Liev.

— Desço primeiro.

Liev balançou a cabeça, indeciso. Ele tinha visto os projetos daqueles vagões de prisioneiros. Havia mais um obstáculo para os dois enfrentarem, uma derradeira armadilha para os que tentassem aquele tipo de fuga.

— Há ganchos dependurados embaixo do último vagão. Se pularmos nos trilhos agora e deixarmos o último vagão passar, seremos agarrados e arrastados pelos ganchos.

— Não podemos escapar? Rolar fora do alcance?

— São centenas, presos em arames. Não há como fugir deles. Ficaríamos dependurados neles...

— O que fazer? Não podemos esperar o trem parar.

Liev olhou bem os dois mortos. Raíssa ficou ao lado, sem saber o que ele pretendia. Liev explicou:

— Depois que você descer, eu jogo um desses corpos. Espero que caia perto de você. Então, você se agarra no corpo e fica bem embaixo dele. Quando passar o último vagão, o gancho vai agarrar o corpo. E não você.

Puxou os dois corpos para perto da tábua solta e acrescentou:

— Quer que eu desça primeiro? Se não der certo, você fica aqui. Qualquer morte seria melhor do que ser arrastado pelo trem.

Raíssa balançou a cabeça.

— É um plano ótimo. Vai funcionar. Eu desço primeiro.

Quando estava prestes a ir, Liev repetiu as instruções:

— O trem não está correndo. A queda vai doer, mas não é perigosa, role ao bater no chão. Vou jogar um dos corpos. Você não vai ter muito tempo...

— Sei.

— Tem que pegar o corpo e ficar embaixo dele. Não deixe nenhuma parte de seu corpo ficar exposta. Se um gancho pegar em você, vai arrastá-la.

— Liev, entendi.

Raíssa deu um beijo nele. Estava trêmula.

Ela se apertou no buraco. Ficou dependurada, com os pés balançando sobre os trilhos. Soltou-se e caiu sobre os trilhos, sumindo. Liev pegou o primeiro corpo e colocou-o no buraco, apertando-o. O corpo caiu e ficou fora de vista.

Raíssa caiu, arranhou um lado do corpo, aos trambolhões. Desorientada, confusa, ficou parada um instante. Tempo demais, estava desperdiçando. O vagão de Liev já estava longe. Viu o corpo que ele jogou e foi engatinhando até ele, na mesma direção que o trem seguia. Olhou para trás. Faltavam só três vagões para a composição terminar. Mas ela não via gancho algum. Talvez Liev estivesse enganado. Só faltavam dois vagões. Raíssa ainda não tinha pegado o corpo. Ela tropeçou. Agora faltava apenas um vagão para o final do trem. Poucos metros antes de o último vagão passar por cima dela, viu os ganchos — eram centenas, presos em arames finos e em diversas alturas. Cobriam todo o fundo do vagão e era impossível escapar deles.

Raíssa se agachou, foi andando o mais rápido possível e pegou o corpo: estava com o rosto para baixo, a cabeça perto dela. Não teve tempo de virá-lo, então ficou embaixo do homem, de frente para ele. Cara a cara com seu atacante e seus olhos mortos, ela se encolheu o mais que pôde.

De repente, o corpo foi arrancado. Ela viu arames em toda a volta como linhas de pescar, presos a muitos ganchos. O corpo foi levantado como se estivesse vivo, parecia um marionete, dependurado sem que os pés tocassem nos trilhos. Raíssa continuou esticada nos trilhos, completamente imóvel. Viu as estrelas no alto. Aos poucos, levantou-se. Nenhum gancho a pegou. Viu o trem se afastar. Tinha conseguido. Mas não havia sinal de Liev.

Por ser maior que Raíssa, Liev imaginou que precisava do outro morto porque era mais corpulento para protegê-lo dos ganchos. Mas o homem era tão grande que não passava no buraco. Tiraram a roupa dele, tentando diminuí-lo, foi inútil. Não havia como enfiá-lo no buraco. A essa altura, Raíssa estava nos trilhos há vários minutos.

Desesperado, Liev enfiou a cabeça no buraco. Viu o corpo preso no final da composição. Era de Raíssa ou do morto? Impossível saber, daquele distância. Ele esperava que fosse do morto. Adaptando seu plano, imaginou que, se ficasse bem embaixo daquele corpo despedaçado, se livraria dos ganchos. Passaria por baixo do cadáver. Despediu-se dos outros prisioneiros, agradeceu a ajuda e desceu nos trilhos.

Rolou perto das enormes rodas de aço e foi para o final do trem. O corpo no arame se aproximava rapidamente, dependurado do lado esquerdo. Liev se colocou em posição. Só o que podia fazer era esperar, ficando o menor e o mais horizontal possível. O último vagão estava quase sobre ele. Levantou a cabeça do chão só para confirmar que o corpo não era de Raíssa. Ela havia sobrevivido. Ele também ia conseguir. Deitou-se no chão e fechou os olhos.

O morto passou por cima dele.

Depois, Liev sentiu dor — um gancho solto prendeu seu braço esquerdo. Abriu os olhos. O gancho tinha cortado a camisa e a carne. Um segundo antes, o arame passou por Liev, que pegou o gancho e o arrancou, mas perdeu um pedaço de pele. Apertou o corte com a mão: ficou tonto, com o sangue saindo do ferimento. Aos tropeços, viu Raíssa correndo para ele. Sem se importar com a dor, abraçou-a.

Estavam livres.

Moscou

No mesmo dia

Vassíli não estava se sentindo bem. Era a primeira vez que fazia aquilo — faltar ao trabalho. Era não só potencialmente perigoso, mas fora de seus hábitos. Preferia ir trabalhar doente do que ficar doente em casa. Tinha conseguido dar um jeito de morar sem a família a maior parte do tempo. Era casado, claro; impensável um homem ficar solteiro. Ter filhos era uma obrigação social. E ele seguiu a lei, casando com uma mulher sem opinião ou que, pelo menos, não se manifestava. Uma mulher que, como era de obrigação, deu a ele dois filhos, mínimo aceitável para não suscitar perguntas. Ela e os filhos moravam num apartamento nos arredores da cidade, enquanto ele vivia na cidade. Fez isso para desfrutar de sua seleção de amantes. Mas só tinha casos extraconjugais esporadicamente.

Depois que Liev e Raíssa foram exilados nos montes Urais, Vassíli requisitou o apartamento onde o casal morava. Conseguiu. Os primeiros dias foram agradáveis. Mandou a esposa às *spetztorgi*, as lojas especiais, comprar boas comidas e bebidas. Deu uma festa na nova moradia para os colegas e comandados, sem as devidas esposas; todos beberam, comeram e cumprimentaram-no pelo sucesso. Alguns homens que tinham trabalhado para Liev agora estavam sob as ordens dele. Mas, apesar de todas essas ironias e da maravilhosa inversão da sorte, ele não gostou da festa. Sentiu-se vazio. Não tinha mais a quem odiar. Não tinha mais contra quem conspirar. Não se irritava mais com a promoção, eficiência e popularidade de Liev. Competia com outros homens, mas não era a mesma coisa.

Vassíli levantou-se da cama e resolveu beber mais um pouco. Serviu uma boa dose de vodca e balançou o líquido no copo, sem conseguir levá-lo à boca. O cheiro dava enjôo. Deixou o copo de lado. Liev estava morto. Dentro de pouco tempo, ele seria comunicado oficialmente que o casal de prisioneiros não tinha chegado ao destino. Morreu a caminho, como tantos, após uma briga por causa de sapatos, ou roupa, ou comida, ou o que fosse. Era a derrota final de um homem que o havia humilhado. A própria existência de Liev tinha sido uma espécie de castigo sem fim para Vassíli. Então, por que sentia falta dele?

Bateram à porta. Esperava que a MGB enviasse médicos gorduchos para confirmar que ele estava doente. Foi até a porta e abriu-a: viu dois jovens oficiais.

— Senhor, dois prisioneiros fugiram.

A dor incômoda sumiu quando ele perguntou:

— Liev?

Os agentes concordaram com a cabeça. Vassíli já estava se sentindo melhor.

Duzentos Quilômetros a Sudeste de Moscou

No mesmo dia

Meio correndo, meio andando, os dois olhavam para trás a toda hora — a velocidade deles dependia do medo e do cansaço. O tempo estava a favor: um sol fraco e nuvens tênues, pouco calor, pelo menos comparado ao vagão. Pela posição do sol, Liev e Raíssa viam que era final de tarde, mas não tinham como saber a hora certa. Liev não lembrava como perdeu o relógio, ou se foi roubado. Calculava que tinham no máximo quatro horas de vantagem em relação aos guardas. Num cálculo por alto, eles andariam oito quilômetros por hora, enquanto o trem corria à média de dezesseis, o que dava uns oitenta quilômetros de distância entre eles. Isso, na melhor das hipóteses. Podia ser que os guardas tivessem sido avisados da fuga bem antes.

Eles saíram da floresta para o campo. Sem a proteção das árvores, podiam ser vistos a quilômetros de distância. Não tinham escolha senão continuar, expostos mesmo. Viram um riacho no final de um declive, mudaram de rumo e andaram mais rápido. Era o primeiro rio que encontravam. Ao chegar nele, caíram de joelhos e beberam, ávidos, com as mãos em concha. Não bastou, e enfiaram os rostos na água. Liev brincou:

— Pelo menos morreremos limpos.

A piada foi mal colocada. Não bastava que os agentes fizessem o possível para conter esse homem. Ninguém ia gostar da fuga de Liev e Raíssa. Eles tinham de conseguir escapar.

Raíssa olhou para o ferimento no braço de Liev. O corte não cicatrizava, continuava sangrando, um pedaço de pele foi arrancado. A tira de camisa que amarraram estava encharcada de sangue. Liev tirou a camisa.

— Posso ficar sem ela.

— Os cães dos guardas vão farejar o sangue.

Raíssa saiu do rio e se aproximou de uma árvore. Havia uma teia de aranha entre dois galhos. Com cuidado, retirou a teia e colocou sobre o corte de Liev. O sangue pareceu secar imediatamente em contato com os finos fios prateados. Ela ficou procurando mais teias, encontrou-as e estendeu-as sobre o corte até cobri-lo com uma trama acetinada. Quando terminou, o sangramento tinha estancado.

Liev observou-a cuidar do ferimento.

— Temos de acompanhar esse rio. As árvores são a única proteção e a água vai disfarçar o nosso cheiro.

O rio era raso, a parte mais funda batia nos joelhos deles. A correnteza não era muito rápida nem muito forte para poderem boiar. Tinham de andar. Esfomeados, cansados, Liev sabia que não iam agüentar muito tempo.

Os guardas não se incomodavam se os presos morriam ou não, mas fugir era imperdoável. Zombava não só deles, mas de todo o sistema. Não interessava quem fossem os prisioneiros, nem que importância tinham, a fuga fazia com que ficassem importantes. O fato de Liev e Raíssa já serem considerados contra-revolucionários de destaque fazia a fuga ser um problema de alcance nacional. Depois que o trem parou numa estação e os guardas descobriram o corpo preso no arame, fizeram a contagem dos prisioneiros. Identificariam o vagão de onde fugiram. E perguntariam aos presos quando os dois fugiram. Se não respondessem, seriam fuzilados. Liev esperava que alguém fosse sensato o bastante para contar logo a verdade. Aqueles homens e mulheres já tinham feito mais do que o possível para ajudá-los. Mesmo se confessassem, os guardas podiam matar todos no vagão para servir de exemplo.

A caçada começaria seguindo os trilhos. Eles usariam cães. Todos os trens de prisioneiros levavam uma matilha treinada e mantida em melhores condições físicas do que a carga humana. Se houvesse muito tempo entre a fuga e o início da caçada, ficaria difícil os cães descobrirem a trilha pelo faro. Foi o que Liev concluiu, pois já estavam fugindo há quase um dia inteiro, sem sinal dos perseguidores. Significava que Moscou seria avisada. A busca seria ampliada. Caminhões e carros seriam mobilizados e a provável região de fuga seria dividida em áreas. Aviões vasculhariam o campo. As organizações militares e de segurança seriam informadas e as instituições nacionais coordenariam tudo. Eles seriam caçados com um desvelo que ia muito além do dever profissional. Recompensas seriam oferecidas. Não havia limite para a quantidade de pessoas e de veículos a ser destacada para procurá-los. Liev sabia disso. Já tinha participado de caçadas assim. E essa era a única vantagem dos dois. Liev sabia como eram feitas as buscas. Foi treinado pela NKVD para agir sem ser visto pelas linhas inimigas, que agora eram inimigas dele e pelas quais ele um dia lutou para proteger. A magnitude dessas buscas fazia com que fossem difíceis de serem coordenadas. Fariam uma ação centralizada, ampla, mas ineficaz. Acima de tudo, ele esperava que procurassem na área errada. Logicamente, ele e Raíssa deveriam ir para a fronteira mais próxima, a Finlândia, no litoral do mar Báltico. Um barco era o melhor meio de transporte para sair do país. Mas estavam indo para o sul — para Rostov, no coração da Rússia. Naquela direção quase não havia chance de se libertarem, nenhuma promessa de segurança.

Andando pelo riacho, bem mais devagar, eles às vezes tropeçavam, caíam e era cada vez ficava mais difícil se levantar. Nem mesmo a adrenalina por estarem sendo procurados era capaz de sustentá-los.

Liev tinha o cuidado de manter o braço levantado para não molhar o curativo com as teias de aranha. Até aquele momento, os dois não comentaram a situação, como se o prazo de validade da vida deles estivesse prestes a expirar, não adiantava fazer planos. Liev achava que estavam a duzentos quilômetros de Moscou. Passaram quase dois dias no trem. Portanto, deviam estar perto da cidade de Vladimir. Se estava certo, caminhavam na direção de Riazan. A partir daí, de trem ou carro, Rostov ficava a pelo menos um dia de viagem para o sul. Mas não tinham dinheiro nem comida, estavam feridos e sujos. Eram procurados por todos os órgãos de segurança, federais e locais.

Pararam. O rio cortava ao meio uma pequena aldeia, uma fazenda coletiva. Saíram da água e deram uns quinhentos passos ao lado do amontoado de casas. Era tarde, estava escurecendo. Liev disse:

— Alguns aldeões ainda devem estar no campo. Podemos entrar numa casa e procurar comida.

— Quer roubar?

— Não podemos comprar nada. Se nos virem, vão nos entregar. Há um prêmio para quem entrega fugitivos, uma quantia bem maior do que eles ganham em um ano.

— Liev, você trabalhou tempo demais no edifício Lubianka. Não sabe que essas pessoas detestam o regime.

— Mas precisam de dinheiro como qualquer um. Tentam sobreviver como todo mundo.

— Temos de percorrer centenas de quilômetros. Não podemos fazer isso sozinhos. Não podemos, você tem que entender. Não temos amigos, dinheiro, nada. Temos de convencer algum estranho a nos ajudar, temos de vender a nossa causa para eles. É o único jeito, a nossa única chance.

— Somos proscritos, se eles nos acolherem serão mortos, não só quem nos ajudar, mas a aldeia inteira. Os agentes do governo não pensariam duas vezes em condená-los a 25 anos de prisão e deportar todos, inclusive as crianças, para um acampamento ao norte.

— Exatamente por isso eles vão nos ajudar. Você perdeu a confiança nas pessoas desse país porque estava cercado de poderosos. O Estado não representa esses aldeões, não os entende, nem tem o menor interesse neles.

— Raíssa, isso é conversa de dissidente urbano. Não tem relevância no mundo real. Seria loucura eles nos ajudarem.

— Você tem memória curta, Liev. Como foi que acabamos de fugir? Contamos a verdade aos companheiros daquele vagão. Todos nos ajudaram, centenas de pessoas, talvez o mesmo número de habitantes desta aldeia. Os presos no nosso vagão vão certamente receber um castigo coletivo por não avisarem os guardas. Por que fizeram isso? O que você ofereceu a eles?

Liev ficou calado. Raíssa insistiu.

— Se você roubar essas pessoas, vai ficar inimigo delas quando, na verdade, somos amigos.

— Então você quer ir até o centro da aldeia cumprimentá-los como se fôssemos um deles?

— É exatamente o que vamos fazer.

Lado a lado, os dois foram para o centro da aldeia como se estivessem voltando do trabalho, como se tivessem direito de estar lá. Ficaram rodeados de homens, mulheres e crianças. As casas eram feitas de barro e madeira. O equipamento de trabalho deles estava ultrapassado em quarenta anos. Bastava entregarem os dois ao Estado e teriam uma bela recompensa. Como iriam recusar? Aquelas pessoas não tinham nada.

Cercados por rostos hostis, Raíssa falou.

— Somos prisioneiros. Fugimos do trem que nos levava para Kolima, onde iríamos morrer. Estão à nossa procura. Precisamos da ajuda de vocês. A ajuda não é para nós, pois acabaremos sendo pegos e mortos, já nos conformamos com isso. Mas, antes de morrer, temos de realizar uma tarefa. Por favor, deixem explicarmos por que precisamos de vocês. Se não gostarem do que vamos dizer, então não precisam nos ajudar.

Um homem, de 40 e poucos anos, se adiantou, meio arrogante.

— Como administrador dessa *kolkhoz*, sou obrigado a informar que não temos o menor interesse em mantê-los aqui.

Raíssa olhou para os outros aldeões. Será que ela estava enganada? Será que o Estado já tinha se infiltrado naquelas aldeias, plantando espiões e informantes dentro da administração? Um homem perguntou:

— E o que você faria com o prêmio, entregaria ao Estado também?

Riram. O administrador ficou rubro, constrangido. Aliviada, Raíssa percebeu que aquele homem era uma figura cômica, uma marionete. Não era uma autoridade. Lá de trás, uma mulher mais velha disse:

— Vamos dar comida a eles.

Como se um oráculo tivesse se manifestado, a discussão terminou.

Foram levados para a casa maior. Na sala onde a comida era preparada, receberam cadeiras para sentar e copos d´água. A lareira foi acesa. A platéia foi aumentando até a casa ficar cheia. As crianças preenchiam o espaço entre as pernas dos adultos, olhando para Liev e Raíssa como se fossem bichos num zoológico. Trouxeram pão fresco, ainda morno, de outra casa. Os dois comeram, enquanto suas roupas molhadas secavam na frente da lareira. Um homem se desculpou por não poder oferecer roupas, Liev apenas concordou com a cabeça, desorientado com tanta generosidade. Ia contar uma história para eles, era por isso. Ao terminar de comer o pão e beber a água, ele se levantou.

Raíssa observou os homens, mulheres e crianças que ouviam Liev falar. Ele começou pelo assassinato de Arkadi, o menino moscovita, crime que teve ordem de acobertar. Falou da vergonha por ter dito à família do menino que a morte tinha sido um acidente. Continuou explicando por que foi expulso da MGB e enviado para Voualsk. Explicou também seu espanto ao descobrir que outra criança tinha sido morta quase da mesma forma. A platéia emudeceu, como se assistisse a algum truque de mágica, ao ouvir que os assassinatos ocorreram em todo o país. Alguns pais mandaram os filhos saírem da casa, quando Liev avisou que ia descrever as mortes.

Antes de Liev terminar de contar, a platéia já imaginava quem poderia ser o culpado pelas mortes. Ninguém achava que fosse um trabalhador com família. Os homens acreditavam que o assassino podia ser identificado imediatamente. Todos tinham certeza de que ele era um monstro, bastava olhá-lo para reconhecer. Liev percorreu a sala com os olhos e percebeu que alterou-se a noção que aquelas pessoas faziam do mundo. Desculpou-se por contar que existia um homem assim. Num esforço para dar segurança a eles, disse que o assassino agia sempre perto de ferrovias, nas cidades grandes. Matava como parte de sua rotina de vida e que ele não chegaria numa aldeia como aquela.

Mesmo assim, Raíssa ficou imaginando se aquelas pessoas iriam continuar tão seguras e hospitaleiras. Será que dariam comida a um estranho? Ou passariam a temer que estranhos escondessem algum mal invisível? O preço daquela história foi a perda de inocência da platéia. Não que ignorassem a violência e a morte. Mas nunca imaginaram que alguém pudesse sentir prazer com a morte de uma criança.

Estava escuro lá fora e Liev falava há algum tempo, mais de uma hora. Quando quase terminava de contar sua história, uma criança entrou na casa.

— Vi luzes nas colinas ao norte. São caminhões. Vêm para cá.

Todos se levantaram. Lendo os rostos ao redor, Liev sabia que aqueles caminhões só podiam ser do Estado. Perguntou:

— Quanto tempo temos?

Com a pergunta no plural, já tinha se juntado a eles, suposto uma ligação que na verdade não existia. Eles poderiam facilmente entregá-los e pedir a recompensa. Mas parecia que só Liev estava pensando nisso. Até o administrador da fazenda tinha decidido ajudá-los.

Alguns adultos correram para fora da casa, talvez para ver com os próprios olhos. Os que ficaram, interrogaram o menino.

— Que colina?

— Quantos caminhões são?

— Há quanto tempo?

Eram três caminhões, três duplas de faróis. O menino tinha visto da fazenda do pai. Vinham do norte, a muitos quilômetros. Estariam lá em minutos.

Naquelas casas não havia onde se esconder. Os aldeões não tinham posses, sequer possuíam móveis. E a busca seria ampla, brutal. Se houvesse um lugar para esconder, seria descoberto, Liev sabia que o orgulho dos agentes estava em jogo. Raíssa segurou no braço dele.

— Podemos correr. Terão que revistar primeiro a aldeia. Se os moradores fingirem que não estivemos aqui, podemos ganhar tempo e nos escondermos no campo. Está escuro.

Liev balançou a cabeça, negando. Sentiu o estômago apertar e lembrou de Anatoli Bródski. Deve ter sido a mesma sensação que ele teve ao ver Liev no alto da colina e perceber que a rede tinha se fechado. Anatoli tinha parado e olhado para trás, sem fazer nada senão concluir que tinha sido pego. Naquele dia, ele correu. Mas não havia como vencer aqueles agentes. Estavam descansados, equipados com rifles de longo alcance, telescópios, holofotes para iluminar e cachorros para seguir as trilhas suspeitas.

Liev virou-se para o menino que viu os caminhões.

— Preciso de você.

No mesmo dia

Nervoso, de mãos trêmulas, o menino se agachou no meio da estrada quase totalmente escura, na frente dele um pequeno saco com grãos espalhados no chão. Ouviu os caminhões se aproximando, os pneus passando pela lama, estavam a uma centena de metros, rápidos. Fechou os olhos, esperando que o vissem. Será que vinham rápido demais para frear a tempo? Ouviu um ranger de freios. Abriu os olhos, virou a cabeça e foi iluminado por faróis potentes. Levantou os braços. Os caminhões frearam, um pára-lamas de metal quase bateu no rosto do menino. A porta da cabine se abriu. Um soldado perguntou.

— Que merda está fazendo aí?

— O saco arrebentou.

— Saia da frente do caminhão!

— Meu pai me mata, se eu não juntar tudo.

— E eu mato você, se não sair daí.

O menino ficou sem saber o que fazer. Continuou a juntar os grãos. Ouviu um clique metálico: seria o som de uma arma pronta para disparar? Nunca tinha visto uma, não sabia que som tinha. Assustado, continuou a colocar os grãos no saco. Não iam atirar nele: era apenas um menino pegando os grãos que eram do pai. Depois, lembrou da história que o estranho contou, de crianças assassinadas.

Talvez aqueles homens fossem assim. Juntou o máximo de grãos, pegou o saco e correu para a aldeia. Os caminhões vieram atrás, buzinando, fazendo com que ele corresse mais. Os soldados estavam rindo. Nunca correu tão depressa na vida.

Liev e Raíssa estavam escondidos no único lugar onde esperavam que os soldados não os procurassem: embaixo dos caminhões. Enquanto o menino distraía os soldados, Liev entrou embaixo do segundo caminhão. Raíssa, do terceiro. Como não havia como saber quanto tempo iriam esperar, talvez uma hora, Liev enrolou as mãos deles em tiras de camisa para diminuir a dor de ficarem dependurados.

Quando os caminhões pararam, Liev prendeu os pés no eixo e encostou-se na parte inferior do piso de madeira do caminhão. As tábuas vergaram sobre ele quando os soldados saíram pela traseira. Viu quando um homem se abaixou para amarrar os cadarços da bota. Se um deles virasse a cabeça, veria Liev e o pegaria. O soldado se levantou e correu para uma das casas. Não viu Liev. Ele se reposicionou para ver o terceiro caminhão.

Raíssa estava com medo mas, principalmente, com raiva. Aquele plano era inteligente, é verdade, e ela não teve nenhuma idéia melhor, mas dependia totalmente da capacidade dos dois ficarem dependurados. Ela não era um soldado treinado, não passou anos se arrastando em trincheiras, escalando muros. Não tinha força nos braços para fazer aquilo. Já estavam doendo, ou melhor, machucados. Não conseguia pensar em ficar naquela posição nem mais um minuto, muito menos uma hora. Mas não aceitava entregar-se e a Liev só por não ter força, por ter sido *fraca*.

Tentando controlar a dor, chorando de frustração em silêncio, não conseguiu mais, precisou se abaixar no chão e descansar os braços. Mas, mesmo com um descanso, ela só agüentaria de novo por um ou dois minutos. O tempo iria diminuindo aos poucos até ela não agüentar mais. Tinha que pensar. Como não precisar de força? Tiras da blusa; se ela não conseguisse mais se segurar, iria se amarrar, prender os pulsos no eixo do caminhão. Seria perfeito, desde que o caminhão ficasse parado. Mas teria de ficar um pouco no chão enquanto se amarrava. No chão, mesmo embaixo da carroceria, a possibilidade de ser vista era muito maior. Olhou para a direita e a esquerda, tentando ter uma idéia de onde estavam os soldados. O motorista, ou alguém, tinha ficado de guarda. Ela via as botas dele e sentia o cheiro do cigarro. Na verdade, a presença dele era um bom sinal. Mostrava que não desconfiavam que alguém pudesse estar ali. Aos poucos, com cuidado, Raíssa colocou as pernas no chão, tentando não fazer barulho. O menor descuido chamaria a atenção do soldado. Desdobrou as tiras da blusa e amarrou o pulso esquerdo ao eixo, após fazer o mesmo com o direito. Tinha de terminar o nó com a mão já presa. Terminada a operação, segura, satisfeita consigo mesma, estava prestes a enrolar os pés no eixo do caminhão quando ouviu um rosnado. Olhou para o lado: um cachorro.

Liev viu a matilha de cães ao lado do terceiro caminhão. Portanto, o soldado não tinha notado Raíssa, pelo menos por enquanto. Mas os cachorros tinham. Ele ouviu o rosnar: os cães estavam bem na altura dos olhos. Sem poder fazer nada, virou a cabeça e viu o menino que os tinha ajudado na estrada. Claro que, fascinado pelos acontecimentos, o menino observava tudo de dentro de casa. Liev desceu para ver melhor. O soldado estava prestes a sair. Mas um dos cachorros puxava a coleira, certamente por ter visto Raíssa. Liev virou-se para o menino. Precisava de novo da ajuda dele. Mostrou os cachorros. O menino saiu da casa correndo. Impressionado com o sangue-frio do menino, Liev viu-o encaminhar-se para a matilha. Quase no mesmo instante, os cães viraram para o menino, latindo para ele. O soldado gritou:

— Não saia da sua casa.

O menino se aproximou como se fosse fazer festa em um dos cachorros. O soldado riu:

— Vai arrancar seu braço.

O menino recuou. O soldado levou os cachorros e repetiu para o menino voltar para casa. Liev apertou bem o corpo embaixo do caminhão. Deviam a vida ao menino.

Raíssa não sabia há quanto tempo estava amarrada no eixo do caminhão. Parecia um tempo impossível de agüentar. Ouviu os soldados revistando as casas: chutaram móveis, viraram jarros, quebraram objetos. Ouviu também os cachorros latindo e viu a explosão de luz quando os faróis foram acesos. Os soldados estavam voltando para os caminhões. Berraram ordens. Os cachorros entraram na traseira do caminhão onde ela estava. Já iam embora.

Nervosa, ela viu que o plano tinha dado certo. Ligaram o motor do caminhão. O eixo mexeu. Dali a segundos, ia ficar girando. Ela continuava amarrada nele. Tinha de se soltar. Mas estava com os pulsos presos e era difícil desfazer os nós, com as mãos dormentes, os dedos duros. Ela resistiu. O último soldado subiu no caminhão. Os moradores da aldeia estavam em volta dos caminhões. Raíssa continuava amarrada. Os caminhões já iam sair. Ela se inclinou para a frente e tentou desfazer o nó com os dentes. Conseguiu e caiu de costas no chão, baque surdo que foi abafado pelos motores. O caminhão saiu. Ela estava no meio da estrada. Com a luz da aldeia, ela seria vista pelos soldados sentados na traseira do caminhão. Não podia fazer nada para evitar.

Os aldeões andaram juntos para a frente e, quando o caminhão saiu e Raíssa ficou na estrada, eles a cercaram. Os soldados olharam para trás e não notaram nada estranho. Raíssa ficou escondida no meio dos aldeões.

Ela esperou, encolhida no meio da estrada. Finalmente, um homem estendeu a mão para ajudá-la a se levantar. Estava salva. Levantou-se. Liev não estava lá. Certamente, preferiu esperar até escurecer. Assim, não seria visto pelo motorista do terceiro caminhão. Talvez esperasse até fazerem uma curva. Mas ela não se preocupou. Liev saberia o que fazer. Todos aguardaram em silêncio. Raíssa pegou a mão do menino que os ajudara. E dali a pouco ouviram os passos de um homem vindo na direção deles.

Moscou

No mesmo dia

Apesar das centenas de soldados e agentes à procura dos fugitivos, Vassíli tinha certeza de que nenhum conseguiria pegá-los. Estava tudo à favor do Estado, mas perseguiam um homem que foi treinado para não ser capturado e para sobreviver em condições adversas. Alguns acreditavam que o casal deve ter recebido ajuda, fosse por guardas traidores, ou por pessoas que os esperavam num determinado ponto da ferrovia para organizar a fuga. Os prisioneiros do vagão negaram. Mesmo ameaçados de morte, disseram que o casal fugiu sem ajuda. Não era o que os guardas queriam ouvir, aquilo os deixava constrangidos. Até então as buscas foram centralizadas nos prováveis acessos com a fronteira escandinava, o litoral norte e o mar Báltico. Tinham certeza de que Liev iria para o exterior, talvez num barco de pesca. Chegando ao Ocidente, entraria em contato com figuras proeminentes dos governos que teriam prazer em lhe dar asilo e ajuda, em troca de informação. Por isso, a captura dele era considerada prioridade máxima. Liev podia causar enorme dano à Rússia soviética.

Vassíli afastou a idéia de que houve colaboração na fuga. Era impossível alguém saber em que trem eles estariam. A inclusão deles num transporte para o gulag foi apressada, improvisada na última hora. Vassíli colaborou, passando por cima dos documentos e procedimentos adequados. Só quem poderia ajudá-los a fugir era ele. Isso significava que havia a possibilidade, por mais ridícula que fosse a idéia, de a culpa ser dele. Parecia que Liev tinha a capacidade de sempre acabar com Vassíli.

Até aquele momento, nenhuma equipe de busca encontrou qualquer vestígio do casal, que não tinha família nem amigos naquela região. Deviam estar sós, maltrapilhos, sem tostão. A última vez que Vassíli esteve com Liev, ele não sabia dizer nem o próprio nome. Claro que tinha se recuperado. Vassíli precisava pensar para onde o outro devia ir, era a melhor forma de pegá-lo, em vez de procurar no campo, ao acaso. Não conseguiu capturar nem o próprio irmão que denunciou, mas tinha de pegar Liev. Não sobreviveria a outro fracasso.

Vassíli achava que Liev não tinha interesse em fugir para o Ocidente. Preferia morrer a viver como traidor. Será que voltaria para Moscou? Os pais viviam lá. Mas não podiam ajudá-lo e seriam mortos, se ele aparecesse onde moravam. Estavam sob vigilância armada. Talvez Liev quisesse se vingar, será que ia aparecer para matar Vassíli? Pensou um pouco, lisonjeado com a idéia, e descartou-a. Jamais achou que Liev tivesse algum motivo pessoal para não gostar dele. Não ia arriscar a vida da esposa por uma vingança. Liev tinha um plano baseado no arquivo que foi apreendido.

Vassíli leu com atenção a pilha de documentos reunidos nos últimos meses por Liev e pelo agente da milícia local a quem convenceu a ajudar. Havia fotos de crianças assassinadas, depoimentos de testemunhas, além de relatos de tribunais sobre suspeitos detidos. No interrogatório, Liev confessou que estava fazendo esse trabalho. Vassíli sabia que a confissão era mentira. Liev era um ingênuo e acreditava naquela tese fantasiosa. Mas acreditava no quê, exatamente? Que um só homem era autor de todos aqueles assassinatos sem motivo que se espalharam por centenas de quilômetros em mais de trinta locais diferentes? Além da hipótese ser estranha, mostrava que eles estavam indo em direção ao nada. Vassíli não podia escolher um daqueles lugares e esperar. Frustrado, olhou de novo o mapa marcado com os supostos assassinatos e numerou-os por ordem cronológica.

44.

Vassíli bateu com o dedo no número e pegou o telefone.

— Chamem o agente Fiodor Andréiev.

Depois de promovido, Vassíli ganhou um escritório particular — pequeno, é verdade, mas do qual muito se orgulhava, como se cada metro quadrado tivesse sido conquistado por ele numa campanha militar. Bateram à porta. Fiodor Andréiev entrou, era agora um dos subordinados: ainda jovem, fiel, trabalhador e pouco inteligente, tinha as qualidades perfeitas para um subordinado. Estava nervoso. Vassíli sorriu e fez um gesto para o outro sentar-se.

— Obrigado por vir. Preciso de sua ajuda.

— Pois não, senhor.

— Sabe que Liev Demidov fugiu?

— Sim, senhor, ouvi dizer.

— Você sabe o que há por trás da prisão dele?

— Não.

— Achávamos que ele trabalhava para governos ocidentais, colhendo informações, espionando. Mas não era verdade. Nós nos enganamos. Liev não nos contaria nada durante o interrogatório. Agora, tarde demais, descobri que ele estava trabalhando nisso.

Fiodor levantou-se e olhou bem a pasta sobre a mesa. Tinha visto aqueles documentos. Estavam presos no peito de Liev. Fiodor começou a transpirar. Inclinou-se para a frente, como se visse aquilo pela primeira vez, tentando esconder que tremia. Com o canto do olho, viu que Vassíli tinha saído do lugar e estava ao lado dele, olhando os papéis, como se estivessem trabalhando juntos, dois colegas. Vassíli passou o dedo lentamente pelo mapa até chegar a Moscou e bater.

44.

Fiodor sentiu enjôo. Virou a cabeça e viu a cara de Vassíli perto da dele.

— Fiodor, sabemos que Liev esteve em Moscou recentemente. Agora acredito que, mais do que espionar, esta viagem foi parte da investigação. Ele acha que houve um assassinato aqui. Seu filho foi morto, é isso?

— Não, senhor. Ele morreu num acidente. Foi atingido por um trem.

— Mandaram Liev cuidar do assunto?

— Sim, mas...

— E na época você achava que o menino foi assassinado, não é?

— Na época eu estava nervoso, foi muito difícil...

— Então, quando Liev voltou a Moscou para investigar, não estava interessado no caso do seu filho?

— Não, senhor.

— Como sabe?

— Desculpe, não entendi.

— Como sabe que Liev não estava interessado?

Vassíli sentou-se, olhou as unhas, fingindo estar ofendido.

— Fiodor, você certamente tem uma péssima opinião de mim.

— Não é verdade, senhor.

— Tem que entender que, se Liev está certo, se existe um assassino de crianças, então precisa ser preso. Quero ajudar Liev. Fiodor, eu tenho filhos. Tenho o dever, como pai e como agente, de interromper esses crimes hediondos. Isso vai além de qualquer hostilidade existente entre Liev e mim. Se eu quisesse vê-lo morto, simplesmente não faria nada. No momento todos acham que ele e a mulher são espiões. Serão mortos na hora em que forem descobertos e temo que a investigação se perca. Mais crianças morrerão. Porém, se eu tiver conhecimento de todos os fatos, posso convencer meus superiores a suspenderem a busca ao casal. Senão, quais as chances que os dois têm de sobreviver?

— Nenhuma.

Vassíli concordou com a cabeça, satisfeito com a confirmação. Portanto, era verdade: Liev tinha certeza de que um homem matou todas aquelas crianças. Vassíli prosseguiu.

— Mais exatamente, acho que eles estão sem dinheiro e a centenas de quilômetros de onde querem chegar.

— De onde fugiram?

Foi o segundo erro de Fiodor, acreditar que Liev queria pegar aquele assassino. Vassíli agora só precisava saber para onde iam. Mostrou o leste de Moscou, as linhas férreas, e observou os olhos de Fiodor passando desse ponto para o sul do mapa. Liev estava indo para o sul. Mas Vassíli ainda precisava de um nome. Tentando induzir Fiodor, observou:

— A maioria das mortes foram no sul.

— Só de olhar neste mapa...

Fiodor parou. Podia ajudar Vassíli sem se incriminar. Os dois podiam então solicitar aos superiores para mudarem de idéia sobre Liev e Raíssa. Fiodor procurava um jeito de ajudá-los. Era isso: ia fazer com que passassem de bandidos a heróis. Quando se encontraram em Moscou, Liev mencionou que um agente da milícia foi a Rostov confirmar que era o endereço mais provável do assassino. Fiodor fez de conta que examinava os papéis.

— A julgar pela concentração de casos, eu suponho que o assassino deve morar em Rostov-on-Don. Todos as primeiras mortes foram no sul. Ele deve viver lá, ou pelo menos perto.

— De Rostov?

— Qual a melhor maneira de convencer os nossos superiores?

— Preciso compreender tudo. Assumiríamos um risco muito grande, colocando nosso pescoço no caminho. Temos de ter certeza. Diga de novo: por que acha que esse assassino mora no sul?

Fiodor ficou absorto nos documentos, falou sobre um fato e outro. Enquanto isso, Vassíli levantou-se, deu a volta na mesa, pegou o revólver e atirou no peito de Fiodor.

Sudeste do Óblast de Rostov

14 de julho

Liev e Raíssa estavam dentro de um caixote medindo pouco mais de um metro de altura por dois de comprimento: eram carga humana sendo contrabandeada para o sul. Depois que os militares terminaram a busca na *kolkhoz*, os aldeões levaram o casal de caminhão até a cidade mais próxima, Riazan, onde os apresentaram a amigos e familiares. No calor sufocante de um pequeno apartamento com quase trinta pessoas e fumaça de cigarro barato, Liev contou a investigação que estavam fazendo. Ninguém precisou ser convencido da urgência do fato, nem teve dificuldade em acreditar que a milícia nada fez em relação ao assassino. Aquelas pessoas nunca tinham procurado ajuda da milícia, nem levado suas disputas para as autoridades, dependiam somente umas das outras. Era a mesma situação, só que estava em jogo a vida de muitas crianças.

Juntos, como um grupo, planejaram como transportar o casal para o sul. Um dos presentes era motorista de caminhão de carga, de Moscou para cidades como Samara e Kharkov, que ficavam a uns trezentos quilômetros ao norte de Rostov, ou doze horas de viagem. Embora tivessem decidido que entrar em Rostov seria arriscado, pois o motorista não tinha o que fazer lá, ele se dispôs a levá-los até a cidade próxima de Chakhti. Poderia explicar a mudança de roteiro dizendo que estava em visita à família. Essa família, depois de ouvir o que Liev contaria, certamente ajudaria o casal a ir para a cidade.

No mínimo, o casal teria de passar um dia e meio naquele caixote, confinados na escuridão total. O motorista transportava bananas, que eram um exótico produto de luxo nas *spetztorgi*, para consumo exclusivo do alto escalão do partido. Um dia, Liev e Raíssa também foram fregueses das lojas. O caixote onde estavam ficava no fundo do caminhão, embaixo de outros, carregados da preciosa fruta. Fazia um calor seco e a viagem era desconfortável. O motorista parava a cada três ou quatro horas, tirava os caixotes de cima do casal e deixava sua carga humana esticar as pernas e descansar à margem da estrada.

Na escuridão completa, sentados cada um num canto do caixote e com as pernas trançadas, Raíssa perguntou:

— Você confia nele?

— Em quem?

— No motorista.

— Você não confia?

— Não sei.

— Tem algum motivo?

— De todos os que nos ouviram falar, ele foi o único que não perguntou nada. Não pareceu se envolver. Não ficou tão chocado quanto os outros habitantes da aldeia. Ele me parece ausente, prático, sem emoção.

— Ele não era obrigado a nos ajudar. E não pode nos trair, depois voltar para conviver com os amigos e a família.

— Ele pode inventar alguma coisa. Que havia um bloqueio na estrada e fomos descobertos. Ele tentou nos ajudar, mas não pôde.

— O que você sugere, então?

— Que na próxima parada, você o renda, amarre e assuma o volante do caminhão.

— Está falando sério?

— O único jeito de ter certeza, absoluta certeza, é ficar com este caminhão. Ficaríamos com os documentos dele. E voltaríamos a ter controle sobre nossas vidas. No momento, estamos indefesos. Não sabemos para onde ele está nos levando.

— Você me ensinou a confiar na bondade de estranhos.

— Este homem é diferente. Parece ambicioso. Passa o dia inteiro transportando artigos de luxo. Deve pensar: quero ter essas coisas, quero esses tecidos finos, essas comidas raras. Sabe que nós somos uma oportunidade. Sabe por quanto pode nos vender. E quanto vai lhe custar ser pego conosco.

— Não sou a melhor pessoa para dizer isso, Raíssa, mas você está falando de um inocente que está arriscando a vida para nos ajudar.

— Estou falando de garantir que chegaremos a Rostov.

— Não é assim que começa? Você acredita numa causa, acha que vale a pena morrer por ela. Dali a pouco, vale a pena matar por ela. Depois, vale a pena matar inocentes por ela.

— Não teríamos de matá-lo.

— Teríamos sim, não podemos deixá-lo amarrado na estrada. Seria um risco muito maior. Ou matamos, ou confiamos nele. Raíssa, é nesse ponto que as coisas desmontam. Aquelas pessoas nos deram comida, abrigo e transporte. Se ficamos contra elas e matamos um amigo deles apenas por precaução, eu seria o mesmo homem que você desprezava em Moscou.

Mesmo sem vê-la, Liev sabia que ela estava sorrindo.

— Você estava me testando?

— Só conversando.

— Fui aprovado?

— Depende se chegamos a Chakhti ou não.

Após um silêncio, Raíssa perguntou.

— Como vai ser quando isso terminar?

— Não sei.

— O Ocidente vai querer ficar com você, Liev. Vai protegê-lo.

— Eu jamais sairia deste país.

— Mesmo que o país vá matá-lo?

— Se você quiser ir embora, farei tudo para colocá-la num barco.

— Você vai viver como? Ficar escondido nas montanhas?

— Depois que esse assassino estiver morto, depois que você estiver em segurança fora do país, eu vou mudar. Não quero viver no exílio, no meio de gente que quer as informações que tenho, mas me odeia. Não quero viver como estrangeiro. Não posso. Provaria que tudo que aquelas pessoas em Moscou disseram de mim era verdade.

— Isso é o mais importante?

A voz de Raíssa parecia magoada. Liev tocou no braço dela.

— Raíssa, não consigo entender.

— É tão complicado assim? Quero que fiquemos juntos.

Liev ficou calado um instante. Finalmente, disse:

— Não posso viver como traidor. Não consigo.

— Está bem. Isso quer dizer que temos mais 24 horas?

— Sinto muito.

— Devíamos aproveitar ao máximo esse tempo juntos.

— Fazendo o quê?

— Dizendo a verdade.

— Verdade?

— Certamente temos segredos. Eu tenho. Você não? Coisas que nunca me contou.

— Tenho.

— Então, vou contar primeiro. Eu cuspia no seu chá. Depois que soube da prisão de Zóia, tive certeza de que você a delatou. Então, durante uma semana mais ou menos, cuspi no seu chá.

— Cuspiu?

— Por uma semana, mais ou menos.

— Por que parou?

— Por que você não pareceu se incomodar.

— Não notei o cuspe.

— Exatamente. Agora é a sua vez de falar.

— Falar a verdade...

— Este é objetivo do jogo da verdade.

— Não acho que você se casou comigo por medo. Acho que me observou. Fez de conta que estava assustada. Deu um nome errado e fui atrás de você. Mas estava interessada em mim.

— Quer dizer que sou uma espiã estrangeira?

— Você devia conhecer pessoas que trabalhavam para agências ocidentais. Talvez as ajudasse. Quando se casou comigo devia, no fundo, pensar assim.

— Isso não é um segredo, é uma suposição. Você tem que contar segredos, coisas difíceis.

— Achei um copeque no meio das suas roupas, uma moeda oca, artifício para contrabandear microfilmes. Os agentes usam e só eles têm.

— Por que não me denunciou?

— Não consegui. Simplesmente não consegui.

— Liev, não casei com você para me aproximar da MGB. Eu disse a verdade, eu estava apavorada.

— E a moeda?

— Era minha...

A voz dela fraquejou, como se avaliasse se devia prosseguir ou não.

— Quando eu era refugiada, não usava essa moeda para levar microfilmes, mas pasta de cianureto.

Raíssa nunca havia falado na vida que levou depois que sua casa foi destruída, os meses que passou na estrada, o período obscuro de sua vida. Liev esperou, sentindo-se de repente nervoso.

— Você certamente imagina as coisas que uma refugiada enfrenta. Os soldados têm carências, estavam arriscando a vida, tinham deveres a cumprir, se sentiam com uma dívida a cobrar. Nós éramos a recompensa deles. Depois de algum tempo, e foram muitas vezes, eu estava tão machucada que jurei que, se acontecesse de novo, se parecesse que ia acontecer de novo, eu ia esfregar aquela pasta na gengiva do soldado. Podiam me matar, me enforcar, mas eles iam pensar duas vezes antes de fazer aquilo com uma mulher. O copeque passou a ser minha moeda da sorte, pois depois que comecei a andar com ele, não tive mais problemas. Talvez os homens percebam quando uma mulher tem cianureto no bolso. Claro, isso não curou minhas feridas. Para elas não há remédio. Por isso não posso engravidar, Liev.

Liev ficou olhando o escuro, no lugar onde achava que Raíssa estava. Durante a guerra, as mulheres foram violentadas primeiro pelos invasores e depois pelos libertadores. Como soldado, ele sabia que o Estado autorizava isso, fazia parte da guerra e era uma boa recompensa para um soldado corajoso. Algumas pessoas tinham usado o cianureto para se matar e assim não enfrentar horrores enormes. Liev achava que o máximo que os soldados faziam era conferir se a mulher tinha uma lâmina ou uma arma, mas uma moeda não chamaria a atenção deles. Ele esfregou a palma da mão dela. O que mais poderia fazer? Pedir desculpas? Dizer que compreendia? Tinha emoldurado aquele recorte de jornal e dependurado na parede, orgulhoso, sem se incomodar com o que a guerra tinha sido para ela.

— Liev, tenho outro segredo: eu me apaixonei por você.

— Eu sempre fui apaixonado por você.

— Isso não é segredo, Liev. Você tem três segredos de desvantagem.

Liev beijou-a e disse:

— Eu tenho um irmão.

Rostov-on-Don

15 de julho

Nádia estava sozinha em casa. Tinha ido visitar a avó junto com a mãe e a irmã mas, quando chegaram perto do prédio da avó, Nádia fingiu que estava com dor de barriga e pediu para voltar. A mãe deixou e a menina correu de volta para casa. Tinha um plano simples. Ia abrir a porta do porão e descobrir por que o pai passava tanto tempo naquele lugar escuro e frio. Nunca foi lá, nunca. Tinha olhado por fora os tijolos úmidos e imaginado como devia ser lá dentro. Não havia janelas, só um buraco de ventilação para a fumaça do fogão a lenha. Era rigorosamente proibido entrar no porão, assunto fora de cogitação, uma lei que não podia ser desrespeitada.

O pai estava viajando a trabalho. Voltaria logo, talvez no dia seguinte, e ela ouviu-o falar em fazer melhorias na casa, inclusive em uma nova porta para o porão. Não a porta da frente, que todos usavam e que mantinha o calor dentro. O mais importante para ele era a porta do porão. Evidente que ela estava caindo aos pedaços, mas e daí? Por que era tão importante? Dali a dois dias colocaria uma nova porta que ela não conseguiria abrir. Se queria entrar no porão, se queria descobrir o que a intrigava, tinha de ser agora. A tranca era simples. Tinha observado bem e experimentado enfiar uma faca entre a porta e o caixilho, levantando a tranca. Dava.

A tranca levantou e Nádia abriu a porta. Nervosa, com medo, desceu um degrau. Soltou a porta e ela bateu, fechou. Entrava uma luz por baixo e em volta do caixilho. Além da luz que vinha pelo buraco da ventilação lá embaixo. Ajustando os olhos à escuridão, desceu a escada e viu a sala secreta do pai.

Tinha uma cama, um fogão a lenha, uma mesinha e um baú — nada de misterioso. Desapontada, ela ficou bisbilhotando. Havia uma velha lamparina pendurada na parede e ao lado vários recortes de jornais pregados com tachas. Olhou-os. Eram todos iguais: fotos de um soldado russo ao lado de um tanque em chamas. Algumas fotos tinham sido recortadas para que só se visse o soldado. Era um homem bonito. Ela não o conhecia. Intrigada por aquela colagem, pegou um prato de metal no chão, que evidentemente era para dar comida aos gatos. Viu então o baú e tentou abri-lo só para ver se estava trancado. A tampa de madeira pesava, mas o baú não estava trancado. O que tinha dentro? Abriu mais um pouco e, de repente, ouviu outro barulho: a porta da frente.

Eram passos pesados, pesados demais para serem da mãe. O pai devia ter voltado antes. A porta do porão foi aberta e entrou luz por ela. Por que o pai tinha voltado tão cedo? Apavorada, Nádia abaixou a tampa, tentando não fazer barulho, e ouviu o pai descer a escada. Fechou o baú, abaixou-se e entrou embaixo da cama, apertando-se, vendo o último degrau. Lá estavam elas — as grandes botas pretas do pai vindo na direção dela.

Nádia fechou os olhos esperando que, ao abri-los, veria a cara furiosa do pai a centímetros da sua. Mas o estrado rangeu e afundou. Ele tinha sentado na cama. Abriu os olhos e teve de sair de baixo com dificuldade. O espaço entre a cama e o chão ficou menor ainda e ela o viu desamarrar a bota. Não sabia que a filha estava ali. A porta devia ter trancado quando bateu atrás dela. Não foi descoberta, ainda não. O que ia fazer? O pai podia passar horas lá embaixo. A mãe ia voltar e se assustar por Nádia ainda não estar em casa. Talvez achassem que tinha desaparecido e fossem procurá-la. Se fizessem isso, ela podia subir sem ninguém ver e contar alguma mentira sobre onde esteve. Era a melhor esperança. Até lá, tinha de ficar ali, bem quieta.

O pai tirou as meias e esticou os dedos dos pés. Levantou-se, o estrado levantou junto. Acendeu a lamparina, que dava uma luz fraca, e foi até o baú. Nádia ouviu-o levantar a tampa, mas não o que pegou dentro. Deve ter deixado o baú aberto, porque não o ouviu fechar. O que o pai estava fazendo? A seguir, sentou-se numa cadeira e amarrou alguma coisa no pé. Era um pedaço de borracha. Com barbante e trapos, parecia estar fazendo uma espécie de sapato artesanal.

Nádia percebeu algo atrás, virou a cabeça e viu a gata. A gata também a percebeu e arqueou-se, com os pêlos eriçados. A menina não era dali. A gata sabia. Assustada, Nádia virou-se para ver se o pai tinha percebido. Ele se ajoelhou no chão e enfiou a cara embaixo da cama. Ela não sabia o que dizer, não ousou se mexer. Sem dizer nada, ele ficou de pé, levantou a cama toda e viu a filha enrolada no chão como uma bola.

— Levante-se daí.

Ela não conseguia mexer os braços, as pernas — o corpo não parecia obedecer.

— Nádia.

Ao ouvir o próprio nome, levantou-se.

— Afaste-se da parede.

Ela obedeceu e se aproximou dele, de cabeça baixa, olhando o pé descalço do pai e o outro enrolado em trapos. Ele abaixou a cama.

— Por que entrou aqui?

— Queria saber o que você faz aqui.

— Por quê?

— Porque quero ficar mais com você.

Andrei sentiu aquele desejo de novo — os dois estavam sós na casa. Ela não devia ter descido, ele tinha avisado. Ele era outra pessoa. Não era o pai dela. Afastou-se da filha até encostar-se na parede, o mais longe possível dela.

— Pai?

Andrei colocou o dedo sobre os lábios.

Controle-se.

Mas ele não conseguia. Tirou os óculos, dobrou as hastes e colocou-os no bolso. Quando olhou para a filha de novo, ela era apenas uma silhueta em borrão, não era mais a filha. Mal delineada, indefinida, podia ser qualquer criança que ele imaginasse.

— Pai?

Nádia levantou-se, foi até o pai e segurou na mão dele.

— Você não gosta de ficar comigo?

Ela estava perto demais, mesmo se vista sem os óculos. Enxergava os cabelos, o rosto dela. Ele passou a mão na testa, recolocou os óculos.

— Nádia, você tem uma irmã menor: por que não gosta de brincar com ela? Quando eu tinha a sua idade, ficava o tempo todo com meu irmão.

— Você tem um irmão?

— Tenho.

— Onde ele está?

Andrei mostrou as fotos do soldado russo na parede.

— Como ele se chama?

— Pável.

— Por que não vem nos visitar?

— Ele virá.

Óblast de Rostov
Oito Quilômetros ao Norte de Rostov-on-Don

16 de julho

Eles estavam num *eletrichka* nos arredores da cidade, perto de onde iam — o centro de Rostov-on-Don. O motorista do caminhão não os traiu. Passou por diversas barreiras policiais, depois pela cidade de Chakhti, onde dormiram na casa da sogra do motorista, Sarra Karlovna, e a família. Sarra, de 50 e tantos anos, morava com alguns filhos, inclusive uma filha casada, mãe de três crianças. Os pais de Sarra também moravam no apartamento, somando onze pessoas em três quartos: cada quarto, uma geração. Pela terceira vez, Liev contou da investigação que estava fazendo. Ao contrário das cidades ao norte, ali os habitantes já tinham ouvido falar nos assassinatos de crianças. Segundo Sarra, quase todo mundo naquela província sabia dos boatos. Mas não tinham detalhes. Quando ouviram o número aproximado de vítimas, ficaram chocados, em silêncio.

A família não se perguntou se ia ou não ajudar, começou imediatamente a planejar. Liev e Raíssa resolveram esperar o anoitecer para ir à cidade, uma vez que haveria menos gente na fábrica à noite. E mais chance de o assassino estar em casa. Resolveram também que não iriam sós. Por isso, estavam nesse momento com três crianças pequenas e dois agitados avós. Liev e Raíssa faziam o papel de pais, enquanto os verdadeiros pais ficaram em Chakhti. Aquela imitação de família era uma medida preventiva. Se a busca por eles tivesse chegado a Rostov, se o Estado tivesse concluído que eles não pretendiam fugir do país, então estariam à procura de um casal em viagem. Era impossível Liev e Raíssa mudarem muito a aparência. Cortaram os cabelos curtos e receberam outras roupas. Mesmo assim, sem as crianças e o outro casal, seria fácil reconhecê-los. Raíssa ficou preocupada por usar as crianças, colocá-las em perigo. Resolveram que, se alguma coisa desse errado, se fossem pegos, os avós diriam que Liev os ameaçara e por isso ficaram com medo de não ajudar.

O trem parou. Liev olhou pela janela. A estação estava cheia: viu vários agentes uniformizados patrulhando a plataforma. Os sete viajantes desembarcaram. Raíssa estava com o menor no colo, um menino. As três crianças receberam instrução para serem agitadas. O mais velho compreendeu a encenação e fez sua parte, mas o caçula ficou confuso e apenas olhava para Raíssa, a boca virada para baixo, sensível ao perigo e, sem dúvida, com vontade de estar em casa. Só um agente muito observador perceberia que aquela família era falsa.

Havia guardas na plataforma e no saguão, guardas demais para um dia comum, numa estação comum. Estavam procurando alguém. Liev tentou se tranqüilizar pensando que muita gente estava sendo procurada e presa, mas algo lhe dizia que procuravam por eles. Os sete estavam a poucos passos da saída. Ele se concentrou nisso. Estavam quase lá.

Dois agentes armados pararam na frente deles.

— De onde vieram e para onde vão?

Por um instante, Raíssa ficou muda. As palavras sumiram. Para não dar a impressão de estar paralisada, passou a criança de um braço para outro e riu.

— Os filhos vão ficando tão pesados!

Liev deu um passo.

— Fomos visitar a irmã dela, que mora em Chakhti. Vai se casar.

A avó acrescentou:

— O noivo bebe, por isso sou contra o casamento. Eu avisei a ela.

Liev sorriu, dirigindo-se à avó.

— Quer que ela case com um homem que só bebe água?

— Seria melhor.

O avô concordou com a cabeça, antes de acrescentar.

— Está bem que beba, mas ele precisava ser tão feio?

Os dois riram. Os agentes, não. Um deles virou-se para o menino.

— Como ele se chama?

A pergunta foi para Raíssa. Mais uma vez, ela ficou com a cabeça oca. Não lembrava. Não vinha um nome. Disse o primeiro que veio.

— Aleksandr.

O menino balançou a cabeça.

— Meu nome é Ivan.

Raíssa riu.

— Gosto de brincar com ele. Sempre confundo o nome dos meninos, eles ficam furiosos. O que está no meu colo é Ivan. O outro é Mikhail.

Era o nome do meio do menino. Raíssa lembrou então que o mais velho se chamava Aleksei. Mas, para a mentira dar certo, ele tinha de fingir que se chamava Aleksandr.

— O meu mais velho é Aleksandr.

O menino abriu a boca para corrigir, mas o avô se adiantou e passou a mão na cabeça dele, carinhoso. Aborrecido, o menino balançou a cabeça.

— Não faça assim, não sou mais criança.

Raíssa se esforçou para não demonstrar o alívio. Os agentes saíram do caminho e ela levou sua imitação de família para fora da estação.

Quando estavam fora de vista, despediram-se da família e separaram-se. Liev e Raíssa entraram num táxi. Antes, deram todas as informações para os avós sobre a investigação. Se, por algum motivo, falhassem e os assassinatos continuassem, aquela família se encarregaria da investigação. Iam arrumar outras pessoas para procurarem o assassino, garantindo que, se um grupo não conseguisse, outro estivesse pronto para substituí-lo. Aquele homem não podia continuar vivo. Liev achava bom que fosse um linchamento, sem tribunal, sem provas nem julgamento — uma execução baseada em suspeita e provas circunstanciais. E percebeu que, ao tentar fazer justiça, foram obrigados a imitar o próprio sistema ao qual se opunham.

Sentados no banco traseiro do táxi, um Volga, certamente fabricado em Voualsk, nenhum dos dois falou. Não precisavam. O plano estava feito. Liev ia entrar na fábrica da Rostelmash e ver as fichas dos funcionários. Não sabia exatamente como faria, teria de improvisar. Raíssa ia ficar no táxi, convencendo o motorista de que estava tudo bem, caso desconfiasse de alguma coisa. Ele recebeu o pagamento adiantado e o suficiente para ficar calmo e obediente. Assim que Liev encontrasse o nome e endereço do assassino, o táxi os levaria à casa do homem. Se estivesse viajando, tentariam descobrir quando voltava. Voltariam para Chakhti, ficariam na casa de Sarra e aguardariam.

O táxi parou na fábrica. Raíssa pegou na mão de Liev. Ele estava nervoso, a voz era um sussurro.

— Se eu não voltar dentro de uma hora...

— Eu sei.

Liev saiu do táxi e fechou a porta.

Havia guardas nos portões principais, embora não parecessem muito atentos. A julgar pelos sistemas da segurança, Liev tinha quase certeza de que ninguém na MGB sabia que ele ia para aquela fábrica de tratores. Podiam ter diminuído o número de guardas no portão de propósito para enganá-lo, mas ele achava que não. Certamente, pensavam que ia para Rostov, embora não soubessem o local exato. Liev contornou a fábrica pelos fundos, descobriu um lugar onde a cerca de arame ficava escondida atrás de um prédio de tijolos. Subiu na cerca e pulou. Estava dentro da fábrica.

O local funcionava 24 horas por dia. Havia alguns operários da troca de turnos, mas poucas pessoas circulando. As instalações eram enormes. Milhares de pessoas deviam trabalhar ali, Liev calculava umas dez mil — entre arquivistas, faxineiros, funcionários da expedição e operários da linha de produção. E, com os plantões diurnos e noturnos, ele achava que ninguém o estranharia. Andou com calma, reto, como se fosse um funcionário a caminho do prédio maior. Dois homens saíram de uma porta, fumando, em direção aos portões da frente. Talvez tivessem terminado o turno da noite. Viram-no e pararam. Sem poder ignorá-los, Liev acenou e foi na direção deles.

— Sou um *tolkach* da fábrica do Volga em Voualsk. Devia ter chegado bem mais cedo, mas meu trem atrasou. Onde é a administração?

— Fica num dos andares do prédio principal. Levo você lá.

— Pode deixar que eu encontro.

— Não estou com pressa de chegar em casa. Levo você lá.

Liev sorriu. Não podia recusar. Os dois colegas se despediram e Liev acompanhou seu indesejado guia até o prédio principal.

Ao entrar, Liev se distraiu um instante com o enorme prédio de pé-direito alto e o barulho das máquinas — tudo dando uma sensação de deslumbramento geralmente reservada às edificações religiosas. Claro que aquela era a nova igreja, a catedral do povo, e a sensação de reverência era quase tão importante quanto os veículos que fabricava. Liev e o outro seguiram lado a lado, conversando. Liev de repente ficou satisfeito em ter um acompanhante, assim ninguém olharia para eles. Ao mesmo tempo, imaginava como se livrar dele.

Subiram a escada principal, rumo à administração. O homem disse:

— Não sei se tem alguém lá agora. Não costumam dar plantão noturno.

Liev não sabia o que fazer a seguir. Podia simplesmente fingir que era um funcionário e solicitar as fichas? Pouco provável, considerando que precisava de dados confidenciais que não lhe entregariam, por mais que inventasse uma desculpa. Se ainda tivesse sua carteira de agente da Segurança do Estado, seria fácil.

Dobraram um corredor que levava a um escritório com vista para a fábrica. Qualquer decisão que ele tomasse, seria visto pelos operários embaixo. O acompanhante bateu à porta. Tudo dependia de quantas pessoas estivessem lá dentro. Um senhor abriu, talvez um arquivista, de terno, de cara doentia e séria.

— O que quer?

Liev olhou por cima do ombro dele. O escritório estava vazio.

Liev virou-se e deu um soco na barriga de seu acompanhante, fazendo com que se dobrasse ao meio. Antes que o arquivista reagisse, Liev pegou-o pelo pescoço.

— Faça o que eu mandar e continuará vivo, entendeu?

O outro concordou com a cabeça. Liev largou o pescoço dele.

— Feche todas as venezianas. E tire a gravata.

Liev empurrou o homem mais jovem para dentro, que continuava gemendo. Fechou a porta e trancou-a. O arquivista tirou a gravata e jogou-a para Liev antes de fechar as venezianas que davam para a fábrica. Com a gravata, Liev amarrou as mãos do jovem nas costas, sempre de olho no arquivista. Não acreditava que o local tivesse alguma arma ou alarme, pois não havia nada de valor para ser roubado. Após fechar as venezianas, o homem virou-se para Liev.

— O que quer?

— As fichas dos funcionários.

Confuso, mas obediente, o homem abriu o arquivo. Liev ficou ao lado dele.

— Não saia daqui e mantenha as mãos em cima do arquivo.

Havia milhares de fichas, não só dos operários atuais, mas dos que já tinham saído da fábrica. Supostamente, os *tolkachs* não deveriam existir, considerando que sua função supunha alguma falha no sistema de distribuição e produção. Era pouco provável que estivessem arquivados com essa função.

— Onde estão as fichas dos *tolkachs*?

O velho abriu um armário e tirou uma grossa pasta. Na capa estava escrito PESQUISADORES, um despiste. Pelo que viu havia cinco *tolkachs* na folha de pagamento. Nervoso — toda a investigação dele e Raíssa dependia daqueles documentos —, conferiu o histórico profissional de cada um. Para que cidade foram enviados e quando? Se as datas correspondessem às dos crimes, ele teria o nome do assassino. Se preciso, procuraria o homem e faria a acareação. Tinha certeza de que, cara a cara com seus crimes, ele confessaria. Percorreu com o dedo os nomes comparando com as datas e lugares que sabia de cor. A primeira ficha não coincidia. Liev parou um instante, pensando se era capaz de lembrar bem. As três datas que não esquecia eram dos dois assassinatos em Voualsk e o de Moscou. Aquele *tolkach* nunca esteve nessas cidades, nem próximo do percurso da ferrovia Transiberiana. Liev abriu a segunda ficha, ignorou os dados pessoais e passou aos profissionais. Aquele homem tinha começado a trabalhar no mês anterior. Liev deixou a ficha de lado e conferiu a terceira. Não coincidia. Sobravam apenas três. Passou para a quarta.

Voualsk, Molotov, Viatka, Gorki — cidades que seguiam a linha do trem para oeste, rumo a Moscou. Para o sul, a partir de Moscou, havia Tula e Orel. Já na Ucrânia, Liev viu as cidades de Kharkov e Gorlokva, Zaporozh'ye e Kramatork. Em todas houve assassinatos. Antes de verificar os dados pessoais, checaria a quinta ficha. Mal conseguindo se concentrar, percorreu a ficha com o dedo. Havia algumas coincidências, não todas. Voltou à quarta ficha. Passou à primeira página e olhou a pequena foto em preto-e-branco do homem.

No mesmo dia

Vassíli estava em sua cama de hotel, fumando, jogando cinza no chão e bebendo vodca direto no gargalo. Não tinha ilusão: seus superiores certamente estranhariam a morte de Fiodor Andréiev, se ele não entregasse os foragidos Liev e Raíssa. Foi o combinado antes de sair de Moscou. Se Vassíli trouxesse Liev, os superiores acreditariam que Fiodor agia em parceria com Liev e que, quando Vassíli acusou-o disso, tentou agredi-lo e foi morto. A MGB estava constrangida com a própria incompetência para capturar um casal desarmado e sem tostão que parecia ter se evaporado. Se Vassíli conseguisse pegá-los, os superiores estavam prontos a perdoar-lhe qualquer pecado. As autoridades consideravam que Liev já tinha saído do país e estava aos cuidados dos diplomatas ocidentais. Os agentes russos no exterior foram avisados e as embaixadas russas no mundo receberam fotos de Liev e Raíssa. Planejavam assassiná-los. Se Vassíli conseguisse evitar os enormes gastos e complicações diplomáticas com uma caçada internacional, ele limparia sua situação.

Vassíli jogou a guimba do cigarro no carpete, olhou-a queimar um instante e pisou-o com a bota. Tinha contatado a Segurança do Estado em Rostov, que era formada por um bando de gentalha. Mandou fotos do casal. Disse aos agentes que deveriam supor que

Liev deixou crescer a barba ou cortou os cabelos bem curtos. Os dois não deviam estar viajando como um casal. Podiam ter tomado rumos diversos. Um deles podia estar morto. Podiam também estar num grupo, ajudados por outras pessoas. Os agentes deviam dar pouca atenção a documentos, pois Liev sabia falsificar todos. Deviam também deter qualquer pessoa que julgassem suspeita, mesmo remotamente. Vassíli tomaria a decisão final quanto a soltá-la ou não. Com trinta homens, ele tinha montado uma série de barreiras e buscas aleatórias. Mandou que cada agente anotasse todos os fatos, por mais triviais, para ele mesmo conferir. Recebia os relatórios dia e noite.

Até aquele momento, nada tinha acontecido. Seria mais uma oportunidade para Liev humilhá-lo? Talvez aquele idiota do Fiodor estivesse enganado. Talvez Liev fosse para algum lugar totalmente diferente. Se era isso, então Vassíli também podia se considerar morto.

Bateram à porta do quarto.

— Entre.

O jovem agente de cara vermelha segurava um papel. Vassíli fez sinal para entregar-lhe.

Fábrica de Rostelmash. Setor administrativo.
Dois homens atacados, fichas de funcionários roubadas.

Vassíli levantou-se.

— Ele está aqui.

No mesmo dia

Lado a lado, a poucos passos da porta da frente, Liev olhou para a esposa. Ela não imaginava como seu marido estava chocado. Sentia-se tonto como se tivesse tomado algum entorpecente. Esperava que aquela sensação diminuísse e ele voltasse ao normal, que houvesse outra explicação e que aquela não fosse a casa do seu irmão caçula.

Andrei Trofímovitch Sídorov.

Mas era o nome do irmão caçula.

Pável Trofímovitch Sídorov.

E aquele tinha sido o nome dele até trocar de identidade na infância como um réptil muda de pele. A pequena foto na ficha confirmava que era Andrei. Tinha as mesmas feições — o mesmo olhar perdido. Os óculos eram novos. Por isso ele era uma criança tão desajeitada, era míope. Seu esquisito e tímido irmão menor — o assassino de pelo menos 44 crianças. Não fazia sentido e, ao mesmo tempo, fazia todo o sentido: o barbante, a casca de árvore, a caçada. Obrigado a se concentrar nas lembranças que tinha afastado, Liev lembrou de ter ensinado o irmão a fazer uma armadilha com barbante e dito para diminuir a fome mastigando cascas de árvore. Aquelas lições teriam causado alguma espécie de surto psicótico? Como Liev não pensou nisso antes? Não, ridículo esperar que pensasse. Muitas crianças aprenderam a fazer armadilhas e caçar. Ao ver as vítimas, Liev não notou esses detalhes. Ou notou? Ele escolheu ou foi escolhido? Teria sido por isso que quis investigar quando tinha todos os motivos para não querer? Em alguma parte do seu subconsciente, ele havia sido sugado pelos fatos como um resto de água em volta do ralo. O tempo todo, aquela foi uma investigação do seu próprio passado e dos crimes, obrigando-o a pensar num irmão que ele tentou esquecer.

Ao ler o nome do irmão, Liev teve se sentar-se, olhando a ficha, conferindo e reconferindo as datas. Ficou chocado, sem se dar conta dos perigos que o rondavam. Só quando viu o arquivista se aproximar do telefone, ele voltou a si. Amarrou-o numa cadeira, tirou o telefone do gancho e trancou os dois homens no escritório, com mordaças. Tinha de sair dali. Tinha de dar um jeito na própria aparência. No corredor, não conseguia nem andar reto, ziguezagueava. Estava tonto. Após sair do escritório, ainda não conseguia pensar direito, estava com a vida de pernas para o ar e, por instinto, encaminhou-se para o portão principal. Percebeu tarde demais que seria bem mais seguro pular a cerca como fez para entrar. Mas não podia mudar o caminho, pois os guardas já o haviam visto. Tinha de passar por eles. Começou a transpirar. Os guardas não o incomodaram. Entrou no táxi, deu o endereço ao motorista e pediu que corresse. Suas pernas e braços tremiam. Olhou Raíssa lendo a ficha. Já sabia que ele tinha um irmão, sabia como se chamava, mas não o sobrenome. Ele observou-a ler. Ela não juntou as duas coisas, não notou. Como poderia notar? Liev não conseguira contar para ela.

Esse homem é meu irmão.

Era impossível saber quantas pessoas viviam na casa do irmão, o que era um problema. Certamente, os outros moradores ignoravam os instintos daquele homem, daquele assassino, e os crimes que cometeu — daí, em parte, o motivo para ele matar longe de casa. O irmão caçula tinha formado uma dupla identidade — a doméstica e a criminosa — exatamente como Liev tinha dividido a sua entre o menino que foi e o que se tornou. Liev balançou a cabeça: tinha de se concentrar. Estava ali para matar aquele homem. O problema era como se livrar dos outros moradores da casa. Ele e Raíssa não estavam armados. Raíssa notou a inquietação dele e perguntou:

— Está preocupado com o quê?

— Com os outros moradores da casa.

— Você viu a cara do homem. Vimos a foto. Você pode entrar sem ser visto e matá-lo dormindo.

— Não posso fazer isso.

— Liev, é o mínimo que ele merece.

— Preciso ter certeza. Preciso falar com ele.

— Ele vai negar. Quanto mais você falar, mais difícil vai ficar a situação.

— Pode ser. Mas não vou matá-lo dormindo.

Sarra tinha dado uma faca para eles. Liev passou-a para Raíssa.

— Não vou usar isso.

Raíssa não quis pegar a faca.

— Liev, esse homem matou mais de quarenta crianças.

— E vou matá-lo por isso.

— E se ele se defender? Deve ter uma arma. Talvez um revólver. Pode ser forte.

— Ele não sabe brigar. É desajeitado e tímido.

— Liev, como sabe disso? Pegue a faca. Como vai matá-lo?

Liev entregou a faca para ela, apertando o cabo na mão dela.

— Você se esquece que fui treinado para isso. Confie em mim.

Era a primeira vez que pedia para confiar nele.

— Confio.

Não havia futuro para eles, nenhuma esperança de fuga, de ficarem juntos depois daquela noite. Raíssa percebeu que uma parte dela queria que o assassino não estivesse em casa, que estivesse viajando, assim eles poderiam ficar juntos pelo menos dois dias antes de voltarem para terminar o serviço. Com vergonha dos próprios pensamentos, afastou-os. Quantas pessoas arriscaram a vida para eles poderem estar ali? Ela deu um beijo em Liev, desejou sucesso, desejou que aquele assassino morresse.

Liev foi para a casa e deixou Raíssa escondida. O plano estava feito. Ela ficaria longe da casa, observando e esperando. Se o homem tentasse fugir, ela o impediria. Se algo desse errado, se Liev falhasse por algum motivo, ela tentaria matar o homem.

Ele chegou à porta. O interior estava mal iluminado. Será que isso significava que alguém estava acordado? Tentou empurrar a porta, ela se abriu. Entrou na cozinha, que tinha uma mesa e um fogão. A luz vinha de uma lamparina a óleo, com a chama tremulando dentro de uma redoma coberta de fuligem. Entrou na casa e passou para o cômodo ao lado. Para surpresa dele, havia apenas duas camas. Numa, dormiam duas meninas. Na outra, a mãe. Ela estava só: não havia sinal de Andrei. Seria a família do irmão? Portanto a dele também? Aquela seria a cunhada? E as sobrinhas? Não, devia haver outra família morando no porão. Ele virou-se. Um gato olhava para ele, com frios olhos verdes. O pêlo era malhado. Embora fosse melhor alimentado do que aquele gato da floresta que eles caçaram e mataram, era da mesma cor, do mesmo tipo. Liev teve a impressão de estar num sonho, cercado de fragmentos do passado. O gato se esgueirou por uma segunda porta. Liev foi atrás.

A escada estreita levava a um porão mal iluminado. O gato desceu e sumiu. Do alto da escada, não dava para ver quase nada do cômodo. Só a ponta de uma cama. Estava vazia. Será que Andrei tinha saído? Liev desceu os degraus, tentando não fazer barulho.

Chegando ao final, olhou. Tinha um homem sentado à mesa. Usava óculos de grossas lentes quadradas e camisa branca e limpa.

Estava jogando baralho. Olhou. Andrei não pareceu surpreso. Levantou-se. Liev viu na parede atrás, como se brotasse da cabeça do irmão, uma colagem de recortes de jornais, sempre com a mesma foto, dele — Liev, de pé, vitorioso, ao lado dos destroços fumegantes de um tanque de guerra, herói da União Soviética, o modelo da vitória.

— Pável, por que demorou tanto?

O irmão caçula mostrou a cadeira vazia na frente dele.

Liev não teve forças senão para obedecer, sabendo que não estava mais no controle da situação. Longe de se assustar ou ser pego desprevenido, sem tropeçar nas palavras ou mesmo fugir, Andrei parecia preparado para aquele encontro. E Liev estava desorientado, confuso: era difícil não obedecer o irmão.

Liev sentou-se. Andrei também. Irmão frente a irmão, reunidos após mais de vinte anos. Andrei perguntou.

— Desde o começo você sabia que era eu?

— Que começo?

— Desde o primeiro corpo que achou?

— Não sabia.

— Qual foi o primeiro corpo?

— O de Larissa Petrova, em Voualsk.

— Uma jovem, eu lembro.

— E Arkadi, em Moscou?

— Em Moscou fiz várias vítimas.

Várias, ele usou a palavra de forma tão casual. Se eram muitas, então foram todas acobertadas.

— Arkadi foi morto em fevereiro deste ano, nos trilhos da ferrovia.

— Um menino pequeno?

— Quatro anos.

— Lembro dele também. Foram vítimas recentes. A essa altura, eu já tinha aperfeiçoado o meu método. Mesmo assim, você não sabia que era eu? Os primeiros assassinatos não foram tão evidentes. Fiquei nervoso. Sabe, eu não podia ser muito óbvio. Tinha de fazer algo que só você reconhecesse. Não podia simplesmente assinar meu nome. Estava me comunicando com você e mais ninguém.

— Do que você está falando?

— Irmão, nunca acreditei que você tivesse morrido. Sabia que estava vivo. E só tinha um desejo, uma ambição... conseguir você de volta.

A voz de Andrei era de ódio ou de afeto, ou ambos? A única ambição dele era consegui-lo de volta ou voltar para ele? Andrei deu um sorriso caloroso — aberto e sincero — como se tivesse acabado de ganhar uma partida de baralho.

— Eu, o seu estúpido e desajeitado irmão, tinha razão sobre uma coisa. Sobre você. Disse à mamãe que você estava vivo. Mas ela não me deu atenção. Tinha certeza de que alguém matou você. Eu disse que não, que você correria como a nossa presa, o gato morto. Prometi encontrá-lo e aí não me zangaria com você, eu perdoaria. Ela não me ouviu. Ficou louca. Esqueceu quem eu era e fez de conta que era você. Me chamava de Pável e pedia para ajudá-la, como você costumava fazer. Eu fingia ser você, era mais fácil e ela ficava contente mas, se eu fazia algo errado, ela lembrava que não era você. Ficava furiosa, me batia até descontar toda a raiva. Depois chorava mais uma vez a sua morte. Nunca parou de chorar por você. Todo mundo tem um motivo para viver. Você era o dela. Mas era o meu também. A única diferença entre ela e mim era que eu tinha certeza de que você estava vivo.

Liev ouviu em silêncio como uma criança extasiada frente a um adulto ao saber como o mundo começou. Ele não conseguia mais erguer as mãos, levantar-se, fazer nada, para não interromper. Andrei prosseguiu:

— Enquanto nossa mãe piorava cada vez mais, eu me cuidei. Por sorte, o inverno estava terminando e as coisas melhoraram aos poucos. Na nossa aldeia, só dez pessoas sobreviveram, onze contando com você. Todas as aldeias acabaram. Quando chegou a primavera e a neve derreteu, aldeias inteiras fediam, pois tinham corpos apodrecendo e pessoas doentes. Não dava para chegar perto. Mas no inverno ficava tudo calmo, sossegado, completamente parado. Cacei na floresta durante toda a estação, à noite. Seguia as pegadas na neve. Procurava por você e chamava seu nome no meio das árvores. Mas você não voltou.

Liev digeria lentamente as palavras, escandindo-as. Ele perguntou, hesitante:

— Você matou as crianças porque achava que abandonei você?

— Matei para que você me encontrasse. Para você voltar para casa. Matei como uma forma de falar com você. Quem mais poderia entender as pistas da nossa infância? Eu sabia que você as seguiria até chegar a mim, como seguiu as pegadas na neve. Você é um caçador, Pável, o melhor do mundo. Eu não sabia se você era da milícia ou não. Quando vi aquela foto sua, fui à redação do *Pravda*. Pedi o seu nome. Expliquei que tínhamos sido separados e que achava que seu nome era Pável. Eles disseram que não e que as informações sobre você eram sigilosas. Implorei para me dizerem a que divisão você pertencia. Não informaram nem isso. Eu também era soldado. Não como você, não era herói, não era da elite. Mas sabia que você devia ser de uma divisão especial. Sabia, pelo segredo com que mantinham seu nome, que era bem possível que fosse militar da Segurança do Estado ou do governo. Sabia que era um homem importante, tinha de ser. Teria acesso às notícias sobre esses crimes. Claro que isso não era tão importante. Se eu matasse muitas crianças em muitos lugares, sabia que você tomaria conhecimento do meu trabalho, qualquer que fosse a sua função. Tinha certeza: saberia que era eu.

Liev inclinou-se para a frente. O irmão parecia tão gentil, racionalizava tão bem. Liev perguntou:

— Irmão, o que houve com você?

— Você quer dizer depois da aldeia? A mesma coisa que aconteceu com todos: fui convocado pelo exército. Perdi os óculos na guerra, fui preso pelos alemães. Eu me rendi. Quando voltei para a Rússia, como prisioneiro de guerra, fui preso, interrogado e espancado. Ameaçaram me mandar para a prisão. Perguntei a eles como eu podia ser traidor, se mal conseguia enxergar? Passei seis meses sem óculos. O mundo, a partir do meu nariz, era um borrão. E todas as crianças que eu via eram você. Podiam ter me executado. Mas os guardas riam de mim quando eu tropeçava nas coisas. Eu caía sempre, como quando criança. Sobrevivi. Era burro e desajeitado demais para ser espião dos alemães. Eles me xingaram, me espancaram e me soltaram. Voltei para cá. Mas aqui também me odiavam e me chamavam de traidor. Nada disso me incomodava, pois eu tinha você. Concentrei minha vida numa única tarefa: trazer você de volta para mim.

— Então, começou a matar?

— Primeiro, nessa área aqui. Mas, após seis meses, achei que você podia estar em qualquer parte do país. Por isso arrumei um emprego de *tolkach* para viajar. Precisava deixar sinais espalhados por todos os cantos para você seguir.

— Sinais? Eram crianças. Eram filhos e filhas de pessoas.

— Primeiro, matei animais, pegando-os como fizemos com aquele gato. Mas não funcionou. Ninguém dava atenção. Ninguém se incomodava. Ninguém percebia. Um dia, uma criança me viu na floresta. Perguntou o que eu estava fazendo. Expliquei que preparava uma isca. O menino era da mesma idade que você tinha quando me deixou. E concluí que uma criança seria uma isca muito melhor. As pessoas notariam uma criança morta. Você entenderia o sentido. Por que acha que matei tantas no inverno? Para você acompanhar minhas pegadas na neve. Não seguiu as marcas das minhas botas nas florestas, como as pegadas do gato?

Liev ouvia a voz macia do irmão como se fosse uma língua estrangeira que ele mal conseguia entender.

— Andrei, você tem mulher e filhas. Vi suas filhas no andar de cima, são iguais às crianças que matou. São duas lindas meninas. Não entende que fez uma coisa errada?

— Era preciso.

— Não.

Andrei socou a mesa com os punhos, furioso.

— Não fale assim comigo! Você não tem o direito de me recriminar! Nunca se incomodou de olhar por mim! Nunca voltou! Sabia que eu estava vivo e não se importou! Esqueça aquele estúpido e desajeitado Andrei! Ele não é nada para você! Você me deixou para trás com a porra de uma mãe louca e uma aldeia cheia de cadáveres podres! Não tem o direito de me julgar!

Liev olhou bem o rosto do irmão, contorcido de raiva, subitamente transformado. Seria aquela a expressão que as crianças viam? O que o irmão tinha passado? Que terríveis horrores sofreu? Mas não havia tempo para piedade e compreensão. Andrei enxugou o suor da testa.

— Era a única forma de você me encontrar, de chamar a sua atenção. Você podia ter me procurado. Mas não quis. Excluiu-me da sua vida. Tirou-me da cabeça. O momento mais feliz para mim foi quando pegamos aquele gato, os dois formando uma dupla. Quando estávamos juntos, nunca achei o mundo injusto, mesmo quando não tínhamos o que comer, mesmo quando fazia um frio insuportável. Mas você foi embora.

— Andrei, eu não abandonei você. Eu fui levado. Um homem na floresta bateu na minha cabeça, me enfiou num saco e me levou. Eu jamais deixaria você.

Andrei balançava a cabeça.

— Era o que a mãe dizia. Mas é mentira. Você me traiu.

— Eu quase morri. O homem que me levou ia me matar. Ele e a mulher iam me dar para o filho comer. Mas quando chegamos na casa, o menino já estava morto. Fui ferido na cabeça. Não conseguia nem lembrar meu nome. Levei semanas para me recuperar. Nessa altura, já estava em Moscou. Deixamos o campo. Eles tinham de achar comida. Lembrei de você e da nossa mãe. Lembrei da nossa vida. Claro que lembrei. Mas o que podia fazer? Não tinha escolha. Tinha que seguir em frente. Sinto muito.

Liev estava se desculpando.

Andrei pegou as cartas do baralho e misturou-as.

— Podia ter me procurado quando ficou adulto. Podia ter se esforçado. Eu não mudei meu nome. Seria fácil me achar, principalmente para um homem poderoso.

Era verdade, Liev podia ter procurado e encontrado o irmão. Mas quis enterrar o passado. E agora o irmão tinha destruído o caminho para reencontrá-lo.

— Andrei, passei a vida inteira tentando esquecer o passado. Cresci com medo de ver meus novos pais. Tinha medo de lembrá-los do passado e de que quiseram me matar. Eu acordava à noite suando, apavorado, preocupado que mudassem de idéia e quisessem me matar de novo. Fiz tudo para gostarem de mim. Era uma questão de sobrevivência.

— Você sempre quis fazer tudo sem mim, Pável. Sempre quis me deixar para trás.

— Sabe por que vim aqui?

— Veio para me matar. Por que um caçador viria? Depois de me matar, eu serei odiado e você será amado. Como sempre.

— Irmão, sou considerado um traidor por tentar prender você.

Andrei pareceu sinceramente surpreso.

— Por quê?

— Eles culparam outros por seus crimes, muitos inocentes morreram direta e indiretamente por sua causa. Sabia? Você é um constrangimento para o Estado.

Andrei manteve uma expressão ausente. Finalmente, disse:

— Vou confessar por escrito.

Mais uma confissão: e o que diria?

Eu, Andrei Sídorov, sou um assassino.

O irmão não tinha entendido. Ninguém queria a confissão, ninguém queria que ele fosse culpado.

— Andrei, não estou aqui para conseguir a sua confissão, mas para impedir que mate mais crianças.

— Não vou impedir. Consegui tudo o que queria. E estava certo. Você se arrependeu por não ter me procurado antes. Se tivesse, pense quantas vidas teriam sido salvas.

— Você é louco.

— Antes de me matar, eu gostaria de jogar uma partida de baralho. Por favor, irmão, é o mínimo que pode fazer por mim.

Andrei deu as cartas. Liev olhou-as.

— Por favor, irmão, uma partida. Se jogar, deixo que me mate.

Liev recebeu as cartas, não por causa da promessa do irmão, mas porque precisava de tempo para pensar. Precisava imaginar que Andrei era um estranho. Começaram a partida. Concentrado, Andrei parecia totalmente satisfeito. Liev ouviu um barulho do lado. Assustado, virou-se. Uma bonita menina estava no começo da escada, com os cabelos despenteados. Continuou lá, no primeiro degrau, quase toda escondida, como uma observadora insegura. Andrei levantou-se.

— Nádia, este é o meu irmão Pável.

— Aquele de que você falou? Que você disse que vinha nos visitar?

— É.

Nádia virou-se para Liev.

— Está com fome? Veio de muito longe?

Liev ficou sem saber o que dizer. Andrei respondeu.

— Volte para sua cama.

— Agora já acordei. Não vou conseguir dormir de novo. Ia ficar lá em cima ouvindo a sua conversa. Posso sentar com vocês? E também gostaria de conhecer seu irmão. Não conheço ninguém da sua família. Gostaria muito. Por favor, pai, posso?

— Pável veio de longe para me encontrar. Temos muito o que conversar.

Liev tinha de se livrar daquela menina. Corria o risco de se envolver numa reunião familiar, com copos de vodca, fatias de carne fria e perguntas sobre seu passado. Ele estava ali para matar.

— Se tiver chá, quem sabe bebemos um pouco?

— Sim, eu sei fazer. Devo acordar a mamãe?

Andrei foi claro:

— Não. Deixe-a dormir.

— Eu posso fazer o chá.

— É, você faz.

Ela sorriu e subiu a escada correndo.

Animada, Nádia ficou pensando como o tio era bonito e que certamente tinha muita coisa interessante a contar. Era um soldado, um herói. Podia dizer a ela como ser piloto de caça. Talvez fosse casado com uma piloto. Ela abriu a porta da sala e levou um susto. Tinha uma linda mulher na cozinha. Estava completamente imóvel, com uma mão para trás, como se um gigante tivesse-a enfiado pela janela — uma boneca numa casa de boneca.

Raíssa manteve a faca escondida nas costas, a lâmina encostada no vestido. Tinha esperado lá fora pelo que pareceu um tempo enorme. Alguma coisa devia ter dado errado. Ela mesma teria de acabar com aquilo. Assim que entrou na casa, viu, aliviada, que havia pouca gente lá. Duas camas: uma, da filha; outra, da mãe. Quem era aquela menina na frente dela? De onde tinha vindo? Dava a impressão de estar contente e animada. Não parecia assustada ou com medo. Ninguém estava morto.

— Meu nome é Raíssa. Meu marido está aqui?

— Você quer dizer Pável?

Pável — de quem era esse nome? Por que ele deu o nome antigo?

— Sim...

— Meu nome é Nádia. Prazer em conhecer. Não conhecia ninguém da família do meu pai.

Raíssa manteve a faca atrás. Família — do que aquela menina estava falando?

— Onde está meu marido?

— Lá embaixo.

— Só quero avisá-lo de que estou aqui.

Raíssa foi até a escada, com a faca na frente do corpo para Nádia não ver. Abriu a porta.

Desceu a escada bem devagar, ouvindo um diálogo comedido. A faca na frente, esticada, a mão trêmula. Pensou que, quanto mais tempo demorasse para matar aquele homem, mais difícil seria. Ao chegar embaixo, viu o marido jogando baralho.

Vassíli mandou os homens cercarem a casa — era impossível alguém escapar. Estava com quinze agentes. Muitos eram da cidade, sem qualquer relacionamento com ele. Temendo que levassem as coisas ao pé da letra, prendessem Liev e a esposa, Vassíli teria de assumir a ação. Terminaria com aquela história ali mesmo, garantindo destruir todas as provas que pudessem ficar a favor deles. Foi em frente, com a arma engatilhada. Dois homens o acompanharam. Fez um gesto para ficarem onde estavam.

— Me dêem cinco minutos. Se eu não chamar, não entrem. Entendido? Se eu não sair em cinco minutos, invadam a casa e matem todos.

A mão de Raíssa tremia, com a faca na frente do corpo. Não podia fazer aquilo. Não podia matar aquele homem. Estava jogando baralho com o marido dela. Liev dirigiu-se a ela.

— Deixa que eu faço.

— Por que está jogando com ele?

— Porque é meu irmão.

No andar de cima, ouviram-se gritos. Eram da menina. Um tiro, a voz de um homem. Antes que alguém pudesse reagir, Vassíli apareceu na escada, de arma em punho. Observou a cena. Ele também parecia não entender, vendo as cartas na mesa.

— Você viajou tão longe para jogar baralho. Pensei que estivesse à procura de um matador de crianças. Ou isso faz parte do seu novo processo de interrogatório?

Liev demorou demais. Agora não havia mais jeito de matar Andrei. Se fizesse qualquer movimento, levaria um tiro e Andrei ficaria livre. Apesar do motivo que o irmão deu para as mortes — reunir os dois — não acreditava que não fosse mais matar. Liev tinha falhado. Tinha conversado, quando devia ter agido. Esqueceu que mais gente queria a morte dele que a do irmão.

— Vassíli, preciso que me ouça.

— Ajoelhe-se.

— Por favor...

Vassíli engatilhou a arma. Liev se ajoelhou. Ele podia obedecer, pedir, implorar, mas aquele homem não ouviria, só pensava na sua vingança pessoal.

— Vassíli, é importante...

Vassíli encostou a arma na cabeça de Liev.

— Raíssa, ajoelhe-se já ao lado do seu marido!

Ela ficou ao lado de Liev, como nas execuções feitas ao lado do celeiro. Vassíli colocou a arma na nuca de Raíssa, que segurou na mão de Liev e fechou os olhos. Liev gritou:

— Não!

Para irritar Liev, Vassíli bateu o cano do revólver na cabeça dela.

Ela obedeceu e se ajoelhou. Vassíli pôs a arma na nuca de Raíssa e chamou:

— Liev...

A voz de Vassíli sumiu. Raíssa apertou a mão de Liev. Segundos se passaram: fez-se silêncio. Nada aconteceu. Bem devagar, Liev virou-se.

A lâmina serrilhada tinha entrado nas costas de Vassíli e saído na barriga. Andrei estava no mesmo lugar, segurando a faca. Tinha salvado a vida do irmão. Calmo, ele havia pego a faca e apunhalado Vassíli segura e silenciosamente, com técnica. Andrei estava contente, tão contente como quando mataram o gato juntos, mais feliz do que nunca na vida.

Liev levantou-se e pegou a arma da mão da Vassíli. Um fio de sangue escorria do canto da boca do agente. Ainda vivia, mas os olhos deixaram de ser calculistas, não faziam mais planos. Levantou a mão e colocou-a no ombro de Liev, como se se despedisse de um amigo antes de morrer. Aquele homem, cuja única intenção era perseguir Liev, estava morto. Mas Liev não sentiu alívio nem satisfação. Só pensava na tarefa que lhe restava.

Raíssa levantou-se e ficou ao lado de Liev. Andrei não saiu de onde estava. Ninguém fez nada. Aos poucos, Liev levantou a arma e fez pontaria bem no meio dos óculos do irmão. No cômodo pequeno, havia poucos centímetros entre o cano da arma e a cabeça do irmão.

Alguém perguntou, alto:

— O que está fazendo?

Liev virou-se. Nádia estava na escada. Raíssa sussurrou:

— Liev, temos pouco tempo.

Mas Liev não podia fazer aquilo. Andrei disse:

— Irmão, quero que faça.

Raíssa colocou a mão em cima da de Liev. Juntos puxaram o gatilho. A arma disparou e ricocheteou. A cabeça de Andrei foi atirada para trás e ele caiu no chão.

Ao ouvir o tiro, agentes armados entraram na casa e desceram a escada. Raíssa e Liev jogaram a arma. O agente que liderava o grupo olhou o corpo de Vassíli. Liev foi o primeiro a falar, com mãos trêmulas. Mostrou Andrei, seu irmãozinho.

— Este homem era o assassino. O superior de vocês morreu tentando prendê-lo.

Liev pegou a mala preta. Sem saber se sua suspeita se confirmaria, abriu-a. Dentro, havia um vidro cheio de papel. Ele tirou a tampa e colocou o conteúdo do vidro na mesa, sobre as cartas do baralho. Era o estômago da derradeira vítima do irmão, enrolado nas páginas do *Pravda.* Liev acrescentou, com voz quase inaudível:

— Vassíli morreu como herói.

Os agentes deram a volta na mesa e examinaram aquela mórbida descoberta, enquanto Liev se afastava. Nádia olhava para ele com a mesma fúria do pai.

Moscou

18 de julho

Liev estava na presença do major Gratchov, no mesmo escritório onde havia se recusado a denunciar a esposa. Não conhecia o major. Não sabia quem era. Mas não se surpreendeu por outra pessoa estar no cargo. Ninguém durava muito nos altos escalões da Segurança do Estado e tinham se passado quatro meses desde que esteve lá. Dessa vez, não havia possibilidade de serem castigados com um exílio ou enviados para um gulag. Seriam executados ali, naquele dia.

O major Gratchov disse:

— Seu antigo superior era o major Kuzmin, que foi indicado por Béria. Os dois estão presos. Seu processo agora está comigo.

Na frente dele estava a surrada pasta roubada em Voualsk. Gratchov folheou as páginas, as fotos, os depoimentos, as transcrições dos tribunais.

— No porão daquela casa, encontramos os restos de três estômagos de crianças, dois dos quais foram cozidos. Mas ainda não sabemos quem eram as crianças. Você tinha razão. Andrei Sídorov era assassino. Conferi os dados pessoais dele. Parece que colaborou com os nazistas e foi libertado por engano depois da guerra, em vez de ser processado. Foi um erro imperdoável de nossa parte. Era agente dos nazistas. Eles o mandaram de volta, com a recomendação de se vingar de nós por termos vencido os fascistas. Essa vingança assumiu a forma desses terríveis ataques contra nossas crianças e tinha por alvo o futuro do comunismo. Além de funcionar como propaganda. Queriam que o povo pensasse que nossa sociedade poderia criar monstros assim, quando na verdade Andrei foi corrompido e educado pelo Ocidente, transformado pelo tempo que passou fora e devolvido com um coração envenenado e estrangeiro. Notei que nenhum dos crimes foi antes da Grande Guerra Patriótica.

Parou e olhou para Liev.

— Você concorda?

— Concordo plenamente, senhor.

Gratchov estendeu a mão.

— Você prestou um enorme serviço ao país. Recebi ordens de promovê-lo nos órgãos de Segurança do Estado. Se quiser, seu caminho está aberto para um cargo político. Os tempos são outros, Liev. Nosso líder Khruschov considera que os problemas que você enfrentou na investigação fazem parte dos imperdoáveis excessos do regime stalinista. Sua esposa foi libertada. Como ela o acompanhou nessa caçada, todas as dúvidas relativas à lealdade dela foram esclarecidas. As fichas de vocês dois serão limpas. Seus pais receberão o antigo apartamento de volta. Se não estiver disponível, terão outro melhor.

Liev ficou em silêncio.

— Tem algo a dizer?

— É uma oferta muito generosa. Estou honrado. O senhor compreende que não agi visando qualquer promoção ou poder. Eu apenas sabia que esse homem precisava ser detido.

— Compreendo.

— Mas peço licença para recusar sua oferta. E fazer um pedido.

— Pois não.

— Quero assumir o Departamento de Homicídios de Moscou. Se esse departamento não existe, gostaria de criá-lo.

— Qual a necessidade desse departamento?

— Como o senhor mesmo disse, os crimes vão se tornar uma arma contra a nossa sociedade. Se eles não fizerem propaganda do Ocidente pelos métodos convencionais, usarão os não-convencionais. Acredito que o crime vai se tornar uma nova frente de batalha na nossa luta com o Ocidente. Vão usá-lo para solapar o clima harmonioso de nossa sociedade. Quando isso ocorrer, quero estar preparado para impedir.

— Prossiga.

— Gostaria que o general Nesterov fosse transferido para Moscou e que trabalhasse comigo nesse novo departamento.

Gratchov pensou no pedido e concordou, sério.

— Vou encaminhar a proposta.

Raíssa aguardava do lado de fora, olhando a estátua de Dzerjinski. Liev saiu do prédio e segurou na mão dela, uma ousada demonstração de afeto, sem dúvida examinada pelos que olhavam do edifício Lubianka. Ele não se importou. Estavam salvos, pelo menos por enquanto. Foi um longo tempo, o mais longo que alguém poderia esperar. Olhou a estátua de Dzerjinski e percebeu que não conseguia lembrar uma linha do que aquele homem tinha dito.

UMA SEMANA DEPOIS

Moscou

25 de julho

Liev e Raíssa estavam sentados na sala do diretor do Orfanato nº 12, que ficava perto do jardim zoológico. Liev olhou para a esposa e perguntou:

— Por que essa demora?

— Não sei.

— Tem alguma coisa errada.

Raíssa balançou a cabeça:

— Acho que não.

— O diretor não gostou muito de nós.

— Ele me pareceu legal.

— Mas o que achou de nós?

— Não sei.

— Acha que gostou da gente?

— Não importa o que ele achou. Importa o que elas acham.

Liev levantou-se, inquieto, e disse:

— Ele tem que assinar os papéis.

— Vai assinar. O problema não é esse.

Liev sentou-se de novo e concordou com a cabeça.

— Tem razão, estou nervoso.

— Eu também.

— Como está minha aparência?

— Está ótima.

— Não estou formal demais?

— Calma, Liev.

A porta se abriu. O diretor, de 40 e poucos anos, entrou na sala.

— Encontrei-as.

Liev pensou se aquela era apenas uma frase, ou se ele tinha realmente procurado pelo prédio. O homem ficou de lado na porta. Atrás dele estavam duas meninas, Zóia e Elena, as filhas de Mikhail Zinóviev. Meses antes, elas tinham assistido à execução dos pais na neve, perto da casa onde moravam. O tempo deixou-as fisicamente muito diferentes. Tinham emagrecido e estavam pálidas. A menor, Elena, de apenas 4 anos, estava com a cabeça raspada. A maior, Zóia, 10 anos, tinha os cabelos bem curtos. Certamente, tiveram piolhos.

Liev levantou-se, com Raíssa ao lado. Virou-se para o diretor.

— Podemos falar um instante a sós com as meninas?

O diretor não gostou do pedido. Mas não podia recusar e saiu, fechando a porta. As meninas se encostaram na porta, o mais longe possível deles.

— Zóia e Elena, meu nome é Liev. Lembram de mim?

Não houve resposta, as expressões continuaram as mesmas. Os olhos estavam atentos, esperando o perigo. Zóia pegou a mão da irmã menor.

— Esta é minha esposa Raíssa, ela é professora.

— Olá, Zóia, olá, Elena. Por que não sentam? É bem mais confortável.

Liev pegou cadeiras e colocou-as perto das meninas. Embora relutassem em sair da porta, elas se sentaram, ainda de mãos dadas, ainda sem dizer nada.

Liev e Raíssa se agacharam para ficarem na altura dos olhos das meninas, mantendo distância. As unhas das meninas estavam negras — marcas de sujeira — mas as mãos, limpas. Era evidente que foram rapidamente lavadas antes do encontro. Liev começou a falar:

— Minha esposa e eu queremos dar um lar para vocês, o nosso lar.

— Liev me contou por que vocês estão aqui. Sei que é difícil falar sobre isso, mas é importante falarmos agora.

— Tentei impedir o assassinato dos pais de vocês, não consegui. Talvez vocês não vejam diferença entre mim e o agente que cometeu aquele crime horrível. Mas garanto que sou diferente dele.

Liev vacilou. Um segundo após, refez-se:

— Vocês devem achar que, se morarem conosco, serão desleais com seus pais. Mas acho que eles queriam o melhor para vocês. E este orfanato não vai lhes dar nada. Depois de quatro meses aqui, tenho certeza de que sabem disso melhor do que ninguém.

Raíssa prosseguiu:

— Pedimos que tomem uma decisão difícil. São bem jovens. Infelizmente, vivemos num tempo em que as crianças são obrigadas a tomar decisões adultas. Se continuarem aqui, terão uma vida dura e com pouca possibilidade de melhorar.

— Minha esposa e eu queremos oferecer a infância de volta para vocês, uma oportunidade de gostarem de serem jovens. Não vamos tomar o lugar de seus pais. Ninguém pode substituí-los. Vamos nos responsabilizar por vocês. Cuidar, dar casa e comida.

Raíssa sorriu e acrescentou:

— Não queremos nada em retribuição. Não precisam nem gostar de nós, embora esperemos que acabem gostando. Podem nos usar para conseguir sair daqui.

Supondo que as meninas não fossem aceitar, Liev disse:

— Se não quiserem, procuramos outro casal que possa ficar com vocês, que não tenha ligações com o passado de vocês. Se preferirem assim, digam. A verdade é que não posso consertar o que aconteceu. Mas podemos lhes dar um futuro melhor. Não esperamos nada em troca. Vocês têm uma à outra. Terão um quarto só para vocês. Mas vão se lembrar sempre que fui à fazenda onde moravam para prender o pai de vocês. Talvez, com o tempo, essa lembrança vá se apagando, mas jamais será completamente esquecida. Isso poderá complicar o nosso relacionamento. Mas, pela minha experiência pessoal, acredito que nossa proposta pode dar certo.

As meninas ficaram em silêncio, olhando bem para Liev, depois para Raíssa. Não tiveram qualquer reação nem se mexeram, continuaram sentadas nas cadeiras, de mãos dadas. Raíssa observou:

— Vocês podem aceitar ou não. Podem pedir para encontrarmos outra família. Depende só de vocês.

Liev levantou-se.

— Minha esposa e eu vamos dar uma caminhada. Deixaremos vocês conversarem a sós. Na nossa casa, vocês terão um quarto só de vocês. Resolvam o que quiserem. Não precisam ter medo.

Liev passou pelas meninas e abriu a porta. Raíssa levantou-se, saiu no corredor e Liev seguiu-a, fechando a porta. Os dois percorreram o corredor, nervosos como nunca tinha estado.

Dentro da sala, Zóia deu um abraço na irmãzinha.

Agradecimentos

Tive a sorte de receber o apoio de um agente literário maravilhoso, St John Donald, da PFD, que me incentivou a escrever este livro. Por esse incentivo — e por muito mais — sou extremamente grato. Agradeço também a ajuda de Georgina Lewis e Alice Dunne. Nos inúmeros originais do texto, recebi os comentários de Sarah Ballard, que foram uma mistura perfeita de crítica e incentivo. Por fim — claro que devo muito à PFD — quero agradecer a James Gill, que recebeu o livro assim que foi terminado, só por me dizer que não estava terminado e fazer eu reescrever tudo. O entusiasmo dele, nessa altura, foi muito necessário e muito apreciado.

Meus editores, Suzanne Baboneau, da Simon & Schuster na Inglaterra, e Mitch Hoffman, da Grand Central Publishing, foram maravilhosos. Adorei trabalhar com ambos. Agradeço também a Jessica Craig, Jim Rutman e Natalina Sanina. Esta última teve a gentileza de mostrar os erros que cometi nos nomes russos e na vida na Rússia em geral.

Tenho de fazer uma menção especial a Bob Bookman, da CAA, por todos os conselhos dados e por me colocar em contato com Robert Towne. Para mim, ele é um escritor-herói e arrumou tempo para compartilhar suas idéias comigo no texto final do livro. Não preciso dizer que elas foram muito úteis.

Fora da área profissional, tive diversos grandes leitores. Zoe Trodd me ajudou muito. Alexandra Arlango e sua mãe Elizabeth leram inúmeras encarnações do romance e, a cada uma, fizeram comentários detalhados e de valor inestimável. Impossível agradecê-las o bastante. Por acaso, através da Qwerty Filmes, Alexandra (que trabalhou com Michael Kuhn, Emmeline Yang e Colleen Woodcok) me deu a primeira dica de escrever. E foi ao pesquisar um roteiro que eu estava escrevendo para eles que encontrei a história real de Andrei Tchikatilo e os fatos que a cercam.

Muitas pessoas acompanharam a realização deste livro, porém ninguém mais do que Ben Stephenson. Nunca fui tão feliz quanto nesses poucos anos.

Leituras adicionais

Não haveria como escrever este livro sem antes ler as memórias, diários e histórias de vários autores. Gostei tanto de pesquisar quanto de escrever e os trabalhos realizados sobre os temas tratados neste livro são de excelente qualidade. A seguir, uma pequena seleção deles. Devo acrescentar que é de minha responsabilidade qualquer liberdade em relação à realidade ou a incorreções históricas.

As memórias de Janusz Bardach, *Man is Wolf to Man* (em parceria com Kathleen Gleeson, Scribner, 2003), fazem um retrato vigoroso de como era tentar sobreviver aos gulags da Rússia stalinista. Sobre esse tema, foram leituras fundamentais *Gulag*, de Anne Applebaum (Ediouro, 2004) e *O Arquipélago Gulag*, de Aleksandr Solzhenitsyn (Harvil, 2003).

Como base histórica, foram muito úteis *The Harvest of Sorrow*, de Robert Conquest (Pimlico, 2002), *Stalin*, de Simon Sebag

Montefiore (Phoenix, 2004) e *Everyday Stalinism*, de Shelia Fitzpatrich (Oxford University Press, 1999).

Quanto ao comportamento da polícia russa, o livro *Russian Pulp*, de Anthony Olcott (Rowman & Littlefield, 2001) deu detalhes não só sobre o sistema judiciário, mas sobre os termos usados pelo sistema. *The Uses of Terror*, de Boris Levitski (Coward, McCann & Geoghergan Inc., 1972) foi de incalculável valor para entender ou, pelo menos, tentar entender os mecanismos da MGB. Por fim, *The Killer Department*, de Robert Cullens (Orion, 1993) fez um relato claro da investigação dos crimes de Andrei Tchikatilo.

Recomendo muito esses livros.

Este livro foi composto na tipologia Bell MT,
em corpo 12/16, e impresso em papel off-white 80g/m²,
no Sistema Cameron da Divisão Gráfica da Distribuidora Record.